TERRIBLE JEUDI

DU MÊME AUTEUR
CHEZ POCKET

MÉMOIRE PIÉGÉE
FEU DE GLACE
DANS LA PEAU
LA CHAMBRE ÉCARLATE
AU PAYS DES VIVANTS
SOURIRE EN COIN
JEUX DE DUPES
AIDE-MOI
CHARLIE N'EST PAS RENTRÉE
LES MORSURES DU DOUTE
JUSQU'AU DERNIER
PLUS FORT QUE LE DOUTE
TOUS COMPLICES
LUNDI MÉLANCOLIE
SOMBRE MARDI
MAUDIT MERCREDI
TERRIBLE JEUDI

NICCI FRENCH

TERRIBLE JEUDI

Le jour de l'innocence perdue

Traduit de l'anglais (Royaume-Uni)
par Marianne Bertrand

fleuvenoir

Titre original :
THURSDAY'S CHILDREN

MIXTE
Papier issu de
sources responsables
FSC® C003309
FSC
www.fsc.org

Pocket, une marque d'Univers Poche,
est un éditeur qui s'engage pour la préservation
de son environnement et qui utilise du papier fabriqué
à partir de bois provenant de forêts gérées
de manière responsable.

ISBN 978-2-266-26794-6

Celui qui a des yeux pour voir et des oreilles pour entendre saura qu'aucun mortel ne peut cacher un secret. Celui dont les lèvres se taisent bavarde du bout des doigts ; il se trahit par tous ses pores.

Sigmund Freud

1

Tout commença par des retrouvailles et s'acheva par des retrouvailles, or Frieda Klein avait horreur des retrouvailles. Assise devant sa cheminée, elle écoutait le paisible crépitement du feu. À côté d'elle se trouvait Sasha, le regard perdu dans les flammes. À côté de Sasha, une poussette où son fils de 10 mois, Ethan, ronflait. On n'apercevait qu'une touffe de ses cheveux bruns. Un chat ronronnait aux pieds de Frieda. Elles entendaient le vent souffler au-dehors. La journée, noyée dans le brouillard, n'avait été que rafales et tourbillons de feuilles. À présent il faisait nuit et elles étaient au chaud, à l'abri des premiers frimas de l'hiver.

— Je dois admettre, dit Sasha, que je suis intriguée à l'idée de faire la connaissance d'une de tes anciennes copines d'enfance.

— Ce n'était pas une amie. Elle était dans ma classe.

— Que veut-elle ?

— Je n'en sais rien. Elle m'a appelée pour me dire qu'elle avait besoin de me voir. Elle a expliqué que c'était important et qu'elle serait là à 7 heures.

— Et il est quelle heure, maintenant ?

Frieda consulta sa montre.

— Presque 7 heures.

— Je suis complètement larguée. Depuis qu'Ethan est né, j'ai oublié ce que ça faisait de dormir une nuit entière et j'ai le cerveau en compote. Je ne sais même plus quel jour on est. On est mercredi ?

— Jeudi.

— Ah, bien. Bientôt le week-end.

Frieda s'abîma de nouveau dans la contemplation du feu.

— C'est peut-être le pire jour de la semaine, déclara-t-elle. Il ne signifie rien en soi. Il te rappelle juste que la semaine a commencé depuis longtemps.

Sasha fit la moue.

— C'est peut-être y voir trop de choses.

Elle se pencha sur la poussette et caressa les cheveux de son fils.

— Je l'aime tellement, mais parfois, quand il dort, je me sens soulagée et reconnaissante. C'est horrible, ce que je viens de dire ?

Frieda se tourna vers son amie.

— Frank t'aide ?

— Il fait de son mieux. Mais il est tellement occupé par son travail, à, comme il dit, aider les coupables à s'en tirer sans dommage.

— C'est son boulot, répondit Frieda. Il est avocat pénaliste et…

Elle fut interrompue par un coup de sonnette. Frieda adressa à Sasha un regard désolé.

— Tu vas répondre, n'est-ce pas ? s'inquiéta Sasha.

— J'étais tentée de me cacher.

Elle ouvrit la porte et eut à peine le temps d'entendre

une voix dans la pénombre avant de se retrouver aussitôt prisonnière d'une étreinte.

— Frieda Klein, dit la femme. Je t'aurais reconnue n'importe où. Le portrait craché de ta mère.

— Je ne savais pas que tu connaissais ma mère.

Elle fit un geste en direction de la cheminée.

— Je te présente mon amie Sasha. Sasha, voici Madeleine Bucknall.

— Maddie, corrigea la femme. Maddie Capel. Je me suis mariée.

Maddie Capel posa son grand sac en cuir et défit l'écharpe à carreaux qu'elle portait autour du cou, libérant les effluves d'un parfum coûteux. Elle ôta son lourd manteau marron qu'elle remit à Frieda. Elle était vêtue d'une robe drapée bordeaux et chaussée de bottes en cuir à talons compensés. Une chaîne en or ornait son cou, de petites boucles d'oreilles assorties encadraient son visage. Elle s'approcha du feu et regarda dans la poussette.

— Quel petit amour, roucoula-t-elle. Il est à toi, Frieda ?

Frieda montra Sasha du doigt.

— Rien que d'en voir un, je rêve d'en avoir un autre, dit Maddie. Je les adore à cet âge-là, ils sont mignons à croquer. C'est un garçon ou une fille ?

— Un garçon.

— Trop chou. Il marche, ou pas encore ?

— Il n'a que dix mois.

— Ce n'est qu'une question de temps. Il faut savoir attendre.

Frieda tira un fauteuil tout près du feu, et Maddie prit place. Elle avait de longs cheveux bruns, savamment ébouriffés et méchés de blond. Son visage était maquillé avec soin, ce qui ne faisait toutefois que souligner la peau tendue sur les pommettes, les petites rides autour des yeux et aux coins de la bouche. Frieda se souvenait d'elle à l'école, enjouée, rieuse, elle n'avait pas la langue dans sa poche, mais toujours avec une pointe d'anxiété : celle d'en être ou pas, d'avoir un petit ami ou pas.

— Je vous laisse ? proposa Sasha.

— Non, non, je suis ravie de faire la connaissance d'une amie de Frieda. Vous habitez ici, vous aussi ?

Sasha esquissa un sourire.

— Non, avec mon compagnon. Ailleurs.

— Mais oui, bien sûr. Merci, merci, s'empressa-t-elle d'ajouter comme Frieda lui remettait un mug de thé.

Elle but une gorgée et regarda autour d'elle.

— C'est bien agréable ici. Intime et douillet.

Nouvelle petite gorgée.

— J'ai lu des trucs sur toi dans la presse, Frieda. Ils parlaient de ta contribution dans cette épouvantable affaire avec toutes ces filles, là. Et disaient que tu en avais sauvé une.

— Seulement une, souligna Frieda. Et pas toute seule.

— Comment peut-on faire des choses pareilles ?

Personne ne répondit, le silence se fit.

— De quoi voulais-tu me parler ?

Une autre gorgée de thé.

— Je n'en reviens pas qu'on se soit perdues de vue, reprit Maddie. Je vis toujours à Braxton, tu sais. Il t'arrive d'y retourner ?

— Non.

— On est encore quelques-uns de la vieille garde.

Elle eut un sourire espiègle.

— Je me souviens de toi et Jeremy. J'étais assez jalouse. T'avais tiré le gros lot, faut dire. Il est parti, évidemment. Tu es toujours en contact avec lui ?

— Non.

— J'ai épousé Stephen. Stephen Capel. Tu l'as connu ? On a passé de belles années ensemble, mais ça a mal tourné. Il est remarié, mais il vit toujours dans le coin.

— Quand tu as téléphoné, tu as dit que tu devais me parler de quelque chose.

Nouvelle gorgée de thé. Maddie balaya les lieux du regard.

— Je peux poser ça quelque part ?

Frieda lui reprit le mug des mains.

— J'ai vu ton nom dans la presse.

— Tu l'as dit, oui.

— Plus d'une fois, reprit Maddie. Tu as pas mal attiré l'attention.

— Pas par choix.

— Oui, ça doit être pénible par moments. Mais ils disaient qu'à part résoudre des crimes…

— Ce n'est pas exactement… coupa Frieda, faisant sourire Sasha de nouveau.

— Non, mais les articles mentionnaient que tu étais psychologue.

— Je suis psychothérapeute.

— Je ne maîtrise pas très bien tout ce jargon, répliqua Maddie. Mais je suis sûre qu'il y a une différence. Je ne sais pas vraiment en détail, mais d'après ce que je comprends, les gens se confient à toi et tu les aides. C'est bien ça ?

Frieda se pencha en avant.

— Que veux-tu ?

— Ce n'est pas pour moi, si c'est ce que tu crois, répondit Maddie avec un petit rire. Encore que ça ne me ferait sans doute pas de mal. Quand Stephen est parti, j'ai pleuré pendant des jours et des jours. Des semaines, même. Je ne savais pas vers qui me tourner.

Nouveau silence.

— Je sais que ces choses-là sont terribles, rétorqua Frieda, mais s'il te plaît, pourquoi es-tu venue me trouver ?

— Ça va avoir l'air idiot. Ça te fait sans doute perdre ton temps, que je traverse tout le pays pour venir te voir.

— Je vous laisse ? tenta de nouveau Sasha.

— Non, répliqua Maddie. Ce n'est qu'une conversation entre vieilles amies.

— Dis-moi ce que tu attends de moi.

Maddie hésita. Frieda avait déjà connu cet instant des douzaines de fois avec ses patients. L'un des moments les plus difficiles, les plus délicats d'une thérapie, était cette première fois où le patient mettait un nom sur ce qu'il redoutait. C'était comme de sauter dans le noir du haut d'une falaise.

— C'est ma fille, Becky, dit Maddie. Rebecca. Mais tout le monde l'appelle Becky. Quinze ans, bientôt seize.

— Il lui est arrivé quelque chose ?

— Non, non, je ne sais pas. C'est difficile à dire, au juste. Becky était une si gentille petite fille. Quand j'ai vu ce petit dans sa poussette, ça m'a rappelé cette époque où tout était si simple. Je n'avais qu'à veiller sur elle. Tu sais, quand Becky avait cet âge, je pensais que j'aurais tout plein d'enfants et que je serais la meilleure mère du monde et que je les protégerais de tout. J'étais si jeune quand je l'ai eue, presque une gosse moi-même. Et puis…

Elle respira profondément, comme si elle tentait de se maîtriser.

— … je n'ai pas pu avoir d'autre enfant. Ensuite, Stephen est parti. C'était sans doute ma faute. J'ai tenté de cacher ce que je ressentais à Becky mais je ne m'en suis pas trop bien sortie. Elle n'avait que six ans. Petite puce… Et moi, je n'avais même pas trente ans et j'étais déjà dépassée.

Sa voix trembla et elle s'interrompit un moment.

— Ça a dû la secouer pas mal, mais j'ai cru qu'on s'en était remises. J'ai toujours redouté l'adolescence, j'imagine.

Elle lança un regard furtif à Frieda.

— Peut-être parce que je repensais à notre adolescence. On a bien fait une ou deux bêtises qu'on regrette sans doute aujourd'hui, non ?

Une voix dans la tête de Frieda protestait : « Comment ça, "on" ? On n'était pas amies. On n'a jamais rien fait ensemble. » Mais elle garda le silence et patienta.

— Depuis un an, à peu près, elle a changé. Je sais ce que tu vas dire, ce n'est qu'une ado, pourquoi devrais-je m'inquiéter ? Ben, il se trouve que je m'inquiète. Au début, elle était juste renfermée et maussade et ne voulait parler de rien. Je me suis demandé si c'était une histoire de drogue, ou de garçons. À moins qu'il ne s'agisse de drogue *et* de garçons. J'ai posé des questions. J'ai essayé de montrer que j'étais sensible à ce qui lui arrivait. Rien n'y a fait. Il y a un mois, environ, ça a empiré. Ce n'était plus la même. Physiquement aussi, on ne la reconnaissait plus. Elle a cessé de s'alimenter. Elle suivait déjà un régime débile avant, alors qu'elle était maigre comme un clou. Aujourd'hui, je ne sais même pas comment elle tient debout. J'ai cuisiné tout ce qui m'est venu à l'esprit, mais elle ne fait que pousser son repas du bout de la fourchette. Même quand elle consent à manger, je crois qu'elle se fait vomir. Elle sèche l'école. Elle ne fait plus ses devoirs.

— Elle voit son père ?

— Stephen est nul. Il dit que ce n'est qu'une phase. Qu'elle s'en remettra.

— Qu'est-ce que tu attends de moi ? demanda Frieda.

— Tu ne pourrais pas lui parler ? Ce n'est pas ça, ton travail ? Juste échanger trois mots avec elle ?

— Je ne suis pas sûre que tu comprennes réellement ce que je fais. Je reçois des patients, durant une longue période, pour explorer les problèmes qu'ils rencontrent dans la vie. Je me demande si ta fille ne ferait pas mieux de voir un conseiller d'orientation ou un prof.

— Becky n'acceptera jamais. J'ai tout essayé. Je suis complètement désespérée. Je ne sais pas vers qui me tourner. Je t'en prie. Je te le demande comme une faveur à une vieille amie.

Frieda étudia l'expression implorante de Maddie. Elle n'aimait pas que cette femme prétende avoir été son amie et qu'elle attende quelque chose qu'elle ne pouvait pas réellement lui donner. Elle était mal à l'aise à l'idée que Sasha soit témoin de la scène.

— Je ne suis pas sûre d'être la personne indiquée pour ça, répondit-elle, mais si tu m'amènes ta fille, je la recevrai. Je verrai s'il m'est possible de vous donner des conseils, à l'une ou à l'autre. Mais je ne peux rien te promettre.

— Formidable ! Je peux être présente, si tu veux.

— Il faudra que je lui parle seule. Au moins au début. Elle a besoin de savoir que c'est une conversation privée et qu'elle peut s'exprimer librement. Enfin… à supposer qu'elle en ait envie. Peut-être n'est-elle pas prête à parler. Ou en tout cas, à me parler, à moi.

— Oh, je suis sûre qu'elle se confiera à toi.

Maddie se leva et alla chercher son manteau, comme si elle éprouvait le besoin de s'en aller avant que Frieda ne revienne sur sa proposition. Elle l'enfila et passa son écharpe autour de son cou. Frieda eut l'impression qu'elle revêtait une carapace. Sur le pas de la porte, après l'avoir saluée, Maddie se retourna.

— Tu sais, il y a quelque chose qui me fait peur chez ma fille, dit-elle. C'est terrible, non ?

2

— Si je suis là, c'est juste pour ne plus avoir ma mère sur le dos.

— Pourquoi ne pas te mettre à l'abri, au moins ?

Il pleuvait sans discontinuer, le ciel n'était qu'un plafond gris et bas, et les feuilles collaient au pavé, détrempées par ce déluge.

Becky entra et referma la porte. Ses longs cheveux bruns étaient mouillés et plaqués sur son crâne ; ses yeux, presque noirs, dévoraient son visage pâle et amaigri.

— Elle n'a même pas voulu me laisser venir seule. J'ai presque seize ans, mais elle a tenu à prendre le train avec moi et m'accompagner jusqu'à Goodge Street. Elle doit encore y être, et s'acheter des *chaussures*, ou je sais quoi. Elle fait une fixette sur les pompes.

— Viens t'asseoir près du feu. Je peux prendre ta veste ?

— Ça va comme ça.

La fille referma son épaisse veste en laine plus étroitement sur son corps. Tout emmitouflée qu'elle soit, Frieda voyait à quel point elle était maigre. Ses poignets étaient tout fins, ses jambes aussi minces au niveau de la cuisse que des genoux, ses pommettes saillantes. Elle ressemblait à une enfant affamée, avec les traits tirés.

— Je peux t'offrir un thé ?

— Non. À moins que vous n'ayez une tisane ?

— Menthe ?

— Va pour de la menthe.

— Installe-toi et réchauffe-toi. Un biscuit ?

— Juste une tisane.

Frieda la laissa devant les flammes, ses doigts délicats tendus vers leur chaleur, et se rendit à la cuisine. Elle prépara deux infusions – menthe pour Becky, thé Assam pour elle. La jeune fille prit le mug entre ses mains pour se réchauffer et offrit son petit visage renfrogné aux volutes de vapeur.

— On ne sait jamais par quoi commencer, déclara Frieda.

Becky fronça les sourcils et marmonna quelque chose dans sa barbe.

— Ça ne sert à rien d'être ici si tu ne viens pas de ton propre gré. Je ne vais pas t'obliger à me révéler des choses que tu n'as pas envie de raconter, t'obliger à me dire tous tes secrets. Si tu es ici, c'est que ta mère s'inquiète pour toi et qu'elle m'a demandé de te parler. Mais je ne tiens pas à te dire ce que tu dois faire. J'aimerais t'écouter, s'il y a des choses que tu as besoin de confier à quelqu'un.

Becky fut prise d'un violent frisson.

— Ça va.

— Mais tu es ici.

— Uniquement parce qu'elle m'y a obligée.

— Comment a-t-elle fait ?

— Elle a dit que je ne pensais qu'à moi. Que j'étais égoïste. Mais qu'elle souffrait, elle aussi, et que si je me souciais un peu d'elle, je pouvais faire ce tout petit effort.

— Elle t'a dit que j'étais psy.

— Super, comme ça, elle me trouve folle, en plus.

— Elle suppose que tu as peut-être des ennuis, mais elle ne sait pas lesquels.

— Je sais, moi. La drogue. Les garçons. Elle ne pense qu'à ça. C'est ça qu'elle vous a dit ?

— As-tu des ennuis, Becky ?

— J'ai quinze ans, non ? C'est bien ça que ça fait, d'avoir quinze ans, non ? Trouver tout nul et pourri ?

— Pourri. C'est ainsi que tu vois les choses ?

— C'est ça, votre boulot ?

Becky leva des yeux farouches et la fusilla du regard.

— Vous rebondissez sur le premier mot débile lâché au hasard et vous le triturez : « Oh, comme c'est intéressant, elle trouve que tout est pourri. » Pourri, merdique, dégueu. Moi aussi, je peux le faire.

Elle balaya les lieux du regard, s'attardant sur la table de jeu d'échecs que Frieda tenait de son père.

— Vous jouez aux échecs. Vous déplacez des pions. C'est comme ça que vous voyez la vie ? Comme un grand jeu que vous pouvez gagner ?

— Non. Ce n'est pas de cette façon que je conçois l'existence.

— Vous êtes célèbre, non ? J'ai fait des recherches sur vous sur Google, vous savez.

— Et ?

— Ça m'a foutu les jetons. Je ne suis pas comme ces filles qui ont disparu.

— Mais tu ne te sens pas en sécurité pour l'instant, n'est-ce pas ?

— Que voulez-vous dire ?

— Tu es en colère, anxieuse et mal dans ta peau. Je sais que tu as séché l'école et que tu as pris du retard sur le programme.

— Oh, c'est donc ça, le problème. Je n'obtiendrai pas mes précieux A+.

— Et je vois aussi que tu ne manges pas, poursuivit Frieda.

Becky lui lança un autre regard noir.

— Je ne connais personne qui ne soit pas trop gros ou trop maigre, rétorqua-t-elle.

— Tu ne confies plus rien à ta mère.

— C'est bien la dernière personne à laquelle je me confierais. Je préférerais parler aux mères de mes copines plutôt qu'à elle.

— Il doit bien y avoir un conseiller dans ton école.

— J'ai juste des trucs à régler.

— Quels trucs ?

— Des trucs. Ne me regardez pas comme si vous pouviez lire en moi. Ça me rend malade.

— Pourquoi ?

— Ça me fout la chair de poule.

Frieda observa attentivement Becky. Puis elle ajouta :

— Je sais que ça ne va qu'ajouter à ta colère, mais j'aimerais que tu réfléchisses un peu aux mots que tu emploies.

— Comment ça, aux mots que j'emploie ?

— Pourri, merdique, dégueu, malade, chair de poule.

— Et alors ? Ce ne sont que des mots. Tout le monde dit ça.

— C'est un langage qui exprime le dégoût.
— Et alors ? Peut-être que je suis dégoûtée.
— Pourquoi ?
— Vous n'allez pas m'interroger sur mon père ?
— Ton père ? Pourquoi ?
— Maman m'a dit que vous chercheriez à en savoir plus sur lui. Elle prétend que c'est de là que vient tout le problème. Elle croit que je lui en veux pour le divorce et de n'avoir pas plus cherché à le retenir. Elle affirme que si je peux me permettre d'être vache avec elle, c'est parce que je sais qu'elle ne m'abandonnera pas contrairement à lui – parce qu'elle est coincée avec moi, que ça lui plaise ou non, parce que c'est ça, être mère. On ne peut pas se défaire de sa vilaine fille. Je n'ai pas demandé à naître. D'après elle, je n'arrive pas à supporter l'idée que mon père s'est taillé avec une autre, mais je le sais de toute façon, et que…
— Une seconde, Becky.
Frieda leva sa main.
— Je ne tiens pas à savoir ce que pense ta mère.
— Et pourquoi ? Si vous me recevez, c'est bien parce que vous étiez les meilleures potes à l'école, ou j'sais plus quoi.
Frieda ouvrit la bouche pour protester, puis se retint.
— Ce n'est pas la question. Il s'agit de toi, Becky Capel, pas de ta mère et certainement pas du fait qu'elle et moi nous connaissions autrefois. Tu peux me confier des choses que je ne répéterai à personne. Tu peux te sentir en sécurité ici et exprimer des choses que tu te sens incapable de dire à d'autres, parce que tu ne me connais pas.
Becky détourna la tête. Un long silence s'abattit.
— Je me rends malade, marmotta-t-elle enfin.

— Tu veux dire que tu te rends malade au sens littéral, que tu te fais vomir ?

— Les deux.

Elle eut un rire étranglé.

— Comment vous dites, déjà ? Métaphoriquement. Ma prof serait fière de moi. Je me rends malade, au propre et au figuré.

— En as-tu déjà parlé à quelqu'un ?

— Non. C'est répugnant.

— Sais-tu pourquoi tu le fais ?

— La bouffe me dégoûte, elle aussi. L'idée qu'on attrape des morceaux d'animaux morts et de poissons, de fromage moisi et de racines sales sorties de terre, pour se les fourrer dans la bouche et les mastiquer… Avant d'avaler tout ça et que ça rentre encore plus profondément dans nos corps pour y pourrir à l'intérieur…

Becky regarda Frieda pour la jauger.

— Les pommes, ça va, reprit-elle. Les oranges, aussi.

— Donc tu dis que tu te laisses mourir de faim parce que la nourriture te dégoûte ?

— Je n'aime pas les prunes. Je déteste les bananes. Et les figues.

— Becky…

— Quoi ? Je déteste cette conversation débile. Qu'est-ce qu'on en a à foutre de ce que je mange ? On crève de faim partout dans le monde et voilà qu'une pauvre petite fille riche se rend malade parce que…

— Parce que ?

— Parce que… rien. Ça me passera.

— Et qui sèche l'école.

— C'est chiant, l'école.

— Chiant, l'école ?

— Ouais.

— Et donc, si tu t'ennuies à l'école, qu'est-ce qui t'intéresse ?

— J'aimais bien nager, surtout dans la mer quand il y a des grosses vagues. Nager sous la pluie.

Malgré elle, Frieda fut subitement assaillie par un vieux souvenir, celui de la mer du Nord, grise, et des vagues se ruant sur elle, des galets roulant sous ses pieds nus.

— Mais tu n'aimes plus ?

— Ça fait un bail que je n'y suis pas allée. Et là, c'est bientôt l'hiver. Je déteste quand j'ai froid. Il m'arrive d'être glacée jusqu'aux os.

Frieda s'apprêtait à répondre, quand on entendit toquer à la porte. Maddie se tenait sur le seuil, sous un parapluie, les joues roses et humides, un sac de courses dans une main.

— J'arrive trop tôt ?

— Trop tôt pour quoi ?

— Je pensais que la séance serait terminée.

— Ce n'est pas une séance, c'est une conversation.

Maddie referma son parapluie et se pencha en avant d'un air entendu.

— Alors, qu'en penses-tu ? demanda-t-elle à mi-voix.

— Pardon ?

— Que penses-tu de Becky ?

— Je crois que c'est une jeune fille intelligente qui est assise à quelques mètres de nous, et qui peut sans doute entendre tout ce que nous disons.

— Mais elle a dit quelque chose ?

— Je t'appellerai ce soir, ou t'enverrai un mail. On en parlera à ce moment-là.

— Ça va aller, hein ? Tu vas l'aider ?

Quelques heures plus tard, assise dans son atelier sous les toits, Frieda écoutait la pluie et le vent frapper contre les carreaux. Elle demeura ainsi plusieurs minutes plongée dans ses pensées, puis s'empara du téléphone. Quand Maddie prit l'appel, Frieda perçut de l'empressement dans sa voix.

— J'espérais que ce serait toi. Becky n'a rien voulu me raconter. J'espère qu'elle ne s'est pas montrée trop renfrognée.

— Non, pas du tout.

— As-tu appris quelque chose ?

— Je ne suis pas sûre de bien comprendre ce que tu veux dire par là. Mais je crois que ta fille a besoin d'aide.

— C'est pour ça que je te l'ai amenée.

— Je l'ai reçue aujourd'hui chez moi pour un entretien – parce que tu m'as demandé de la recevoir. Je crois qu'elle a besoin de l'aide d'un professionnel.

— Comme tu as l'air grave !

Maddie laissa échapper un rire anxieux, grinçant.

— J'ai juste besoin de quelques conseils, que quelqu'un m'oriente dans la bonne direction. C'est dans tes cordes, non ? Trouver l'origine de ses problèmes et la remettre sur les rails ?

— Il est important de définir des limites claires. Elle a besoin de voir un thérapeute, pas quelqu'un qui – à ses yeux – a un rapport avec sa mère.

— Mais tu es bien thérapeute, non ? Pour ce qui est de notre relation…

Son ton changea, devint soudain moins chaleureux.

— On n'a jamais vraiment fréquenté la même

bande, n'est-ce pas ? Donc on n'a pas besoin de se soucier de ça.

— Je recevrai Becky pour une consultation véritable, poursuivit Frieda. Je ferai un premier état des lieux, et je te dirai ce dont elle a besoin, selon moi. Et je peux te recommander quelqu'un à aller voir, encore qu'elle doive être partie prenante dans cette décision.

Le ton de Maddie se fit plus chaleureux.

— Merveilleux. Mais que veux-tu dire par consultation véritable ? Ça paraît un peu intimidant dans ta bouche.

— Ça se passera dans mon cabinet à Bloomsbury. Je te donnerai l'adresse. Ça durera très précisément cinquante minutes. Et je te demanderai soixante-quinze livres.

— Tu veux me faire payer ?

— Oui.

— Je te trouve un peu sans cœur, je dois dire.

— Je n'ai reçu Becky aujourd'hui que parce que je te connais, répondit Frieda. La prochaine fois, je la verrai en tant que patiente. Ce qui signifie que tu dois me payer, au même titre qu'un électricien ou un plombier.

— Tu es bien solennelle. C'est ce que tu demandes à tout le monde ?

— C'est le tarif habituel. Si tu n'es pas en mesure de me donner autant, je ferai un geste.

— J'ai tout ce qu'il faut, je te remercie, Frieda. C'est au moins ça que m'a laissé Stephen. C'est juste que ça fait un peu bizarre de payer pour un petit service.

— Ce n'est plus un service. C'est ce dont Becky a besoin, et c'est mon gagne-pain.

3

Frieda prit le métro jusqu'à Finsbury Park. Elle avait besoin de s'éclaircir les idées. Elle longea le parc, puis bifurqua dans l'ancienne tranchée qui traversait le quartier de Hornsey, tel un tunnel de verdure dérobé, pour aboutir au pied de Highgate Hill. Autrefois ligne de chemin de fer, elle était aujourd'hui livrée aux arbres, aux renards et aux gens qui y promenaient leur chien. Les feuilles d'automne, trempées sous les pas de Frieda, étaient soufflées par le vent autour d'elle. Elle percevait une forte odeur de pourriture et de champignons. Elle rédigeait intérieurement une sorte de discours, quand elle fut interrompue par la sonnerie de son téléphone. C'était son ancien élève, Jack Dargan. Elle prit l'appel.

— Oh, désolé, dit Jack. Ça me fait toujours un drôle d'effet quand vous répondez.

— J'ai fini par m'apercevoir qu'il est encore plus compliqué de ne pas répondre.

— Faudra que j'y pense, moi aussi.

— Y a-t-il une raison à ton appel ?

— On peut se voir ?

— Il s'est passé quelque chose ?

— Il faut que je vous parle.

Frieda ressentit une pointe d'anxiété. Généralement, Jack l'appelait quand il était angoissé et il lui arrivait souvent de connaître des épisodes de doute au sujet de son choix de carrière en tant que thérapeute.

— Quelque chose ne va pas ? demanda-t-elle.

— Non, non. Et n'essayez pas de deviner.

Frieda lui suggéra de passer chez elle plus tard dans la journée, mais il insista pour la retrouver en terrain neutre et lui proposa le Lord Nelson, un pub situé à deux pas de chez elle. Ils s'y retrouveraient deux heures plus tard.

Une demi-heure après, elle était assise dans une pièce désormais familière, donnant sur l'arrière d'une maison mitoyenne de Highgate et située à l'étage. Elle scrutait le visage ridé et bienveillant de sa propre psychothérapeute, Thelma Scott. Frieda prit une profonde inspiration et se lança dans la tirade qu'elle avait répétée en chemin.

— J'ai toujours pensé que la thérapie comportait deux écueils totalement opposés. L'un est de s'y mettre, parce qu'on n'en a pas envie ou qu'on croit ne pas en avoir besoin, et l'autre est d'arrêter, parce qu'on y a pris goût ou parce qu'on ne sait pas comment y mettre un terme. Il n'est pas facile de dire : « OK, ça ira comme ça. »

— Et c'est ce que vous aimeriez me dire aujourd'hui, c'est ça ? s'enquit Thelma, toujours grave mais souriante.

— Oui.

— Qu'est-ce qui vous donne ce sentiment ?

— Nous avons cheminé ensemble, répondit Frieda.

Et je crois que ce voyage touche à sa fin. Ou en tout cas, à une fin possible. Je vous suis reconnaissante. Sincèrement.

— Comme vous le savez parfaitement, Frieda, en général quand les patients mettent fin à leur thérapie, ils le font progressivement. Ça peut prendre des semaines, voire des mois.

— Je n'aime pas les adieux. Normalement, je pars sans prendre congé.

Les traits de Thelma se plissèrent à nouveau.

— Si j'étais votre psy, je me pencherais sur la question. Tiens, ça tombe bien d'ailleurs…

Frieda ne put s'empêcher de sourire.

— Vous pensez que j'ai tort ? demanda-t-elle.

Thelma secoua la tête.

— La première fois que vous êtes venue me voir – quand était-ce ? il y a dix-huit mois ? –, je me demandais ce qu'une thérapie pourrait bien vous apporter. Je n'avais jamais rien vu de tel. Quand vous m'avez appelée pour me dire que vous vouliez me voir, je savais que vous aviez été victime d'une agression et que vous aviez failli mourir. Vous aviez à l'évidence subi un trauma sévère et aviez besoin d'aide, d'une façon ou d'une autre. Mais alors, juste avant que nous commencions, vous vous êtes aussi retrouvée impliquée dans un terrible incident qui a causé la mort d'un homme, et au cours duquel un ami proche a été gravement blessé. Vous m'avez raconté comment vous aviez parcouru plus de trente kilomètres à pied pour rentrer chez vous, couverte de sang.

— Ce n'était pas le mien.

— Je me rappelle que vous me l'aviez précisé alors, et je me suis sincèrement demandé si ce dont vous aviez besoin, en fait, ce n'était pas une hospitalisation.

— J'étais en mode automatique, et je ne savais plus comment m'arrêter.

Un long silence s'ensuivit.

— L'image que vous avez employée est relativement juste, je pense. Pas celle où vous dites que vous étiez « en mode automatique », encore qu'elle ait pu s'avérer juste l'année dernière. Je veux dire, au sujet du fait que vous auriez fait un bout de chemin. Vous êtes arrivée à un arrêt, et le moment est peut-être bien choisi pour descendre.

Elle marqua une pause.

— En tout cas, pour l'instant.

— Parce qu'il n'y a qu'un arrêt sur ce chemin ?

— Nous avons échangé beaucoup de choses dans cette pièce et je pense que nous avons progressé.

Elle s'interrompit un moment.

— Je ne crois pas que nous ayons fait toute la lumière sur l'épisode qui vous a poussée à venir me voir. Je crois que vous l'avez digéré, accepté, que vous avez tiré une leçon de cette expérience. Mais peut-être que ce qui se dérobe à vous pour l'instant, c'est que cela implique tout ce dont vous ne m'avez jamais parlé : votre passé, vos parents, vos origines.

— Quand je reçois des patients, en général ils me parlent de leur enfance et de leurs parents, et aussi de leurs amours. Je n'ai rien fait de tout ça, j'en suis consciente.

— Non, en effet.

Thelma l'observa.

— Mais vous avez beaucoup parlé de Dean Reeve.

— C'est vrai. Pour tous les autres, Dean est mort.

La police le croit mort. Son ex-compagne le croit mort. Son corps – ou ce que les gens ont pris pour son corps, mais plutôt celui de son pauvre frère Alan – a été incinéré et les cendres dispersées. C'est la menace préférée de la presse, mais même ça, ça a fini par passer. Peu à peu, on l'oublie, mais pas moi. Pour moi, il est vivant. On dirait un fantôme, mais il n'est pas mort. Il m'observe et veille sur moi à sa façon. J'ai l'impression qu'il est là, dehors, et qu'il attend son heure.

Frieda surprit l'expression de Thelma et secoua la tête.

— Ce n'est pas le fruit de mon imagination, ni une espèce de double freudien. Dean Reeve est un assassin, et il est bien vivant.

— Je ne sais pas s'il est vivant, mais il l'est dans votre tête. Il vous hante.

— Il me hante, c'est certain. Mais il est bien vivant.

— Selon vous.

— Non. Il est vivant. La thérapie peut peut-être m'aider à contrôler mes émotions, les peurs que j'entretiens vis-à-vis de Dean, mais elle ne peut rien contre cet état de fait.

— Vous seriez donc en train de suggérer que si vous n'avez pas parlé de vos parents ou de vos amants, c'est la faute de Dean Reeve ?

— En fait, il se trouve que j'ai bel et bien repensé au passé. Il y a deux jours une femme est venue me voir, une fille qui était dans ma classe à l'école. Ce n'était pas à proprement parler une amie, je ne l'avais pas revue depuis nos seize ans, mais elle voulait que je parle à sa fille. Je l'ai reçue hier, et il se passe quelque chose. Un truc que je ne parviens pas à identifier.

— Essayez.

— C'est comme si mon passé était revenu toquer à ma porte.

— Peut-être est-ce une bonne chose.

Mais Thelma crut déceler de la tristesse sur les traits de Frieda qu'elle n'avait jamais vue auparavant.

— Je ne vois pas en quoi.

Quand Frieda arriva au Lord Nelson, Jack s'y trouvait déjà. Comme il ne la remarqua pas tout de suite, elle put l'observer à loisir. *Il a changé*, se dit-elle. Quand elle avait fait sa connaissance, c'était un jeune étudiant en médecine, nerveux, ergoteur, emprunté et peu sûr de lui. Aujourd'hui, il semblait plus confiant, même s'il était habillé comme un romanichel, d'une veste à motifs sur une chemise violette, d'un pantalon rayé noir et blanc et d'une écharpe à rayures multicolores. Sa chevelure fauve – généralement indomptable – formait plus ou moins une banane. Elle s'avança et, au même instant, il fit demi-tour et l'aperçut, rougit, et ressembla soudain bien plus au Jack d'antan. Il proposa une boisson mais Frieda ne voulait que de l'eau. Jack protesta et glissa dedans une tranche de citron.

— C'est un peu moins chiant comme ça, insista-t-il.

Il commanda pour lui-même une demi-pinte de bière, puis la précéda jusqu'à une table située dans un coin.

— Comment va le boulot ? s'enquit Frieda.

Jack secoua la tête avec ostentation.

— Je ne suis pas venu pour parler de ça, répondit-il. Il fallait que je vous voie parce que j'ai quelque chose à vous dire.

— Alors dis-moi.

Jack la regarda droit dans les yeux.

— Je fréquente quelqu'un en ce moment.

— Très bien, répondit Frieda sans se presser. À l'évidence, je suis censée répondre que je suis ravie pour toi, mais pourquoi tout ce cinéma ?

— Parce qu'en fait si je me suis dit que je devais vous en parler, c'est qu'il se trouve que c'est quelqu'un que vous connaissez.

— Que je connais ?

— Oui.

Frieda se sentit un peu hébétée, comme si son cerveau ne fonctionnait pas tout à fait. Elle se mit à parcourir mentalement son carnet d'adresses. Qui cela pouvait-il bien être ? Et dans tous les cas, qui que ce fût, pourquoi la convoquer de façon aussi solennelle pour le lui annoncer ?

— OK, lâcha-t-elle enfin. Comptes-tu me dire qui c'est ou suis-je censée deviner ?

— Il faut d'abord que je vous explique un peu, Frieda, parce que sinon…

— Pour l'amour du ciel, Jack, qui est-ce ?

— Frieda.

Elle se retourna et aperçut sa nièce, Chloë, rayonnante.

— Chloë, mais qu'est-ce que… ?

Soudain, Frieda comprit ce qu'il en était et se tut.

— Salut, mon chou, roucoula Chloë tandis que Jack se levait pour l'embrasser.

— Et alors, tout baigne ?

— Je m'apprêtais à lui dire.

— Tu vas me chercher un verre ? dit Chloë. Du blanc.

Elle se tourna vers Frieda.

— Tout va bien. J'ai ma carte d'identité.

Toutes deux regardèrent Jack tenter en vain de se frayer un chemin dans la foule jusqu'au bar. Puis elles se tournèrent l'une vers l'autre.

— Chloë, commença Frieda.

— Je sais que tu vas trouver ça bizarre.

Frieda voulut enchaîner mais Chloë l'interrompit.

— Déjà, t'es ma tante et tu me connais depuis que je suis née, et en plus, tu as littéralement été une mère de substitution, vu que la mienne n'est bonne à rien…

— Chloë…

— Et puis t'as passé tellement de temps à m'aider. En gros, c'est grâce à toi et à toi seule que j'ai réussi à passer mon brevet. Je regrette juste que tu n'aies pas réussi à accomplir la même prouesse pour mon bac, mais c'est une autre histoire. En plus, j'ai habité chez toi, et on a traversé toutes sortes d'épreuves ensemble. Et je sais que Jack est comme un fils pour toi…

— Un étudiant, plutôt.

— Mais les gens qui t'entourent ne sont pas que ça, Frieda. Tout le monde finit par former une famille pour toi.

— Je ne crois pas que ce soit le cas du tout.

— Ce que je cherche à dire, c'est que ça doit te paraître quasi incestueux, cette affaire, et peut-être plus bizarre encore parce qu'en fait c'est grâce à toi si on est ensemble…

— Grâce à moi ?

— C'est par ton entremise qu'on a pu faire connaissance, et je t'en serai reconnaissante à jamais parce qu'il est vraiment adorable. Comme tu le sais.

Frieda ne trouva rien à répondre, puis, alors qu'elle s'apprêtait enfin à parler, Jack arriva avec le verre de blanc de Chloë et s'assit.

— Tout va bien ? s'enquit-il sur un ton inquiet.

— Tout baigne. La question est réglée.

Chloë leva son verre.

— À nous.

Elle but une gorgée de vin. Jack sirota sa bière tout en hasardant un regard en direction de Frieda. Celle-ci ne toucha pas à son verre. Chloë fronça les sourcils.

— Quelque chose ne va pas ?

— Non, répondit Frieda. Je suis juste étonnée, c'est tout. J'essaie d'encaisser la nouvelle.

— Je sais que c'est difficile pour toi, compatit Chloë. Tu dois sans doute encore me voir comme une enfant de douze ans. Mais j'en ai dix-huit. Cette histoire est parfaitement légale. On n'enfreint aucune loi.

— Il y a une grande différence d'âge.

— Bon, d'ac, on a six ans d'écart. Et alors, y a pas de quoi en faire un fromage, non ?

— Eh bien, en fait, neuf ans.

— Si on tient à pinailler, oui, et c'est bien ce que tu fais. Désolée, répliqua Chloë. Je pensais que tu te réjouirais pour nous.

Frieda prit sur elle.

— Je suis heureuse pour vous. C'est juste que vous comptez beaucoup pour moi, tous les deux, et que je ne veux pas que vous fonciez tête baissée dans une histoire qui pourrait mal finir pour l'un ou l'autre. Je suis bien consciente en disant ça d'avoir l'air vieux jeu et rabat-joie.

Elle s'interrompit pour reprendre son souffle.

— Ce n'est pas mon intention. Et c'est bien de votre part d'avoir voulu m'en parler.

— Parfait.

La mine triomphante, Chloë croisa le regard de Jack au-dessus de la table.

— Je t'avais dit qu'il n'y aurait pas de problème.

Elle reporta son regard sur Frieda.

— Tu veux savoir comment ça a commencé ?

— Une autre fois, répondit Frieda qui n'y tenait pas.

— Mon impression, poursuivit Chloë d'une voix guillerette, c'est que Jack a flashé sur moi dès la première rencontre. Un pur fantasme d'écolière.

— N'importe quoi, répliqua Jack.

— Tu es venu à une fête chez moi pour mes seize ans.

Frieda se rappelait très bien cette soirée – c'était là qu'elle avait fait la connaissance de Ted Lennox, dont la mère venait de se faire assassiner et dont Chloë était follement éprise à l'époque.

— Rien à voir, reprit Jack. On était juste amis.

— Que tu dis.

— La vérité vraie, c'est que tout ceci est très récent, s'empressa de préciser Jack à l'adresse de Frieda. Je voulais vous en parler dès le début. Je m'inquiétais de ce que vous en penseriez.

— Ne sois pas idiot, Jack, le coupa Chloë. Qu'est-ce que tu racontes ?

Frieda eut soudain le sentiment horrible qu'elle allait assister à leur première dispute.

— Olivia est au courant ? demanda-t-elle.

— M'man ne comprendrait pas.

— Il faut que tu lui dises.

— Je sais comment elle réagirait : elle se bourrerait la gueule et me dirait que je ferais mieux de me concentrer sur les matières que je dois repasser.

— Ce qui, soit dit en passant…

— Et ensuite elle ajouterait que je ne sais pas ce que je fais. Et après elle voudrait tout savoir en détail et là, elle me déballerait tout sur ses premiers rapports. Beurk.

— Tu devrais lui dire quand même, insista Frieda. Je n'aime pas être au courant de choses qui te concernent sans que ta mère le sache.

— Un jour, concéda Chloë.

Frieda se leva.

— Il faut vraiment que j'y aille.

Chloë se leva à son tour.

— T'es pas fâchée, hein ? Dis-moi juste que tu n'es pas fâchée.

— Je ne suis pas fâchée et je dois y aller.

— Je passerai te voir bientôt, ajouta Chloë. Il faut qu'on parle de mes exams. Ne dis rien à m'man, mais je ne suis pas sûre que ça aille trop bien, de ce côté-là. Et il y a tellement d'autres choses dont j'aimerais discuter avec toi.

— Oui, oui, lâcha Frieda tout en reculant en direction de la porte.

Elle sortit du pub avec l'impression de s'enfuir.

4

— Je t'en prie, assieds-toi.

Frieda indiqua un fauteuil et attendit que Becky soit installée avant de prendre elle-même place dans son fauteuil rouge. La fille examinait les lieux. La pièce était simple et ordonnée. Sur le mur d'en face, un tableau figurant un paysage aux contours estompés ; entre les deux fauteuils, une table basse, avec une boîte de mouchoirs en papier posée dessus ; la lampe dans le coin répandait une douce lumière sur les murs gris-vert. Becky remarqua une plante posée sur le rebord de la fenêtre, par laquelle elle aperçut un vaste chantier de construction creusé de cratères, avec des grues dépassant les palissades en bois.

— Ça fiche un peu la trouille, déclara-t-elle en se retournant vers Frieda qui patientait, assise bien droite sur son siège.

— C'est toujours intimidant au début.

— Je veux dire, la dernière fois que je vous ai vue, c'était chez vous, vous m'avez offert du thé et il y avait un feu, c'était plutôt intime.

D'un geste, elle embrassa les lieux. Elle portait à

nouveau un pull irlandais trop grand pour elle sur un jean ample.

— Là, ça a l'air sérieux.

— Ce n'est qu'un endroit où tu peux tout dire.

— Je sais pas trop. Je n'ai jamais eu l'intention d'en arriver là. Si j'ai accepté de venir, c'est juste pour ne plus avoir ma mère sur le dos. Et voilà que je me retrouve ici et ça me paraît horriblement silencieux, comme si vous attendiez d'entendre ce que je vais dire.

Elle mit sa main à sa bouche, puis l'ôta.

— Mais je n'ai rien à dire. J'ai l'esprit vide, mais c'est comme si ça crépitait là-dedans. Ça me donne envie de partir en courant.

— Ce serait dommage, au bout d'une minute, répondit Frieda en souriant.

— Il arrive que des gens restent assis pendant toute la séance sans rien dire ?

— Parfois, oui.

— Donc si je le voulais, je pourrais en faire autant ?

— Sans doute trouverais-tu cela inconfortable. Garder le silence peut être plus difficile que de parler. Mais en fait, ce que j'aimerais faire aujourd'hui, c'est plutôt une forme de bilan. Je vais te poser quelques questions auxquelles tu répondras, après quoi on verra quelle suite donner à tout ça.

— Et si je ne veux pas ?

— Alors ne le fais pas. C'est toi qui choisis, ici. Même si tu n'en as pas forcément l'impression. Tu peux parler ou non, tu peux t'en aller quand tu le veux. Tu peux te confier à moi, sans que je te juge ni que je sois choquée. Je suis ici pour t'aider à sortir des choses dont tu n'as pas pu parler. Parfois quand on les formule, quand on en prend conscience, elles deviennent moins effrayantes.

— Pourquoi ? Ce ne sont que des mots. Ça ne peut rien changer.

— C'est un peu comme projeter une lumière dans une pièce sombre. Ou plutôt, comme fixer l'obscurité suffisamment longtemps pour qu'on s'y habitue et qu'on distingue les formes qu'elle dissimule. Les peurs qu'on ne peut pas nommer ont sur nous une emprise. Essaie de considérer ce temps qui t'est donné ici comme une opportunité de reprendre le contrôle.

— C'est quoi, cette histoire de peurs ? Juste parce que j'aurais arrêté de manger un peu…

— Ça ne passera pas sans rien faire. Ça ne s'arrange pas, si ? Ça ne fait sans doute qu'empirer.

— Je ne vois même pas de quoi vous parlez. Que voulez-vous dire par « ça » ?

— Ce qui peut bien t'empêcher de manger, d'aller en cours, qui provoque en toi du dégoût et de l'ennui, qui suscite en toi de la colère et t'éloigne de ta mère. Et qui t'a amenée ici. Tu n'aurais pas accepté de me voir, quelle que soit la pression qu'on ait pu exercer sur toi, si tu n'avais pas senti que ça pourrait t'aider.

— C'est tout ce que vous savez dire.

— Commençons par quelques questions très simples. Tu as quinze ans, c'est bien ça ?

— J'en aurai seize en janvier.

— Et tu vis seule avec ta mère ?

— C'est ça.

— Quel âge avais-tu quand ton père est parti ?

— Six ans. Il est revenu un temps, avant de repartir pour de bon.

— Te rappelles-tu ce que tu as ressenti alors ?

— À votre avis ?

— Je n'en sais rien. C'est pour ça que je te pose la question.

— J'avais de la peine.

— Est-ce qu'ils t'en ont parlé à l'époque ?

— Mon père, oui. Mais je me souviens surtout des engueulades et des cris.

— Comment ton père t'a-t-il expliqué la situation ?

— Il m'a prise sur ses genoux et il s'est mis à pleurer. Je me souviens de ses larmes sur ma tête. J'ai dû le serrer dans mes bras pour le réconforter.

— Tu te sentais fâchée contre lui ?

— Pas vraiment. Je voulais juste qu'il revienne. Mais quand il l'a fait, c'était affreux, et du coup je rêvais qu'il s'en aille à nouveau. Ou alors elle.

— Ta mère ?

— Ouais.

— Tu lui en voulais ?

— Je sais que c'est injuste. C'est elle qui s'est occupée de moi. Mais elle m'énerve. Et elle ne me comprend pas. Elle ne m'a jamais comprise.

— Et ton père, il te comprend, lui ?

— Autrefois je pensais que oui. Aujourd'hui il a l'air agacé quand il me voit comme ça. Il aimerait que je reste sa gentille petite fifille.

— Donc tu ne peux pas leur parler de ce qui t'arrive ?

— Je n'y tiens pas, de toute façon.

— Parle-moi de tes amis. Tu as des amis proches ?

— Je ne sais pas ce que vous appelez proches.

— Tu as une bande de potes ?

— Plus ou moins.

— Au lycée ?

— Surtout, oui.

— Et des meilleures amies ?

— On dirait que vous parlez d'un bébé. Il y a Charlotte, j'imagine, ou en tout cas, il y avait, et une autre, qui s'appelle Kerry. Je la connais depuis l'école primaire. On parlait de tout avant.

— Avant… mais plus maintenant ?

Elle cacha ses mains dans les manches de son pull et se pencha en avant. Ses cheveux bruns lui retombèrent sur la figure.

— M'en fiche. Max, ça va. Je l'aime bien, mais pas comme on pourrait le penser.

— Donc tu es moins proche de tes amis que tu ne l'étais autrefois ?

— Peut-être bien.

— On t'a déjà embêtée à l'école ?

— Non.

— Jamais ?

— Ça dépend de ce que vous entendez par embêter. Les filles peuvent être très pestes et il y a eu des fois où on m'a mise à l'écart et c'était horrible – mais ça arrive à tout le monde, et je l'ai fait à d'autres, si je suis honnête. On en est tous là : t'es *in* un jour, *out* le lendemain, c'est comme ça que ça marche.

— Et pour l'instant, on t'accepte ou on te rejette ?

— C'est pas ça. Je ne fais plus partie de la bande. Ils se sont lassés de moi, à moins que ce ne soit moi qui en ai eu marre.

— Mais seulement durant ces dernières semaines ?

— Surtout, oui.

— Ces dernières semaines durant lesquelles tu as séché les cours et cessé de t'alimenter ?

— J’ai pas faim, c’est tout. J’étais maigre avant, de toute façon.

— Et la nourriture te dégoûte.

— Ouais.

— Le fait d’ingérer quelque chose.

Becky haussa les épaules.

— Peut-être que tu as fait quelque chose récemment, ou qu’il t’est arrivé quelque chose, qui t’a perturbée et effrayée.

Elle haussa de nouveau les épaules et porta son regard sur les grues et leurs bras scintillants qui se découpaient sur l’horizon.

— Becky ?

— Je fais des cauchemars.

— Raconte-moi.

— J’sais plus… Je m’en souviens pas.

Elle sortit une main de sa manche et mordilla les jointures de ses doigts.

— Je n’aime pas aller me coucher.

— À cause de ces rêves ?

— J’en sais rien.

— Certaines personnes n’aiment pas dormir parce que ça ressemble un peu à la mort.

— Oh ça, non, je m’en fiche.

— Tu dors dans le noir ?

— Je garde la lumière allumée. Je *déteste* le noir.

— Depuis toujours ?

— Non.

— C’est une peur récente.

Becky frissonna.

— Il t’est arrivé quelque chose dans le noir.

— J’aimerais rentrer, maintenant.

— Becky. Tu n’as pas besoin de me regarder.

Tu peux regarder dehors, ou fermer les yeux si tu veux. Et tu peux me dire ce qui t'est arrivé dans le noir.

Becky ferma les yeux. Ses paupières étaient violacées, presque transparentes.

— Tu es en sécurité ici. Raconte-moi. Tu étais seule ?

— Oui.

Un chuchotement ténu.

— Continue.

— J'étais dans ma chambre, je dormais, ou presque. Je sais plus.

— Oui…

Frieda ne devait pas influencer ses propos, lui mettre des idées en tête ; il fallait qu'elle attende.

— L'instant d'après, j'étais réveillée, ou à moitié, et j'ai su qu'il y avait quelqu'un dans ma chambre.

Ses paupières clignèrent et s'ouvrirent, puis se refermèrent.

— Tout était très calme.

— Continue.

— Vous ne devinez pas ?

— Je ne veux pas deviner. Je veux que tu me le dises.

Un silence envahit la pièce.

— On m'a violée. Quelqu'un m'a violée.

Plus tard, elle pleura, et Frieda – qui évitait tout contact physique avec ses patients – la prit dans ses bras et écarta ses cheveux de son pâle visage baigné de larmes. Puis elle lui apporta un verre d'eau et l'obligea à le boire pendant qu'elle appelait le patient suivant pour le prévenir qu'elle aurait du retard.

— Nous en reparlerons sérieusement bientôt,

déclara-t-elle à son retour. Mais tout d'abord, des questions pratiques. A-t-il utilisé un préservatif et si non, as-tu fait un test de grossesse ?

Becky parut consternée.

— Non, il n'en a pas mis, et non. Je n'y ai pas pensé, je veux dire.

Elle s'interrompit.

— Tu as eu tes règles depuis ?

— Je n'ai plus mes règles depuis bien longtemps.

— Tu dois faire un test de grossesse et tu dois te faire examiner par un médecin.

— Je ne peux pas. Je ne veux pas.

— Juste pour te rassurer.

— Oh, mon Dieu ! J'ai peut-être le sida. Vous pensez qu'on a pu me contaminer.

— Juste pour qu'on soit sûres.

— Je ne veux pas !

— Tu peux voir ton médecin traitant, ou aller dans un dispensaire. Je peux t'indiquer des numéros de téléphone.

— Vous viendrez avec moi ? Je ne peux pas, toute seule.

— Tu devrais en parler à ta mère, Becky. C'est elle qui doit t'accompagner.

— Vous ne pouvez pas me forcer.

— Je ne t'obligerai à rien, mais tu devrais lui dire.

— Elle va me détester.

— Tu as subi quelque chose d'affreux, Becky. Pourquoi penses-tu qu'on t'en voudra ?

— Je ne peux pas lui en parler. Vous pensez vraiment que je dois le faire ? Je ne sais pas comment.

— C'est très difficile. Mais tu as réussi à me le

dire, et ce sera un peu plus facile à présent de le répéter à ta mère.

— Quand ?

— Le plus tôt possible.

— Je suis pas sûre…

— Elle pourra t'accompagner chez le médecin, comme ça. Ce serait mieux.

— Je ne vois pas comment faire.

— Becky ?

— Oui ?

— As-tu jamais songé à aller trouver la police ?

— Plutôt mourir. Si vous leur dites, je me tue. Je vous le jure. Je n'irai pas voir la police. Je ne sais rien. Je ne sais pas qui c'est, je n'ai jamais vu sa tête. Vous ne pouvez pas m'obliger à leur dire quoi que ce soit. Vous ne pouvez pas.

— Tu as raison. Je ne le peux pas.

— C'est la fin de la séance ? Je peux y aller, là ?

— Cela fait bien plus d'une heure que tu es là et ta mère doit attendre. Mais tu peux rester autant que tu veux.

— Qu'est-ce que je lui dis ?

— Ce qui s'est passé. Parle-lui. Demande-lui de t'emmener chez le médecin. On se revoit très vite.

— Vous m'aiderez ?

— Oui.

— Je ne me sens pas très bien. J'ai un peu mal au cœur.

Frieda tendit le bras et aida Becky à se relever. La petite était toute pâle et faible. On aurait dit une enfant. Frieda posa ses mains sur ses épaules.

— Tu t'es montrée courageuse. Je te félicite.

5

Becky avait dû s'en ouvrir à sa mère le jour même parce que, le lendemain matin, Maddie débarqua au cabinet de Frieda, appuyant sur l'interphone à plusieurs reprises pour demander d'une voix essoufflée qu'on la laisse monter.

— Je te dois combien ? demanda-t-elle, les joues empourprées. Soixante-quinze livres ?

— Pardon ?

— C'est bien ce que tu avais dit, non ? Soixante-quinze livres la séance.

Frieda se tut un instant. Ce n'était pas tout à fait ce à quoi elle s'attendait.

— Oui, répondit-elle.

Maddie brandit un carnet de chèques. Elle balaya du regard la pièce, mais il n'y avait aucun endroit où écrire si ce n'est sur la table basse entre les deux fauteuils. Elle s'approcha de la fenêtre, s'appuya sur le rebord et rédigea en vitesse un chèque qu'elle remit à Frieda.

— Tu as oublié la date.

Maddie renâcla et le lui arracha des mains.

— On est le 6 ?

— Le 7.
— Très bien.
Elle ajouta la date et lui rendit le chèque.
— Je suis un peu étonnée, avoua Frieda.
— Pourquoi ?
— Quand tu as appelé pour m'annoncer que tu devais me voir de toute urgence, je n'ai pas pensé une seconde que ça puisse être parce que tu allais me remettre un chèque.
— Ah oui ? Et tu as pensé quoi, alors ?
— Tu plaisantes ?
— Pas le moins du monde.
Maddie était quasi haletante. Frieda n'aurait su dire si elle allait crier ou se mettre à pleurer.
— Quand je t'ai appelée pour t'annoncer que je devais te voir, qu'est-ce que je comptais te dire, d'après toi ?
Frieda invita Maddie à s'asseoir dans le fauteuil réservé aux patients, là où elle avait reçu sa fille. Elle prit place en face.
— Si on doit parler, commença Frieda, tu dois d'abord me raconter ce que ta fille t'a dit.
La bouche de Maddie s'ouvrit mais elle resta tout d'abord muette. Elle semblait encore plus mince, les traits plus tirés qu'auparavant, comme si elle n'avait pas dormi ni mangé.
— Je croyais que tu allais l'aider, commença-t-elle. Au lieu d'abonder dans le sens de ses… (elle semblait chercher le mot exact)… difficultés.
— Que t'a dit Becky ?
Maddie secoua la tête avec colère.
— Tu avais dit que tu l'aiderais. Si j'avais su qu'en fait tu ne ferais qu'empirer sa situation…

— C'est ce que j'ai fait, selon toi ?

— Il n'y a qu'à la voir. Je n'avais pas envie de la laisser seule ne serait-ce qu'une seconde, mais elle a tenu à aller en cours. Je ne savais pas quoi faire, mais il fallait que je vienne te dire en face ce que tu as fait.

Frieda leva la main.

— Une seconde. J'ai besoin de savoir ce que ta fille t'a dit.

— Pourquoi ? Pourquoi as-tu besoin de le savoir ?

— Je ne peux parler à personne d'autre, pas même à toi, de ce que Becky m'a confié.

— Mais de quoi est-ce que tu parles ? rétorqua Maddie, furibonde. L'unique raison pour laquelle je t'ai amené Becky, c'était pour trouver ce qui n'allait pas chez elle afin que je puisse l'aider.

— Si c'était ton intention, alors je ne t'ai pas correctement expliqué les choses. Quand je reçois un patient, il a besoin de savoir qu'il peut absolument tout me dire – ou presque tout – avec l'assurance que ça restera secret. En conséquence, si nous devons évoquer le sujet, tu dois me dire ce que tu sais de ta fille.

— Je vais te dire ce que je sais de ma fille. Elle fait tout pour qu'on s'intéresse à son cas, elle a des secrets, elle a fréquenté tout un tas de gens que je ne connais pas et dont elle ne veut pas me parler, elle ment, elle cache des trucs. Elle semble en vouloir au monde entier et surtout à moi.

— Mais que t'a-t-elle confié qui t'a poussée à venir me parler ?

Maddie lança à Frieda un regard mauvais.

— Elle m'a parlé de la même chose qu'à toi. De l'agression.

— Quel genre d'agression ? insista Frieda sans se départir de son calme. Tu dois dire les mots.

Maddie se frotta la bouche, comme pour l'essuyer.

— Elle raconte qu'on l'a violée. Voilà, je l'ai dit. T'es contente ?

— La question est plutôt : que ressens-tu, toi ?

— Je sais ce que tu penses, répliqua Maddie dont le ton devint franchement agressif. Tu crois que je me fiche de ce qui arrive à ma fille. Que je ne fais pas suffisamment preuve de compréhension. Excuse-moi, mais tu n'as pas d'enfant et tu n'es absolument pas capable d'imaginer ce que ça fait.

— Je ne peux pas imaginer ce que ça fait *quoi* ?

— Certains jours, durant cette année, ça a été comme de cohabiter avec mon pire ennemi. Quelqu'un qui veut me faire du mal, qui connaît tous mes points faibles. Mais je ferais n'importe quoi pour elle. Je l'aime.

— Mais la crois-tu ?

Cette fois-ci, Maddie réfléchit un long moment.

— Tu l'as vue hier, lâcha-t-elle enfin. On dirait une jeune femme – si on ne tient pas compte de sa maigreur, évidemment –, elle s'exprime sur ce ton pseudo-adulte. Enfin… comment dit-on, déjà ? Aguerri.

— Elle ne m'a pas semblé aguerrie le moins du monde, en ce qui me concerne.

— C'est bien ce que je cherche à dire. Quand Becky sort faire la fête et ne rentre pas de la nuit, qu'elle ne me dit pas où elle est, ni ce qu'elle prend, ni avec qui elle…

Maddie s'interrompit un moment et passa ses doigts dans ses cheveux.

— … avec qui elle est. Elle joue avec le feu, ce sont des choses sur lesquelles elle n'a aucun contrôle.

— Le sujet qui nous occupe n'est pas qu'elle découche ou se rebelle, ou qu'elle soit perdue. Ce sont là des sujets dont il faudrait discuter. Je pourrais les aborder avec Becky, comme tu pourrais le faire, toi. Mais là, il s'agit d'autre chose. Elle soutient qu'on l'a violée. C'est très grave. C'est un crime. Tu n'as pas répondu à ma question : est-ce que tu la crois ?

— Mais tu m'as écoutée ou quoi ? Becky vit n'importe comment, fréquente des voyous, avec des histoires de drogue et de sexe. Elle n'a que quinze ans ! Est-ce normal de coucher à son âge ?

— Ce n'est pas de ça qu'elle parlait. La crois-tu ?

— Je ne sais pas quoi penser. Si tu me demandes si Becky est capable d'inventer une histoire pareille ou d'exagérer juste pour me faire peur ou me peiner, alors je répondrais volontiers que oui.

— Mais elle ne t'a rien dit, répliqua Frieda. Elle a essayé de te le cacher. Elle a manifesté une grande détresse, dont les symptômes t'ont inquiétée. Et ensuite, quand tu me l'as amenée, c'est à peine si elle a réussi à en parler.

— Peut-être parce que ce n'est pas vrai. Et même si ça l'est, à cet âge, est-ce qu'elle ne parlerait pas simplement d'une histoire qui est allée un peu trop loin, un truc qu'elle aurait fait puis regretté ?

— Ce n'est pas ce qu'elle m'a raconté. Ta fille m'a dit, puis t'a répété, qu'on l'avait violée. Cela a représenté un immense effort pour elle, elle a dû accorder sa confiance, trouver le courage de parler. Tu dois réfléchir à ta façon de réagir. Tu dois également envisager qu'elle puisse porter plainte.

— Non, non, hors de question.

— C'est un crime grave.

— Facile à dire. Ce n'est pas toi qui aurais à vivre tout ça.

— Tu veux dire que Becky serait obligée de vivre tout ça ? Ou bien toi ?

Maddie releva brusquement la tête. Frieda décela un soupçon de l'arrogance dont elle avait fait preuve en arrivant chez elle, la première fois.

— Il se trouve que j'ai réfléchi à ce que Becky aurait à endurer, rétorqua-t-elle. J'y ai pensé en tant que mère, et non comme une espèce de spectateur. Imagine si elle allait trouver la police. Elle ne l'a pas signalé au moment où les faits sont censés s'être produits. Personne d'autre n'a rien vu. Il n'y aura que la parole d'une fille de quinze ans.

— Celle de ta fille.

— Oui, ma fille. Et imagine ce qui se passerait si la police décidait d'enregistrer sa plainte, et si l'on persuadait Becky de révéler le nom de l'auteur présumé d'un acte pareil. C'est Becky elle-même qui se retrouverait passée au crible, ses habitudes, sa vie sexuelle, son état psychologique. Y compris le fait qu'elle ait consulté une psychiatre, ou une psychologue, peu importe ce que tu es. On pourrait s'en servir contre elle. Tu as parlé à Becky. Tu lui ferais endurer tout ça ? Tu crois que ça lui ferait du bien de se retrouver sous le feu des projecteurs ?

— Elle est mineure, rappela Frieda. Son nom ne paraîtrait nulle part, à aucune étape d'un éventuel procès.

Maddie fit la moue et Frieda repensa brièvement à l'époque où elles-mêmes avaient quinze ans.

— Je ne connais pas grand-chose au circuit de l'information aujourd'hui, mais ces choses-là finissent toujours par sortir. Tout le monde serait au courant.

— Je crois que tu ne m'as pas bien comprise, répliqua Frieda. Je ne dicte pas aux gens leur conduite. Enfin, la plupart du temps. Je voulais juste t'exposer les possibilités. Il t'appartient de décider quoi faire, tout comme à Becky. Mon principal souci concerne son équilibre mental. C'est à ce sujet que tu es venue me voir, au départ.

— Précisément. Et vois où on en est. On ne peut pas vraiment dire que tu l'as soignée.

— C'est ça, ta réaction à ce que ta fille nous a appris ? Tu es déçue que je ne l'aie pas guérie au bout de deux brefs entretiens ?

Maddie se leva, alla à la fenêtre et observa le vaste chantier de construction.

— Je déteste Londres. Jamais je ne pourrai vivre dans une ville. Je ne supporte même pas Ipswich ou Colchester. Quand je viens ici, j'ai l'impression de retenir mon souffle jusqu'à ce que je m'en aille.

— Je dois dire que je nourris des sentiments assez ambigus moi-même, concéda Frieda.

Maddie se retourna.

— On n'était pas vraiment amies à l'école, n'est-ce pas ?

— Je ne sais pas, éluda Frieda. On était dans la même classe.

— Tu faisais partie d'un groupe auquel je rêvais d'appartenir. Je vous voyais dans les fêtes. Tu ne savais sans doute même pas que j'y étais, mais je m'en souviens encore. Il y avait Chas Latimer. Et Jeremy. Ton petit ami.

— Pas longtemps.

— Eva Hubbard, aussi. Ta meilleure copine. Je rêvais de faire partie de la bande.

— Tout le monde ressent ça, je crois.

— Pas toi, pas à l'époque.

Maddie eut un sourire étrange.

— Après le lycée, j'ai cru laisser tout ça derrière moi, mais ça vous colle aux basques, même vingt-cinq ans plus tard. Tu ne trouves pas ?

— Non, je ne trouve pas.

— Peut-être que c'est moi qui devrais venir te consulter plutôt que Becky.

Frieda secoua la tête.

— Je ne suis pas sûre que je devrais recevoir Becky. Je t'ai dit que je procéderais à une évaluation, pour décider si elle avait besoin de consulter quelqu'un. Elle en a besoin, c'est certain, et je peux lui trouver quelqu'un de bien. Mais j'aimerais la revoir d'abord.

Maddie eut un air méfiant.

— Pour quoi faire ? Tu vas la convaincre d'aller trouver la police ?

— Non. J'ai eu l'impression que Becky avait commencé à se livrer, sans aller jusqu'au bout. Quand elle l'aura fait, elle devra consulter quelqu'un d'autre.

Maddie se détourna de Frieda et regarda à nouveau par la fenêtre. Le jour n'était toujours pas levé quand elle se décida à partir.

— Et moi qui croyais que ce serait simple… lâcha-t-elle dans un soupir, presque pour elle-même.

6

— Elle ne me croit pas.

— Elle ne sait pas si elle peut le faire.

— Franchement, vous trouvez ça mieux, qu'elle ne *sache* pas si elle peut me croire ?

Becky se pencha en avant, les mains posées sur les accoudoirs. Elle grimaçait de colère et de détresse. Elle avait un bouton de fièvre au coin de la bouche, les cheveux ternes et sales.

— Parce que moi je vous dis que non. Ah ça, non, putain. C'est ma mère. Elle est censée me soutenir. Et maintenant on dirait presque que je sens mauvais à voir sa tête… Elle est gênée. Elle me parle sur un ton haut perché, comme si elle marchait sur des œufs, et elle n'arrive pas à me regarder en face. J'aurais préféré ne jamais vous avoir connue. J'aurais préféré ne vous avoir jamais rien dit.

— Vraiment ?

— J'allais bien et vous m'avez obligée à tout déballer. Maintenant, je ne peux plus le cacher.

— Ta mère…

— Ma mère pense que j'ai tout inventé, la coupa Becky en laissant échapper un sanglot. Elle croit que je fabule. Qui pourrait bien imaginer une histoire pareille ?

— Les gens inventent tout le temps n'importe quoi. Pour toutes sortes de raisons.

— Vous ne me croyez pas non plus ? Maintenant que vous avez bousillé mon existence ?

— Je te crois, répliqua Frieda d'un ton ferme.

— Pourquoi ? Vous ne me connaissez pas. Peut-être que ma mère a raison. Peut-être que vous faites trop facilement confiance et que vous avalez n'importe quoi.

— Peu de gens te donneraient raison sur ce point, je crois.

— Alors pourquoi ?

Frieda se tut, réfléchissant.

— Ça semblait vrai, répliqua-t-elle.

— Donc vous ne croyez pas que j'essaie juste d'attirer l'attention ?

— Je sais que tu me dis la vérité. Ça a dû être terrible, Becky.

Becky se mit soudain debout au centre de la pièce, enveloppant son buste maigre de ses bras maigres, comme pour se protéger. Tout ce qu'elle parvint à dire fut :

— Oui. Ça l'est toujours.

— Tu veux bien t'asseoir ?

Becky se rassit au bord du siège, prête à bondir.

— Elle a dit que je ferais mieux de n'en parler à personne, que ça finirait par passer.

— Que lui as-tu dit au juste ?

— Pas grand-chose. Je ne pouvais pas. C'était tellement dur d'en parler. J'en ai même été malade – au sens littéral – avant de descendre le lui annoncer. J'ai balancé ça comme ça.

— Donc, pas de détails d'aucune sorte ?

— Pas de détails.

— Tu ne lui as pas décrit les circonstances ?

— J'ai dit que ça s'était passé à la maison, dans ma chambre.

— Tu t'en souviens ?

— Je ne sais pas trop. Je n'y tiens pas.

— Donc tu essaies de le refouler et de l'enterrer.

— Oui. C'est ce que je faisais depuis que c'est arrivé. Jusqu'à ce que vous croisiez mon chemin.

— On t'a violée.

Frieda s'arrêta, observa Becky intensément.

— Tu as subi quelque chose de terrible, et maintenant tu te sens souillée et honteuse, comme si c'était ta faute.

— Peut-être que oui ? lâcha Becky dans un chuchotement.

— Pourquoi ?

— Comme… comme si j'avais demandé que ça m'arrive ?

— Demandé de quelle façon ?

Becky contemplait ses mains serrées. Elle avait le teint gris, elle ressemblait à la fois à une vieille et à une enfant.

— J'étais assez pote avec une bande de mecs et j'ai couché avec l'un d'entre eux. Juste une fois ou deux. Mais ça ne s'est pas trop bien passé, en fait.

— Est-ce l'un d'eux qui t'a violée ?

— Non. Je veux dire, j'en sais rien, mais je l'aurais su si c'était le cas.

Son front était en sueur.

— C'était un homme, pas un jeune. Je le saurais, non ?

— Donc tu as honte parce que tu crois que c'est une sorte de punition pour ce que tu as fait auparavant ?

— J'imagine, oui.

— Écoute.

La voix de Frieda était forte et claire.

— Ce que je vais te dire est très important. Beaucoup de personnes violées croient que d'une certaine façon c'est leur faute. Elles ont l'impression d'avoir allumé leur agresseur, de ne pas s'être assez débattues, de n'avoir pas dit non de manière suffisamment catégorique ou encore, comme toi, elles ont le sentiment d'avoir mérité ce qui leur est arrivé. Ce n'est pas vrai.

Becky laissa échapper un murmure.

— Tu comprends, Becky. Ce n'est pas vrai. Tu l'as subi, mais cela n'a rien à voir avec ce que tu es.

— J'ai su dès que je me suis réveillée qu'il allait se passer quelque chose d'affreux, reprit Becky. J'aurais pu appeler.

— Continue.

— Je me suis réveillée, et tout était silencieux. Dans la maison, dehors. Un silence de mort, mais je sentais bien qu'il se passait quelque chose. Je me suis dit que j'avais peut-être fait un mauvais rêve, mais je savais que ce n'était pas un rêve. Je suis restée allongée dans le noir et j'entendais battre mon cœur. J'avais un drôle de goût dans la bouche, comme si je ne m'étais pas brossé les dents. Je me rappelle précisément cette pensée. Depuis, je me brosse les dents dix fois par jour.

Frieda ne dit rien.

— J'ai envisagé d'allumer la lumière, mais je ne l'ai pas fait. Je suis juste restée couchée. Et là, j'ai entendu quelqu'un bouger. Il y a eu un craquement, puis un froissement.

Elle se pencha plus encore dans son fauteuil, un rideau de cheveux noirs lui retomba sur la figure.

— Je ne pouvais pas bouger. Je ne pouvais même pas respirer.

Elle s'interrompit, se balança d'avant en arrière.

— Puis, une main.

— Où ça ?

— Sur ma bouche. Pour m'empêcher de faire du bruit. Elle était tiède et sentait le savon. Je m'en souviens. J'ai pensé que ça sentait plutôt bon. Une odeur de pomme, peut-être. Je peux pas…

— Tu ne peux pas quoi ?

— Je peux pas tout raconter.

— Tu n'y es pas obligée.

— J'ai ouvert les yeux mais je ne voyais rien, à part une forme sombre juste au-dessus de moi. Il a ôté la couette. Je portais un bas de pyjama et un tee-shirt et il a mis son autre main dans mon pantalon. J'apercevais sa silhouette, mais pas son visage. Il portait quelque chose sur la figure.

— Tout va bien, Becky.

— Pourquoi ne me croit-elle pas ?

— C'est compliqué.

— Je ne me suis pas assez débattue. Je n'ai rien fait pour l'empêcher. J'avais trop peur. J'ai cru que j'allais mourir. J'aurais aimé mourir. J'aurais vraiment aimé crever.

Frieda tendit à Becky un mouchoir.

— Je ne me rappelle pas tout. Je ne veux pas. Ça s'est juste passé dans le noir et en silence, c'était répugnant et affreux, avec ces doigts immondes partout… J'avais envie de crier mais il avait toujours sa main sur ma bouche. Je l'entendais ahaner mais ça sonnait bizarre et étouffé, avec ce tissu sur la tête. On aurait dit une… une bête, et moi, sa chose. J'ai eu mal.

— Je suis tellement désolée qu'on t'ait fait subir une chose pareille.

— Il n'arrêtait pas d'essayer de me bouger, comme si j'étais une poupée.

Soudain, Becky parut vidée.

— Ça ne passera jamais, n'est-ce pas ?

— Ça évoluera. En y travaillant…

— Je ne veux pas travailler là-dessus. J'aimerais que ça ne soit jamais arrivé, dit-elle avec une moue qui la fit ressembler à un tout petit enfant. Mais je sais, je sais. C'est vraiment arrivé.

— Les faits sont là, oui.

— M'man est très fâchée, n'est-ce pas ?

— Que veux-tu dire ?

— Contre vous. Elle a honte de moi, mais elle vous en veut. Elle dit que la célébrité vous est montée à la tête.

— Ah oui ?

— Elle dit que c'est la dernière fois que je viens ici.

— Je vais t'indiquer quelqu'un à consulter. Ta mère sera d'accord, je pense.

— Pourquoi pas vous ?

— Parce que je connais ta mère. J'ai un nom en tête. Je crois qu'elle te plaira, et si ce n'est pas le cas, je te trouverai quelqu'un d'autre.

— Mais c'est vous que je veux !

Frieda ne put retenir un sourire.

— Je ne suis pas la personne indiquée. Mais tu dois continuer à voir quelqu'un, Becky. Ce n'est que le début d'un cheminement pour toi, mais tu n'as pas à le faire seule. Tu es forte et intelligente, et tu peux surmonter cette épreuve.

Elle se pencha légèrement en avant, fixant Becky de son regard noir.

— Un jour, tu te sentiras mieux.

— Vraiment ?

— Je te le promets.

À l'instant où Becky s'apprêtait à partir, Frieda lui demanda :

— Dis-moi, tu as repensé à aller trouver la police ?

— Non. Ils ne me croiraient pas. Pourquoi m'écouteraient-ils si ma propre mère ne le fait pas ?

D'un ton triste et morne, elle ajouta :

— Il avait raison.

— Qui ça ?

— Il a dit que personne ne me croirait.

Frieda la scruta intensément.

— Il t'a dit ça, vraiment ?

— Il me l'a dit à l'oreille, d'une voix bizarre et étouffée, mais j'ai distingué les mots. C'est la seule fois où il parlé, je crois. Je l'entends encore, comme s'il susurrait des mots d'amour.

Elle frissonna de nouveau.

— Il a dit : « Inutile d'en parler à quiconque, ma mignonne. Personne ne te croira. » Et il avait raison.

7

Une fois Becky partie, Frieda resta debout un moment, à attendre. Elle se rendit à la fenêtre, baissa les yeux et vit la jeune fille surgir sur le trottoir. Becky enfonça ses mains dans ses poches et s'éloigna, l'air petite et perdue. Avait-elle raison de la laisser partir ainsi ? Et s'il lui arrivait quelque chose sur le trajet du retour ? Frieda surprit son propre reflet dans la vitre. Son rôle se cantonnait à ça : elle s'occupait des problèmes des gens dans son cabinet, puis les lâchaient dans la nature où ils devaient se débrouiller seuls.

Ses pensées glissèrent et le reflet dans la vitre sembla changer, lui aussi. L'espace d'un instant, Frieda vit un autre visage. C'était le sien, mais tel qu'il était il y a bien longtemps, et elle avait le sentiment agaçant que ce visage la regardait et l'appelait, par-delà les décennies. Durant des années, cette pièce avait été un sanctuaire, un lieu paisible où l'on pouvait venir lui confier n'importe quoi, être entendu et compris. Soudain Frieda s'y sentit prisonnière, oppressée. Elle enfila sa veste et s'échappa de son cabinet, plutôt qu'elle ne le quitta. Elle dévala les marches deux à deux. Elle prit vers l'est sans savoir où elle allait.

Elle traversa Tavistock Square. C'est là que l'une des bombes avait sauté en 2005. Il n'y avait qu'à Londres qu'un tel drame pouvait se produire : si le kamikaze était monté à bord du bus, c'est parce qu'il y avait des retards dans le métro. Frieda, qui se trouvait à huit cents mètres de là, n'avait rien entendu. Des dizaines de personnes avaient été tuées, mais la ville avait simplement digéré l'événement et continué à vivre comme avant. La vie continuait toujours à Londres. Le chauffeur du bus était sorti de la carcasse couvert de sang, pour rentrer chez lui à pied, traversant tout l'ouest de la capitale jusqu'à Acton. Frieda n'avait pas compris ce que ça faisait, avant qu'il ne lui arrive la même chose. Confronté à l'horreur véritable, on est comme obligé de rentrer chez soi, tel un animal retournant se terrer dans sa tanière.

Elle marcha jusqu'au nord de Coram's Fields, passant devant King's Cross, longeant York Way jusqu'au canal. Du haut du pont, elle contempla la vue vers l'est, et l'entrée du tunnel d'Islington. Elle était presque tentée de continuer le long du canal dans la même direction, en traversant Hackney et la Lea Valley et au-delà – à des kilomètres de là – jusque dans la campagne. Elle pouvait sortir de Londres et ne jamais revenir. Non. Elle ne pouvait pas. Elle devait partir dans l'autre sens, retourner au centre. Elle descendit les marches menant au chemin de halage qu'elle avait emprunté tant de fois. Les lieux lui étaient familiers : l'étrange jardin sur la berge ; le petit cottage propret de l'éclusier ; les nouveaux bureaux aux façades en verre illuminés ; Camden Lock. Frieda frissonna soudain, au souvenir d'un fait divers qui s'était déroulé là.

Elle contempla l'eau grise parcourue d'ondulations. À quand cela remontait-il ? Frieda était étudiante en médecine à l'époque. Une touriste se promenait tard un soir, comme elle à présent. Elle avait été agressée par une bande de jeunes. Violée. Et une chose avait marqué Frieda à jamais : ils avaient demandé à la femme si elle savait nager. Elle avait répondu que non, et ils l'avaient jetée à l'eau. Elle avait traversé le canal et réussi à s'enfuir. Elle avait survécu et témoigné contre eux. Frieda avait été frappée par deux détails : cette ultime pointe de sadisme, comme s'ils n'en avaient pas déjà fait assez, et le fait que la femme avait été capable de rester lucide, de se battre pour survivre.

Frieda suivit le sentier de halage et rumina ces histoires de bombes dans les bus, de jeune femme jetée dans le canal. Où qu'elle erre dans Londres, elle était hantée par ces fantômes. Elle remarqua que les flots commençaient à se piqueter de gouttes de pluie. Alors qu'elle cheminait dans Kentish Town et longeait l'extrémité du marché de Camden Lock, la pluie se fit de plus en plus drue, rideau gris qui plongea l'après-midi dans la nuit. Frieda, qui portait une veste en daim, se retrouva trempée en quelques minutes. Elle accueillit cette sensation presque avec soulagement. Ça l'empêchait de penser. Quand l'immense volière du zoo de Londres parut devant elle, elle gravit les marches, traversa la rue et s'engouffra dans Primrose Hill.

Reuben se préparait un sandwich. Il ramassa l'avocat, la roquette, les tomates séchées, le houmous, puis sortit la focaccia du four et l'ouvrit en deux. Il disposa les ingrédients en couches et parsema le tout de poivre noir moulu. Il avait passé la matinée à l'Entrepôt – le centre qu'il avait ouvert des années auparavant – où il venait d'écouter une femme qui n'avait jamais été aimée par son père et que trompait son mari, tout en imaginant le déjeuner qu'il allait se concocter. La question était : avec ou sans un verre de rouge ? Quelque temps auparavant, il avait forcé sur la boisson, durant cette terrible période de désenchantement et de chaos. Désormais, il avait pour règle de ne jamais boire avant 18 heures. Or il l'enfreignait souvent, surtout quand il était en compagnie de Josef. Et Josef avait beau ne pas être là, une bouteille de rouge entamée trônait juste à côté. Un demi-verre, peut-être.

On toqua soudain à sa porte. Il pesta et envisagea de ne pas répondre. Le coup retentit à nouveau, il poussa un soupir et alla ouvrir.

Debout sous la pluie battante, les cheveux collés au visage et les vêtements dégoulinants, se tenait sa vieille amie, son ancienne collègue et – bien avant ça – sa patiente, Frieda.

— Putain de merde ! s'exclama-t-il.

— Bonsoir, Reuben.

— La vache, mais vous êtes trempée.

— Je sais.

— Vous n'avez pas de parapluie ?

— Non. Vous comptez me laisser entrer ou pas ?

Cinq minutes plus tard, Frieda était installée dans un fauteuil, les deux mains serrées autour d'un mug de thé, une moitié du volumineux sandwich posée sur une assiette à côté d'elle. Elle était vêtue d'un jean appartenant à Reuben ainsi que d'un gros pull en laine, mais frissonnait toujours. Reuben se laissa aller dans le canapé d'en face, tout en dévorant son déjeuner avec appétit. Il avait finalement renoncé à son verre.

— Alors, vous venez jusqu'ici à pied sous une pluie battante, sans appeler avant pour vérifier si je suis chez moi. Vous serez peut-être obligée de refaire tout ce chemin dans l'autre sens sous la pluie. Que se passe-t-il ?

— J'ai quelque chose à vous dire. Si je vous le raconte, c'est parce que vous êtes mon ami et que vous étiez mon psy.

— Et vous vous adressez à qui, là ? À l'analyste, ou à l'ami ?

— Aux deux. Mais si vous n'aviez pas été mon analyste, je ne pourrais pas vous en parler. Vous savez bien, la déontologie, tout ça…

Reuben l'examina alors qu'elle se tenait assise devant lui, dans cette pose droite et familière. Elle semblait aller bien, et même mieux que ça, mieux que depuis des mois : calme, l'esprit clair, alerte.

— Allez-y, dit-il. Je vous écoute.

— Je viens de recevoir une fille de quinze ans. Originaire de Braxton, dans le Suffolk.

Les yeux de Reuben se rétrécirent.

— Ce nom me dit quelque chose.

— Il se peut que je l'aie mentionné durant nos séances. C'est là que j'ai grandi, là où je suis allée à l'école.

— Pourquoi recevez-vous une patiente de là-bas ?

— Ce n'est pas à proprement parler une patiente. Sa mère était en classe avec moi. Elle a repris contact en me demandant de parler à sa fille qui traverse une mauvaise passe.

— Que s'est-il passé ?

— Elle m'a dit qu'on l'avait violée.

— Comment ? répliqua Reuben. Je veux dire, en quelles circonstances ?

— Un inconnu s'est introduit dans sa chambre. Elle n'a pas vu son visage. Il faisait nuit et il portait quelque chose sur la figure. Elle n'a pas pu l'identifier.

— Elle est allée voir la police ?

— Elle ne veut pas, et sa mère non plus.

Reuben s'adossa dans le grand canapé et passa ses doigts dans ses longs cheveux grisonnants. Il portait une chemise à imprimé blanc et noir.

— Ça m'a tout l'air affreux, concéda-t-il. Mais pourquoi me raconter ça ?

— Elle m'a dit qu'une fois que c'était fini, l'homme s'était penché sur elle et lui avait dit que personne ne la croirait.

— Et les gens la croient ?

— Moi, oui. Sa mère, pas vraiment. Ou plutôt, elle a peur de la croire.

Un long silence s'abattit. Quand Reuben reprit la parole, il semblait hésitant, comme s'il avait conscience de s'aventurer en terrain miné.

— C'est assurément une chose terrible, hasarda-t-il en se redressant, puis en avalant la dernière bouchée de son repas. Mais, encore une fois, pourquoi me le dire ?

— Parce qu'il y a vingt-trois ans, j'ai vécu exactement la même chose.

Les traits de Reuben se figèrent.

— Comment ça ?

— La même expérience, les mêmes mots.

— Vous voulez dire qu'on vous a violée ?

— Oui.

— Quand vous étiez jeune ?

— J'avais tout juste seize ans.

Reuben eut l'impression d'avoir reçu un coup. Il dut faire un effort pour s'exprimer avec calme.

— Je vais vous répondre deux choses. La première, c'est que je suis vraiment désolé de l'apprendre. Et la seconde, c'est que j'ai été votre thérapeute pendant trois ans : pourquoi ne pas me l'avoir dit ?

Frieda réfléchit un moment.

— L'un de ces deux aspects explique le second. J'ai survécu. Je m'en suis remise. Je n'avais pas envie de susciter votre compassion ni celle de quiconque. Si je vous en avais parlé, ça lui aurait donné une emprise sur moi. Ça aurait démontré qu'il occupait encore mes pensées.

— Si c'est ce que vous ressentez, alors j'ai complètement failli à ma mission.

— Sans doute n'étais-je pas une bonne patiente.

— Je ne sais pas à quoi ressemble un bon patient, répliqua Reuben, l'air chagrin. J'ai sans doute plus appris de vous que vous de moi. Mais je n'ai pas su vous aider. À moins que vous n'ayez pas pu trouver l'aide que vous cherchiez auprès de moi.

— Vous m'avez aidée de bien des façons, mais je n'en avais pas besoin à cet égard. Si vous sous-entendez par là que j'aurais dû m'y faire – c'est bien ça qu'on dit, non ? –, je ne crois pas qu'on puisse « se faire » à quelque chose.

— Vous avez éprouvé le besoin de venir, sous la pluie, vous n'aviez même pas de manteau digne de ce nom, ni de parapluie. Je pourrais suggérer que vous vous punissez, ou que vous souhaitez vous rincer à grandes eaux pour vous purifier.

— Je répondrais qu'il ne pleuvait pas quand je me

suis mise en route, répliqua Frieda. Mais ce serait fuir le sujet. Cette fille est comme un écho de mon passé, elle m'a ramenée en arrière. J'ai ressenti le besoin d'en parler à quelqu'un.

— Je suis heureux d'avoir été l'élu.

Reuben tourna sa paume en l'air en un geste d'invite bien connu de Frieda, qui la ramenait à l'époque où il avait été son psychothérapeute.

— Pouvez-vous le faire à présent ?

— Je peux essayer, répondit-elle.

Deux heures plus tard, alors que Frieda redescendait seule la colline de Primrose Hill, elle avait le sentiment que tout Londres était à ses pieds. Elle avait relaté les faits à Reuben, tels qu'ils s'étaient déroulés ; elle les avait rapportés à haute voix pour la première fois en vingt-trois ans. L'écoute qu'il lui avait accordée lui avait rappelé le Reuben d'antan, malin, perspicace, entièrement concentré sur les mots qu'elle prononçait enfin. Et pourtant, réflexion faite, ce n'était pas une expérience qu'elle pouvait relater comme une histoire. Dans son esprit, c'était plutôt une série d'images éclairées au stroboscope.

Le contact de son lit dans l'obscurité absolue, le poids de son propre corps, l'odeur de savon.

Un mouvement. Un craquement du parquet. Le lit qui avait tangué.

Une lumière braquée dans ses yeux. Une forme derrière. Une lame sur son cou. Un murmure. Un masque en laine.

La couette rabattue. La sensation de l'air sur sa peau nue. Ses jambes écartées. Ce poids sur elle. Des mains gantées. La terreur qui s'était immiscée dans tout son être.

Des voix en bas. La télévision. Des rires enregistrés. La vie qui continuait quoi qu'il advienne, indifférente aux atrocités.

L'effort déployé pour se rattacher à ses pensées, à son moi rationnel. Pour dire : « Je vous en prie, non. Je suis vierge. S'il vous plaît, s'il vous plaît, s'il vous plaît. » Et le petit rire étranglé de son agresseur.

Une sensation de douleur et l'impression – que Frieda n'avait jamais oubliée – de vivre la situation pour de bon, tout en étant détachée de son corps. L'écoulement tiède et soudain.

La certitude que ceci pourrait bien être le dernier moment de son existence, sa dernière expérience. Les mains autour de son cou.

Un souffle chaud, pantelant. Une intimité répugnante. Les derniers mots murmurés d'une voix étouffée dans son oreille : « Inutile d'en parler à quiconque, ma mignonne. Personne ne te croira. »

Le souvenir d'être restée allongée dans le noir, à s'efforcer de croire qu'il était parti et ne reviendrait pas. L'idée qu'elle ne pourrait plus jamais s'abandonner au sommeil en toute confiance.

8

Frieda était assise dans sa petite mansarde, au dernier étage de sa maison. Au travers du Velux, elle apercevait, par-delà les toits du quartier de Fitzrovia, la tour BT, propriété de British Telecom, ex-Post Office Tower. Tout était calme et paisible à l'intérieur. Une lampe sur pied répandait une douce lumière dans la pièce, une cruche contenant des dahlias pourpres ornait son bureau. Ses crayons à papier et ses fusains étaient soigneusement rangés devant elle. Elle referma les mains sur son grand mug de thé et but une petite gorgée. Elle se sentait sereine, ses pensées étaient claires. Elle souleva l'écran de son ordinateur portable et, ignorant les mails qu'elle avait reçus, cliqua sur l'icône « message ».

« Cher Sandy,

« Je viens de rendre visite à Reuben. Je lui ai confié une chose que j'aurais dû lui avouer il y a longtemps, à l'époque où il était mon psy. Je dois te la révéler à toi aussi, désormais. Tu n'as pas à dire, ni à faire quoi que ce soit. Je ne veux pas d'aide et il ne s'agit pas d'une confession. Tu dois seulement le savoir, parce que je ne veux pas que cela soit un secret. Si ça le reste, alors il conserve sur moi une emprise, et je ne le veux pas.

« Alors que j'avais tout juste seize ans, quelques mois après que mon père s'est donné la mort, j'ai été violée. Un homme s'est introduit de nuit dans ma chambre et m'a violée. Je ne sais pas qui c'est. Jamais je ne l'ai su. À certains égards, ma vie s'en est trouvée transformée. J'ai changé. Si je n'en ai jamais parlé, c'est que je ne voulais pas qu'on puisse résumer ma personne à ce seul événement. Le passé semble pourtant être revenu me chercher, aujourd'hui. Peut-être ne m'a-t-il jamais quittée, après tout.

« Je tenais juste à ce que tu le saches.

« Je vais bien, vraiment, mieux que je ne me suis sentie depuis très longtemps. Inutile de t'en faire pour moi. Il ne s'écoule pas une heure sans que je pense à toi et je t'envoie toute ma tendresse. XXXX »

Frieda resta assise plusieurs minutes à siroter son thé tout en contemplant les lumières brouillées de Londres, avant d'appuyer sur la touche « Envoi ». C'était parti. Bientôt, il serait au courant. Elle fut saisie d'un léger vertige : durant toutes ces années, elle avait gardé le secret enfoui en elle. Et voilà qu'en l'espace de quelques heures, elle l'avait confié à deux personnes. Ce qui signifiait, elle le savait, qu'elle devait s'en ouvrir à d'autres, aussi.

Le lendemain matin, elle appela Sasha. Oui, c'était important. Oui, quasiment une urgence. Mais rien dont elle doive s'inquiéter.

Elles marchèrent en silence jusqu'à ce qu'elles

atteignent Bloomsbury Square, faisant avancer devant elles la poussette d'Ethan. Les vents soufflaient presque en tempête et les arbres tanguaient. Frieda portait son long manteau noir et son écharpe rouge. Elle dut se pencher vers Sasha quand elle lui confia ce qui lui était arrivé ; elle vit son amie tressaillir.

Quand elle eut fini, Sasha la prit dans ses bras. Frieda lança un regard alentour pour vérifier si on les observait.

— Je repense à la première fois où on s'est vues, dit Sasha, les cheveux rabattus sur le visage par le vent. Je suis venue te voir et je t'ai raconté ce qui m'était arrivé avec le Dr Rundell. Et en fait, tu l'avais vécu, toi aussi. Comment as-tu fait pour garder un secret pareil ? Pourquoi n'en as-tu jamais parlé avant ?

— Je ne voulais pas que les gens me voient comme une victime. Je te l'ai confié il y a dix secondes à peine, et déjà tu penses que ça a influencé la façon dont j'ai pu réagir face à toi lors de notre premier entretien.

— Tu n'as pas fait que réagir, rappela Sasha. Tu as traversé Londres d'une traite pour aller lui décocher un coup de poing en plein restaurant, et tu t'es fait arrêter. Tu trouves ça normal ?

— Ça me l'a semblé sur le moment. Bref, à présent tu sais.

— Et maintenant ?

Frieda sortit son téléphone de sa poche.

— Il reste encore une ou deux personnes que je dois mettre dans cette triste confidence.

Josef travaillait dans une vaste maison proche du canal dans le quartier de Maida Vale. Frieda remarqua une belle camionnette blanche garée devant. Une domestique espagnole la fit entrer et la conduisit vers une salle de bains située à l'étage. Juché sur une échelle, Josef enduisait de plâtre le plafond. Non loin, une armoire à glace aux bras tatoués et aux cheveux attachés en une queue-de-cheval arrachait du papier peint décoloré des murs. Josef la remarqua et se laissa glisser au bas de l'échelle. Il fit un pas en avant pour l'étreindre, puis regarda ses bras barbouillés et s'arrêta.

— Ça a l'air d'aller pas mal, déclara Frieda.

— Comment ça ? demanda Josef.

— J'ai vu une nouvelle camionnette dehors. Bonjour, Stefan.

L'homme à la queue-de-cheval se redressa et lui tendit sa main énorme. Il était russe et travaillait avec Josef de temps à autre. Frieda n'avait jamais réussi à savoir ce qu'il faisait en dehors de ça.

— Et votre baignoire ? s'enquit Josef.

— Ma baignoire va bien, merci. (Elle leva les yeux.) C'est presque fini.

Josef secoua la tête.

— C'est la merde.

— Mais non, répliqua Frieda. Ça m'a l'air parfait.

— Non, non, rétorqua Josef en désignant le plafond. Au-dessus, il y a les toilettes. Ils jettent dedans n'importe quoi. Une vraie, vraie cata. Il y a trois jours, c'était l'enfer là-haut. Et l'odeur… Ouf.

Il fit la grimace.

— Ça m'a l'air d'aller bien maintenant, insista Frieda.

— Mais vous avez dit que vous vouliez me voir, rappela Josef.

Frieda regarda Stefan.

— On peut s'isoler un moment ?

Stefan sourit sans retenue.

— Je fais du thé. Ou autre chose, plus fort ?

— Du thé, ça ira bien.

— J'ai des biscuits à la crème anglaise.

— Super.

Elle détestait les biscuits à la crème anglaise.

Stefan sortit de la pièce.

— J'ai quelque chose à vous dire, commença Frieda, mais je peux vous le raconter pendant que vous travaillez.

Josef monta à nouveau sur son échelle et commença à appliquer le plâtre, avant de le talocher à grands gestes à l'aide de deux truelles. C'était étrangement satisfaisant et réconfortant à observer, et Frieda se serait volontiers contentée de s'allonger par terre et de regarder le plafond disparaître sous les couches.

— Je ne peux jamais regarder un plafond sans vous revoir passer au travers, commenta-t-elle.

— Une drôle de façon de faire connaissance, concéda Josef. Vous auriez pu me voir mourir. Alors, qu'est-ce que vous avez à me dire ?

Et elle commença son récit. Josef s'arrêta, se retourna et s'assit sur les marches, l'observant d'un regard bienveillant. La scène paraissait un rien incongrue aux yeux de Frieda, elle avait l'impression de s'adresser à un interlocuteur juché dans un arbre.

— Voilà, acheva-t-elle. C'est ce que j'étais venue vous dire.

Il se redressa sur son échelle, tandis que sa tête frôlait le plafond fraîchement enduit, et mit une main sur son cœur.

— Merci, mon amie.

— De quoi ?

— De me l'avoir dit.

— Pas de quoi.

Un silence s'installa, durant lequel tous deux se dévisagèrent.

— Vous avez votre plafond à finir.

Josef haussa les épaules.

— Bref, j'ai fait ce que j'avais à faire, conclut Frieda. Sur ce, je m'en vais.

— Whisky, à peine allongé, dit Karlsson.

Ils trinquèrent et échangèrent un sourire.

— Vous êtes bronzé, fit remarquer Frieda. Vous ne faites pas des UV, dites-moi ?

Au fil des années mouvementées où ils avaient appris à se connaître, Frieda et l'inspecteur divisionnaire Malcolm Karlsson avaient fini par se sentir à l'aise en compagnie l'un de l'autre. Par le passé, ils s'étaient querellés farouchement et mutuellement porté secours ; leurs proches à tous deux s'étaient retrouvés en danger, ou en grande détresse. Désormais ils pouvaient s'asseoir ensemble dans le grand canapé défoncé, boire du whisky et parler librement.

— Espagne, répondit Karlsson. J'y ai passé un long week-end.

— Mais oui. Comment vont les enfants ?

Les enfants de Karlsson passaient deux ans à Madrid avec son ex-épouse et son nouveau compagnon. Frieda avait vu à quel point leur départ l'avait fait souffrir et combien ils lui manquaient.

— Ils sont bronzés, couverts de taches de rousseur, et parlent une langue que je ne comprends pas.

— Heureux, donc ?

— Oui. Ils ont l'air très heureux.

— Une bonne chose, non ?

— Est-ce vraiment mal de désirer que parfois je leur manque un peu ?

— Ils reviendront dans quelques mois, il me semble ?

— Oui. J'espère que nos rapports seront comme avant.

— C'est-à-dire ?…

— Je fais tellement d'efforts avec eux quand je les vois pour de brefs moments volés, comme s'il était toujours de mon devoir de les divertir. Je n'ai pas envie d'être leurs vacances, j'ai envie d'être leur foyer.

— Peut-être devriez-vous leur faire un peu plus confiance.

— Vous avez sans doute raison, comme toujours, conclut-il en lui souriant.

— Je vous le resservirai, un jour. Comment va le boulot ?

— Rien qui soit susceptible de vous intéresser. Pas de meurtres ou d'enfants disparus. Non, je… c'est quoi, déjà, le terme qu'emploie le préfet Crawford ? « Je facilite une restructuration. »

— Ça a l'air pénible.

Il fit une grimace de dégoût.

— Restrictions budgétaires. Indicateurs de performance. Rationalisation du service. Adéquation des objectifs et des moyens. Ce n'est pas pour ça que j'ai rejoint les forces de police.

— Vous êtes obligé de virer des gens ?

— Oui, je le crains. C'est Yvette qui me seconde. Elle déteste ça encore plus que moi, de sorte qu'elle s'y prend comme un éléphant dans un magasin de porcelaine, évidemment. Elle fonce dans le tas.

Frieda sourit.

— Pauvre Yvette.

— Ne soyez pas désolée pour nous. On est les chanceux dans l'histoire.

Il reversa un peu de whisky dans les deux verres.

— Et vous, Frieda, comment allez-vous ? Vous avez bonne mine. Cette visite surprise est bien agréable.

— Je voulais vous voir pour une raison particulière. Parce que vous êtes mon ami.

Karlsson prit soudain une pose vaguement défensive.

— Je veux dire, en tant qu'ami qui se trouve aussi être officier de police.

Elle prit une gorgée de whisky.

— Je n'ai servi la version complète de cette histoire qu'à une seule autre personne. Reuben. Si j'ai pu le faire, c'est qu'il a été mon superviseur pendant ma formation de thérapeute. Je ne pourrais pas raconter la version détaillée à Sasha, pas plus qu'à Josef, mais à vous, oui, parce que vous êtes un policier, et qu'il s'agit d'un crime.

Elle dévisagea Karlsson droit dans les yeux. Cette dernière précision avait capté toute son attention.

— Je commencerai par la partie la plus facile. Ces derniers jours, j'ai parlé à une jeune fille – elle a quinze ans – originaire de la ville où j'ai grandi. J'étais à l'école avec sa mère.

Karlsson hocha la tête. Jamais auparavant Frieda ne s'était exprimée sur son enfance.

— Elle est venue me voir parce qu'elle traverse une mauvaise passe – elle sèche les cours, se mutile, se replie sur elle-même. Elle a fini par m'avouer qu'on l'avait violée, il y a quelques semaines. Elle était dans son lit, dans le noir. Elle n'a aucune idée de qui c'était et n'a rien dit à la police.

— Vous la croyez ?

— Oui, répondit Frieda d'un ton ferme.

— En quoi puis-je vous être utile ?

— Elle maintient qu'elle ne portera pas plainte. Et surtout depuis qu'elle en a parlé à sa mère, qui ne la soutient pas.

— Je vois. Et vous voulez savoir ce que vous devez faire de cette information, en tant que thérapeute ?

— C'est un peu plus compliqué que ça.

Frieda alla se poster à la porte qui donnait sur le jardin, tout en longueur. Il faisait sombre dehors mais elle voyait des feuilles tournoyer dans les bourrasques. Il y avait un chat sur le toit d'en face. Elle se retourna.

— Si je suis sûre qu'elle dit la vérité, c'est qu'il y a une raison. Voyez-vous, il m'est arrivé la même chose.

Karlsson se leva et Frieda plongea son regard dans le sien ; elle avait envie de voir comment il réagirait. Elle s'attendait à un léger mouvement de recul, une expression d'horreur contenue. Mais tout ce qu'elle lut sur son visage fut une tendresse crispée qu'elle eut du mal à supporter.

— Frieda, commença-t-il d'une voix basse. Ma chère Frieda…

Elle leva sa main.

— Tout va bien, le rassura-t-elle. C'était il y a très longtemps. Vingt-trois ans. Le 11 février 1989, pour être précise. J'ai eu tout le temps de m'y faire.

— Vous étiez toute jeune. Mon Dieu, c'est affreux…

— J'étais un poil plus âgée que la jeune fille dont je vous parle. J'avais seize ans.

— Je suis vraiment désolé. Profondément, sincèrement désolé.

— Ce n'est pas pour ça que je vous le raconte.

Karlsson se rassit.

— Ma mère ne m'a pas crue, reprit-elle. Elle a pensé que je cherchais à attirer l'attention. Mais j'ai fini par aller trouver la police. L'un des officiers s'est montré gentil avec moi, mais je ne suis pas sûre que les autres aient pris la chose au sérieux. L'enquête n'a rien donné. Quelques années plus tard, un homme a été arrêté dans la région pour une série d'agressions sexuelles. Il s'appelait Dennis Freeman. C'était le suspect idéal : bien connu de la police, plutôt du genre solitaire, vivant dans un foyer, alcoolique, déjà condamné avec sursis. Vous voyez le topo.

Karlsson opina du chef.

— Quand je l'ai appris dans les journaux, j'ai cru que c'était lui.

— Êtes-vous retournée voir la police ?

— Pour être obligée de revivre tout ça ? Je me suis juste dit que c'était forcément lui. Il est mort en prison quelques années plus tard. J'ai pensé que c'était fini, que ça appartenait au passé. De toute façon, j'avais quitté Braxton entre-temps, et tout laissé derrière moi.

Frieda s'interrompit, fit rouler le liquide ambré dans le fond de son verre et le finit d'un trait.

— Et ? l'encouragea Karlsson.

— Ce n'était pas lui. La fille à laquelle j'ai parlé a quinze ans. Elle était à Braxton – la ville où j'ai grandi – dans sa chambre, dans le noir. Il portait un masque. Quand il l'a quittée, son violeur lui a dit quelque chose.

— Quoi ? demanda Karlsson après un silence.

— Il a dit : « Inutile d'en parler à quiconque, ma mignonne. Personne ne te croira. »

— Je peux comprendre que ce soit très effrayant mais…

— J'ai été violée à Braxton à l'âge de seize ans. Dans ma chambre, dans le noir, par une personne qui portait également un masque. Quand mon agresseur est parti, il a dit : « Inutile d'en parler à quiconque, ma mignonne. Personne ne te croira. »

— Êtes-vous en train de suggérer ce que je crois que vous me suggérez ?

— Oui.

Dans le canapé, Karlsson se rapprocha de Frieda.

— En quoi puis-je vous aider ?

— L'homme qui m'a violée en a aujourd'hui violé une autre. Il n'est pas en prison et il n'est pas mort. Il se balade quelque part, en toute liberté. Je dois faire quelque chose. Et puis, n'est-il pas très improbable qu'il n'en ait pas violé d'autres ? Il n'aurait pas attendu vingt-trois ans, hein ?

— Non, concéda enfin Karlsson. C'est fort peu probable, en effet – encore qu'il ne soit pas rare que des violeurs patientent plusieurs années entre deux agressions.

— Donc d'autres femmes ont été violées par cet homme, et d'autres encore le seront selon toute vraisemblance, à moins qu'on ne l'attrape.

Karlsson affichait un air grave.

— Je ne vais pas vous mentir, répondit-il. Cette histoire n'est pas simple. L'adolescente que vous avez reçue ne désire pas signaler le viol à la police, c'est ça ?

— En effet.

— Et même si elle le faisait, vous dites que ça s'est passé il y a plusieurs semaines.

— Oui.

— Donc il n'y aura plus d'indices.

— J'imagine que non.

— Les affaires de viols sont des cas difficiles.

— Je le sais bien, répondit Frieda d'une voix lasse. Mais examinez la situation. La fille n'ira pas porter plainte parce qu'elle pense que les policiers ne la croiront pas, et ma propre expérience me dit qu'elle n'a peut-être pas tort. Elle a l'impression, d'une manière un peu tordue, qu'elle a mérité d'être violée parce que – selon les termes de sa mère – elle menait une vie désordonnée et qu'elle a été punie. Elle a terriblement honte, et elle se sent souillée. Donc son violeur s'en tire sans problème, parce qu'il a réussi à faire en sorte que sa victime se sente coupable et complètement impuissante.

— Elle soupçonne quelqu'un ?

— Pas que je sache.

Karlsson paraissait soucieux.

— On peut y aller ensemble, suggéra-t-il.

— Vous feriez ça ?

— Je peux parler aux autorités locales. Mais regardez la situation de leur point de vue : on n'a signalé aucun crime, il n'y a pas de preuve, ni aucun suspect. Autre chose…

— Quoi ?

— Avez-vous songé à ce que tout ceci impliquera pour vous ?

— Oui, j'y ai songé. Mais cet homme se balade toujours dans la nature. Je n'ai pas le choix. Et puis, il est temps.

— De quoi ? Qu'entendez-vous par là ?

— J'ai fui certaines choses, toute ma vie. La mort de mon père. Le viol. Des trucs qui sont arrivés ensuite. Mais c'est comme si j'avais décrit un cercle parfait et que je m'y retrouvais à nouveau. En plein centre.

Elle effleura le bras de Karlsson.

— Ne faites pas cette tête. Dans ma profession, on appelle ça un progrès. Je vais bien. Si je peux le faire, c'est précisément parce que je vais bien.

— Ça te pose un problème ? s'enquit Chloë. Où est ton tire-bouchon ? Réponds à la seconde question d'abord.

— Dans le tiroir à gauche de la cuisinière, répliqua Frieda.

Chloë disparut dans la cuisine où un fracas métallique retentit. Frieda effleura doucement ses tempes. Elle sentait monter la migraine, mais pour l'instant, c'était encore pire, comme une petite mouche qui bourdonnait sous son crâne. Ce qu'elle avait dit à Karlsson était presque vrai. Elle était partie de chez lui avec l'intention de rentrer chez elle, de se mettre au lit et de dormir, et si elle ne trouvait pas le sommeil, au moins serait-elle au lit. Mais presque aussitôt après, son téléphone avait sonné et Chloë lui avait dit qu'elle devait absolument la voir sur-le-champ. Frieda avait songé que l'achat du portable avait été une erreur, tout comme le laisser allumé. Mais elle s'était fait un devoir de veiller sur sa nièce, depuis que celle-ci était une bambine grassouillette et agitée, puis au fil de ses années rebelles d'adolescente. Frieda lui disait toujours oui, aussi était-ce ce qu'elle avait encore fait, en soupirant.

Cinq minutes à peine après que Frieda fut rentrée chez elle, Chloë avait sonné à la porte, une bouteille de vin blanc à la main. À présent, elle émergeait à nouveau de la cuisine en tenant tant bien que mal la bouteille ouverte, deux verres et un petit bol. Elle posa le tout sur la table.

— J'ai trouvé des cacahuètes dans le placard, dit-elle. Ça te va ?

— Ça me va, répondit Frieda.

— Tu sais, j'imagine cet instant depuis toujours, ajouta Chloë.

— Quoi ?

— J'ai toujours su qu'un jour il ne s'agirait plus seulement de tante Frieda qui me dispense un cours de science, l'air revêche, mais de deux amies qui se retrouvent pour boire un verre.

Frieda ne put retenir un sourire, même quand Chloë remplit les deux verres bien trop généreusement. Elle en tendit un à Frieda et leva le sien.

— Santé, dit-elle. Je viens de lire un truc dans la presse qui m'a fait penser à toi.

— Est-ce que ça veut dire qu'il était plus ou moins question de meurtre ?

— Non, pas du tout. Mais c'était une histoire de cerveau. Certaines personnes restent dans le coma pendant des années. Pire que le coma… comment dit-on ?

— Dans un état végétatif profond, compléta Frieda.

— On a fini par découvrir qu'ils n'étaient pas des légumes complets. On a réussi à communiquer avec eux. On leur pose une question, et si la réponse est oui, ils doivent imaginer qu'ils jouent au tennis, et ça se voit sur un scan du cerveau. C'est pas dingue ?

— Si, répliqua Frieda. J'ai suivi cette recherche.

— N'est-ce pas la chose la plus cauchemardesque au monde d'être enfermé dans sa tête et incapable de bouger ou de parler, tout en restant conscient ?

Frieda but une gorgée de vin et réfléchit un moment.

— Un état végétatif persistant me paraît plutôt reposant. Peut-être que je pourrais trouver un médecin capable de m'y plonger.

— Frieda ! Tu ne le penses pas. Tu dis ça pour plaisanter ?

— Évidemment, répliqua-t-elle.

— Et donc, quelle est la réponse à ma question ?

— Laquelle ?

— Celle au sujet du fait que je sois avec Jack : ça te pose un problème ?

— Pourquoi devrait-ce être un problème ?

— Peut-être que ça te fait l'effet que tes deux petits chéris ont soudain grandi et entretiennent une relation. J'sais pas, peut-être que ça te paraît un peu incestueux.

Frieda considéra sa nièce, brillante, intenable, presque une jeune femme. Elle lui adressa un sourire rassurant.

— Ce n'est pas du tout ce que je ressens.

— C'est qu'on s'est connus grâce à toi et c'est très intéressant de rencontrer quelqu'un qui vous perçoit d'une autre manière. C'est plutôt marrant, Jack est en admiration devant toi. On dirait un écolier qui en pincerait pour sa maîtresse.

— Tu ne devrais sans doute pas me dire ça, Chloë.

— Ça lui serait égal. Et il n'y a rien de ce qu'il m'a dit sur toi qui soit de nature à t'embarrasser le moins du monde.

— Je ne m'inquiétais pas de ça, je crois.

— Super. C'était vraiment important pour moi que ça ne te pose pas de problème.

Frieda eut le sentiment de ne pas pouvoir tout à fait laisser passer ça.

— Comme je l'ai dit, commença-t-elle lentement, si je m'inquiète d'une chose, c'est de la grande différence d'âge.

— J'y ai pensé, évidemment. Tu réfléchis tout le temps, sur tout. Cela ne veut pas dire qu'il y ait toujours un problème.

— Je te fais confiance, répondit Frieda. Mais je ne veux pas que tu aies de la peine.

— Oh, ça... répliqua Chloë. Tu fais tout un plat pour pas grand-chose. C'est pour ça que je voulais venir et te parler. Je peux pas en parler à m'man, évidemment.

— Peut-être que tu devrais.

— Ce serait un désastre absolu. Et la plupart de mes amis sont trop immatures. J'ai l'impression que tu es la seule personne à laquelle je peux réellement parler d'un truc pareil. Ce que je voulais préciser, c'est que tu n'as aucune raison de t'en faire à notre sujet, parce que jusqu'ici, on n'a pris que du bon temps. Et vraiment, c'est du bon temps. Coucher avec Jack est absolument fabuleux. Je n'ai jamais rien connu de tel.

— Chloë... protesta Frieda d'une voix faible.

Chloë prit une gorgée de vin.

— Tu sais bien que je n'ai rien d'une vierge effarouchée...

— Chloë...

— ... mais jusqu'à présent, il ne s'agissait que de tripotage maladroit, des grommellements, un peu cafouilleux dans l'ensemble, tu vois ce que je veux dire ? Avec Jack, c'est complètement différent. C'est marrant, parce que quand on le rencontre comme ça, la première fois, il a l'air doux et timide, mais en fait, il est totalement désinhibé. Il adore ça, tu vois ce que je veux dire ? Ça n'a rien d'une relation compliquée, si c'est ça qui t'inquiète. Franchement, on ne se parle pas beaucoup pour le moment. On passe la plupart du temps au lit.

— Stop, réussit enfin à prononcer Frieda d'une voix étranglée. Ça suffit. Assez.

— Quoi ? s'inquiéta Chloë.

— Je ne crois pas que je devrais entendre tout ça.

— Mais n'est-ce pas ce que tu fais toute la journée ?

— Je ne suis pas sexothérapeute, Chloë. Et certainement pas pour ma nièce.

— Ben, laisse-moi te dire, si y a bien un truc dont on n'a pas besoin, c'est de sexothérapie.

Elle eut soudain l'air hésitante.

— Je croyais que tu serais celle, entre toutes mes amies, qui pourrait comprendre ce que je ressens.

— Je serais ravie que tu me dises comment tu te sens, répondit Frieda avec délicatesse. C'est juste que je ne suis pas sûre d'avoir besoin de détails, tu comprends ? Quand je reçois des patients dans mon cabinet, Chloë, ils sont libres de dire n'importe quoi, tout ce dont ils n'ont jamais pu s'ouvrir auparavant. Mais ce qu'ils racontent ne quitte pas la pièce. Peut-être en va-t-il ainsi, également, de l'intimité sexuelle. On peut être libre avec quelqu'un parce que ça reste un secret entre toi et l'autre. Qu'on ne doit pas communiquer à sa tante.

— C'est un peu dommage, regretta Chloë. Avec Jack, je viens juste de découvrir que faire l'amour avec quelqu'un peut être une tout autre expérience. Je pensais qu'on pourrait en parler.

Frieda posa sa main sur celle de Chloë.

— Jack ne tient peut-être pas du tout à ce que tu en parles avec moi.

— Tu crois le connaître. Mais tu ne le connais pas comme moi. Il n'est pas comme tu le penses.

Elle se redressa sur sa chaise et reposa son verre sur la table avec une telle fermeté qu'un peu de vin se renversa.

— Bon, ben si c'est ça que tu veux… Mais tu te rappelles pas, pourtant, comment c'était pour toi à mon âge ? Je parie que la Frieda de tes dix-huit ans aurait été un peu moins coincée à ce sujet.

Frieda reposa son verre à son tour.

— Il est temps que tu rentres. Il est tard.

Chloë se leva et enfila sa veste.

— C'était pas un grand succès, hein ?

— Je suis désolée que tu le penses.

— Si tu crois que c'était une grossière erreur, tu ferais aussi bien de le dire.

— Ce n'est pas une erreur du tout, corrigea Frieda. Je ne comprends pas pourquoi ce que je dis a autant d'importance.

Chloë lança à Frieda un regard interloqué.

— Évidemment que ça compte. Ça compte plus que tout.

Une fois Chloë repartie, Frieda lava les verres et les rangea. Elle inspecta son réfrigérateur et dénicha du bleu, à la date de péremption dépassée, qu'elle étala sur des crackers. Puis elle se prépara une infusion à la camomille et alla mariner longuement dans la merveilleuse grande baignoire qu'avait installée pour elle son ami Josef, avec l'aide de Stefan. Puis elle se mit au lit et éteignit la lumière. Elle sut aussitôt qu'elle n'avait aucune chance de trouver le sommeil avant des heures. En temps normal elle aurait pu envisager de se relever et d'aller marcher de nuit quelque part dans la ville des noceurs pour épuiser ses forces et faire taire les voix dans sa tête. Mais pour l'heure, elle n'avait pas envie de quitter sa maison. Elle demeura allongée à contempler le plafond, en s'efforçant de ne pas penser aux événements de la journée, à ce qu'elle avait dit à Karlsson et à ce qu'elle n'avait pas dit à Chloë. Elle revit son expression ardente, heureuse, à son arrivée. Pour autant, elle n'avait aucune intention d'entretenir une discussion intime sur le sexe avec sa nièce.

Ainsi traversa-t-elle une nuit interminable et éprouvante, rêvant parfois, quoique éveillée. De temps à autre, elle consultait son réveil sur la table de chevet et constatait qu'une demi-heure, ou une heure, s'était écoulée. D'aucuns soutiennent que ce que l'on ressent à 4 heures du matin, c'est la vérité nue, à laquelle on ne peut se confronter en plein jour. D'autres prétendent que ce n'est qu'un symptôme d'hypoglycémie et que ces sensations sont fausses. Durant l'essentiel de la nuit, et alors qu'elle était plongée dans une obscurité qui semblait ne jamais vouloir prendre fin, Frieda eut l'impression de fixer un soleil froid et sans joie.

Elle dut néanmoins finir par s'assoupir parce qu'elle fut tirée de ses rêves agités par un bruit qui semblait en faire partie, et qui n'était en fait que la sonnette de la porte d'entrée. Elle regarda l'heure. Une visite aussi matinale ne pouvait que présager des mauvaises nouvelles. Elle enfila une robe de chambre et descendit les marches à pas feutrés, les pieds nus. Elle resta un moment devant la porte, à respirer un grand coup. Puis elle ouvrit.

— Oh mon Dieu ! s'exclama-t-elle.

Un homme se tenait là, vêtu d'une veste en cuir, avec une grande sacoche. Il paraissait fatigué, penaud, et très inquiet. C'était Sandy.

9

— Ce bien partira en un clin d'œil, assura la femme.

Elle accompagna ses propos d'un claquement de doigts expert. Elle s'appelait Melinda. Elle avait des ongles vermillon, d'épais cheveux blond cendré et de très élégantes bottes marron, dont les talons claquaient le parquet.

Sandy garda sa réserve.

— Un emplacement exceptionnel. Récemment rénové.

Sa voix les suivit de pièce en pièce.

— Double vitrage. Gardien. Salle de bains attenante. Chaudière neuve. Pas de condition suspensive.

Chaque pièce était nue et résonnait, chaque mur venait d'être repeint en blanc. Frieda se posta à la fenêtre, jeta un regard sur la rue. Il bruinait, et les passants avaient ouvert leur parapluie.

— Vous achetez ensemble ? s'enquit Melinda.

— Non, répondirent en chœur Sandy et Frieda.

— Seulement moi, ajouta Sandy.

Elle parut hésitante, elle ne savait pas comment

décrypter la situation. Frieda la vit décocher un regard à son annulaire, dénué d'alliance.

— En tout cas, c'est idéal pour une personne seule. Avez-vous des questions ?

— Je ne crois pas, non, répliqua Sandy.

Il posa sa main sur les reins de Frieda.

— On y va ?

— Oui.

— On aurait dit une chambre d'hôtel, commenta-t-il une fois qu'ils furent dans la rue. Bon, et maintenant ?

Ensuite, ils visitèrent un appartement minuscule à Hampstead. Les photos affichées sur le site internet étaient trompeuses. C'était une bonbonnière située au premier étage, exploitant au maximum un espace inadapté. Il y avait une mini-cuisine américaine, et une salle d'eau tout juste assez grande pour contenir la douche. Le lustre en verre coloré et le grand canapé en cuir conféraient au salon une sensation oppressante. La chambre était peinte en rouge avec un mur tapissé de miroirs.

— Atroce, commenta Sandy une fois que l'agent les eut laissés seuls.

— Flippant, surenchérit Frieda.

— Et cher.

— On est à Hampstead. Regarde, on peut voir la Heath d'ici.

— Oui. Tu n'as pas besoin de faire cette tête-là.

— Quelle tête ?

— Tu es anxieuse.

— J'ai l'air anxieuse ?

— Oui.

— Je te suis très reconnaissante d'être revenu.

— Mais ?

— Mais j'ai l'impression de ne plus avoir le choix.

— Tu veux dire que tu ne veux pas que mon soudain retour t'engage dans une relation formelle dont tu n'as peut-être pas envie.

Elle s'abstint de répondre, et se contenta de contempler les vertes collines à l'horizon.

— Je sais ce que je fais, Frieda. C'est ce que je veux. Tu demeures aussi libre qu'avant. Mais cette histoire a été pour moi un coup de semonce.

— Mais ton boulot…

— Ce n'est pas un problème. J'en trouverai un ici. À quoi ça rimait de vivre de l'autre côté de l'Atlantique, loin de toi ? J'ai soudain compris ce que j'aurais dû savoir depuis toujours : ça n'a aucun sens d'être avec toi si je suis loin de toi. Après tout…

— Tout va bien ? gazouilla l'agent en entrant dans la pièce.

— Oui.

— Des questions ?

— Non.

Le grand appartement en sous-sol de Bermondsey était tout à fait dans les moyens de Sandy et, qui plus est, doté d'un jardin plutôt grand pour Londres, avec une petite véranda et une mare boueuse tout au fond où ils aperçurent un unique poisson rouge tacheté. Mais il sentait l'humidité ; les plafonds étaient hauts et les pièces sombres, froides, inconfortables.

— J'aime bien le travail de la brique, commenta Frieda qui s'efforçait de se montrer optimiste.

— Oui.

— Et il y a une cheminée que tu pourrais rouvrir.

— J'imagine.

— Y a du boulot, bien sûr.

— Ouais, mais ce n'est pas ça que je cherche.

— Tu en es sûr ?

— Je l'ai su dès l'instant où j'ai franchi la porte. On peut mettre en balance les avantages et les inconvénients, mais ce qui compte avant tout, c'est le coup de foudre.

— Je suis d'accord.

— On est bien tombés amoureux, non ?

— Oui. En effet, répondit-elle, en lui effleurant la joue. Je me demandais : où vas-tu habiter, le temps de trouver ?

— Ne t'en fais pas. Je ne vais pas venir m'installer chez toi. J'irai chez ma sœur et je passerai du temps avec toi quand je pourrai. Je compte acheter quelque chose, me trouver un nouveau boulot, et reprendre la vie que je n'aurais jamais dû quitter, pour commencer.

— Si t'es sûr…

— Sûr et certain.

— Bon, on va où, maintenant ?

L'appartement de Clerkenwell était situé au rez-de-chaussée d'une magnifique maison datant de la fin de l'époque géorgienne. Elle était flanquée de quelques constructions analogues, vestiges d'une rue par ailleurs bombardée ou rasée au bulldozer il y a bien longtemps. Comme l'expliquait le jeune homme qui leur faisait visiter les lieux, les propriétaires s'étaient séparés en pleine rénovation. On aurait dit qu'ils venaient tout juste de sortir, en laissant leur vie brisée derrière eux. Des caissons avaient été arrachés du sol de la cuisine ; une cloison était à moitié démolie ; une cheminée en marbre fêlé avait été ôtée et adossée au mur. Il y avait des pots de peinture et des pinceaux posés sur une table sur tréteaux, une échelle au beau milieu du salon ; dans la chambre des vêtements débordaient des tiroirs ; des piles de livres attendaient qu'on les réclame. Mais les pièces étaient vastes et lumineuses, avec d'immenses fenêtres et des poutres apparentes. La porte de derrière donnait sur un petit jardin clos de murs avec un figuier dans un coin. La ville semblait soudain à des kilomètres de là.

— C'était leur projet, fit remarquer l'agent d'un ton dubitatif. Il y a un gros potentiel.

— Je vois ça, renchérit Frieda, presque convaincue.

— À d'autres, répliqua Sandy d'une voix ferme. Ça prendrait des années, et ce n'est pas ce que j'ai envie de faire de mon temps.

— Que veux-tu faire de ton temps ? demanda Frieda un peu plus tard.

Elle était attablée dans un café à quelques rues de là, un petit pain tiède aux raisins tartiné de beurre entre les mains, alors que la pluie redoublait au dehors, les feuilles balayées par le vent devant la vitrine comme autant de confettis jaunes.

— Je ne veux pas plâtrer des murs.

— Parce que tu sais plâtrer des murs ?

— Je veux passer du temps avec toi.

— On pourrait plâtrer des murs ensemble, j'imagine, proposa-t-elle sans conviction.

— Non. Il y a d'autres choses dont il faut qu'on s'occupe.

— Comme quoi ?

— Comme toi, Frieda.
Elle fit la grimace.
— À t'entendre, on croirait que c'est une urgence.

Ils se rendirent à pied à l'adresse suivante, située entre King's Cross et Islington. Même si on n'était qu'au milieu de l'après-midi, la luminosité commençait déjà à décroître. Des semaines s'écouleraient encore avant le jour le plus court de l'année, et Frieda songea à sa propre maison, aux volets qu'elle fermerait sur le jour finissant et au feu qu'elle allumerait. Ils passèrent devant un musicien de rue, aux cheveux mouillés, avec son étui à violon ouvert, qui ne contenait que quelques piécettes, posé par terre devant lui. Il ne jouait pas. À leur approche, il passa son archet sur les cordes sans conviction. Frieda lui jeta plusieurs pièces, et il leur adressa un léger salut.

Le bien qu'ils visitaient – ils avaient inconsciemment adopté le vocabulaire de l'agent immobilier – était grand et tout en longueur, avec une porte d'entrée verte et de larges marches au tapis usé. L'appartement occupait les deux étages du haut. L'agent se débattit avec les clés pour ouvrir la porte, puis Frieda et Sandy parcoururent les pièces sans traîner : les propriétaires devaient revenir un quart d'heure plus tard et, de toute façon, ils en avaient trop vu pour la journée. Il y avait un salon pourvu de deux grandes fenêtres, une étroite cuisine. Un bureau, juste assez grand pour une table et une chaise, donnait sur le jardin mouillé de pluie d'un voisin, avec un bouleau argenté et un banc vert. Et tout en haut se trouvait la chambre, avec un toit terrasse. Sandy et Frieda ouvrirent la porte et sortirent sur le toit, tandis que la pluie leur fouettait le visage au gré des bourrasques. Ils contemplèrent les toits, les grues et les flèches, les lumières scintillantes de la grande ville qui se dissolvaient dans un ciel gris ruisselant.

— Là, Saint Pancras, indiqua Frieda.

— Ce sera parfait, répondit Sandy. On pourra boire notre café ici le matin. Et sur ce, rentrons.

10

Le téléphone sonna. C'était Josef.

— Z'êtes chez vous ?

— Évidemment, rétorqua Frieda. J'ai répondu.

— Vous sortez ce soir ?

— Quoi ? répliqua Frieda. Non, je ne crois…

— Bien, rétorqua Josef. On apporte dîner.

— On ? insista Frieda tandis qu'il avait déjà raccroché.

Une heure plus tard, la sonnette retentissait. Frieda ouvrit la porte : Josef et Reuben se tenaient sur le seuil. Tous deux s'engouffrèrent chez elle d'un même mouvement. Ils portaient des sacs de provisions d'où s'échappaient une odeur de pain frais et un tintement de bouteilles.

— Vous allez devoir arrêter, lança Frieda. On est des grands, maintenant. Un dîner, ça s'organise des jours à l'avance.

Josef posa les sacs sur la table et se tourna vers elle. Il portait une veste noire et une cravate. Il fit un pas en avant et la serra dans ses bras.

— Tiens !…

Tournant la tête, Josef et Reuben découvrirent Sandy qui descendait l'escalier.

— Vous êtes revenu, déclara Josef.

Il s'avança pour l'étreindre, et Reuben fit de même, avant d'embrasser Frieda. Elle eut soudain la nostalgie du temps où les hommes se serraient la main. Ils se comportaient comme des collégiennes, à présent. Reuben brandit une bouteille de vodka extraite de l'un des sacs et Josef s'éclipsa dans la cuisine pour aller chercher quatre petits verres à liqueur.

Frieda eut un haussement d'épaules impuissant.

— Il connaît ma cuisine mieux que moi, expliqua-t-elle à Sandy.

Josef remplit les verres et les fit passer. Reuben regarda Josef.

— Dis quelque chose.

— Non, vous, répondit Josef.

— Oh, pour l'amour du ciel, s'impatienta Frieda.

— OK, je parle, répliqua Josef.

Il plongea le nez dans son verre.

— J'étais fier que vous êtes venue me voir. C'était de la confiance. Je ne veux pas juste dire des choses. Des mots qui me font sentir mieux, mais pas vous. Maintenant, vous partez, vous allez prendre un bain dans la baignoire que j'installe pour vous.

Il regarda Sandy.

— Et vous aussi, si vous voulez, allez-y avec elle.

— Josef, je vous en prie… implora Frieda.

— On a à manger, à boire, on prépare et dans une heure, on dîne. Mais d'abord… (il leva son verre)… à une amie. Frieda.

Josef et Reuben vidèrent leur verre d'une traite.

Sandy et Frieda, circonspects, n'en burent qu'une petite gorgée.

— Je prendrai donc un bain, indiqua Frieda. Seule. Et merci pour tout, mais pouvons-nous convenir qu'à l'avenir, nous planifierons ces événements ? Avec un délai suffisant.

Josef se tourna vers Sandy.

— Vous, relaxez-vous. Buvez un verre. Allez marcher. Nous, on cuisine.

Frieda eut du mal à savourer son bain en raison des bruits de vaisselle et de casseroles. Quelque chose se cassa, elle entendit des cris. Elle fut tentée de descendre en catastrophe pour aller gérer l'éventuelle crise, mais choisit plutôt de s'immerger sous la surface. Peut-être l'objet brisé en question ne lui appartenait-il pas. Et quand bien même, quelle importance ? Après son bain, Frieda enfila un pantalon et une chemise.

À son arrivée en bas, elle trouva son salon transformé. Éclairé par des bougies qu'on avait disposées entre les plats sur la table. Il y avait un bol rempli d'une épaisse soupe rouge accompagnée de beignets, quelque chose enveloppé de chou, de grosses saucisses, du poisson mariné, une salade de betteraves, des pommes de terre coupées en dés, une espèce de petit champignon qu'elle n'avait jamais vu, une énorme miche de pain, de petites pâtisseries, un canard entier, des crêpes roulées…

— Le vin n'est pas ukrainien, annonça Reuben. J'ai pensé que de l'australien serait un peu moins risqué.

— Il y a du bon vin ukrainien, protesta Josef. Mais c'est Reuben qui a choisi.

Il invita Frieda, Sandy et Reuben à prendre place

autour de la table et servit une généreuse portion dans l'assiette de Frieda.

— À chaque fois que vous vivez une émotion forte, fit remarquer Frieda, vous préparez de la cuisine du pays.

— Amusant, non ? répliqua Josef.

— Non, répliqua Frieda. C'est bien que la nourriture puisse avoir une fonction mémorielle.

Sandy s'empara d'une croquette à la texture rugueuse et la goûta du bout des dents.

— C'est bon. Qu'est-ce que c'est ?

— Je ne sais pas, répondit Josef. La femme m'a donné assortiment varié. Porc, je crois. Ou mouton.

Chacun se mit à manger. De temps à autre, Josef indiquait le nom d'un plat, ou en décrivait la composition. La conversation s'en tenait là, ce que Frieda apprécia, ou ce dont, du moins, elle se sentit soulagée. Reuben ouvrit une seconde bouteille de vin et remplit à nouveau les verres. Frieda posa sa main à plat sur le sien.

— Vous savez, dit Reuben, quand on me fait ça, je suis toujours tenté de voir jusqu'où les gens tiendront et de verser jusqu'à ce qu'ils retirent leur main.

— Je me réjouis que vous n'ayez pas essayé, rétorqua Frieda, avant de remarquer qu'il levait son verre, l'air pensif. Vous n'allez pas faire un discours, hein ?

— Eh bien, en fait si, j'allais dire deux mots. Si c'est permis. Tout d'abord, je voulais vous dire, à vous et à Sandy, que je suis désolé si nous avons gâché la soirée romantique que vous aviez prévue.

— Non, coupa Sandy. C'est très sympa.

Il posa sa main sur la jambe de Frieda, sous la table.

— Ce n'est pas à moi de le dire, reprit Reuben,

mais je dois être de ceux qui croient – en fait, ma vie repose sur cette croyance – que parler d'un problème peut permettre de le régler. Mais quand vous l'avez appris à Sandy, Frieda, il a sauté dans un avion pour venir. Et Josef vous a apporté à manger. On dirait une offrande, comme dans l'Ancien Testament. Vous savez, quand vous me l'avez annoncé, ma première réaction… (Il se tut un instant.) Non, ma deuxième réaction a été une forme d'auto-apitoiement. J'avais été votre psy, votre superviseur, et vous me l'aviez caché. Je ne sais pas si ça nous en dit plus sur moi en tant que thérapeute, ou sur vous en tant qu'analys… (Il s'interrompit une nouvelle fois.)… Qu'analy*sée*. Je ne sais même pas comment dire ça. Bref : ou sur la thérapie elle-même. Désolé, je ne parle que de moi. À nouveau. Finalement, la meilleure chose à faire est peut-être de se retrouver entre amis, de partager un repas qui change de l'ordinaire, sans trop parler. L'avez-vous dit à quelqu'un d'autre ?

— À Sasha. Et à Karlsson.

— Bien, dit Reuben. C'est là que s'arrête mon speech.

— Mais qu'allez-vous faire ? demanda Josef.

— Oui, s'interrogea Sandy. Que comptes-tu faire ?

Frieda baissa les yeux sur son assiette. La préparation était excellente, le genre de bons petits plats qu'une mère – pour peu qu'on ait faim et une mère qui en soit capable – préparerait pour vous apaiser et vous réconforter.

— Je n'en sais rien, répondit-elle. J'ai prévu de faire ce que j'ai fait depuis vingt-trois ans, continuer comme avant, simplement, pour empêcher qu'il ait la moindre emprise sur moi… Malheureusement la situation est différente aujourd'hui. Je sais qu'il est encore en liberté. Mais je ne saurais pas par où commencer.

Il y eut un silence. Les hommes échangèrent des regards furtifs.

— Quand tu commences à parler comme ça, déclara Sandy, j'ai l'impression qu'il va se passer quelque chose.

— Il se passera nécessairement quelque chose. Quoi au juste, je ne sais pas encore.

Sandy repoussa son assiette.

— J'ai des obligations demain matin. Allons-y dans l'après-midi.

— Où ça ?

— À Braxton. Je t'y conduis.

— Oh !

Frieda était prise au dépourvu. Sandy la regarda, l'œil brillant, patient.

— Mais je dois prendre mes dispositions.

— Pourquoi ?

— Je ne peux pas débarquer comme ça, sans prévenir.

— Je ne vois pas pourquoi.

— Et mes patients…

— On est le week-end.

Frieda le dévisagea. Depuis plus de vingt ans, cette histoire attendait son heure. Elle aurait dû savoir qu'elle ne pourrait pas lui échapper.

11

— On doit trouver un endroit où dormir, rappela Frieda.

C'était la première fois qu'elle prenait la parole depuis un long moment. Ils étaient sortis de Londres en silence, tandis que Frieda regardait par la vitre le paysage défilant sous ses yeux : des lieux à la fois familiers et étrangers, comme dans un rêve. Un an et demi auparavant, Sasha et elle avaient visité le cimetière où était enterré son père, parce qu'elle croyait que l'assassin qui la traquait dans l'ombre, Dean Reeve, s'y était rendu. Elles n'étaient pas allées à Braxton : elle n'y était pas retournée depuis le jour où elle avait quitté la ville, alors qu'elle n'avait pas dix-sept ans.

— On ne va pas chez ta mère, donc ? s'informa Sandy.

— Pourquoi irais-je chez ma mère ?

— Tu lui rendras visite ?

— Je ne sais pas. Je ne me suis pas encore décidée.

— On trouvera bien quelque chose. Demain, tu pourras aller au commissariat.

— On sera dimanche, fit remarquer Frieda.

— Je ne pense pas que les crimes s'arrêtent le week-end.

— Certes.

— Tu as l'intention de m'en dire un peu plus avant qu'on arrive ?

— Comment ça ?

— Tu te rends compte à quel point j'en sais peu sur ton passé ?

— Que veux-tu savoir ?

— Eh bien, par exemple, je sais que tu as un frère aîné qui s'appelle David, parce que c'est l'ex d'Olivia et le père de Chloë. Il n'y en a pas un autre ?

— Si.

— Et ?…

— Il s'appelle Ivan.

Sandy patienta, jusqu'à ce que Frieda ajoute à contrecœur :

— Il est plus jeune que moi et vit avec sa famille en Nouvelle-Zélande.

— Donc tu ne le vois jamais.

— Jamais, non.

— Pas plus que tu ne vois David, qui habite pourtant près de Cambridge.

— Non.

— Ni ta mère.

— Non.

— Depuis combien de temps ?

— Vingt ans, à peu près.

Ça en faisait vingt-trois.

— Elle est si terrible que ça ?

Frieda se tourna vers Sandy. Même les yeux fixés sur la route, il sentit son regard noir.

— Je préférerais ne pas en parler pour le moment.

— Très bien.
— J'ai besoin de me concentrer.
— Sur quoi ?
— De me concentrer, c'est tout.

Elle contemplait les champs et les haies, un chêne qui raviva un souvenir précis. Elle se rappelait combien le ciel était immense ici, à cette heure, parsemé des premières étoiles. Le canal entraperçu depuis la rue, tel un sentier dérobé menant à la ville, la ferme à demi cachée entre les arbres, la flèche de l'église au loin. Quelques maisons modernes éparses, aux fenêtres allumées. De petits entrepôts industriels. Des pylônes dressés en rangs se découpaient à l'horizon. Comme face à un visage ressurgi du passé, elle se souvenait de tout et observait ce qui avait changé.

Le regard perdu, elle contempla le paysage et se remémora des visages qu'elle n'avait pas vus depuis des décennies, jeunes, cruels, anxieux, arrogants, suppliants. Elle chercha leurs noms, pour les rendre plus réels. *C'est étrange*, songea-t-elle, *les trucs dont on se souvient* : son premier cidre, un poème de Robert Frost, les jambes poilues de sa prof de biologie, qu'on voyait au travers de ses collants beiges, le marchand de journaux « Sallys Newsagent », enseigne à laquelle il manquait une apostrophe, ce qui avait tant irrité son père, une journée de sport par une chaleur étouffante et l'élasticité du gazon sous ses pieds, la vue depuis la fenêtre de sa chambre et les merveilleux cristaux de givre sur les vitres en hiver. Elle se revit soufflant sur un brin d'herbe posé entre ses pouces pour siffler, puis un souvenir de glandes gonflées, de quelqu'un en train de pleurer. Elle revit l'expression de sa mère, ironique, de glace. Quelque chose de fugace remonta à la surface, qu'elle ne put retenir et qui repartit aussitôt.

Comme Braxton était nichée dans une vallée étroite, ils eurent en arrivant une vue d'ensemble sur la ville : les derniers points lumineux brillaient sur la colline d'en face. Frieda fut sidérée de voir à quel point c'était petit. Elle s'était habituée à l'immensité de Londres : il était même impossible de dire où commençait la ville et où elle s'arrêtait. Le bourg de Braxton était limité par la cuvette inclinée qui le contenait, la rivière qui le traversait. Il était entouré de vastes champs, de forêts et de bosquets, de fermes, de carrières. Au loin, la lueur orange de l'agglomération d'Ipswich illuminait la nuit.

— Stop, lança soudain Frieda.

Sandy freina.

— Qu'y a-t-il ?

— J'aimerais faire la fin du trajet à pied.

— Il fait nuit.

— Peu importe. Il y a la lune et les réverbères. Je connais le chemin, répondit-elle en souriant.

— Je t'accompagne ?

— Je préférerais y aller seule, dit-elle avec douceur. Il y en a pour une vingtaine de minutes, je pense.

— On se retrouve où ?

— Devant l'église. Tu ne peux pas la louper.

Elle boutonna son manteau et enroula son écharpe rouge autour de son cou. Puis elle ouvrit la portière et sortit dans la nuit venteuse. Quelque chose dans l'odeur ambiante – terre détrempée, feuilles mortes, un relent infime, piquant, d'eau salée – la prit à la gorge et remua à nouveau ses souvenirs. Elle ferma la portière et attendit que Sandy ait redémarré et que ses feux arrière aient été avalés par la nuit, avant de se mettre en route.

— Tu prends quoi ?

Frieda étudia le menu, sashimi, plats en croûte, ou arrosés d'un filet d'huile. Puis elle inspecta la salle à manger avec son mobilier noir minimaliste, ses tableaux abstraits de bon goût, son éclairage soigné. Rien ne lui rappelait l'endroit où elle avait grandi. Dans les années 80, on se serait cru en 1950, ou 30.

Le temps qu'elle arrive dans la grand-rue, Sandy avait tout arrangé. Il avait réservé une chambre dans un pub autrefois glauque et enfumé, aujourd'hui restaurant primé – à en croire les récompenses encadrées à côté de la porte. La jeune femme stressée à l'accueil avait annoncé qu'il était presque plein mais qu'elle pouvait leur trouver une table s'ils étaient prêts à dîner tout de suite. Sandy regarda Frieda, qui se contenta de hausser les épaules, et ils s'y avancèrent sans même monter dans leur chambre.

— Je vais prendre des huîtres, annonça Sandy. Tant qu'à être dans le Suffolk…

— T'as entendu parler du norovirus, n'est-ce pas ?

— Je suis au courant, oui.

— Vomissements incontrôlés, précisa Frieda. Ça ne prévient pas.

— Oui.

— Et tu es aussi au courant que les huîtres se nourrissent de nos égouts ? Et que le norovirus ne se soigne pas ?

— Mais ça ne tue pas, répliqua Sandy, en reposant le menu. On est dans un mois en « r », et à quelques kilomètres à peine de la mer. Donc, je prends des huîtres, suivies du poisson du jour, quel qu'il soit et quoi qu'il ait mangé. Que prends-tu, toi ?

Frieda commanda deux entrées et une salade verte. Sandy leur versa à tous deux un verre de blanc. Les huîtres et les noix de Saint-Jacques au bacon arrivèrent. Quelques minutes plus tard, Sandy contemplait ses six coquilles vides.

— Elles ne sentaient pas du tout le norovirus, plaisanta-t-il.

— On verra, rétorqua Frieda.

— Et alors, ça t'a fait quoi d'arriver à pied dans Braxton ? Tu as reconnu chaque arbre ?

Frieda secoua la tête.

— Pas vraiment. Quand tu m'as laissée et que je me suis mise à marcher, j'avais l'impression d'entrer dans une ville totalement étrangère. Ils ont construit une nouvelle zone industrielle ainsi qu'une station-service, et ce qui ressemble à un gigantesque lotissement. On se croirait n'importe où.

— On dirait qu'ils ont piétiné tes souvenirs.

— Q'importe, rétorqua Frieda. Je les ai pas mal piétinés moi aussi.

Sandy s'attaqua au poisson pendant que Frieda avalait son risotto. Il indiqua la pièce d'un geste, fourchette en main.

— Et ces gens, tu les connais ? dit-il à mi-voix. Tu peux m'en dire plus sur eux ?

Frieda lança un regard alentour.

— Ils sont trop jeunes, répondit-elle. La plupart étaient des gosses quand je suis partie. De toute façon, Braxton n'a rien d'un petit village. C'est un bourg.

Après le repas, ils burent un café et montèrent à

l'étage. Leur petite chambre était à l'arrière du bâtiment et donnait sur le parking.

— Ce n'est pas terrible, commenta Sandy, mais on a eu de la chance de trouver quelque chose.

Ils prirent chacun une douche, et quand Sandy sortit de la salle de bains, Frieda était allongée sur le lit, toujours enveloppée dans une serviette, contemplant le plafond. Elle releva la tête.

— L'Amérique t'a plutôt bien réussi, on dirait, déclara-t-elle.

— Il n'y a rien d'autre à faire là-bas que travailler et courir.

— Rien ? s'étonna-t-elle avec un sourire. Dans toute l'Amérique ?

Il s'allongea à ses côtés.

— Je suis désolée, ajouta Frieda.

— Pourquoi ?

— Pour tout. On aurait dû faire les choses en grand : partir en week-end, pour que je te fasse découvrir les lieux de mon enfance. Voilà ce que font les vrais couples. Au lieu de ça, on est embarqués dans ce… ce quoi, d'ailleurs ?

— Dans ce truc que tu dois faire, répliqua Sandy.

Frieda lui caressa l'épaule, encore lisse et humide.

— On a quand même le droit de faire l'amour, tu sais.

Elle se pencha pour l'embrasser.

— Je ne suis pas un objet abîmé, traumatisé, tu n'as pas à craindre de me casser.

Sandy eut l'air grave, puis l'embrassa en lui ôtant sa serviette. Alors même qu'il était en elle, elle eut l'impression d'être dévorée de désir et ardente, tandis qu'il restait attentionné et gentil. Après, ils se glissèrent sous la couette pour s'allonger dans le noir, sans échanger un mot. Frieda se sentait parfaitement éveillée, à vif. Elle entendait le vent et la pluie, qui s'abattait en rafales sur la vitre. Des voix et des rires s'élevaient, des portières de voiture s'ouvraient, des moteurs démarraient. Elle percevait une respiration superficielle à côté d'elle, mais n'aurait su dire si Sandy était éveillé, et si comme elle, il fixait l'obscurité.

12

Le lendemain matin, le temps était nuageux et froid, les gouttières encore remplies d'eau après la nuit pluvieuse. Frieda et Sandy empruntèrent la rue principale jusqu'au commissariat, pour s'apercevoir qu'il ne s'y trouvait plus. L'édifice en briques avait été reconverti et abritait désormais un office notarial, un café, ainsi qu'un magasin vendant des fleurs et du chocolat artisanal. Tous étaient fermés. Frieda dut s'adresser à trois personnes avant de trouver un homme capable de lui indiquer où se trouvait le nouveau poste de police. Traverser le parking à côté de la banque, prendre à gauche, traverser la rue. Un grand bâtiment neuf.

— C'est sans doute fermé, fit remarquer l'homme. On est dimanche.

D'après le panneau, les bureaux ouvraient les lundi, mercredi et vendredi, entre 13 et 15 heures.

— Je le crois pas… s'indigna Frieda.

— C'est rassurant, en un sens, temporisa Sandy.

— Mais comment fait-on quand un crime se produit ?

Ils contournèrent ensemble l'édifice et tombèrent sur un agent en uniforme qui lavait les vitres d'une voiture de police. Il avait une carrure impressionnante, et respirait bruyamment sous l'effort.

— J'ai besoin de parler à un agent, déclara Frieda.

— C'est urgent ? dit le policier.

— Comment ça ?

— Il s'est passé quelque chose de grave ?

— C'est au sujet d'un crime, qui s'est passé il y a plusieurs années, expliqua Frieda. Mais c'est important.

L'agent renifla.

— Faudra vous rendre à Moreton. Ils vous aideront, là-bas. Ça fait une trotte en voiture, c'est…

— Je sais où se trouve Moreton, le coupa Frieda. C'est ouvert ?

— En permanence. Vingt-quatre heures sur vingt-quatre.

— Je croyais que tous les commissariats étaient ouverts en permanence, commenta Frieda. Comme les églises.

— On a déjà de la chance d'être là, expliqua l'agent. Il est question de vendre ici, d'en faire un supermarché.

Sandy lança un regard narquois à Frieda.

— Tant qu'on y est… hasarda-t-elle. Si tu veux bien.

— Alors, parle-moi de Moreton, commença Sandy, une fois à bord de la voiture, alors qu'ils sortaient de Braxton pour emprunter la rocade.

— C'est plus grand que Braxton, commença Frieda. Il y a un marché le samedi matin. Et une église assez connue. Un hôtel de ville. Deux femmes y ont été brûlées sur la place du marché parce qu'on les soupçonnait d'être des sorcières. Il y a très longtemps.

— Un vrai guide touristique ! répliqua Sandy. Quelle importance cette ville a-t-elle eue dans ta vie ?

— Je suis allée à quelques fêtes, là-bas. J'ai tenu la main à une fille que je connaissais à peine, elle s'appelait Jane Nichols, pendant qu'elle vomissait dans les toilettes. C'est suffisamment autobiographique pour toi ?

— C'est un début.

Des champs et des forêts s'étendaient devant eux. La pluie s'abattait par petites giclées sur le pare-brise. On apercevait le clocher de l'église de Moreton à des kilomètres de distance, mais avant de parvenir dans la vieille ville, ils durent longer des lotissements récents, un hypermarché, des animaleries et des magasins de mobilier, de luminaires et de surgelés. Sandy s'arrêta devant le commissariat.

— Ah, ça m'a l'air plus sérieux, ça, commenta-t-il. Je t'attends ici ?

— Va visiter l'église, suggéra Frieda. Ça te donnera une idée de ce qu'était l'endroit avant que la situation ne commence à se dégrader, il y a environ quatre cents ans.

— On dirait une ado révoltée.

— Ce doit être un flash-back, ironisa Frieda. Je t'appelle quand j'ai fini.

Alors que Frieda gravissait les marches et que les portes automatiques en verre s'ouvraient pour la laisser entrer, elle eut vraiment l'impression – un bref instant – que l'histoire se répétait. Qu'avait-elle ressenti, à l'époque ? Étrangement, il lui était difficile de s'en souvenir.

Elle alla se poster devant le bureau d'accueil. Un

panneau invitait les visiteurs à faire la queue derrière la ligne jaune de façon à respecter l'intimité de la personne reçue. La femme devant le comptoir ne s'en accordait aucune, puisqu'elle expliquait haut et fort à l'employée de police que son allée était totalement inondée et que le niveau de l'eau était à deux doigts de pénétrer dans sa maison et de ravager les lieux. La policière tenta, d'un ton plutôt calme, de signifier à la dame que les inondations n'étaient pas du ressort de la police et qu'elle ferait mieux d'aller voir les pompiers, mais qu'il était possible que même eux ne soient pas en mesure de l'aider. De fait, sa propriété était sous sa responsabilité, et s'il n'y avait pas de danger immédiat, même les pompiers n'étaient pas tenus de s'y rendre. L'agent dut réitérer ses propos plusieurs fois avant que la femme s'en aille, furieuse.

— C'est scandaleux, lâcha-t-elle à Frieda en passant devant elle.

Il fallut une longue explication de la part de Frieda, suivie d'un entretien à mi-voix entre l'agent au comptoir et une collègue, avant qu'elle se retrouve dans une salle d'interrogatoire sans fenêtres en compagnie d'une femme sergent. La pièce semblait servir aussi de débarras à la femme de ménage. Il y avait un seau et une serpillière à côté de la chaise sur laquelle Frieda prit place, un aspirateur près de la porte, deux balais appuyés contre le mur, ainsi qu'une pelle et une balayette sur la table, à côté de la tasse de thé de Frieda, à laquelle elle n'avait pas touché ; la pelle était pleine de mouches mortes. L'agent, une femme mince aux cheveux bruns et courts, la souleva et la déposa par terre sans faire de commentaires.

— Je tiens à dire que ça a dû être très éprouvant pour vous.

— La question n'est pas de savoir ce que je ressens, répliqua Frieda. La question est de savoir ce qu'il convient de faire.

— Je verrai avec les collègues, répondit l'agent. C'est difficile parce que tous nos effectifs ne sont pas là, vu qu'on est dimanche. Mais si je comprends bien, il y a eu une enquête à l'époque des faits, en février 1989.

— Le 11 février. C'était un crime, pas des faits.

— Je ne sous-entendais rien en faisant usage de ce mot. Mais, d'après ce que vous dites, l'enquête n'a pas progressé et a été classée sans suite. Et, toujours d'après ce que vous me dites, dans le cadre de ce nouveau crime, la victime ne tient pas à se faire connaître.

— Elle redoute d'être considérée comme une victime sans pour autant qu'on la prenne au sérieux. Mais l'autre problème important, c'est que cet homme est toujours dans la nature et qu'il est dangereux.

— Vous basez cette affirmation sur une intuition ?

— À l'évidence, c'est le même homme.

L'agent s'empara du gobelet en plastique, puis se rappela que c'était celui de Frieda et s'empressa de le reposer. Un peu de thé se répandit sur la table.

— Je n'ai bien évidemment pas connaissance de ce dossier à part ce que vous m'en avez dit. Tout ce que je peux ajouter, c'est que si cette jeune femme veut bien venir nous trouver, nous prendrons l'affaire au sérieux.

— Ça ne semble pas possible pour le moment, répondit Frieda.

— Dommage, répondit la policière. Comme promis, j'en parlerai à mes collègues, mais je peux déjà deviner quelle sera leur réponse.

— Ils recommanderont de ne rien faire.

— Je ne veux pas manquer d'empathie, insista l'agent, mais je ne vois pas sur quoi pourrait porter une enquête.

— Rouvrir le dossier initial, expliqua Frieda, ce serait déjà un début.

— Je répète, j'évoquerai ce problème délicat avec mon supérieur. Mais il ne sera pas là avant demain matin. Je reprendrai contact avec vous et vous ferai savoir ce qu'il suggère.

— Ne serait-ce pas mieux si je lui parlais directement ?

— Je ne crois pas que cela sera nécessaire. Pour l'instant. Si vous voulez bien laisser vos coordonnées à l'accueil, que nous sachions comment vous joindre et vous tenir informée de la suite… Nous pouvons également vous communiquer des noms, si vous avez besoin d'aide. Il peut s'avérer très utile, dans des cas comme celui-là, d'avoir quelqu'un à qui parler.

— Ah oui ? ironisa Frieda.

— Oui. Ça peut vraiment aider, parfois, de s'en ouvrir à d'autres et de se faire conseiller sur la façon de le gérer.

— Je vous remercie, répondit Frieda en hochant la tête. J'y penserai.

Sandy l'attendait dehors, dans la voiture. Frieda s'installa à ses côtés.

— Alors ? s'enquit-il.

— Regarde-moi. Regarde-moi et dis-moi ce que tu vois.

— Je serais tenté de dire : le visage de la femme que j'aime. Mais j'ai comme l'impression que ce n'est pas la bonne réponse, là, maintenant.

— Je suis une idiote, répliqua Frieda. Une idiote. Et je ne sais pas quoi faire.

— Bien…

Sandy reprit la parole quelques instants plus tard :

— Et que dirais-tu d'aller voir ta mère ?

13

Comme dans un rêve dont elle ne cessait d'imaginer qu'elle allait se réveiller en sursaut, Frieda prit la grand-rue. Il faisait froid ce jour-là, la luminosité était faible, le soleil bas. Des passants la croisèrent – un groupe d'adolescents chahuteurs, une femme promenant son petit chien dans une poussette, un vieil homme qui titubait. Elle s'abstint de les dévisager : elle n'avait pas envie de reconnaître quiconque, pas plus qu'on ne la reconnaisse, quoiqu'il y ait, bien sûr, peu de chances que cela arrive. Il s'était écoulé plus de deux décennies. La boulangerie où elle allait autrefois acheter son pain était toujours là, ainsi que la boutique vendant de l'alcool bon marché et une étrange collection de DVD. Seules les cassettes vidéo avaient fini par disparaître.

À Londres, Frieda avait souvent le sentiment de marcher sur les traces de l'histoire, celle des autres. Elle avait toujours été sensible à la mystérieuse façon dont les secrets d'une grande ville pouvaient ressurgir dans les détails d'anciens édifices, dans les noms de rues, les cours d'eau cachés sous les pavés. Mais dans cette petite ville, elle marchait dans ses propres pas. Ici, au tournant de la route, son père était venu la chercher et avait pris sa petite main dans la sienne, grande, douce et blanche ; là, elle avait patienté à l'arrêt de bus, le nez plongé dans un bouquin. Là encore, une silhouette avait rôdé dans l'ombre, et elle sentait toujours battre son cœur d'adolescente. Elle surprit son reflet dans la vitrine d'un marchand de journaux et, un court instant, elle crut voir une jeune fille farouche, les cheveux noirs retenus par deux couettes, mais la silhouette s'avéra n'être que le Dr Frieda Klein, l'air calme et inexpressif, marchant d'un pas vif.

Elle quitta la grand-rue à hauteur d'un salon de tatouage autrefois librairie d'occasion, et bifurqua dans une rue où elle avait appris à faire du vélo. L'accotement herbeux était devenu un trottoir, on avait ajouté des lampadaires, et la cabine téléphonique où elle passait ses appels en secret avait disparu. L'arrêt de bus était pourvu d'un nouvel abri. Elle s'y arrêta un instant, les sourcils fronçés à l'évocation d'un souvenir. Elle continua dans une ruelle menant aux confins de la ville, et passa devant une ancienne chapelle, toute petite, coincée entre deux maisons à colombages. Une triste étendue de gazon fraîchement semé – qu'y avait-il là avant ? Elle cilla et vit un édifice en bois, derrière une grille rouillée délimitant la propriété. L'allée montait en pente raide, sous des arbres dont les branches larguaient des rafales de feuilles quand le vent soufflait. Le paysage semblait s'assombrir : l'air était chargé d'une pluie imminente.

Il y avait là le cottage sans chauffage où vivait autrefois la vieille Mrs Leonard, avec tous ses chats – elle portait d'étranges turbans et des chaussons tachés, et tapait sur une gamelle pour les appeler, avec son roucoulement haut perché, mais elle devait être morte depuis longtemps. La maison à faux colombages, autrefois propriété des Clarke : il y avait auparavant de vieilles bicyclettes dans le jardin, et un petit trampoline, mais aujourd'hui on n'y voyait qu'une mare décorative, ainsi qu'un modeste saule pleureur. La maisonnette de Tracey Ashton. Elle était d'une couleur différente, jaunâtre, d'un ton vaguement écœurant. Une antenne parabolique était fixée sur le toit. Frieda regarda les fenêtres, avant de se détourner. Elle ne se sentait pas prête à affronter d'autres retrouvailles.

Et là, enfin : une maison longue, basse, qui semblait s'être enfoncée dans le sol. Des murs saillants, un toit qui s'affaissait. Des briques d'un rouge profond, de vastes fenêtres plongées dans le noir à l'exception de celle sur le côté, le porche où son père avait l'habitude de laisser ses bottes. Frieda poussa le portail et pénétra dans le jardin. Le houx avait disparu. Il y avait de grands pots en fer le long du sentier, mais les plantes qu'ils contenaient étaient désormais réduites à l'état de souches sèches. Un unique gant de cuir gisait dans l'herbe ; Frieda le ramassa. Peut-être appartenait-il à sa mère. Sa mère, qu'elle n'avait pas vue depuis plus de vingt ans. Le Dr Juliet Klein, généraliste dans un petit bourg du Suffolk, épouse d'un homme qui s'était pendu dans la pièce dont elle apercevait la fenêtre à cet instant, mère d'une fille enfuie de chez elle à jamais – jusqu'à aujourd'hui. Frieda plissa les yeux : sa mère devait avoir la soixantaine passée maintenant, sans doute était-elle à la retraite. Peut-être même ne vivait-elle plus ici. Elle s'avança et frappa à la porte, qui n'était plus rouge mais vert mousse.

Combien de temps patienta-t-elle ? La porte s'ouvrit

à la volée. Sa mère se tenait devant elle. Il y eut un silence durant lequel les deux femmes se dévisagèrent.

— Tiens, tiens, lâcha enfin Juliet Klein de sa voix sèche.

Elle avait toujours eu ce ton moqueur, un brin ironique.

— Bonjour, répondit Frieda.

Elle se rendit compte qu'elle ne savait pas comment appeler sa mère : Juliet ? Maman ?

— Je peux entrer ?

Juliet s'effaça et Frieda franchit le seuil, pénétrant dans l'entrée où il faisait bon mais qui sentait légèrement le renfermé. Les carreaux au sol avaient été remplacés par du parquet, la grande horloge à balancier était toujours là, avec sa fêlure verticale sur la vitre. Il y avait des photos aux murs – de David et Ivan, et leurs familles ; de Juliet plus jeune ; aucune de Frieda ou de son père. Une bouteille de vin rouge était posée par terre en plein milieu, que Juliet contourna comme s'il s'agissait d'un élément inamovible.

— C'est mon gant que tu tiens à la main ? demanda-t-elle.

— Je l'ai trouvé dehors.

— Je me demandais où il était passé.

Juliet sourit.

— Qu'en penses-tu ? On se tombe dans les bras et on pleure ?

— Peut-être pas.

— C'est sans doute mieux. Tu veux un café ?

— Volontiers, oui.

— Je n'ai rien d'autre à t'offrir. Je ne m'attendais pas à te voir. Pas de gâteau tout chaud sorti du four, je le crains.

Elles se rendirent ensemble dans la cuisine. Frieda cilla. Plus rien n'était comme avant. L'ancienne cuisinière avait disparu, tout comme la table en bois, le vaisselier, le fauteuil à bascule. Tout était en acier inoxydable, ultramoderne, éclairé par des spots, dénudé, rutilant, comme un laboratoire culinaire – si ce n'est que Juliet Klein n'avait jamais aimé cuisiner et ne s'intéressait pas le moins du monde à ce qu'elle avalait. Par la fenêtre, elle aperçut le jardin. Pas de balançoire, de prunier, de mangeoire pour les oiseaux. C'était comme si on avait fait place nette. La longue corde à linge avait été remplacée par un dispositif circulaire d'où pendaient seulement plusieurs paires de chaussettes.

— C'est tout refait à neuf, déclara-t-elle, tout en sentant le regard perspicace de sa mère posé sur elle.

— Désolée. Tu voulais que je garde tout en l'état ?

— Je ne faisais que remarquer, c'est tout.

Frieda l'étudia pendant qu'elle préparait le café. Elle était plus petite que dans son souvenir, mais encore très droite, comme si elle se tenait au garde-à-vous, et ses cheveux bruns étaient parsemés de gris. Ses traits étaient bouffis et creusés ; ses paupières retombaient un peu sur ses yeux marron et vifs. Elle avait des traces de dentifrice autour de la bouche et ne portait qu'une seule boucle d'oreille. Le col de son chemisier blanc repassé était replié à l'intérieur.

— Je ne sais plus si tu prends du sucre ou du lait. Sers-toi.

— Merci.

Elles s'installèrent, l'une en face de l'autre, autour du comptoir en acier.

— Tu travailles toujours ?

— J'ai pris ma retraite il y a trois ans.

Juliet Klein but une petite gorgée de café ; quelques gouttes roulèrent sur son menton, qu'elle ne sembla pas remarquer.

— Tu dois sans doute te demander ce que je fais ici.

— Ah ça, on peut le dire, Frieda. Je m'étais résignée à ne plus jamais te revoir. Il était hors de question que j'aille à ta rencontre.

— Je ne suis pas venue remuer le passé, affirma Frieda.

— Pourquoi pas ? Tu es bien psychothérapeute, non ? Pourquoi ne pas remuer le passé ? N'est-ce pas ce que tu fais ?

— Je voulais te demander quelque chose.

Juliet Klein croisa les bras, puis tapota son épaule d'une main. Elle eut soudain une brusque grimace, comme si elle avait un goût amer dans la bouche. C'était une expression qui ne lui ressemblait absolument pas, puérile et désinhibée.

— Oui ?

— Tu vas bien ?

— Si je vais bien ? Mais oui. Très bien. Que veux-tu me demander ?

— La nuit où j'ai été violée…

— Oh, pas encore cette histoire…

— La nuit où j'ai été violée, j'étais ici. Dans ma chambre. Tu te rappelles ?

Comme sa mère s'abstenait de répondre, Frieda reprit :

— Je devais aller à un concert mais je m'étais disputée avec Lewis. Je suis rentrée, je t'ai dit que je ne sortais plus finalement mais que je voulais qu'on me laisse tranquille, après quoi je suis montée à l'étage et je me suis mise au lit.

— C'était il y a plus de vingt ans. Comment pourrais-je m'en souvenir ?

— C'est le genre de choses dont les mères se souviennent.

— Tu fais soudain tout le trajet depuis Londres, tu débarques sans prévenir, et pour quoi ? Pour me dire que je n'étais pas une bonne mère ?

— Il ne s'agit pas de toi en tant que mère, ou de moi en tant que fille. Je voudrais clarifier certains détails.

— C'est un peu tard.

— J'ai repensé à cette soirée, en m'efforçant de me la rappeler. Tu étais là, toi aussi. En bas. J'entendais la télévision. Après, je suis descendue te le dire. Tu te rappelles ?

— Oui.

— Et tu ne m'as pas crue.

— On a déjà eu cette discussion il y a vingt ans.

— Vingt-trois. Quelqu'un a réussi à s'introduire dans ma chambre sans que personne ne le remarque. Tu étais en bas. Y a-t-il quoi que ce soit que tu aies vu, ou entendu ?

— La police m'a posé ce genre de questions.

— Je sais. Mais je te les repose maintenant.

— Qu'est-ce que tu cherches à prouver ? C'est à ça que tu as passé ta vie d'adulte, à accumuler des reproches contre moi ?

— Ce n'était qu'une simple question.

— Et j'ai une réponse simple. Je ne sais pas. Je n'ai pas cru que quiconque ait pu te violer, et la police non plus. Je crois que tu étais une adolescente malheureuse, révoltée, et que tu as inventé une histoire qui a dérapé. C'est pour ça que tu t'es enfuie. Ce que je ne comprends pas, c'est pourquoi tu es revenue.

— Tu n'étais vraiment pas sortie, ou tu ne t'étais pas endormie ?

— Tu m'en as toujours voulu pour la mort de Jacob. C'est de ça qu'il s'agit ?

— Non.

Frieda songea qu'en fait elle s'en était toujours voulu à elle-même.

— Tu m'en as voulu de m'en être remise.

— Tu t'en es remise ?

— Oh, pour l'amour du ciel. Je ne suis pas ta patiente.

— Je crois que c'était quelqu'un que je connaissais.

— Mais de quoi tu parles, encore ?

— Le violeur. Je devais le connaître, forcément. Ce n'est pas arrivé par hasard. Ce n'est pas possible. Il savait où me trouver. Il connaissait cette maison.

Frieda étudia les traits gris et las de sa mère.

— Quelquefois, on est obligé de continuer à vivre, c'est tout. C'est ce que j'ai fait.

Elle consulta sa montre.

— Je sors dans cinq minutes. Avec mon club d'observation.

— D'observation ?

— On observe les chauves-souris. C'est un peu comme pour les oiseaux. Mais avec des chauves-souris.

— Je serai partie avant que tu reviennes. J'ai quelqu'un d'autre à aller voir.

— Tu es mariée ? s'enquit tout à coup Juliet.

— Non.

— Pas d'enfants ?

— Non. Je peux voir mon ancienne chambre ?

— C'est mon bureau maintenant. Tu sais où c'est.

Cela faisait vingt-trois ans. Pas une trace ne demeurait

de la chambre de Frieda. Rien qu'une pièce tout en longueur, dont la fenêtre donnait sur le jardin. Il y avait un toit terrasse dessous ; peut-être avait-on pu passer par là ? Ou alors entrer par la porte principale et gravir les marches pendant que sa mère regardait la télévision ? *Debout à côté de son lit... Baissant les yeux sur elle alors qu'elle dormait...* Elle fronça les sourcils et passa un doigt sur le rebord de la fenêtre, recueillant une épaisse couche de poussière. Le bureau ne semblait guère servir : il était trop bien rangé et l'ordinateur, comme la lampe d'architecte, étaient débranchés. Sur la table, un gros tas de lettres adressées à sa mère, rédigées à la main pour certaines, des factures pour le reste. Aucune n'avait été ouverte. Frieda les feuilleta, examinant les dates d'affranchissement. Certaines dataient de plus de six mois.

Elle redescendit. Sa mère se tenait dans l'entrée et nouait un foulard sur sa tête, essayant gauchement de faire un nœud, la mine contrariée. Elle lança un regard à Frieda et ses yeux semblèrent pris d'un tic.

— Comment te sens-tu ? demanda Frieda.

— C'est un peu tard pour commencer à s'apitoyer.

— Ce n'est pas ce que je voulais dire.

— Je suis médecin, rétorqua Juliet. Je n'ai pas besoin d'en consulter un autre. Si tant est qu'on te considère comme un médecin.

— Les médecins sont de très mauvais patients, persista Frieda.

— As-tu trouvé ce que tu étais venue chercher ?

— Pas vraiment.

— Tu sais ce que tu n'arrives pas à supporter ? Tu aimes penser que tu tiens de ton père bien-aimé, mais en réalité, c'est à moi que tu ressembles.

14

Quand Becky ouvrit la porte d'entrée, elle afficha malgré elle un air de surprise plutôt comique.

— Êtes-vous venue jusqu'ici pour voir comment j'allais ?

— Je suis d'ici, tu te souviens ?

— Mais je croyais que vous détestiez.

— Je ne fais que passer. Je montrais à un ami l'endroit où j'ai grandi. Et je voulais en profiter pour prendre de tes nouvelles. En vérité, je m'attendais à voir ta mère. Je pensais que tu serais sortie avec des amis.

— Ce que vous voulez dire, c'est que je *devrais* sortir avec des amis.

— Je voulais juste passer dire bonjour.

Becky réfléchit un moment.

— Je vous offre une tasse de thé ou de café ?

Frieda sourit et secoua la tête.

— Je reste cinq minutes et après je m'en vais.

Becky précéda Frieda dans l'entrée carrelée jusqu'à une cuisine rustique où des casseroles en cuivre pendaient à un rail au-dessus d'une cuisinière.

— Allons au jardin, proposa-t-elle. C'est mieux pour parler.

À l'arrière de la vieille maison s'étendait un vaste jardin clos de murs, et derrière un bois poussait à l'assaut de la colline, de sorte que la maison était plongée dans l'ombre. Les parterres étaient ratissés, les massifs taillés, prêt pour affronter l'hiver. Becky désigna les alentours d'un geste vague.

— Si m'man était là, elle vous donnerait le nom des buissons et des arbres. Elle s'intéresse à ce genre de trucs.

Frieda l'observa. Elle était encore pâle, les yeux soulignés de cernes sombres, mais semblait animée d'une nouvelle flamme, ténue.

— Comment te sens-tu ? demanda-t-elle.

Pour la première fois, Becky la dévisagea.

— Ça peut paraître bizarre, mais un peu mieux.

— J'allais le dire. Mais je trouve ça parfois agaçant quand on me le dit.

— Pourquoi vous dirait-on ça ?

— On traverse tous des moments difficiles.

— Et pourquoi est-ce que ça vous agace ?

— Tu en poses, des questions…

— Et vous, vous êtes vraiment douée pour éviter d'y répondre.

— Tu as raison. C'est agaçant quand les gens prétendent en savoir plus que nous sur ce qu'on ressent. Et quand ils disent qu'on a l'air bien, c'est souvent qu'ils n'ont pas assez bien regardé.

— Ben, je ne vais pas bien, mais je suis mieux qu'avant.

— Le seul fait que tu sois capable de le dire est encourageant.

— Et il y a autre chose. Enfin, deux choses. Même si je me sens un peu mieux, je vais aller voir quelqu'un.

— Bien !

Becky se tut et enfonça ses mains dans les poches de son jean. Épaules rentrées, elle semblait se protéger. Quand elle reprit la parole, sa voix était à peine plus qu'un murmure. Frieda dut se pencher en avant pour distinguer ses mots.

— J'ai réfléchi à cette histoire d'aller voir la police. Vous en pensez quoi ?

— En as-tu parlé à ta mère ?

— Oui.

— Qu'a-t-elle dit ?

Becky fit la moue.

— Elle n'avait pas l'air d'apprécier. Mais j'aimerais savoir ce que *vous*, vous en pensez.

C'était maintenant à Frieda d'hésiter.

— Je n'aime pas donner des conseils.

— Je croyais que c'était comme ça que vous gagniez votre vie.

— Non. J'essaie d'aider les gens à mieux comprendre eux-mêmes ce qu'ils désirent. Écoute, Becky, je ne vais pas te mentir. Si tu portes plainte, ça ne va pas être facile. Il est trop tard pour avoir le moindre indice. Je ne sais pas ce qu'ils pourront faire. Mais le fait que tu envisages de le faire est positif. Ça montre que tu reprends le dessus.

Becky fut soudain prise d'un frisson, comme si un nuage avait caché le soleil. Rien qu'à la voir, Frieda avait presque froid.

— Prendre le dessus ? releva Becky. C'est bien le problème. Je n'arrête pas de revoir ces images, de lui et moi… Je ne veux même pas mettre des mots sur… Vous n'avez pas idée de ce que je ressens.

Frieda dévisagea intensément Becky et songea :

cela l'aiderait-il un tant soit peu de répondre : « Si, j'imagine très bien ce que ça peut faire » ? Non, trancha-t-elle. Ça ne se faisait pas. Mais Becky devait d'autant plus trouver quelqu'un d'autre à qui en parler.

— Je suis fière de toi, déclara Frieda. Tu as mon numéro. Tu peux m'appeler n'importe quand, s'il y a un problème. Mais tiens-moi au courant, donne-moi de tes nouvelles.

Elles retournèrent dans la maison et Frieda entendit la porte d'entrée se refermer, des sacs s'entrechoquer, un jeu de clés qu'on reposait. Maddie débarqua dans la cuisine et la vit. Elle portait toujours son manteau fauve. Son expression passa de la surprise à la colère.

— Qu'est-ce que tu fais ici ?

— J'étais dans le coin. Je suis venue voir comment allait Becky.

— À quoi tu joues ?

— M'man… commença Becky.

— T'en mêle pas, rétorqua sa mère.

Elle pointa un doigt accusateur sur Frieda.

— Je ne sais pas ce que tu as raconté à ma fille et je ne tiens pas à le savoir. Mais je suis venue te voir pour que tu me conseilles et tout ce que tu as fait, c'est lui bourrer le crâne d'idées saugrenues et aggraver son hystérie.

— Je ne suis pas venue dire à Becky quoi que ce soit, se défendit Frieda.

— Ah oui ? aboya Maddie d'une voix de plus en plus forte. Alors comme ça, tu ne faisais que passer ? Tu m'as expliqué que tu n'étais pas revenue au pays depuis vingt ans et la seconde d'après je te retrouve dans ma cuisine ! Quelle coïncidence !

— Je suis désolée que tu prennes les choses ainsi, répliqua Frieda. J'allais partir.

— Je ne te retiens pas.

Frieda salua Becky d'un signe de tête et sortit de la cuisine en direction de la porte d'entrée. Maddie était sur ses talons, vociférant toujours, et Frieda eut l'impression d'être littéralement expulsée de la maison par le flot de ses paroles. Alors qu'elle atteignait le trottoir, elle entendit la porte claquer derrière elle.

Elle avait prévu de retrouver Sandy dans la grande église ancienne qui se trouvait sur une place derrière la grand-rue. Il avait déniché un petit guide touristique local chez un marchand de journaux. « Il y a des fonts baptismaux très anciens », avait-il dit. « Du XIIIe. Ainsi qu'un célèbre jubé. Aucune idée de ce que c'est, on verra bien. »

Frieda se dirigea vers l'église, repensant à la scène avec Maddie. Elle songea à elle telle qu'elle l'avait vue à Londres – suppliante, affectueuse – et à la femme en furie qu'elle venait de quitter. Elle était à ce point perdue dans ses pensées qu'elle ne répondit pas tout de suite quand on lui adressa la parole. Mais elle perçut ensuite la voix, qui prononçait son nom. Elle releva les yeux. Une femme se tenait debout à côté d'elle. Elle avait une bonne trentaine d'années, un teint pâle parsemé de taches de rousseur et des cheveux d'un roux flamboyant retenus en un chignon fait à la va-vite. Elle était vêtue d'une longue jupe marron, à l'ourlet légèrement élimé, de grosses bottes de marche et d'une grande écharpe drapée autour d'elle.

— Frieda ? répéta la femme. Tu ne serais pas Frieda Klein ?

Frieda hocha la tête mais ne sut quoi ajouter.

— Mon Dieu, Frieda ! Je n'en crois pas mes yeux. J'ai changé à ce point ? C'est Eva ! Eva Hubbard !

Et là, Frieda observa plus attentivement la femme : elle imagina les rides lissées autour de ses yeux et de sa bouche, sa silhouette affinée, sa chevelure rousse raccourcie et hérissée en pointes hirsutes. Et elle reconnut sa vieille amie d'enfance. Eva fit un pas en avant et jeta ses bras autour de Frieda.

— Je n'en reviens pas, reprit-elle. Je te croyais disparue de la surface de la terre. Et puis je suis tombée sur des articles sur toi dans les journaux, des trucs vraiment dingues.

Frieda médita la nature de ces « trucs » : morts violentes, accusations d'incompétence professionnelle, enlèvements.

— Tu ne devrais pas prêter autant attention à ce que tu lis dans la presse.

— Même s'il n'y en avait qu'un dixième de vrai, ça reste quand même impressionnant. Que fais-tu ici ? Tu es revenue ?

Frieda eut le plus grand mal à trouver une réponse. En réalité, que faisait-elle ici ?

— Je suis venue rendre visite à ma mère.

— Je croyais que vous aviez coupé les ponts.

— C'était le cas.

— Puisque tu es là, ça te dirait de venir chez moi ? On a tellement de temps à rattraper. Je pourrais t'inviter à dîner.

— Ç'aurait été avec plaisir, répondit Frieda, mais en fait, j'allais reprendre la route pour Londres. Une autre fois.

— J'y compte bien. Attends, j'ai une carte.

Elle fouilla dans son sac et lui tendit une carte de visite.

Frieda l'étudia. « Eva Hubbard. Cinquante Nuances de Grès. Poterie, artisanat et cours. »

— Tu es devenue potière, constata Frieda.

— Chacun sa croix. Mais la prochaine fois que tu viens, tu dois absolument venir me voir. Promis ?

— Promis.

— Lewis, lâcha Eva.

— Quoi ?

— Je me souviens de toi et Lewis.

— Il faut que j'y aille.

Quand elle retrouva Sandy, il était debout devant l'une des portes de l'église et admirait le bas-relief d'un mouton au-dessus du porche.

— J'aime bien, commenta-t-il. Pour être honnête, je ne vois pas vraiment pourquoi on fait tout un plat de ce jubé. Mais il me plaît, ce mouton. J'ai lu quelque chose là-dessus dans le guide. Il ne s'agit pas tant de l'agneau de Dieu que de la laine des moutons qui a permis de financer l'église. Mais bon, j'arrête. Comment ça s'est passé ?

— On va parler dans la voiture. Je n'ai plus rien à faire ici. Mais j'ai besoin de ton aide.

15

Frieda fut soulagée de se retrouver à Londres, avec du macadam sous les pieds et non de la boue, dans une ville où ne régnait jamais l'obscurité, ni le silence. Mais elle n'y resta pas longtemps. Le lundi matin, elle se leva tôt, prit son petit déjeuner au café que tenaient ses amis, le Numéro 9, et se rendit à son cabinet. Elle reçut deux patients. Le premier était une femme d'une cinquantaine d'années prénommée Sarah-Jane dont le plus jeune fils avait sauté du haut d'un immeuble neuf mois auparavant : elle n'avait plus envie de vivre mais avait deux autres enfants, aussi ne se sentait-elle pas le droit de mourir, ni même celui de le désirer. L'autre était un jeune homme très sarcastique qu'on lui avait adressé récemment. Après son départ, même l'air dans la pièce semblait meurtri.

Frieda but un verre d'eau, puis écouta ses messages. L'un d'eux était de Sandy : « Coucou Frieda. Bobbie Coleman est disponible demain à 11 h 15. Dis-moi si ça te va. »

— Elle m'a l'air idéale, commenta Frieda quand elle le rappela. J'annule mes patients et j'y vais.

Il y avait aussi un mail de Becky, expliquant que

Maddie était folle de rage depuis le départ de Frieda, mais qu'elle comptait toujours aller au commissariat : il lui fallait juste quelques jours pour mobiliser son courage. Et elle demandait à Frieda si elle avait un thérapeute à lui conseiller.

Frieda lui répondit sur-le-champ. Elle lui communiqua trois noms, deux femmes et un homme (en ajoutant qu'il serait peut-être plus facile de parler de viol à une femme), ainsi que leurs numéros de téléphone. « Tu n'as qu'à dire que tu les appelles de ma part », écrivit-elle, « en leur précisant que c'est bien volontiers que je leur parlerais de ta situation si ça peut les aider. Rappelle-toi, Becky, » continuait-elle, « que tu ne dois pas voir quelqu'un avec qui tu te sentirais mal à l'aise ou avec qui le courant ne passerait pas. Il est très important de savoir dire non si ça s'avère nécessaire. Appelle-moi si je peux t'être utile en quoi que ce soit et tiens-moi au courant de l'évolution des choses, ça me ferait plaisir. »

Elle convint d'autres rendez-vous avec ses trois patients du lendemain et appela sa mère, l'informant qu'elle lui rendrait visite le lendemain, vers 10 heures. Une petite voix intérieure lui dit qu'elle traitait sa mère comme une enfant et tentait d'exercer sur elle un ascendant. Elle concéda qu'elle avait raison, mais passa outre.

Elle avait encore deux patients cet après-midi-là, puis une soirée chez elle, qu'elle attendait avec impatience. Elle avait dit à Sandy qu'elle avait besoin d'être seule et, de fait, quand elle ferma la porte de sa petite maison et resta debout dans le silence, alors que le chat se frottait contre ses chevilles en ronronnant, elle ressentit un soulagement tel que c'était comme si on lui avait enlevé un énorme poids des épaules. Elle ferma les volets, alluma le feu, mit de l'eau à chauffer dans la bouilloire, s'installa dans son fauteuil à la lueur des flammes avec un livre, et savoura le crépitement de la pluie au-dehors, bien à l'abri dans la tiédeur et la quiétude de sa maison.

Maddie Capel rentra chez elle un peu pompette, et inséra la clé à tâtons. Il était minuit passé et elle était partie tôt ce matin-là, pour aller rendre visite à une amie à Norwich. Elles avaient dévalisé les magasins, puis déjeuné dans un petit restaurant français et bu du vin plus que de raison, flirtant avec le serveur tout en pleurant sur leurs maris infidèles et leurs enfants à problèmes. Maddie avait hésité à y aller : elle ne savait pas si laisser Becky seule était une bonne idée. Mais son amie avait insisté, elle aussi avait besoin d'un répit, et Becky semblait s'en ficher. Mère et fille s'étaient querellées au sujet de l'intention de Becky de signaler le viol à la police, puis au sujet de Frieda, et Becky avait paru presque soulagée de mettre sa mère à la porte. Maddie avait dû admettre qu'elle se sentait mieux, en dépit de son mal de tête. Il était bon de s'enfuir ; parfois, c'était nécessaire.

Elle laissa ses sacs de courses dans l'entrée. Elle les rangerait avant que Becky ne se lève le lendemain matin. Elle ne tenait pas à ce que sa fille voie tout ce qu'elle avait acheté : des chaussures rouges, une jupe sûrement trop courte pour elle, mais qu'importe, un chapeau cloche pour lequel elle avait eu un coup de foudre mais dont elle savait qu'elle ne le mettrait jamais.

Une odeur étrange flottait dans l'air. Dans la cuisine, elle vit au lave-vaisselle vide que Becky n'avait sans doute rien mangé. Elle n'aurait rien mangé de toute façon si Maddie avait été là. Sa fille était têtue. Têtue, fâchée, malheureuse. Son amie lui avait assuré que cela passerait. « Ils ne comprennent pas ce qu'ils nous font subir », avait-elle ajouté.

L'odeur était un peu plus forte quand elle monta l'escalier. La porte de la chambre de Becky était fermée et la maison plongée dans le silence, à part le goutte-à-goutte d'un robinet mal fermé dans la salle de bains. Maddie ne sut jamais pourquoi elle poussa la porte. Elle s'ouvrit en couinant, puis buta contre quelque chose. Elle passa la tête par l'entrebâillement et, l'espace d'un instant, resta plantée à fixer bêtement la chambre de sa fille. Elle vit les peluches entassées sur le rebord de la fenêtre, les cartes postales punaisées sur le panneau d'affichage et la bibliothèque remplie de manuels scolaires. Et sa fille, pendue à la poutre, aussi maigre, ballante et inanimée que peut l'être un mort. L'une de ses chaussures était tombée. Elle avait les yeux ouverts.

Maddie hurla. Elle s'effondra par terre, se cachant la figure pour échapper à l'horreur terrifiante au-dessus d'elle. Elle hurla jusqu'à ce qu'une voisine, qui avait un double des clés, soit réveillée par ses cris et vienne voir ce qui se passait. Elle n'en continua pas moins à hurler, jusqu'à ce que sa voix s'éraille et que les gyrophares bleus et les sirènes déboulent dans la rue.

Le lendemain, Frieda se leva de bon matin pour être à temps à la gare de Liverpool Street afin de prendre le train de 8 heures, qui fila vers l'est à contre-courant du flux des banlieusards. À l'arrivée, elle monta dans un taxi avec une belle avance sur l'heure convenue, et frappa à la porte de sa mère.

— Eh bien, eh bien… commenta sa mère. Ça me rappelle cette expression au sujet des bus.

— Pardon ?

— Tu sais bien… on attend vingt-trois ans, et il en vient deux d'un coup. Si ce n'est, bien sûr, que tu n'es qu'un seul bus.

— Je peux avoir du café ?

— Tant que tu ne me poses plus de questions au sujet de ce qui s'est passé ici une certaine nuit et qui remonte à trop longtemps pour que je m'en souvienne.

— D'accord.

La bouteille de vin était toujours au beau milieu de l'entrée. La cuisine était rutilante. On aurait dit que rien n'avait bougé depuis la visite de Frieda le dimanche précédent. Juliet Klein prépara le café en silence. Dehors, il faisait gris, froid et humide.

— Donc, commença-t-elle, en posant un mug devant Frieda, pourquoi es-tu revenue ? As-tu soudain réalisé à quel point je te manquais ?

— J'ai réservé un taxi pour venir nous prendre ici à 10 h 30. Tu as un rendez-vous à l'hôpital à 11 h 15.

— Mais non.

— Avec le professeur Roberta Coleman. Elle a organisé pour toi un scan du cerveau.

— Je te demande pardon ?

— Je crois que c'est nécessaire.

— C'est une plaisanterie ou quoi ?

— Non.

— Tant mieux, parce que ça ne me fait pas rire du tout. Tu es venue ici pour m'emmener à l'hôpital parce que tu crois que quelque chose ne tourne pas rond dans ma tête ?

— Parfois les changements de comportement sont plus faciles à détecter pour un étranger.

— C'est une forme de revanche psychologique ? Parce que si c'est le cas…

— Une simple précaution, corrigea Frieda.

— Quand tes patients viennent te voir pour te confier qu'ils sont malheureux, tu les envoies faire des examens médicaux ?

— Si nécessaire. Tu es malheureuse ?

— J'aurais aimé que tu ne reviennes jamais. David avait raison. J'allais bien mieux sans toi.

Elle lança un regard furieux à Frieda, la bouche pincée.

— Et alors, quels sont les changements dans mon comportement ?

— Ce sont des détails qui peuvent sembler insignifiants.

— J'ai été médecin généraliste pendant près de quarante ans, je te rappelle. Tu ne peux pas m'impressionner à ce petit jeu-là.

— Tu bois du coin de la bouche. Tu as des rictus que tu n'as pas l'air de maîtriser.

— C'est tout ?

— J'ai remarqué que tu n'avais pas ouvert ton courrier depuis plusieurs mois.

— Détective Klein. Ça n'a rien à voir.

— C'est autre chose, en effet.

— C'est sûrement la preuve que je suis déprimée selon toi – et ma façon de boire le thé et de faire des grimaces est un symptôme évident de tumeur au cerveau bien sûr.

— Ça vaut le coup de vérifier.

Elle reposa son café.

— Je ferais mieux de ne pas boire ça devant toi, ou tu vas examiner ma bouche à la loupe.

— Tu comptes venir à l'hôpital ?

— Pourquoi pas ? Une chouette sortie matinale entre mère et fille.

Frieda eut du mal à ne pas répondre aux piques incessantes de sa mère.

— Bien, se contint-elle. Tu ferais bien d'ôter tout bijou ou objet métallique. Comme ça, tu pourras rester habillée. J'ai apporté des boules Quies pour les oreilles. C'est assez bruyant dans l'appareil.

— Merci, docteur.

Le ton était cassant mais, l'espace d'un instant fugace, Juliet Klein parut inquiète.

— Le taxi sera là d'une minute à l'autre.

Frieda s'installa dans la salle d'attente et lut un livre pendant que sa mère était examinée.

— Tout va bien ? demanda-t-elle à son retour.

— C'est un peu stressant, répliqua sa mère.

— Quand auras-tu les résultats ?

— Ils les enverront à mon médecin dans un jour ou deux.

— C'est rapide. Tu me tiendras au courant ?

Juliet Klein pencha la tête de côté et considéra sa fille.

— Peut-être. Mais tu peux rentrer chez toi, maintenant.

— Vraiment ?

— Oui. Je crois que je vais aller faire quelques courses pendant que j'y suis. Tu n'as pas besoin de t'attarder. Je ne vais pas mourir tout de suite.

Elles se dévisagèrent. Frieda hocha la tête et leva la main en guise d'adieu, puis quitta la pièce.

Pendant qu'elle attendait un taxi pour retourner à la gare, elle ralluma son portable. Elle n'avait pas vérifié ses messages depuis la veille, dans l'après-midi. Deux textos s'affichèrent sur l'écran. Le premier était de Becky, envoyé le soir précédent pour accuser réception du mail de Frieda. « Merci ! » disait-il, et il y avait un smiley souriant à côté du mot. Le second était de Maddie, envoyé deux heures plus tôt le jour même. Frieda l'ouvrit.

« Voilà ce que tu as fait. J'espère que tu es contente. »

L'air se glaça autour d'elle. Elle resta figée, sourcils froncés, et s'apprêta à appeler Maddie, mais elle changea d'avis. Elle se rendit sur Google et tapa le nom de Becky, fixant obstinément l'écran jusqu'à ce que les mots s'affichent.

Avant même de cliquer sur l'article, elle sut que les nouvelles étaient mauvaises. « Une adolescente retrouvée morte chez elle », lut-elle. L'article d'un journaliste local apparut. Elle fit défiler la page vers le bas, retenant les faits essentiels : Rebecca Capel, âgée de quinze ans, avait été retrouvée morte chez elle au petit matin par sa mère, Mrs Madeleine Capel. Rien n'indiquait quoi que ce soit de suspect : l'inspecteur Craigie confirmait que la police ne recherchait personne. La famille était dévastée par la tragédie. La directrice du lycée de Becky, Briony Loftus, disait d'elle que c'était une élève brillante et populaire, que tous regretteraient.

Un taxi arriva et Frieda grimpa dedans.

— Au commissariat, indiqua-t-elle.

— Celui de Wolsey Road ?

— Si c'est le central, oui.

L'inspecteur central Craigie, qui abordait la trentaine, était mince et musclée, avec des cheveux noirs et bouclés retenus en un chignon serré à l'arrière de la tête, et d'épais sourcils sombres qui lui donnaient un air intimidant.

— En quoi puis-je vous aider ? commença-t-elle.

— C'est vous qui êtes chargée de l'affaire Rebecca Capel ?

— Oui.

— Je suis le docteur Frieda Klein. J'ai des informations au sujet de sa mort.

— Ah... (L'inspectrice haussa les sourcils.) Il y aura une enquête, bien sûr, mais je ne vois pas bien en quoi vous pourriez nous aider face à cette mort tragique. Le dossier est clos.

— Il faut le rouvrir.

Craigie la dévisagea quelques secondes.

— Très bien. Je vais voir si je peux trouver un bureau et vous m'expliquerez ce qui vous tracasse.

Mais aucun bureau n'était disponible. Ils étaient en pleins travaux de rénovation, expliqua l'inspecteur Craigie. Pour finir, elle emmena Frieda dehors, dans un carré de verdure à l'arrière du commissariat. L'endroit manquait d'entretien, des ronces épaisses montaient à l'assaut du mur.

— C'est là que les gens viennent griller leur cigarette, expliqua Craigie. Asseyez-vous.

Elle indiqua un banc en bois usé.

Mais Frieda préférant rester debout, l'inspectrice fit de même.

— Becky ne s'est pas tuée.

— C'est toujours dur à avaler quand un adolescent choisit de mettre fin à ses jours.

— Becky n'a pas mis fin à ses jours.

— La mère de Becky m'a parlé de vous, Dr Klein.

— J'ai vu Becky en tant que psychothérapeute, comme Maddie vous l'a sans doute appris. Elle a également dû vous dire que Becky avait été violée et qu'elle était encore très éprouvée.

— Mrs Capel a exprimé des doutes à ce sujet. Mais la fragilité de son état émotionnel ne faisait pas de doute.

— Son viol est tout aussi réel.

— Mais elle ne l'a pas signalé ?

— Elle comptait le faire.

Craigie ne parut pas convaincue.

— Qu'est-ce qui vous donne à croire qu'il y a eu quoi que ce soit de suspect dans sa mort ?

— Je lui ai parlé dimanche et elle semblait aller mieux.

— Ce n'est pas l'avis de sa mère. Mais poursuivez.

— Elle m'a dit qu'elle comptait aller voir la police pour signaler son viol, et qu'elle avait décidé d'entreprendre une véritable psychothérapie. Elle m'a demandé de lui conseiller quelqu'un, ce que j'ai fait hier.

— Et ?

— Il s'agit là de deux résolutions dynamiques, affirmées, tournées vers l'avenir. Pas celles d'une fille au bord du suicide.

— Je suis certaine que vous comprenez ce genre de choses mieux que moi. Mais, d'après ce qu'on m'a dit, Becky était très déstabilisée par le divorce de ses parents. Elle était anorexique, elle se mutilait, elle s'était attiré des ennuis à l'école, elle séchait les cours. Sa mère soupçonne qu'elle prenait de la drogue. Elle prétendait avoir été violée.

Elle leva les mains pour prévenir toute tentative de protestation.

— Je ne dis pas qu'elle ne l'a pas été. Je ne fais qu'établir la liste des faits tels que j'en ai connaissance. D'après sa mère, elle était vulnérable et hystérique.

— Ce n'est pas vrai. Becky n'avait rien d'hystérique. Elle était remarquablement courageuse.

— Vos impressions ne constituent pas des preuves.

— Elle s'est tuée comment ? s'enquit Frieda, songeant à la maigre jeune fille anxieuse qui s'était assise dans son cabinet et avait pleuré avec tant d'amertume.

— Je n'ai pas le droit de vous le dire.

— Elle m'a envoyé un texto hier soir. Regardez.

Frieda sortit son téléphone.

— C'est très courant, vous êtes bien placée pour savoir que les gens se sentent coupables ou sont dans le déni quand l'une de leurs connaissances se suicide.

— Il ne s'agit absolument pas de ça.

— Je suis certaine que vos intentions étaient bonnes, mais d'après Mrs Capel, vous auriez encouragé l'imagination de sa fille, ce qui l'empêchait de passer à autre chose. Je sais que ça doit être dur de perdre un patient, mais… voilà.

16

Frieda se rendit directement chez Karlsson. Elle ne voyait pas quoi faire d'autre. Il prépara une pleine cafetière, puis oublia de servir le breuvage. Le café refroidit peu à peu, pendant que Frieda lui contait l'affaire en détail. Quand elle eut fini, un long silence s'installa.

— Je suis désolée, reprit Frieda. Je ne veux pas que vous vous sentiez pris au piège. Je suis déjà venue vous raconter cette histoire et voilà que je recommence. Vous devez sans doute vous demander ce que j'attends de vous.

— J'essayais juste de me mettre à la place de la police locale. Je peux comprendre pourquoi ils n'interviennent pas. D'après les informations dont ils disposent, rien n'indique qu'un viol ait été commis. Et d'un autre côté, nul ne doute qu'il s'agissait d'une jeune femme à problèmes, qui avait déjà attenté à ses jours.

— Vous répétez ce qu'ils ont dit.

— J'essaie d'expliquer qu'il n'existe pas de voie toute tracée à partir de là.

— Je ne suis pas venue vous demander une autorisation.

La remarque ne manqua pas de susciter un sourire chez Karlsson.

— Je n'ai pas le souvenir de vous avoir vue me demander une autorisation, même quand vous auriez dû le faire. Dans ce cas, que faites-vous ici ? Vous êtes toujours la bienvenue, bien sûr, mais si vous ne me demandez pas une permission, qu'êtes-vous venue faire ?

— Je n'en sais rien, répondit Frieda. Quand je repense au passé, j'ai l'impression de ne vous avoir apporté que des ennuis.

— Vous m'avez surtout aidé. Il y a bien eu quelques incidents de parcours, mais ils ont le plus souvent été bien pires pour vous que pour moi.

— Où en sont vos rapports avec le préfet ?

Karlsson secoua la tête.

— Ils ne sont pas bons. Mais c'était déjà le cas avant que je ne vous rencontre. C'est sans doute plus votre rayon que le mien, je dois être le fils qui l'a toujours déçu, j'imagine.

— Je ne suis pas sûre que je serais la thérapeute indiquée pour lui. Mais ce que j'essayais de dire, c'est que je vais avoir besoin d'aide. Je ne peux pas encore vous expliquer de quelle nature. J'aimerais aussi ajouter que je ne vous demande pas de me croire, ni faire quoi que ce soit d'idiot.

— Je me laisse le droit d'en juger.

— Ça ne me semblait pas correct de m'embarquer dans quelque chose de cet ordre sans vous en parler.

— Merci de l'avoir fait, répliqua Karlsson. Parce que ça n'a pas toujours été le cas. Et comment comptez-vous vous y prendre, alors ?

— J'imagine que je vais devoir retourner à Braxton

et y passer du temps. C'est *le* truc que je m'étais juré de ne jamais faire.

Karlsson hésita. Les propos de Frieda le mettaient mal à l'aise.

— Si vous avez besoin d'aide, vous n'avez qu'à me le dire et je verrai ce que je peux faire.

Frieda se leva pour prendre congé.

— Et s'il vous venait quelque idée folle, prévenez-moi que je puisse vous en dissuader ! Ou au moins, vous accompagner.

Frieda posa sa main sur les siennes.

— Promis.

Le lendemain, Karlsson avait des réunions de prévues, un dossier à rouvrir. Il supervisa l'interrogatoire du témoin d'un vol qui semblait n'avoir aucun souvenir de l'agression à laquelle il était censé avoir assisté. Il informa le vieux George Lofting que d'ici à trois mois, il ne ferait plus partie des forces de la police. Il ordonna l'arrêt des travaux de réfection de la cantine. Tout ce temps-là, il garda à l'esprit son entretien avec Frieda et rumina ce qu'elle lui avait confié. C'était comme s'il avait un petit caillou dans sa chaussure, une démangeaison dont il ne pouvait se débarrasser.

De retour chez lui, il tenta de joindre ses enfants par Skype, mais ils étaient sortis. Il se prépara un plat de pâtes et l'avala avec plusieurs verres de vin rouge. Il commençait juste à faire la vaisselle quand on toqua à la porte. C'était Frieda, il en était sûr. Il se trompait. Dans un premier temps, il ne reconnut pas l'homme d'âge mûr, élancé, en costume sombre et chemise blanche à col ouvert.

— Sandy, fit-il. Frieda est avec vous ?

Sandy ne rendit pas à Karlsson son sourire.

— Elle ne sait pas que je suis ici, répondit-il.

— Quelque chose ne va pas ?

— Je peux entrer ?

Karlsson emmena Sandy dans la cuisine. Il était content d'avoir rangé : les lieux n'évoquaient pas trop le père célibataire et privé de ses enfants. Il leva son verre.

— Il en reste dans la bouteille, si vous en voulez.

— Ça ira, merci.

— Je peux vous faire du thé, ou un café.

— Je n'en ai que pour une minute.

— Je devine que ce doit être important.

— Frieda est venue vous voir hier.

— Tout juste.

— Elle voulait votre avis.

— Pas un avis, à proprement parler.

— Que lui avez-vous dit ?

Karlsson sirota son vin.

— On peut passer au salon ? proposa-t-il. Ça fait un peu bizarre de parler ici, on a l'air de poireauter devant un ascenseur.

— Comme vous voudrez.

Une fois qu'ils furent installés l'un en face de l'autre, Karlsson sur une chaise en bois, Sandy au bord du canapé, Karlsson se sentit encore plus mal à l'aise.

— Écoutez, commença-t-il en relevant les yeux de son verre, je n'aime pas parler de Frieda dans son dos. Ce n'est pas une bonne idée de lui cacher des choses. Elle l'apprendra.

— Mais vous êtes au courant de ce qui s'est passé, n'est-ce pas ?

— Oui.

— C'est pour ça que je suis revenu en Angleterre. Et je l'ai accompagnée à Braxton.

— C'était la meilleure chose à faire.

— Je n'attendais pas de compliment. Ce que je veux dire, c'est que la situation m'inquiète.

— En quoi ?

— Frieda a vécu ce traumatisme autrefois. Elle ne m'en avait jamais parlé. D'après ce que je comprends, elle n'en avait même pas parlé à son psy. Et voilà que ça recommence, avec ce drame à Braxton, cette petite, là. Vous savez ce qu'elle envisage de faire ?

— Pas exactement.

— Elle compte y retourner pour mener une sorte d'enquête.

Sandy guetta la réaction de Karlsson, mais ce dernier contemplait toujours son verre de vin, comme s'il y avait repéré quelque chose de très intéressant.

— D'après Frieda, il est possible que cette fille n'ait pas été violée, tout comme il est possible qu'elle se soit bel et bien tuée. Je veux dire, ce n'est pas parce que la police a conclu à un suicide qu'ils ont nécessairement tort, ironisa-t-il.

À ces mots, Karlsson releva les yeux.

— Même si c'est effectivement arrivé, poursuivit l'autre, il est plus que probable que cela n'a rien à voir avec un crime advenu il y a plus de vingt ans.

— Je ne suis pas assez informé sur l'affaire, commenta Karlsson.

— Ce que je cherche à dire, c'est que Frieda a su faire face à cette chose terrible qui lui est arrivée ; elle en a parlé, elle l'a confié à ses amis proches. Je peux comprendre les émotions que cette histoire vient de remuer, mais parfois il faut accepter le passé. Aujourd'hui, elle doit passer à autre chose.

— Pardon ? s'étonna Karlsson.

— Excusez-moi. Vous n'êtes pas d'accord ?

— Là, nous parlons de Frieda. Et peut-être qu'il ne lui est pas possible de passer à autre chose.

— Que voulez-vous dire ?

— Vous devriez en parler avec elle.

Sandy parut perplexe et fâché.

— Vous trouvez que retourner à Braxton est une bonne idée ?

— Ce que je pense importe peu.

— Vous êtes un vrai ami pour elle.

— J'aime à le croire.

— Elle a confiance en vous et vous respecte.

— Oh, je vous en prie, protesta Karlsson.

— J'espérais que vous vous joindriez à moi pour la dissuader de faire une chose pareille. Dieu sait qu'elle a été suffisamment éprouvée comme ça. Ce qu'il lui faut maintenant, c'est reprendre son travail.

Karlsson secoua la tête.

— Je ne sais pas par où commencer. Vous connaissez Frieda. Vous l'aimez. Vous devez savoir que le meilleur moyen de la pousser à faire quelque chose est de lui dire de ne pas le faire. La réalité, c'est que je ne sais jamais ce que va faire Frieda ni pourquoi elle le fait. Nous vivons, vous et moi, dans un monde où tout est blanc ou noir. Pas Frieda.

— Bref, vous suggérez que nous devrions nous en remettre à son instinct ?

— Parfois, avec Frieda, je me sens comme un vieux cow-boy traîné par un cheval fou. On n'a plus qu'à espérer que le cheval sait où il va.

— Je ne pige pas, insista Sandy. Vous êtes en train de dire que vous lui donnez raison sur ce coup-là.
— Je dis juste que ce que je pense ne compte pas.

Sandy lança un regard autour de lui.
— Quand tu as parlé de promenade, je pensais plus à un parc, ou aux quais le long du canal.
— Ça ne te plaît pas ? s'amusa Frieda.
Sandy examina d'un air dubitatif les bâtiments industriels et les bureaux dégradés. Il ne put répondre car ils durent reculer quand un gros camion s'engagea en marche arrière dans la ruelle. Il commençait à pleuvoir.
— On est à Shoreditch, reprit-il. Et même pas dans le joli coin de Shoreditch.
L'expression de Frieda changea, comme si elle avait remarqué quelque chose à l'horizon.
— Je me rappelle il y a quelques années, on était au lit et je t'ai parlé d'une promenade qu'on ferait le long d'une rivière souterraine.
— C'est exact. La Tyburn. Tu l'avais décrite en détail. Elle traversait Hampstead et Regent's Park, puis passait sous Buckingham Palace pour déboucher dans la Tamise. On n'a jamais fait cette promenade.
— On fait celle-ci à la place.
— On suit le cours d'une rivière ?
— Ma préférée entre toutes.
— Jamais je ne l'aurais cru, répliqua Sandy.
— Tu t'attendais à quoi ? À entendre le ruissellement de l'eau ?
— À une espèce de vallon, peut-être, ou une pente qui évoquerait l'ancienne berge.
— Aucune chance. Cette rivière a disparu il y a bien trop longtemps.

— Elle s'appelle comment ?

— La Walbrook.

— Jamais entendu parler.

— Personne n'en a entendu parler, dit Frieda. Mais elle est là, à environ neuf mètres sous terre, elle s'efforçe de rejoindre la Tamise. Par ici.

Ils firent encore quelques mètres et traversèrent une rue encombrée.

— Holywell Lane, commenta Frieda. C'est comme un écho du passé, qui nous chuchote qu'il y a de l'eau en dessous. Alors comme ça, tu es passé voir Karlsson.

— Comment le sais-tu ?

— Je l'ai eu au téléphone, et il me l'a dit.

— J'allais t'en parler.

— Ça n'a pas d'importance.

— Je comptais vraiment te le dire. Je suis allé le voir parce qu'il est ton ami.

Devant eux, alors qu'ils arrivaient aux abords de la gare de Liverpool Street, ils apercevaient un vaste chantier, avec des grues, des bulldozers et des camions.

— On jette un coup d'œil ? suggéra Frieda. Peut-être qu'on pourra voir ce qu'ils ont déterré.

Ils se frayèrent un chemin jusqu'au bord de la fosse géante. Un homme en gilet jaune de chantier leur barra le passage.

— Ce site est en construction, déclara-t-il. On n'entre pas sans casque.

— On veut juste jeter un œil en vitesse, plaida Frieda.

— Il faudra d'abord passer par les bureaux.

— OK…

Ils s'avancèrent en direction d'un petit sentier.

— Les anciennes constructions dataient seulement des années 80 et tout a déjà disparu. Il y a cinq cents ans, il n'y avait que des champs et des marécages ici, ainsi qu'une fosse pour les victimes de la peste. Les mourants se jetaient dedans.

— Et une rivière, compléta Sandy.

— Oui, une rivière.

Ils traversèrent London Wall, l'artère de la City qui longeait les ruines du mur de protection de la ville, érigé par les Romains.

— On est dans l'ancienne enceinte de Londres maintenant, commenta Frieda. La rivière n'existe plus, mais à chaque fois qu'on creuse par ici pour construire une banque, on tombe sur le genre de trucs qu'on trouve près des rivières : des ossements provenant d'anciennes tanneries, mais aussi des temples, des statues de dieux. C'est très spécial, une rivière. Ça vient d'un autre monde.

— On ne se baigne jamais deux fois dans la même, plaisanta Sandy.

— Selon toi, je ne devrais pas retourner à Braxton, enchaîna Frieda.

— J'aimerais qu'on en discute, toi et moi.

— Tu penses que je devrais faire table rase de tout ça. Que je devrais aller de l'avant.

— À t'entendre, on a l'impression que c'est une mauvaise chose.

— Regarde, coupa Frieda, en indiquant une plaque de rue. Walbrook. On doit être sur la bonne piste.

— Quand a-t-elle été recouverte ?

— Il y a cinq cents ans. Les gens se plaignaient déjà de l'odeur il y a mille ans. On est presque à la Tamise.

— Elle est courte, cette rivière.

— C'était le principal cours d'eau de la vieille ville. Et même de l'ancienne cité romaine. Et aujourd'hui, plus rien.

Ils longèrent les hauts murs de brique de la gare de Cannon Street et arrivèrent près d'une série de grilles. Devant eux coulait la Tamise. De grandes barges étaient arrimées non loin de la rive. Il pleuvait à verse et il faisait froid. Ils se trouvaient à proximité d'un pub donnant sur le quai. Sandy l'indiqua d'un geste du menton.

— Ça te dit, un café ?

Frieda secoua la tête.

— Suis-moi, dit-elle.

Ils descendirent quelques marches raides jusqu'au lit caillouteux du fleuve, à marée basse.

— La rivière est censée déboucher quelque part, mais je n'ai jamais trouvé où.

— C'est marrant de penser qu'elle coule encore après tant de siècles, fit remarquer Sandy.

Frieda examina le fleuve en amont et en aval, puis se tourna vers Sandy et le regarda droit dans les yeux.

— Quand j'étais adolescente dans la ville où tu ne veux pas que je retourne…

— Je ne voulais pas dire…

— Attends. Mon premier fiancé, je veux dire le premier garçon avec lequel j'ai couché, s'appelait Jeremy Sutton. On était fous l'un de l'autre. Peu à peu l'ardeur s'est calmée et, au bout d'un moment, ça a capoté. Je ne sais pas pourquoi. On se querellait, on s'éloignait l'un de l'autre et on se réconciliait sans trop y croire. On a fini par rompre, plus ou moins, et à fréquenter d'autres personnes. Ça a été mon premier aperçu de ce que deux personnes sont capables de se faire l'une à l'autre.

Elle se tut un moment.

— Enfin, pas tout à fait le premier. Mais je n'en revenais pas que ce soit aussi moche, aussi salissant.

— Frieda…

— Je me suis juré que, quoi qu'il adviendrait par la suite, je ne revivrais plus jamais ces mensonges, ces excuses, ces faux-fuyants.

— Et ?

Frieda prit Sandy par les mains.

— Quand tu es revenu à Londres et que tu m'as accompagnée à Braxton, c'était formidable. Je t'en serai toujours reconnaissante.

— Reconnaissante ?

Il haussa les sourcils et prit un air pincé.

— Oui.

Il retira ses mains. Il eut un sourire féroce qu'elle ne lui connaissait pas.

— On croirait entendre un connard de patron qui vire quelqu'un.

— Ce n'est pas mon intention. Mais, Sandy, c'est fini.

Un long silence s'abattit, durant lequel elle ne le quitta pas des yeux.

— Je suis rentré de New York. J'ai quitté un poste prestigieux. J'ai acheté un appart suffisamment proche de chez toi pour être à tes côtés, suffisamment loin pour ne pas t'envahir.

— Je sais. Je ne te l'ai pas demandé, ajouta-t-elle. Tu as choisi de venir et c'est un acte de générosité que je n'oublierai jamais.

— C'est pour ça, hein ? C'est parce que tu te sens redevable.

— Je ne me sens pas redevable.

— Mais si, et tu ne le supportes pas.

— Non, ce n'est pas le problème.

— C'est parce que je sais sur toi des choses que tu aurais préféré que j'ignore. Ton viol. Sitôt que tu me l'as confié, le vent a tourné.

— Ce n'est pas ça.

— Si, c'est ça. Sois honnête avec toi-même, au moins. Tu me le dois.

— Très bien.

Frieda prit une profonde inspiration.

— Je ressens le besoin pressant d'être seule et de disposer librement de moi. On a passé des moments merveilleux ensemble, toi et moi. Mais j'ai déjà l'impression que notre relation appartient au passé et qu'on essaie juste de prolonger quelque chose d'achevé.

— Je ne l'accepte pas.

— Il faudra bien.

— Tu te trompes, là. Tu ne peux pas m'y forcer. Je ne te crois pas. Je ne crois pas que ce soit ta volonté.

— Je pense que si.

— Tu m'as déjà fait le coup, tu te rappelles ?

— Oui. Mais cette fois, je ne reviendrai pas sur ma décision.

— Tu veux que je prenne les choses comme ça, sans rien dire ? Tu as décidé, et je suis censé t'embrasser sur les joues et te souhaiter bonne chance pour la suite ?

— Non.

— Je t'aime.

Sa voix se brisa. Il la saisit par les épaules, essaya de la serrer contre lui.

— Et tu m'aimes.

Elle repoussa ses mains et recula d'un pas.

— Je t'aime. Mais c'est fini, Sandy.

— Je voulais un enfant avec toi.

— Et moi non.

— C'est à cause de Karlsson ?

— Ne commence pas, le coupa sèchement Frieda. Je t'interdis de parler comme ça. Pas à moi. Pas de ça entre nous.

Sandy la dévisagea, interdit.

— C'est tout ? Après tout ce que nous avons vécu, on repart chacun de notre côté ?

— Tu peux continuer jusqu'à Bank et prendre le métro. Je rentre à pied.

— Laisse-moi venir avec toi, Frieda. Il pleut. Il fait froid.

— Je sais. J'aime bien.

17

Une femme en colère s'époumonait dans le cabinet, à propos de son mari, de ses enfants et contre Frieda elle-même, qu'elle jugeait froide, hautaine et sans cœur.

Une fois que Frieda fut partie, s'engouffrant sous la pluie sans même un manteau, il y eut une autre femme exaspérée au bout du fil.

— Félicitations, lâcha-t-elle.

— Qui êtes-vous ?

— Oh, pardon ! J'avais oublié de me présenter. Je suis ta mère.

— Tout va bien ?

— Des félicitations s'imposent.

— Que veux-tu dire ?

— Tu avais raison. Tu es très intelligente, ma fille.

— Tu as eu des nouvelles de ton médecin ?

Frieda ne savait toujours pas comment appeler sa mère, aussi s'abstenait-elle de le faire.

— Elle m'a convoquée à son cabinet. J'aurais dû comprendre. Je l'ai suffisamment fait moi-même. Quand ce sont de mauvaises nouvelles, il faut les annoncer de vive voix.

— Et ?

— Elle avait une expression sinistre, terriblement sérieuse. « Veuillez vous asseoir, Mrs Klein, je vous prie. » Côté relationnel, elle a été bien formée.

— Qu'a-t-elle dit ?

— Apparemment, j'ai une méduse dans la cervelle. À moins que ce ne soit un poulpe ? J'ai oublié. Quand ils font ce genre de trucs, c'est comme s'ils s'adressaient à un enfant de six ans et ils se sentent obligés d'utiliser des images. Il devait s'agir d'un poulpe. Un truc avec des tentacules, tu vois.

— Tu as une tumeur au cerveau ?

— Inopérable. De stade 3. C'est là que les tentacules entrent en jeu. Pour les enlever, il faudrait me trancher la cervelle.

— Je suis désolée.

— Pourquoi ? Tu avais raison !

— Il te reste combien de temps ?

— Bien. Une gentille question. Mais je n'ai pas de réponse précise. Chez les patients qui en sont à mon stade, cinquante pour cent ont une espérance de vie de six mois.

— Ça me paraît plutôt précis.

Frieda s'abîma dans la contemplation du chantier et du ciel gris de novembre. L'hiver approchait, les jours raccourcissaient.

— Tu l'as dit à David et Ivan ?

— Pas encore.

Toujours ce ton pincé et enjoué. Elle pouvait s'imaginer l'expression furieuse de Juliet.

— Il fallait d'abord que je t'en parle.

— Tu devrais le leur dire. Je viendrai te voir bientôt, dans quelques jours. Je te tiens au courant.

— Tu reviens ?

L'espace d'un instant, on perçut un infime trémolo dans la voix de sa mère qui reprit aussitôt contenance.

— T'es revenue juste à temps, on dirait.

— Ça fait peur, répliqua Frieda.

Il y avait un héron sur le terrain vague et elle le regarda fouiller la boue avec son bec.

— Ça nous arrive à tous, conclut-elle.

Elle appela son frère. Elle avait cru que la conversation serait difficile, mais non. David avait aussi perdu contact avec leur mère et il ne réagit qu'avec un intérêt mitigé.

— Comment avons-nous pu en arriver là ? s'interrogea Frieda.

— J'y crois pas. Tu me demandes enfin mon avis sur quelque chose.

— On croirait entendre Juliet.

— C'est chouette, ironisa David. Ça me rappelle quand on était gosses.

— Peux-tu prévenir Ivan ?

— Si tu veux. Je lui dis de sauter dans un avion, tu crois ? On pourra tous se retrouver à son chevet. Ça prend combien de temps un vol depuis la Nouvelle-Zélande ?

Un message de Sandy l'attendait dans sa boîte vocale, elle l'écouta, puis l'effaça. Son portable sonna, c'était sa belle-sœur, Olivia. Après quelques instants d'hésitation, elle choisit de répondre : il pouvait s'agir d'une nouvelle crise avec Chloë.

— Frieda ? fit Olivia qui paraissait hors d'haleine. Tu vas bien ?

— Oui. Pourquoi ?

— Je viens d'apprendre la nouvelle.

Durant un instant, Frieda se demanda si elle était au courant pour la tumeur au cerveau de Juliet, puis se dit que c'était impossible.

— Oh, répondit-elle sèchement. Les nouvelles voyagent vite.

— Tu aurais dû m'en parler.

— Pourquoi ?

— Je n'aurais jamais dû le savoir, mais Sasha en a parlé à Reuben, qui en a parlé à Josef, et Josef est ici en train de purger les radiateurs.

— Je vois.

— Tu veux qu'on en parle ?

— Non.

— Parce que, s'il y a quoi que ce soit que je puisse faire, tu n'as qu'à le dire, tu le sais.

— Bien.

— Sandy était un type tellement formidable, Frieda.

— Il l'est toujours. Il n'est pas mort.

— Alors je ne peux pas comprendre pourquoi tu voudrais mettre un terme à cette histoire.

— Je dois y aller, Olivia.

— Tu vis des moments difficiles et…

Frieda raccrocha et éteignit l'appareil.

Frieda déjeuna tard d'une soupe aux champignons et de pain grillé au Numéro 9, puis rentra chez elle. La tiédeur et la quiétude de sa maison l'apaisèrent. Il y avait encore des traces de la présence de Sandy un peu partout : deux chemises dans le placard, sa brosse à dents et son rasoir dans sa salle de bains, un livre posé sur le bras du fauteuil près de la cheminée, ses cachets de vitamines et les céréales qu'il aimait prendre au petit déjeuner dans la cuisine.

Elle s'assit près du feu avec un mug de thé et ferma les yeux. Elle songea à sa mère et à Becky. Elle repensa à elle-même, adolescente, et à la description que Becky lui avait faite de son viol, puis elle s'autorisa à revoir ce qui lui était arrivé, tant d'années auparavant. Elle se rappela le frisson de peur sur sa peau, là, allongée dans le noir, elle sentit de nouveau l'odeur inconnue. Elle se rappela le poids sur son corps, les mots étouffés dans son oreille, la télévision en bas. La douleur. Elle revécut la douleur, cette souffrance qu'elle avait éprouvée dans tout son corps, de manière obscène ; sur les seins, le ventre, les membres, sur le visage, les yeux, la tête, et dans son cœur. Becky revint au premier plan de ses pensées. Elles étaient unies par la même terreur.

Elles avaient été violées par le même homme, elle le savait. Comme elle savait que cet homme avait tué Becky. Elle allait le traquer sans répit.

Elle prit son portefeuille dans le sac posé à ses pieds et en sortit une carte. Eva Hubbard, *Cinquante Nuances de Grès* : elle composa le numéro.

Karlsson vint la voir chez elle après sa journée de travail. Il desserra sa cravate rouge et défit le premier bouton de sa chemise. Frieda lui tendit un verre de whisky, avec un trait d'eau dedans, puis il porta un toast en silence.

— Bon ? lança-t-il. Vous m'avez dit que vous aviez une faveur à me demander.

— Oui.

— Allez-y.

— J'ai besoin de voir mon dossier.

Il n'eut pas l'air surpris. Elle continua :

— Je l'ai demandé, bien sûr, quand j'étais sur place. Un agent m'a rappelée le lendemain pour me dire d'un ton très poli que je pouvais faire une demande dans le cadre de la loi Informatique et Liberté, moyennant un certain montant, évidemment. Et que ça pourrait prendre quarante jours, peut-être plus, et qu'on pourrait toujours refuser en faisant jouer une clause d'exception.

— Donc, vous aimeriez que je mette la main dessus ?

— C'est faisable ?

— Je peux toujours essayer.

— Merci.

— Vous retournez là-bas ?

— Ma mère a une tumeur au cerveau.

Karlsson releva la tête et la dévisagea.

— Je croyais que vous ne voyiez plus votre mère.

— Elle est mourante. J'ai décidé que deux ou trois jours par semaine, ceux où je ne reçois pas de patients, je resterai à Braxton.

— Chez votre mère ?

— Non. Chez une vieille amie d'enfance qui fait de la poterie. Elle a une cabane dans son jardin, qu'elle loue.

— Une cabane.

— Très confortable, avec l'électricité, l'eau courante et une petite douche. Elle croit que je n'y retourne que pour être avec ma mère.

— Tout est déjà décidé, alors.

— Je vais trouver ce qui est arrivé à Becky.

— Et ce qui vous est arrivé, à vous aussi ?

— Oui.
— Je passerai quelques coups de fil demain.
— Merci.
Il parut soudain mal à l'aise, se frottant la tempe comme à son habitude, puis il contempla son whisky.
— Sandy m'a appelé.
— Quand ça ?
— Hier soir.
— Il n'aurait pas dû.
— Il était en colère.
— Je suis désolée que vous vous soyez retrouvé impliqué dans cette histoire.
— Frieda, est-ce vraiment fini ?
Elle dévisagea Karlsson, interdite.
— Croyez-vous que j'aurais fait une chose pareille si je n'étais pas sûre de moi ?
— Lui n'y croit pas.

Après le départ de Karlsson, Frieda s'installa à son bureau, dans son atelier sous les combles, pour rédiger des mails à l'intention des patients qu'elle voyait le jeudi après-midi et le vendredi, et leur demander s'il était possible d'avancer leur rendez-vous en début de semaine. Elle ajouta qu'elle pouvait les recevoir le soir si ça facilitait les choses. Ensuite, elle se rendit dans sa chambre et prépara un sac à emporter chez Eva. Elle partirait le lendemain, après la dernière consultation. Le Suffolk est souvent balayé par un vent d'est. Elle choisit des hauts chauds et plusieurs paires de chaussettes ainsi qu'un thermos, des bottes de marche et une veste polaire. Elle pensa à ajouter une boîte du thé qu'elle aimait, comme si l'on ne trouvait pas tout ce qu'on voulait à Braxton. Elle ajouta un plumier en fer-blanc contenant des crayons gras et des fusains, ainsi qu'un carnet de croquis. Elle s'interrogea au sujet du chat : pouvait-elle le laisser deux jours avec de l'eau et la gamelle remplie à ras bord ? Elle décida que oui. Les chats savent se gérer tout seuls, contrairement à beaucoup de gens.

18

Eva était vêtue de sa tenue de travail maculée d'argile. Ses joues et ses cheveux étaient mouchetés de gris ; même les lunettes pendues à une chaîne autour de son cou étaient barbouillées. Elle serra Frieda dans ses bras en la salissant, puis lui fit traverser le jardin et contourner le potager, jusqu'à la cabane située au bout. Elle montra à Frieda le lit et les serviettes, comment marchaient les radiateurs, comment on mettait l'eau chaude en route, indiqua un tiroir et un placard qu'elle pouvait utiliser. Sur des étagères, des poteries attendaient d'être cuites. Il y avait aussi une minuscule cuisinière et une bouilloire, mais elle lui proposa de se servir de sa cuisine autant qu'elle le voulait. Elles pouvaient prendre les repas ensemble, proposa-t-elle. C'était une chance que la cabane soit libre : elle était occupée il y a peu par une étudiante allemande – une fille adorable, absolument ravissante – qui avait rencontré quelqu'un avec qui elle était partie vivre. Tout ceci avait été un peu précipité. Kristina semblait si jeune, presque une enfant encore. En prononçant ces mots, Eva semblait mélancolique.

Quand elles ressortirent de la cabane, Eva regarda Frieda de la tête aux pieds.

— Je n'en reviens pas d'être ici avec toi. Je croyais que tu ne reviendrais jamais.

— Moi aussi, reconnut Frieda.

Elle avait du mal à discerner la jeune femme de son double d'antan, qu'elle voyait sans cesse : une môme toute maigre, aux cheveux roux flamboyant, qu'elle avait portés courts et coiffés en pétard. Elle adorait grimper aux arbres, et se faufilait entre les branches avec une agilité déconcertante. Une image s'imposa soudain à elle : le visage étroit d'Eva qui lui souriait d'en haut, à travers le feuillage, un filet de sang coulant sur son genou cagneux. Certes, elle avait mis des jupes et s'était maquillée par la suite, en franchissant le cap de l'adolescence, mais il lui restait un je-ne-sais-quoi de l'enfant turbulente.

— Tu grimpes toujours aux arbres ? s'enquit-elle.

— Tu t'en souviens ! C'était marrant, non ?

— Je crois que je restais en bas.

— Mais pas du tout. Tu grimpais avec moi. Enfin… est-ce que tu grimpais avec moi ?

Elle fronça les sourcils.

— Bizarre ce dont on se souvient et ce qu'on oublie, conclut-elle, songeuse.

— En effet.

— Je n'ai pas d'enfants, mais j'ai une nièce qui grimpe aux arbres, elle aussi… Peut-être que c'est dans les gènes.

— Tu faisais aussi le poirier.

— Mais oui ! Ça ne m'est pas arrivé depuis des années. Peut-être que j'essaierai plus tard, quand je serai en pantalon. C'est merveilleux de te revoir, Frieda. Tu m'as manqué, tu sais. Où étais-tu passée ?

— Nulle part, ça n'avait rien de bien exotique.

— On a continué longtemps à parler de toi. « Qu'est devenue Frieda ? » De temps à autre, j'envisageais de reprendre contact avec toi mais je n'ai jamais osé. Je ne sais pas pourquoi.

— Tu aurais dû. Je n'étais pas si loin.

— Et te voilà revenue.

— Oui.

— Pile au bon moment, on dirait.

Son expression s'altéra soudain. Elle se mit à rougir.

— Je suis désolée, je sais que les nouvelles sont mauvaises pour ta mère. Je ne voulais pas…

— Ça va. C'est bon de te voir. Mais que veux-tu dire par « pile au bon moment » ?

— Personne ne t'a contactée au sujet de la réunion des anciens ?

— Quelle réunion ?

— Un anniversaire. Le dix-huitième, je crois. Dans deux semaines, trois peut-être. Il y en a eu une autre, il y a une dizaine d'années environ. Ça faisait un peu bizarre. Je me rappelle m'être demandé si tu y serais. Je m'attendais à tout moment à t'apercevoir.

— Personne n'avait mon adresse.

— Je te parie que tu ne serais pas venue.

— Je ne suis pas sûre d'aller à celle-ci.

— Pourquoi, tu ne serais pas curieuse de voir ce que sont devenus ceux qui étaient dans ton école ?

— C'est un groupe de gens qui ne m'importait pas assez pour que je reste en contact avec eux, j'imagine.

Eva eut l'air meurtrie.

— Dont moi.

— Je ne parlais pas de toi.

— Si, parce que tu n'as pas gardé contact avec moi. Mais ils font partie de ton passé. Ils… enfin, nous avons fait de toi celle que tu es, même si tu t'es enfuie. Viens, entre, on va boire un café. Je vais te convaincre que les retrouvailles sont une bonne chose.

— Je ne peux pas, répondit Frieda. J'ai un rendez-vous.

— Désolée, répliqua Eva. Tu traverses une période difficile avec ta mère et moi je bavasse.

— Il ne s'agit pas de ma mère. J'ai un truc à finir.

— Qu'est-ce que tu mijotes ? glousssa Eva, joviale.

Mais au regard que lui décocha Frieda, elle changea de ton et ajouta qu'elle devait se remettre au travail. Elle rattacha ses cheveux en arrière et releva ses manches, déterminée. Frieda se fit la réflexion que les gens étaient bien différents au travail : elle n'aurait jamais soupçonné l'existence de cette Eva-ci, non plus étourdie et écervelée, mais experte et sûre d'elle, maîtresse de son propre univers.

La jeune policière à l'accueil du commissariat de Braxton eut d'abord du mal à comprendre ce que voulait Frieda, puis ne sembla pas la croire. Pour finir, elle alla chercher un sergent, qui repartit pour passer un coup de fil pendant que Frieda patientait, assise sur un banc près de la porte d'entrée. Quand il revint, il avait toujours l'air méfiant, mais ne l'invita pas moins à entrer en appuyant sur un bouton qui ouvrait une porte blindée. C'était un homme costaud, au teint rougeaud, qui ne devait pas passer beaucoup de temps à courir après les criminels.

— Va falloir laisser votre téléphone à l'accueil.

— Pourquoi ?

— Sécurité.

Frieda l'ôta de sa poche et le posa sur le comptoir. Le sergent la mena le long d'un couloir, vers un bureau. Il y avait deux tables, deux téléphones, un mur couvert de boîtes d'archives. Des consignes de sécurité ainsi que plusieurs cartes postales étaient punaisées sur un panneau en liège. La pièce était pourvue d'une grande fenêtre qui donnait sur une cour au bout de laquelle s'élevait un haut mur.

— Apparemment, vous avez un ami bien placé, déclara le sergent.

— C'est un inspecteur. Je peux emporter ce dossier ?

— Il y en a plus d'un. Non, mais vous pouvez vous installer ici.

Il la guida jusqu'au bureau situé près de la fenêtre. Frieda s'assit puis il lui apporta une petite pile de dossiers en carton d'un bleu passé, trois pour être précis, qu'il posa devant elle.

— Ça vous concerne, n'est-ce pas ?

— En effet.

— À quoi ça vous servira de réexaminer tout ça ? C'était il y a longtemps.

— Ce n'est pas mon impression.

Elle sortit un stylo de sa poche.

— Vous n'avez pas le droit de prendre des notes, ajouta le sergent en le lui prenant.

— Quoi ?

— Pas de notes ni d'enregistrements.

— C'est une vraie règle, ou vous venez de l'inventer ?

— Si ça vous pose un problème, on peut arrêter tout de suite et vous déposez une requête par écrit.

— Vous vous appelez ?…

— Vous envisagez de porter plainte ? Breedon. B-R-E-E…

— Inutile de l'épeler. Je n'ai pas de stylo.

— C'est pour que vous vous en souveniez. Je reste ici pendant que vous faites ce que vous avez à faire.

Il consulta sa montre.

— Vous avez une demi-heure.

Frieda ouvrit le premier dossier. Elle tomba sur une page dactylographiée sur du papier si fin qu'on voyait à travers. Tout en haut, une date : 15 février 1989. Et un nom : Frieda Klein. Elle s'arrêta un instant, saisie d'un léger vertige. Son nom et, sous son nom, ces mots. Ils avaient figuré sur cette feuille qui avait été conservée dans ce dossier, dans un classeur ou sur une étagère, durant toutes ces années. Elle releva la tête. Le sergent Breedon était installé à l'autre bureau. Il ne la quittait pas des yeux.

— Je peux avoir un verre d'eau ? demanda-t-elle.

— Je ne peux pas vous laisser seule avec le dossier. Je peux vous accompagner aux toilettes.

— Laissez tomber.

Elle se remit à lire, en suivant la marge de droite de son index.

Une demi-heure plus tard très précisément, Frieda sortit du commissariat et marcha d'un pas vif le long du trottoir, à deux doigts de piquer un sprint. Elle avait l'impression de retenir avec son souffle tout ce qu'elle avait lu et vu dans le dossier. Il n'y avait pas une minute à perdre avant que les souvenirs lui échappent. Comme ces matins où elle s'éveillait en plein rêve et qu'elle pouvait presque voir, littéralement, son rêve s'éloigner et disparaître. Elle devait trouver un endroit où s'asseoir.

Dans la rue principale, elle passa devant le cabinet d'un dentiste, un magasin d'accessoires de cuisine, un snack de fish-and-chips, puis trouva ce qu'elle cherchait. Une galerie d'art avec un café. Elle entra et s'assit le plus loin possible de la devanture, à une petite table. Elle ouvrit son carnet et se mit à écrire. Elle commença par les noms auxquels son esprit pouvait se raccrocher : Jeremy, Lewis, Ewan, Chas. Ensuite venait Dennis Freeman, le marginal mort en prison et dont elle avait cru jusqu'à quelques jours auparavant qu'il était celui qui l'avait violée. Puis un autre : Carrey. Michael Carrey.

— Bonjour.

Frieda leva la tête. Une femme se tenait devant elle : pull jaune moutarde, cheveux bruns coupés court, la trentaine.

— Pardon ?

— Vous prendrez quoi ?

Ah oui. On était dans un café.

— Un café. Sans lait.

— Une pâtisserie ? Gâteau à la carotte ? Tarte aux amandes ?

— Juste un café, merci.

Frieda retourna à sa liste et continua à combler les trous dans sa mémoire, en commençant par elle-même. Elle prit une nouvelle page et écrivit « Moi » en haut. Ce qui lui revenait de la transcription n'était pas ses réponses, mais les questions des officiers. Deux agents, deux hommes. Ils lui paraissaient âgés alors, bien qu'ils n'eussent sans doute pas plus de quarante ans. Assis trop près d'elle. C'était surtout l'un d'eux qui avait animé toute la conversation, comme s'il était chargé de l'enquête. Tom Helmsley, avait-elle lu dans le dossier. Elle ignorait son nom, mais se souvenait parfaitement de lui. Grand et costaud, avec une tignasse blonde sur laquelle il n'arrêtait pas de tirer, et un visage rond, empâté, un peu moite. Il s'essuyait de temps à autre avec son mouchoir et ne la regardait pas dans les yeux. Il avait parfois affiché un sourire suffisant, et elle se disait aujourd'hui que c'était peut-être par gêne, même si à l'époque, il lui avait paru indifférent à son sort, presque amusé.

Avez-vous résisté ? Qu'a-t-il fait ? Étiez-vous nue ? A-t-il éjaculé ? Pourquoi n'avez-vous pas crié ? Pourquoi ne l'avez-vous pas signalé tout de suite ? Étiez-vous vierge ? Avez-vous un petit ami ? Vous étiez-vous querellés ? Où était-il ? Pourquoi n'étiez-vous pas avec lui ?

Ils étaient au spectacle. Tous. Sauf elle.

En relisant sa déposition, elle s'était vue à travers leurs yeux : agressive, en difficulté, foyer brisé, père décédé. Vie sexuelle active.

Venait ensuite la déposition de sa mère. Frieda griffonna à la hâte « traverse une sale passe », « remontée comme une horloge », « agressive quand on lui tient tête », « imagination débordante », « dramatise ».

— Voici votre café.

La femme posa un mug sur la table devant Frieda.

— On travaille ?

— Quelques notes, c'est tout.

— Vous êtes écrivain ?

— Non.

— Vous avez regardé nos tableaux ?

Frieda lança un bref regard à des marines, à des

paysages aux contours estompés, puis à des toiles présentant des motifs abstraits, aux couleurs vives, telles des tapis d'Orient peints en fluo.

— Ce sont des artistes de la région, indiqua la femme. Vous êtes de passage ?

— Je suis désolée, répondit Frieda. Ça vous ennuierait de me laisser une minute ?

La femme se décomposa et battit en retraite. Frieda reprit ses notes. Elle commença par les deux noms des personnes qu'elle ne connaissait pas. Dennis Freeman était l'homme dont elle avait entendu parler. Celui de Michael Carrey ne lui disait rien du tout. Il devait avoir quelques agressions sexuelles à son actif. Les interrogatoires étaient brefs. On leur avait demandé s'ils connaissaient Frieda Klein. Aucun des deux ne la connaissait. On leur avait demandé où ils se trouvaient durant cette fameuse nuit. Freeman affirmait qu'il était sorti boire, et Carrey, qu'il avait passé la soirée chez lui, malade. Rien n'indiquait dans le dossier que ces alibis avaient été vérifiés.

Ensuite venaient les garçons. Tous avaient été interrogés, bien qu'on ne leur ait pas dit pourquoi. Frieda se rappelait qu'après coup la rumeur d'une tentative de cambriolage avait couru, elle n'avait bien évidemment rien fait pour les détromper. Elle nota quelques phrases extraites des déclarations. Ça lui avait un peu fait l'effet de lire sa propre nécrologie, de découvrir ce que les gens pensaient d'elle ou ce qu'ils prétendaient ressentir à son sujet devant la police. Qu'aurait-elle pensé, à seize ans, si elle avait entendu Chas Latimer dire que même s'ils faisaient partie de la même bande d'amis, il ne connaissait pas Frieda Klein si bien que ça, qu'elle était « un peu étrange », qu'elle restait à l'écart, qu'ils n'avaient jamais eu de liaison, et qu'elle n'était pas son genre.

Alors qu'elle remplissait fébrilement les pages de son carnet, elle fut traversée de flashs qui n'étaient même pas des souvenirs. Pourtant les images, les bruits, les sensations étaient très nettes : Chas, au milieu d'un groupe, croisant soudain son regard, un sourire complice aux lèvres ; Ewan, maladroit mais gentil et désireux de bien faire ; Jeremy, l'odeur de ses cheveux, la peau soyeuse de son torse et de son dos, semblable à celle d'un enfant. Mais chaque fois qu'il lui arrivait de revoir sa tête, c'était avec l'expression de désarroi, d'incrédulité et de colère qu'il avait affichée quand elle avait rompu avec lui. Pour Lewis, c'était une odeur de tabac : même quand elle se rappelait sa bouche charnue, elle le revoyait avec la cigarette au bec.

Quand elle eut fini d'écrire tout ce qui lui venait à l'esprit, elle fit une pause. Sa main était crispée par l'effort. Puis ça lui revint : il y avait encore autre chose. Quelqu'un avait à l'évidence relu le dossier, crayon en main, et l'avait annoté en soulignant certains paragraphes d'un trait vertical dans la marge. On voyait quelques coups de crayon à moitié effacés et des points d'interrogation. Au bout d'un moment, Frieda avait compris leur raison d'être. Ils attiraient l'attention sur tout ce qui pouvait prêter au doute ou poser problème, surtout pour Frieda ; ce que les gens pensaient d'elle, à quel point ils lui faisaient confiance. À la fin de sa propre déposition, on avait noté le mot « NON » en lettres majuscules, suivi d'un tiret et des initiales « SF ». Frieda les consigna au bas de ses notes et les entoura.

— Je vous apporte un autre café ?

La femme était revenue, tel un animal effarouché qui pointe le bout de son museau.

— Oui, s'il vous plaît.

— Et donc, vous n'êtes pas une touriste ?

Frieda regarda la femme et se demanda si elle aurait dû la reconnaître. Était-ce quelqu'un qu'elle avait connu à l'école ? Ou la sœur d'un de ses camarades de classe ?

— J'ai grandi ici. Mais désormais, je viens en touriste.

19

Avant de retourner à la cabane d'Eva, Frieda alla faire des courses au supermarché qui se trouvait à l'ancien emplacement de la piscine. Pour elle, elle acheta du café moulu, du lait, du pain, du beurre, de la marmelade et six œufs. Pour sa mère, un bouquet de dahlias, un paquet de biscuits au gingembre, un fromage bien fait (qu'avait toujours adoré Juliet), des crackers et deux bouteilles de vin rouge.

La porte d'entrée de la maison de sa mère n'était pas fermée à clé. Après avoir sonné en vain à plusieurs reprises, elle l'ouvrit et entra, avec l'intention de déposer ses achats dans l'entrée. Mais elle entendit un bruit en provenance du salon : la télévision était allumée. Frieda passa sa tête par l'entrebâillement. À l'écran, un chef – dont le visage lui disait vaguement quelque chose – préparait un plat de nouilles. Juliet était assise dans le canapé, en chaussettes, les jambes allongées sur un repose-pieds, la tête inclinée en arrière et les yeux entrouverts. Elle ronflait. L'un des boutons de sa chemise était défait de sorte que Frieda aperçut son soutien-gorge. Un mince filet de salive dégoulinait sur son menton. Aussi silencieusement qu'elle le put, elle posa les courses et ressortit. La porte se referma avec un léger déclic. Son portable vibra dans sa poche, c'était Sandy. Elle laissa la boîte vocale se déclencher.

Chez Eva, elle prépara du thé dans sa cabane. Il y avait une petite table devant la fenêtre où elle s'installa, avant de sortir son carnet. La vue donnait sur le jardin puis, au-delà, sur la cuisine. De fait, alors même qu'elle s'asseyait, Eva apparut dans son champ de vision, les mains recoiffant ses cheveux. Elle arrosait les plantes sur le rebord de sa fenêtre.

Frieda déplaça la table afin de ne plus voir que le mur. Elle parcourut ses notes puis fit une liste :

Personnes à contacter

- Inspecteur Tom Helmsley (demander de l'aide à Karlsson ?)
- Dennis Freeman (trouver qui il est/où il habite en demandant à TH ?)
- Michael Carrey (idem)
- SF : qui est-ce ? Demander TH
- Chas Latimer
- Jeremy Sutton
- Vanessa Bussock
- Ewan Shaw
- Lewis Temple
- Directrice du lycée de Braxton (trouver qui étaient les amis les plus proches de Becky)

Elle l'examina, pensive, puis dessina un arbre sur le côté. Un autre nom lui vint à l'esprit – un homme devant un tableau blanc, avec sa tête de beau gosse au sourire désarmant, ses cheveux qui lui tombaient dans la nuque. Elle consigna son nom : Greg Hollesley, son professeur d'histoire et professeur principal en 1989. Elle ajouta des feuilles à son arbre.

À part demander à Karlsson de localiser Tom Helmsley, elle ne voyait pas vraiment comment retrouver ces personnes qui avaient auparavant tant compté dans sa vie. Elle tapa Chas (Charles) Latimer dans Google et un chapelet de noms envahit son écran : Chas Latimer l'acteur, Chas Latimer l'homme d'affaires, Charles Latimer le sculpteur, Charles Latimer le diététicien, qui pouvait vous aider à perdre six kilos en deux semaines, Charles C. Latimer le navigateur… Aucun des portraits ne semblaient correspondre – mais à quoi pouvait bien ressembler Chas, vingt-trois ans plus tard ? Ses traits lisses s'étaient-ils affaissés, son sourire charmeur et sûr de lui atténué, ses cheveux blonds grisonnaient-ils à présent, commençaient-ils à tomber ? Elle contempla la liste : aucun nom n'était assez rare pour qu'une simple recherche sur Internet suffise.

Un signal annonça l'arrivée d'un mail de Chloë. Le sujet en était « À l'aiiiide !!!! ». « Tante Frieda ! Je crois que j'ai de l'herpès ! Qu'est-ce que je dois faire ? » Frieda fit une grimace exaspérée. « Va voir ton médecin ou prend rendez-vous dans un centre de vénérologie. C'est contagieux et très courant. »

Puis elle se leva et sortit dans le jardin, où le jour déclinait. Eva lui fit signe depuis sa cuisine, puis vint la rejoindre.

— Tu as tout ce qu'il te faut ? s'enquit-elle.

— Oui, merci. Tu fais pousser quoi ?

Elle indiqua le potager, où ne restaient plus que

des choux tardifs et deux ou trois courges musquées déterrées.

— Oh, de tout. Des betteraves, des pommes de terre, des fèves, des pois mange-tout, des artichauts. Et des piments dans la serre, ajouta-t-elle avec enthousiasme. Je suis devenue dingue des chili. Ça fait du bien à l'âme, de jardiner.

— J'imagine. Mais n'est-ce pas le cas avec la poterie, aussi ?

— Et faire du pain. Quoi qu'il arrive, tu peux toujours te dire en fin de journée que tu as accompli quelque chose.

Frieda regarda Eva. Ses cheveux détachés étaient ébouriffés, le flamboyant roux d'antan s'était un peu atténué. Ses taches de rousseur, si voyantes quand elle était jeune, ne formaient plus que des plaques discrètes tout juste visibles sur son teint pâle. L'ourlet de sa longue jupe était usé et taché de boue.

— Alors, cette proposition de dîner, dit-elle. Ça tient toujours ?

Un sourire illumina le visage d'Eva.

— Je serais ravie. J'adore cuisiner pour les autres. Je n'en reviens pas de te revoir, Frieda.

— Je sais ce que tu ressens.

— Toque à la porte à 19 h 30, l'invita Eva. Je suis végétarienne, je te préviens, alors tu sais à quoi t'attendre.

Quand Frieda se présenta à la porte de derrière avec une bouteille de vin rouge, la cuisine, remplie de vapeur, embaumait. Eva, en tablier blanc, les joues roses, l'accueillit avec effusion – comme si ce dîner allait enfin établir une nouvelle relation entre elles, plus intime. Elle s'était donné du mal. Il y avait plusieurs casseroles qui mijotaient sur la cuisinière et, sur la table, trois salades différentes dans des jattes aux couleurs vives, sans doute des œuvres d'Eva.

— Carottes aux noix, avec sauce japonaise épicée, précisa-t-elle en montrant les plats. Betteraves et céleris au raifort. Salade verte.

— Merveilleux, commenta Frieda que tant d'efforts rendirent étrangement mélancolique.

Des chapelets de piments, provenant très certainement de la serre d'Eva, étaient suspendus aux poutres. Sur les étagères, des bocaux de conserves maison, et autres petits légumes marinés. Eva surprit son inspection minutieuse des lieux et fit la grimace.

— C'est mon truc, c'est ce que je fais. Je fais tout, comme si ma vie en dépendait. Je fabrique mes propres poteries. Je couds pratiquement tous mes vêtements, comme tu l'auras sans doute remarqué. Je cuisine et je cultive assez pour nourrir une grande famille, sauf que je n'en ai pas, évidemment.

— Tu aurais voulu ?

— Toujours la même, Frieda. Pas de bla-bla. Oui, je pense. Tu n'as pas d'enfants, hein ?

— Non.

— Et… ?

— Non.

— De toute façon, il n'est pas trop tard. Allez, buvons.

Elle déboucha la bouteille et versa de généreuses rasades dans les verres.

— Aux retrouvailles, lança-t-elle en levant le sien.

— En parlant de ça, j'irai peut-être à la réunion des anciens élèves, si je suis dans le coin.

— Ce serait trop drôle. Imagine leurs têtes quand tu franchiras la porte.

— Pas envie. Ça m'en dissuaderait tout de suite.

— On ira ensemble. C'est toujours un peu stressant d'arriver seule.

— À ton avis, il y aura qui ?

— Qui sait ? On a vu débarquer les têtes les plus improbables la dernière fois. En fait, je pourrais savoir. Vanessa fait partie des organisateurs.

— Vanessa ? Tu veux dire Vanessa Bussock ?

— De son nom de jeune fille. Elle a épousé Ewan.

— Ewan Shaw ?

— Oui.

— Ils sortaient ensemble, mais je ne savais pas qu'ils étaient mariés.

— Comment l'aurais-tu su ?

— Ils habitent dans le coin ?

— Mais oui. Ils ont une maison sur la route en direction de Bybrook. Je les vois de temps en temps. Elle fait très popote, lui un peu moins pataud qu'avant, encore que… Sinon, ils n'ont pas trop changé.

— Peut-être que je reprendrai contact.

— Ah oui ? Je peux te donner leurs coordonnées, dans ce cas.

— Qui d'autre vois-tu encore ?

— Maddie, bien sûr. Oh mon Dieu, tu as appris, pour Maddie ? Sa fille s'est tuée.

— J'en ai entendu parler, confirma Frieda.

— C'est vraiment atroce, non ?

— Oui.

— Becky. Apparemment, elle traversait une sale période, mais c'est tellement horrible. Elle n'avait pas seize ans. L'école est sous le choc. L'enterrement a lieu la semaine prochaine, je crois.

Elle remplit de nouveau leurs verres, puis se leva pour servir la soupe aux champignons et à l'ail dans des bols verts vernissés.

— Qui d'autre habite encore ici ? persista Frieda.

— Mmm... Lewis. Ton petit copain. Après Jeremy, bien sûr. Je ne l'ai pas vu depuis des siècles, ajouta-t-elle d'un ton soudain pensif.

C'était comme si l'on traînait les vieux souvenirs de Frieda en plein jour pour les piétiner. Quand elle reprit la parole, elle dut maîtriser sa voix.

— Sais-tu ce qu'il fait, ou bien où il habite ?

— Il était électricien, aux dernières nouvelles, et travaillait pour une entreprise située à Oxley. Il a un petit appartement au bout de la ville près de l'ancienne caserne – ou en tout cas, il avait. Il a un fils mais ne vit pas avec la mère.

Eva remua sa soupe dans son bol, puis ajouta brusquement :

— J'ai eu une aventure avec lui.

— Avec Lewis ?

— Après ton départ.

— Ça ne me pose pas de problème.

— Je me sentais hyper mal. Lui aussi, je crois. C'était comme si on te trahissait, tous les deux, même si tu étais partie sans prévenir.

— Ça n'a aucune importance, Eva.

— Si, ça en a. Tu étais ma meilleure amie et j'ai couché avec ton jules.

— Il n'était plus mon fiancé quand c'est arrivé. On s'était séparés.

— Il avait l'impression de l'être toujours. Il était

encore raide dingue de toi. Il n'est sorti avec moi que parce qu'il était furieux et bouleversé. Tu n'as pas idée de ce qu'il a enduré – ce qui n'excuse pas pour autant ce que nous avons fait.

— Il y a vingt-trois ans, tu as eu une histoire avec mon ex-petit ami, après mon départ. On s'en fiche.

— Il m'arrive encore d'en avoir honte, de temps à autre.

— De quoi as-tu honte ?

— J'avais l'impression de t'avoir trahie. Encore que tu m'aies trahie aussi en t'enfuyant comme ça.

— Peut-être est-ce pour ça que tu l'as fait.

— Non. Je l'ai fait parce que j'étais folle de lui. Tu ne savais pas ?

Frieda repensa au passé.

— Je ne crois pas.

— Ah, la fièvre de la jeunesse… commenta Eva. Elle laissa échapper un petit rire, l'air toujours triste cependant.

— Plus rien n'a la même intensité après.

Elle secoua la tête.

— Je ne l'ai pas vu depuis des lustres. Il a un peu déconné, je crois.

— Il déconnait déjà à l'époque où je le voyais. Peut-être qu'on en était tous au même point, sans le savoir.

Eva débarrassa les bols et posa une quiche à l'aubergine et au poivron rouge sur la table.

— Sers-toi, dit-elle, ainsi que de salades. J'en ai fait bien trop, comme d'hab'.

Sans poser la question, elle remplit de nouveau les verres.

— Et te voilà devenue psy.

— Oui.

— Tu dois entendre de bien étranges histoires.

— Étranges, oui, mais banales, aussi.

— Tu arrives à les aider ?

— Je fais de mon mieux. J'essaie d'aider les gens à reprendre le contrôle de leur vie, à exprimer leur propre volonté à nouveau. C'est déjà ça.

— Tu montes toujours à cheval ? demanda soudain Eva.

La question prit Frieda au dépourvu. Elle n'était pas remontée sur un cheval depuis vingt-trois ans, et se sentait agacée de se retrouver en présence de quelqu'un qui connaissait ce détail. Elle s'était habituée à vivre parmi des personnes qui n'avaient pas accès à son passé, ignorant tout de ce qu'elle était avant : d'un coup, c'était comme si elle avait laissé la porte d'entrée non verrouillée, la fenêtre grande ouverte.

— Non, je ne monte plus.

— Mais t'adorais ça.

— Je vis à Londres aujourd'hui, rappela Frieda, comme si cela suffisait à mettre un terme à la conversation. Au fait, c'est délicieux.

— Tant mieux. Chas Latimer.

— Oui, eh bien ?

— Vanessa m'a dit qu'il viendrait peut-être. Ça serait drôle, non ?

Elle laissa échapper un petit rire nerveux, suivi d'un frisson ravi.

— Super drôle, oui, répondit Frieda sèchement.

— Je crois me rappeler que tu ne l'aimais pas trop, hein ?

— Non, en effet.

Les étoiles brillaient dans le ciel et la lune, basse, semblait plus grosse qu'à l'accoutumée, même si Frieda savait qu'il ne s'agissait que d'une illusion d'optique. Le vent soufflait en rafales dans les arbres. Elle avait oublié à quel point la nuit pouvait être noire et calme à la campagne. Elle rentra dans la cabane. Un autre message de Sandy l'attendait sur son téléphone, qu'elle ignora de nouveau. Elle rappela Karlsson.

— Frieda ? Comment ça va ?

— J'ai le mal du pays, je crois. Il n'y a pas de réverbères dans les rues, ni de bus à impériale. Vous me rendriez un autre service ?

— Allez-y.

— Vous dites oui avant de savoir ce dont il s'agit ?

— De quoi s'agit-il ?

Frieda lui expliqua, et il lui répondit qu'il s'enquerrait de Tom Helmsley dès la première heure le lendemain matin.

Puis elle écouta les messages de Sandy. Dans le premier, il ne faisait que répéter son prénom sur un ton interrogateur, comme si elle l'entendait mais refusait de décrocher. Dans le second, il disait : « Il faut qu'on parle, Frieda. » Elle percevait la détresse dans sa voix, ainsi que le ronronnement de la circulation, et l'imagina debout dans l'embrasure d'une porte, transi et abattu. Elle voyait son expression grimaçante de douleur. « Je t'aime », ajouta-t-il d'une voix presque agressive. « Ça ne peut pas se terminer comme ça. Rappelle-moi, je t'en prie. »

Elle appela, mais tomba sur le répondeur et ne laissa pas de message. Qu'y avait-il à dire ?

20

— Frieda ? Seigneur, je n'y crois pas ! Frieda Klein !

Vanessa – désormais Shaw, quoiqu'il fût difficile de ne pas penser à elle sous le nom de Vanessa Bussock, cinquième sur la liste d'appel, Frieda pouvait encore l'entendre dans sa tête comme une sorte de jingle – se tenait sur le pas de sa porte. Une expression de surprise plutôt comique se lisait sur son visage.

— Bonjour, Vanessa.

Frieda s'était levée tôt ce matin-là – bien avant que les lumières ne s'allument chez Eva – et après un mug de café, s'était rendue à pied chez les Shaw, un petit cottage au toit de chaume en mauvais état situé à la lisière de ville. Eva l'avait informée qu'ils travaillaient, et elle souhaitait les coincer avant qu'ils ne partent.

— Frieda Klein, répéta Vanessa d'un ton émerveillé.

Elle attira Frieda contre son corps mou, comme si elle était sa mère, roucoulant quelque chose d'incompréhensible. Elle sentait le savon et le pain chaud. Enfin, elle la relâcha et recula d'un pas pour l'examiner.

— Jamais je n'aurais cru te revoir. Mais je t'aurais reconnue n'importe où.

Frieda n'était pas sûre de l'inverse. Vanessa avait autrefois de longs cheveux bruns et soyeux, coupés en dégradé. À présent, ils étaient courts et grisonnants. Elle était autrefois ronde ; elle était maintenant plus que dodue, vêtue d'une robe qui lui arrivait au genou et d'un ample cardigan gris. Seuls ses yeux étaient restés les mêmes : ronds, bleus, chaleureux, ils exprimaient en permanence la surprise. Et sous le gauche, on remarquait une tache de naissance ombrée, telle une larme roulant sur sa joue, qu'elle l'avait oubliée. Soudain Vanessa fit demi-tour et s'écria :

— Ewan ! Ewan ! Viens voir ! Tu ne devineras jamais qui est là !

Elle prit Frieda par le bras et lui fit pratiquement franchir le seuil de force.

— Café ? proposa-t-elle. Thé ? Petit déjeuner ? Je pars travailler dans un quart d'heure, mais je veux t'offrir quelque chose. Quelle joie ! Mais que fais-tu là ? Mon Dieu. Il s'est passé quelque chose ?

— Café, la coupa Frieda, s'il te plaît.

— J'en ai lu, des trucs sur toi !

Elle observa Frieda, le sourire aux lèvres.

— Tu es une vedette, tu sais ? Ewan ! Ewan, mais viiiens !

Elle conduisit Frieda dans la cuisine. Deux adolescentes étaient attablées : la plus jeune, qui était grassouillette et brune et rappelait à Frieda la Vanessa de son enfance, avalait ses céréales à même le bol pour enfourner la nourriture le plus vite possible ; l'autre faisait défiler ses messages Facebook sur l'écran de son ordinateur. Elle était blonde, élancée et plutôt jolie, mais avait un air apathique.

— Amelia, Charlotte, je vous présente Frieda.

Les filles levèrent les yeux. Frieda les salua d'un signe de tête.

— J'allais en classe avec Frieda, dit Vanessa en mettant la bouilloire à chauffer et en versant des grains de café dans une cafetière. Ça fait plus de vingt ans qu'on ne s'est pas vues !

— Waouh, fit l'aînée, Charlotte, sur un ton peu enthousiaste.

Au même instant, Ewan déboula dans la pièce. Il était plutôt grand et costaud, avec une masse de cheveux châtains qu'il portait, adolescent, longs et bouclés jusqu'aux épaules, mais aujourd'hui au niveau du col. Malgré son costume gris et sa chemise bleu foncé, il ne parvenait pas à avoir l'air net, quelque chose chez lui faisait invariablement un peu négligé.

Quand il découvrit Frieda, il écarquilla les yeux, ouvrit et referma la bouche, comme un personnage de dessin animé.

— Est-ce bien toi ?

Il fit un pas vers elle puis s'arrêta.

— C'est bien moi.

Ewan l'atteignit enfin, et l'étreignit si fort qu'elle décolla presque du sol.

— Bienvenue, déclara-t-il avant de la relâcher. Quelle que soit la raison de ta présence ici, on est très heureux de te voir.

— Merci.

— P'pa, on est en retard, lança Charlotte tout en refermant son ordinateur. Comme d'hab'.

— Il est déjà l'heure ?

— Pire que ça, renchérit Vanessa en posant un mug de café devant Frieda. L'horloge a six minutes de retard.

— Ah, fit-il avec détachement. Je vais encore prendre un blâme…

Il se tourna vers Frieda.

— Je travaille pour la mairie et ils… c'est quoi déjà, ce mot horrible ? Ils rationalisent.

— Va, lui ordonna Vanessa en le poussant gentiment. Je vais organiser un rendez-vous digne de ce nom.

— Très bien. On est partis, les enfants !

Il enfila son manteau, tâta ses poches pour vérifier qu'il avait avec lui ses clés et son téléphone, puis sortit.

— J'arrive au mauvais moment, s'excusa Frieda.

— Non ! Enfin si, mais non, ça va. Mais je suis ravie de te voir. Que fais-tu ici, si je peux me permettre de poser la question ?

— Ma mère est mourante.

— Je suis vraiment désolée. Je ne le savais pas.

— On vient seulement de l'apprendre. Je loge chez Eva. Elle m'a dit qu'Ewan et toi étiez mariés et que vous habitiez à Braxton.

— Et tu t'es juste dit, comme ça, que tu passerais bien boire un café ?

— En un sens…

Frieda avait déjà réfléchi à ce qu'elle répondrait aux questions inévitables.

— Comme tu sais, je suis partie assez soudainement…

— C'est rien de le dire.

— Sans dire au revoir.

— Oui, c'était très mystérieux, répondit Vanessa avec une pointe de reproche dans la voix. On croyait qu'on était tes amis. Tu sais qu'on partageait nos secrets, qu'on se confiait les uns aux autres.

— Raison pour laquelle je voulais reprendre contact, et voir ce qu'était devenu tout le monde, persévéra Frieda.

— Ben, dans mon cas, rien de bien intéressant. J'ai déménagé à moins de trois kilomètres de chez moi, j'ai pris quelques kilos, je commence à avoir des cheveux gris, et j'ai épousé l'amoureux de mes quinze ans.

— Tu as tort. C'est très intéressant, répliqua Frieda. Et impressionnant. Un tel engagement.

— Oui ? s'adoucit Vanessa. C'est bizarre, non ? La première personne dont je sois tombée amoureuse, et regarde où on en est.

— Deux filles.

— Deux ados – l'aînée a à peu près l'âge que j'avais quand j'ai commencé à sortir avec son père, et que tu avais quand tu es partie. Imagine ! On n'a pas traîné, même si on ne savait absolument pas ce qu'on faisait à l'époque. On ne comprend qu'après coup.

— Elles connaissaient Becky Capel ?

— Oh mon Dieu, quelle tragédie ! Pauvre Becky. Un amour, cette enfant. Je la connaissais assez bien. C'était une amie de Charlotte. Elles étaient dans la même classe au lycée. Ça lui a fichu un coup pas possible. Si jeune…

Soudain, des larmes envahirent ses yeux. Elle les chassa d'un revers de manche.

— Un vrai gâchis, reprit-elle.

— Oui.

— Maddie est anéantie.

Une petite lueur s'anima dans son regard.

— Au fait, est-ce que je n'aurais pas entendu dire que… ?

— J'ai vu Becky deux fois, reconnut Frieda sans se départir de son calme. À titre professionnel. Parce que Maddie s'inquiétait pour elle.

— Oui, répondit Vanessa, songeuse. C'est ça. Je savais bien que ça me disait quelque chose. Écoute, je dois filer dans une minute. On m'attend au bureau. Je suis assistante dentaire, c'est pas aussi chouette que d'être une psy de renom, mais parfois je pense qu'avoir des dents saines est aussi important que d'avoir sa conscience pour soi, dit-elle en saisissant son manteau. Mais attends… Jamais Ewan ne me pardonnera si je n'organise pas quelque chose. Tu es là jusqu'à quand ?

— Je viens trois jours par semaine, à peu près. Pour ma mère. Je t'envoie un texto avec mon adresse mail, comme ça tu pourras me proposer des dates. Ça te va ?

— Super.

Vanessa s'empara d'une enveloppe usagée, y nota son numéro et la remit à Frieda.

— Tu as toujours les coordonnées des autres ? demanda Frieda.

— Genre ?

— Oh. Chas, Jeremy. Lewis, ajouta-t-elle, en voyant un petit sourire apparaître puis s'évanouir sur les traits de son ancienne amie.

— Eh ben… tu sais quoi, oui ! Je donne un coup de main pour organiser une réunion d'anciens élèves.

— Eva m'en a parlé.

— Il faut absolument que tu viennes. Je ferai un triomphe. La célèbre Frieda Klein !

À nouveau, cette nuance de ressentiment.

— Enfin bref, je te fais suivre leurs coordonnées dès que tu m'envoies le texto.

— Merci.

— Sur ce, il faut que je file.

— Bien sûr.

Elle se leva, posa son mug dans l'évier, enfila son manteau.

— Je peux te déposer quelque part ? proposa Vanessa sur le pas de la porte.

— Non, ça va aller. J'ai envie de marcher.

— Tu n'as pas changé d'un iota, tu sais.

— Oh, sans doute que si.

Une fois parvenue dans la ruelle, au bout de l'allée, Frieda remarqua qu'elle avait reçu un message de Karlsson. Elle le rappela aussitôt.

— Je l'ai trouvé, lui annonça-t-il.

— Il est toujours dans la police ?

— Il s'en est plutôt bien sorti. Il est inspecteur principal.

— Vous croyez qu'il acceptera de me parler ?

— Je l'ai appelé. Il attend votre coup de fil.

— Où habite-t-il ?

— Il est toujours dans le coin, vers Norwich.

— C'est à plus de soixante kilomètres d'ici.

— Ça reste l'Est-Anglie. Vous ne considérez pas que c'est le même coin ?

— Je ne sais pas. Il y a des gens ici pour lesquels le village d'à côté est un pays étranger.

— Vous irez le voir ?

— Si je peux.

— Et vous allez seulement lui parler ?

— Que voudriez-vous que je fasse d'autre ?

— Il vous est arrivé de faire plus. Souvenez-vous que c'est moi qui vous ai mise en contact avec lui. C'est moi qui me suis porté garant pour vous.

— Merci, Karlsson. Je vous suis vraiment reconnaissante. J'aimerais pouvoir vous rendre la pareille.

— Ce n'est pas comme ça que ça marche. Ne commettez pas d'imprudence. En tout cas, pas sans m'en parler avant.

— Je dois vous laisser, répliqua Frieda. J'ai d'autres coups de fil à passer.

Trois heures plus tard, Eva toquait à la porte de Frieda.

— Il y a une camionnette qui est arrivée, annonça-t-elle. Et un homme, qui dit qu'il est venu pour te voir. Il m'a l'air polonais.

Frieda enfila sa veste et sortit.

— C'est un ami, expliqua-t-elle. Ukrainien.

— Oh, et avant que j'oublie, quelqu'un a déposé une lettre pour toi.

— Ici ?

— Oui. Elle était sur le paillasson quand je suis rentrée. Sans doute quelqu'un qui a entendu dire que tu étais revenue.

Eva tendit une enveloppe que Frieda fourra au fond de son sac. Elle la lirait plus tard.

Quand elle sortit dans la rue, la tête de Josef disparaissait sous le capot ouvert à l'avant de la camionnette.

— Tout va bien ?

Josef réapparut. Il prit un chiffon de sa poche et essuya ses mains pleines d'huile.

— C'est chaud. Mais ça va, elle nous emmènera jusqu'à votre homme.

Ils grimpèrent à bord et le véhicule démarra dans un fracas évoquant une longue quinte de toux caverneuse, accompagnée de force crachats.

— Où alors ? s'enquit Josef.

— Je vous guide.

— Non, vous guidez pas. Vous dites adresse, je rentre dans machine, et après on n'y pense plus.

— On va à Rushton. Ça devrait prendre environ une heure.

Frieda épela le nom que Josef enregistra dans son GPS.

— C'est dans une heure et quart.

— Désolée.

— Des petites routes.

— Oui.

— Mais jolies.

— Certaines, oui.

Frieda regarda par la fenêtre. Ils quittaient Braxton et empruntaient la rocade. La mer étincela au loin.

— C'est ici que vous avez grandi ? demanda Josef.

— C'est ça.

— Chaque arbre représente un souvenir ?

Frieda se tourna vers Josef pour voir s'il plaisantait mais il n'y avait rien qui le suggérât dans son expression.

— En un sens, oui, convint-elle. Josef, je sais que quand je dis merci, vous me répondez que je n'ai pas besoin de le dire. Mais j'ai besoin de le dire. Merci.

— C'est trop compliqué pour moi, répondit Josef, un large sourire aux lèvres.

— Mais non. Vous avez dû avoir un coup au cœur quand vous m'avez eue au téléphone.

Josef secoua la tête.

— J'allais vous appeler.

— Comment... ? s'étonna Frieda. Vous avez parlé à Karlsson.

— Il dit de veiller sur vous.

— La folle en cavale ?

— Non, protesta Josef, indigné. En ami.

— Vous savez, Josef, quand je pense à vous et moi, je constate que vous m'aidez quand je suis en difficulté, alors que je ne vous attire que des ennuis et que vous avez failli mourir à cause de moi.

— Et je vous installe une nouvelle baignoire.

— Sans que je l'aie demandé. Mais c'est une merveilleuse baignoire, s'empressa d'ajouter Frieda. Ce que je cherche à dire, c'est juste qu'être mon ami a un prix.

— Non, non, se défendit Josef. Je travaille avec beaucoup de gens, vous savez. Maçons, plombiers... D'Ukraine, de Russie, de Pologne. Ils dorment dans des foyers, dans la camionnette ou des cabanes. C'est pas pareil pour moi. Grâce à vous, j'ai une maison, des amis.

— C'est différent pour moi aussi, Josef.

Le reste du trajet se déroula en silence. Ça aussi, c'était bien : avec Josef, nul besoin de parler quand ce n'était pas nécessaire, pas de ces « comment allez-vous » quand on ne tient pas réellement à le savoir. Elle garda l'œil rivé à la fenêtre. Josef avait eu raison. Le paysage lui parlait presque. Ce bois où on les emmenait marcher le dimanche matin. Le presbytère que l'on entrapercevait depuis la route, et où elle s'était rendue pour les quatorze ans de Virginia Clarke. Alors qu'ils roulaient, les souvenirs s'amenuisèrent et la campagne devint de moins en moins familière.

Ils s'arrêtèrent une fois pour faire le plein. Josef vérifia de nouveau le moteur.

— Pendant votre rendez-vous, je le répare, déclara-t-il.

Quand Frieda avait appelé pour confirmer le rendez-vous, Helmsley l'avait invitée à le rejoindre au bar de la Duchesse d'York. Il se trouvait dans la grand-rue de Rushton et, en raison de l'heure, l'endroit était bondé. La salle était décorée de photographies anciennes d'hommes graves, moustachus, posant devant des chevaux et des locomobiles. Au fond, dans un coin, un homme était attablé seul et lisait un journal. Il était vêtu du costume gris et de la cravate discrète qui constituent indifféremment l'uniforme du représentant d'assurance ou de l'enquêteur de police. Quand il vit Frieda debout devant lui, il replia son journal et se leva pour l'accueillir.

Elle s'efforça de retrouver quelque chose du jeune agent qu'elle avait rencontré vingt-trois ans auparavant. C'était un homme massif, aux joues flasques, et ses cheveux étaient si courts qu'il n'en restait plus guère qu'un duvet sur sa grosse tête.

— Dr Frieda Klein ?

Elle hocha la tête puis ils se serrèrent la main.

— Vous avez déjeuné ?

Frieda répondit qu'elle n'avait pas faim. Elle commanda deux verres, un jus de fruits pour l'enquêteur et de l'eau pour elle-même.

— C'est gentil à vous d'accepter de me voir, commença-t-elle.

— Quand on est contacté par un collègue, on fait ce qu'on peut. Cet inspecteur principal Karlsson, c'est un de vos amis ?

— En effet. Vous a-t-il dit de quoi il s'agissait ?

— À vous l'honneur. Il a dit que vous vouliez des informations.

— On s'est déjà rencontrés, déclara Frieda.

Si les manières de Helmsley avaient été jusque-là affables, il sembla soudain inquiet.

— Désolé. Je ne me rappelle…

— C'était il y a longtemps. En février 1989, vous travailliez à Braxton, dans le Suffolk.

— Exact. C'était mon premier poste, répondit-il avec lenteur, comme s'il redoutait la suite.

— Vous m'avez interrogée.

— Ah oui ?

Son expression était méfiante. Qu'est-ce qui allait lui tomber dessus ?

— J'avais quinze ans et j'avais signalé que j'avais été violée par un étranger sous mon propre toit. On m'a interrogée, d'autres l'ont été aussi. Je ne m'attends pas à ce que vous vous en souveniez.

Helmsley fronça les sourcils, puis pâlit.

— Oui, ça me revient.

— De quoi vous souvenez-vous ?

Il s'adossa à son siège et croisa les bras sur sa poitrine de sorte que son costume se plissa et sembla soudain trop petit pour lui. Frieda reconnut là un geste qu'elle voyait souvent chez ses patients. On l'interprétait parfois comme une façon de se défendre contre le monde extérieur, ou de refuser une forme d'intimité.

Mais Frieda y percevait aussi un signe de vulnérabilité, comme si la personne tentait vainement de se protéger.

— Tout d'abord, dit Helmsley, où voulez-vous en venir ?

— Si vous avez la moindre inquiétude à mon sujet, vous pouvez appeler Karlsson. Vous pouvez le faire tout de suite, si vous voulez. Il ne s'agit pas de vous, ni de l'enquête. Je veux juste des informations. Mais quand j'ai mentionné l'entretien et que vous vous en êtes souvenu, cela n'avait pas l'air agréable.

— Ça doit être pire pour vous, répliqua Helmsley.

— Je ne suis pas ici en tant que victime. Racontez-moi juste ce que vous vous rappelez.

— J'ai pris des cours, commença-t-il. C'est ce qu'on doit faire quand on veut grimper les échelons. On suit des cours, des journées de formation, des conférences. Dans certains cas, c'est une perte de temps, mais pas toujours. Il y a quelques années, on en a eu un sur la façon de gérer les cas d'agressions sexuelles. On a écouté parler des experts de la police, un psychologue et une victime. *Deux*, en fait. Il en est ressorti tout un tas de choses, dont certaines assez surprenantes.

— À quel sujet ?

— Au sujet du syndrome du stress post-traumatique, de la façon d'interroger les plaignants. Au beau milieu de l'une des présentations, je me suis soudain souvenu de ce cas. Je veux dire, de votre cas. C'était le premier du genre que j'aie eu à gérer. Et je n'en revenais pas qu'on nous ait laissés nous débrouiller tout seuls, comme ça. On était des gosses, Jeff et moi. Jeff, c'est l'autre policier qui vous a interrogée.

— Que voulez-vous dire par là ?

Helmsley regarda Frieda plus attentivement.

— Si vous prévoyez d'entreprendre une procédure légale de je ne sais quelle sorte, cet entretien n'est sans doute pas une bonne idée. Pour moi, je veux dire.

— Je vous le jure, je n'ai rien de la sorte en tête. Donc…

— J'ai l'impression – et il se peut que je me trompe à ce sujet – que nous n'avons pas mené l'interrogatoire comme nous aurions dû.

Il marqua une pause et guetta une réaction de la part de Frieda. Comme elle gardait le silence, il reprit :

— Je vous prenais pour une de ces ados pleines d'assurance. Ce n'est que bien des années plus tard que j'ai pensé à ce que ça avait dû être pour vous, de l'autre côté de la table, de vous rendre au commissariat et de raconter votre histoire. Et une fois que vous l'avez fait, on vous a traînée dans une salle d'interrogatoire et traitée comme si c'était vous, la criminelle. Je ne me rappelle pas tous les détails.

— Je viens de lire le dossier, l'interrompit Frieda.

Helmsley pâlit davantage.

— On vous aura donc sans doute demandé des trucs comme… enfin, bref, vous voyez.

— Sur ma vie sexuelle ? Si j'étais vierge ? Si j'avais un petit ami ? Si je prenais la pilule ?

— Désolé.

— Après, l'enquête n'a abouti nulle part.

— Comme souvent.

— Vous voulez parler des enquêtes pour viols ou de toutes ?

— Les deux, j'imagine. Mais…

Il se montra hésitant, comme si le mot avait du mal à sortir.

— Les enquêtes pour viol sont toujours particulières.

— Parce que c'est la parole d'une personne contre celle d'une autre.

— Pour cette raison-là, oui, entre autres.

— Dans le cas de cette enquête, on a mis un terme assez rapidement à la procédure.

— Ah oui ?

— Je ne suis pas experte, mais il ne me semble pas qu'elle soit allée au-delà de quelques interrogatoires tout à fait préliminaires.

— Je ne me rappelle que l'entretien que j'ai eu avec vous.

— Ce que j'ai remarqué pendant que je lisais ce rapport, poursuivit Frieda, c'est qu'un autre l'avait lu, en ajoutant des commentaires et en soulignant certains passages. Il ne semblait guère en faveur d'une enquête. Il a signé SF. J'étais curieuse de savoir qui ça pouvait être.

Helmsley s'empara de son jus de fruits et avala une gorgée. Il reposa le verre sur la table.

— Quand je suis entré dans la police, on n'aurait pas fait grand cas de ma vie si on m'avait repéré avec une Britvic. Un mélange de whisky et de bière. Seigneur, je ne sais pas comment on y a survécu, tous.

— C'était le bon vieux temps, sourit Frieda.

— Il n'y avait pas que des désavantages.

Il contempla son verre, l'air de se demander s'il allait le reprendre.

— Stuart Faulkner.

— Pardon ?

— Ce sont ses initiales, SF. C'était lui, l'inspecteur principal. Il occupait le poste que j'occupe aujourd'hui.

— Quel était son rôle dans l'enquête ?

— Vous avez vu le dossier. Pour autant que je me rappelle, il ne s'en est pas vraiment mêlé. Il était sans doute sur une autre affaire. On a fait les interrogatoires préliminaires, puis il s'est pointé, a lu le dossier, nous en a touché deux mots et nous a dit de laisser tomber.

— Pourquoi ?

— Je ne tiens pas à le répéter, mais le viol, c'est pas comme les autres crimes. Dans le cas d'un cambriolage, d'une agression, il est question d'attraper quelqu'un, de mener une enquête. Dans le cas du viol, avant toute chose, on doit d'abord décider s'il y a bel et bien eu crime. Une fois qu'on a tranché sur ce point, on peut se lancer à la poursuite de l'auteur du viol et chercher des preuves.

— Et selon votre patron, aucun crime n'avait été commis ?

— C'est difficile à dire devant vous, mais…

— Mais il pensait que j'avais tout inventé.

— Je ne peux pas me prononcer pour ce qui est des détails.

— Quand j'ai lu ses commentaires, il m'a semblé qu'il avait décidé depuis le début que cette affaire n'était pas digne d'intérêt.

— C'est le métier. Parfois on a raison, parfois on se plante.

— Stuart Faulkner, répéta Frieda.

— Oui.

— Savez-vous où je peux le trouver ?

Il faillit répondre, hésita.

— Sans doute. C'est juste…

— Il n'y a aucune colère en moi à ce sujet. Est-ce que je vous donne l'impression de vouloir me venger ?

— Je ne sais pas. Je vais voir ce que je peux faire et je vous rappelle.

— Merci.

Frieda s'apprêtait à se lever, quand une pensée la traversa.

— Savez-vous quel âge il a, aujourd'hui ?

— Pas vraiment. La soixantaine, peut-être.

— Êtes-vous en contact avec lui ?

— Ça fait vingt ans que je ne l'ai pas vu. Ce n'était pas un mauvais bougre. Plutôt vieille école.

Cette fois-ci, Frieda se leva pour de bon et lui tendit la main.

— Je suis désolé, si on n'a pas été à la hauteur.

— Je suis sûre que vous avez fait ce que vous pouviez. Mais ce dont j'ai besoin, c'est ce numéro.

Quand Frieda sortit du pub, Josef n'était pas là et elle dut l'appeler. Malheureusement, il y avait un problème avec la camionnette.

21

Quand ils se mirent enfin en route, la camionnette n'était pas vaillante. Elle n'arrêtait pas de cahoter et de projeter Frieda et Josef en avant dans leurs sièges.

— Quelque chose bloque dans l'arrivée d'essence, expliqua Josef.

— On va pouvoir rentrer ?

— Mais oui.

Il tapota son volant, comme il l'aurait fait avec un cheval effrayé.

— Tout doux…

Ils firent le trajet du retour vers Braxton sous des nuages noirs. Le ciel semblait bas, et bientôt de grosses gouttes s'écrasèrent sur le pare-brise. Josef actionna les essuie-glaces, dont les balais usés grincèrent en tentant de chasser l'eau, pour un résultat médiocre. Il se pencha en avant, l'air toujours serein.

Alors qu'ils arrivaient à Braxton, Frieda lui toucha l'épaule.

— Serait-il possible qu'on passe voir ma mère en vitesse ?

— Votre mère ?

La camionnette eut un hoquet.

— Oui. Elle est malade.
— Vous avez une mère malade ici ?
— Oui.
— Il faut aller voir votre mère, répondit Josef, fébrile. Tout de suite. Elle va mal ?
— Elle est mourante.
— Mourante ? Votre mère est mourante ici ?
— Oui.
— Frieda, déclara-t-il, avec une expression solennelle, je fais n'importe quoi.
— La prochaine à gauche, ça suffira, répliqua Frieda. On n'en a pas pour longtemps.

Debout sous la pluie battante, Josef guettait pardessus l'épaule de Frieda l'entrée où la mère mourante de son amie ferait son apparition. Frieda sonna à la porte, puis sortit la clé qu'elle s'était fait faire et ouvrit la porte. Ils entrèrent dans le hall. Des prospectus jonchaient le sol, avec une carte postale et une facture. Elle se baissa pour les ramasser. Une odeur étrange flottait dans l'air, douceâtre et légèrement rance. Dans la cuisine, elle constata que les fleurs qu'elle avait laissées lors de sa précédente visite avaient été mises dans un vase, mais sans eau, et qu'elles étaient fanées. Une boîte de thon ouverte traînait sur le plan de travail, laissant échapper une odeur de poisson. Elle ramassa les fleurs et la conserve et les jeta à la poubelle. Il y avait des assiettes sales sur la table, un demi-litre de lait ouvert. Frieda le renifla. Il avait tourné. L'évier était rempli d'une eau brune et froide. Un petit bout de papier était collé à côté, intitulé « À faire », rédigé de la main de sa mère. En dessous, rien.

— Attendez ici, ordonna-t-elle à Josef.

Elle se rendit au salon. La télévision était allumée, le volume à zéro. Elle gravit l'escalier, continua jusqu'à la chambre de Juliet. Cela sentait le renfermé. Juliet était dans son lit, les mains sous le menton, toute décoiffée, ses traits d'ordinaire soignés maculés de maquillage. Elle était réveillée, et contemplait le plafond, le regard éteint.

— Bonjour, déclara Frieda.

Juliet ne prit pas la peine de répondre. Elle cilla, une seule fois, l'œil sec. Frieda aurait presque cru entendre le frottement de ses cils sur sa joue.

— Tu vas bien ?

Elle laissa échapper un rire qui tenait presque du souffle étranglé, sans quitter le plafond du regard.

— C'est drôle. Je meurs, t'avais oublié ?

— Comment te sens-tu ?

— J'ai un truc qui me pousse dans le crâne.

— Je sais.

Juliet tourna son visage et fixa Frieda d'un œil dur, brillant.

— Pourquoi es-tu revenue ?

— On en parlera plus tard. Dis-moi ce qui ne va pas.

— J'allais bien avant que tu viennes. Maintenant, je suis en train de mourir.

— Tu l'étais déjà avant, commença Frieda avant de s'interrompre. Tu souffres ?

— Parfois, répondit Juliet d'une voix basse. Parfois, Frieda, il est préférable de rester dans l'ignorance. De n'être pas au courant pour la tumeur à la tête, ou le mari, ou de ce que pensent vos amis, ou de ce qui est arrivé à votre fille quand elle avait seize ans. *Je ne veux pas savoir.*

— Mais…

— Je ne veux pas.

Elle parut interdite d'entendre ces mots.

— Bientôt, je vais me mettre à baver et à dire n'importe quoi.

— J'aimerais te parler de ton traitement et de ce que les médecins t'ont dit…

— Et moi, je veux pas, coupa-t-elle. Je ne veux pas en parler, et je ne veux pas en parler avec toi. Tu sèmes le désastre partout où tu vas.

C'était si proche de ce que Frieda pensait d'elle-même qu'elle ne répondit pas : elle se contenta de se pincer l'arête du nez en attendant que retombe son sentiment de colère impuissante.

— Va-t'en, dit Juliet.

Elle laissa échapper un hoquet, puis elle ajouta, d'une voix qui ne ressemblait plus à la sienne :

— Va te faire foutre et laisse-moi tranquille.

Frieda la dévisagea, stupéfaite : jamais elle n'avait entendu sa mère jurer. Juliet elle-même parut surprise.

À cet instant, le téléphone de Frieda vibra dans sa poche. Elle l'en sortit, il s'agissait d'un numéro inconnu.

— Réponds, aboya Juliet.

Frieda entendit une voix rauque qu'elle ne reconnut pas.

— Frieda ?

— Oui.

— C'est Lewis. Lewis Temple.

Frieda tourna les talons pour échapper au regard de sa mère et jeta un coup d'œil par la fenêtre. La pluie tombait violemment.

— On m'a dit que tu étais revenue, dit-il.

Revenue, comme s'il avait toujours été prévu qu'elle reviendrait un jour.

— Et que tu avais demandé de mes nouvelles. Alors j'ai cherché ton numéro et je me suis dit que j'allais appeler.

Eva, songea Frieda, avec ironie. Ou alors Vanessa ; peut-être même Ewan. Même si Lewis n'avait pas fait partie de leur bande à proprement parler (il était plus âgé qu'eux, plus camé, plus fauché), on était à Braxton, où tout le monde se connaissait et où les nouvelles faisaient le tour de la ville au gré des ragots.

— Je peux te rappeler dans deux minutes ? demanda Frieda.

— Pourquoi pas ? Ça fait vingt-trois ans, on n'est plus à deux ou trois minutes près.

Frieda raccrocha et se tourna de nouveau vers sa mère.

— Je peux t'apporter quelque chose ? proposa-t-elle.

Juliet haussa les épaules.

— Du thé, peut-être, continua Frieda. Et quand as-tu mangé la dernière fois ?

Rebelote, haussement d'épaules et regard hostile.

— Bon, je vais te chercher du thé et un toast, alors.

— Va-t'en Frieda.

— C'est ce que tu veux ?

— Oui.

— Très bien.

Elle se rendit dans le petit bureau de Juliet et rappela Lewis.

— Bon, dit-il. Alors ?

— Tu veux qu'on se voie ?

Silence au bout de la ligne. Elle l'entendit gratter

une allumette et inspirer fort ; elle pouvait le voir envoyer toute cette fumée au fond de ses poumons noircis, voir ses joues qui se creusaient, les brins de tabac sur sa lèvre inférieure.

— Pourquoi pas ? dit-il. Quand ?

— Maintenant ?

— Je suis en route pour une intervention. Mais je peux toujours faire un détour. En souvenir du bon vieux temps.

En bas, elle trouva Josef debout devant l'évier, en train de faire la vaisselle. Il semblait content et parfaitement à l'aise.

— On y va, déclara Frieda.

— On vient juste d'arriver…

— Je sais. Mais elle ne veut pas que je reste. Et j'ai quelque chose à faire. Un rendez-vous. Vous pouvez rentrer à Londres. Je vous suis très reconnaissante, Josef.

Il secoua la tête.

— Je reste.

— Il n'y a pas la place dans ma cabane. C'est tout petit.

— Je reste ici, répondit-il en indiquant la cuisine d'un geste. Je m'occupe de votre maman malade.

— Elle n'est pas de bonne humeur, Josef.

— Je reste et je remonte son moral. Je fais soupe à l'orge. Vous revenez plus tard.

— Mais vous ne la connaissez même pas !

— Je reste, s'obstina-t-il.

Frieda capitula.

Elle avait prévu de retrouver Lewis dans le café où elle s'était rendue après la visite au commissariat.

Pas vraiment le genre d'endroit que fréquentait Lewis. Il allait détester les scènes champêtres aux murs, et n'avait jamais été branché thé-petits fours. Elle arriva avant lui. La femme qui l'avait servie la fois précédente était là à nouveau et la reconnut aussitôt. Frieda commanda un thé et un cake.

Trois femmes franchirent la porte avec empressement, les mains chargées de sacs, la chevelure trempée de pluie. Suivit un homme décharné aux cheveux poivre et sel, au visage pâle creusé de rides, qui laissa la porte claquer derrière lui. Il était vêtu d'un manteau long et d'une écharpe enroulée autour de son cou. Aux yeux de Frieda, il tenait autant de l'artiste que du sans-abri. Il lança des regards furtifs autour de lui jusqu'à ce que ses yeux viennent se poser sur elle. Puis il sourit.

Par la suite, Frieda tenta de distinguer les émotions qui l'avaient saisie quand elle comprit que cet homme voûté et maigre était Lewis. Elle ressentit une forme de tristesse à la vue de ce que les années avaient fait de lui. Elle se le rappelait tel qu'il était la dernière fois qu'elle l'avait rencontré : fort et sublime avec sa tignasse et ses dents blanches, ses fripes de dandy. Elle se vit à travers ses yeux : petite-bourgeoise, nantie, privilégiée, assise dans un confortable établissement, une tasse de thé à la main. Elle s'efforça de conserver une expression neutre.

— Merci d'être venu comme ça. Tu dois être complètement trempé.

— Tu comptes vraiment parler de la météo ?

Il haussa un sourcil moqueur et s'assit, sans ôter son manteau ou son écharpe, en étirant ses jambes dans son pantalon de velours usé. Elle eut l'impression qu'il exhibait à dessein ses habits miteux, son visage creusé et sa pauvreté, comme pour provoquer une réaction chez elle.

— Alors, quoi de neuf ?

— Tu veux dire, depuis qu'on s'est vus ?

Il s'esclaffa. On aurait presque cru entendre ses poumons crépiter. Elle se demanda quelles drogues il consommait à présent. À l'époque où elle le fréquentait, il essayait tout ce qui passait à portée de sa main pour se noyer dans l'oubli. Son côté tête brûlée faisait partie de son charme, se dit-elle. Aujourd'hui il semblait éreinté, usé par la vie.

— Oui, répondit-elle.

— Toi d'abord. Même si t'as l'air de t'en être plutôt bien sortie.

— Je suis psychothérapeute.

— Et moi électricien.

— T'as toujours été bon en sciences. J'habite à Londres.

— Et moi ici, dans le coin.

— Alors comme ça, tu n'as jamais eu l'occasion de bouger ?

— Pas encore.

Frieda fit signe à la serveuse.

— Thé ? proposa-t-elle à Lewis.

Il fit la grimace.

— D'accord.

— Gâteau ?

— Non merci, Frieda.

La manière dont il prononça son nom lui rappela son Lewis. L'espace d'un instant, elle resta abîmée dans son souvenir.

— Ma mère est mourante, reprit-elle.

— Ah oui ? Je suis désolé. Même si elle me haïssait, autrefois.

— Elle pensait que tu me détournais du droit chemin.

— Ah, y avait peut-être du vrai là-dedans. Mais j'ai toujours pensé que c'était toi, la chef. Je ne faisais que te suivre, où que tu ailles.

Ils échangèrent un sourire. Comme il était étrange, songea Frieda, qu'elle se sente plus à l'aise avec cet homme abîmé par la vie qu'avec n'importe quel autre personnage de son passé.

— Je vais faire des allers-retours, continua Frieda. Je voulais reprendre contact avec les gens que j'avais connus.

Elle n'aimait pas berner Lewis, mais pensa à Becky et poursuivit :

— Il s'est passé des trucs, à cette époque, qui me chiffonnent.

— T'as un compte à régler.

— Que veux-tu dire ?

— Pourquoi tu t'es enfuie ?

— C'est compliqué.

— Qui tu fuyais comme ça ? Ta mère ? Ton défunt père ? Moi ? C'était moi ?

Il haussa les sourcils. Il avait une légère cicatrice qui descendait du coin de l'œil, constata-t-elle. Une bagarre, peut-être, ou une chute.

— Tout ça, peut-être.

Et plus que ça, se dit-elle.

— Tu ne t'es jamais expliquée.

— Les mots me manquaient, je crois.

— Et t'es partie de ton côté, et moi du mien.

Le thé arriva et ils attendirent que la femme qui les servait se soit éloignée à nouveau.

— La situation s'était un peu dégradée, avança prudemment Frieda.

— Si tu le dis.

— Je me demandais…

Elle ne voyait absolument pas comment aborder la question de manière subtile.

— Peu de temps avant que je m'en aille, quelqu'un est entré chez nous par effraction.

Elle n'arrivait pas à se rappeler quel avait été le prétexte avancé par la police au moment de l'enquête.

— Ça te revient ? enchaîna-t-elle.

— Non, je ne crois pas. Ou je n'en ai qu'un vague souvenir. Mais bon, j'ai déjà eu plusieurs fois maille à partir avec la police, alors… (Il sourit : ses dents étaient de travers.) Peut-être que tout s'est mélangé dans ma tête. Quel genre d'effraction ?

— Quelqu'un est entré chez nous, dit Frieda.

Des pas dans sa chambre, ce souffle sur son visage, la télévision en bas.

— Quel rapport avec ton départ ?

— Je voulais savoir si tu t'en souvenais. J'ai repensé à tout, en m'efforçant de tirer les choses au clair. C'était le soir du concert auquel tout le monde est allé : Thursday's Children.

Lewis la regarda, l'air confus.

— Pas la peine de me demander de me rappeler ce genre de détails, s'amusa-t-il. Comment saurais-je ce que je faisais il y a vingt ans ? J'ai détruit la plupart de mes neurones.

— Tu adorais ce groupe.

Il se mit à fredonner : ce devait être l'une de leurs chansons, se dit Frieda. Il s'arrêta et fronça les sourcils.

— Je devais y aller avec toi, reprit-elle. C'était

l'événement du siècle à Braxton, depuis… qu'on y avait brûlé la sorcière, sans doute. Mais on s'était violemment disputés juste avant.

— Ça nous est souvent arrivé.

— Cette fois-ci, c'était la pire.

— À quel sujet ?

— Je ne me rappelle pas. Je sais qu'on s'est dit des trucs terribles.

Elle eut un flash-back : Lewis debout en face d'elle, le poing serré, ses traits juvéniles tirés par la colère et la détresse.

— Je suis partie comme une furie et je suis rentrée me coucher.

— Et je suis allé à ce concert sans toi.

D'un coup, il parut abattu, presque pitoyable.

— Je m'en souviens comme si c'était hier.

— Te rappelles-tu le concert en lui-même ?

— Par bribes, mais tout est mélangé. Je me souviens de toi, en revanche. Quelques détails. Cette balade qu'on avait faite à vélo. Tu avais préparé des sandwichs à la confiture avec du pain blanc. On avait escaladé un rocher pour regarder la mer puis on les avait mangés. Ensuite, j'avais roulé un joint, et les mouettes nous avaient foncé dessus. C'était chouette. Une de ces belles journées dont on garde le souvenir.

Il secoua la tête, comme pour chasser une pensée importune.

— Et je me rappelle que tu m'avais dit un jour que personne ne pourrait entraver notre histoire. Qu'on était plus forts que ça.

— Ah oui ?

— Et là, tu t'es cassée.

Il claqua des doigts. Les trois femmes attablées levèrent les yeux, intriguées.

— Je me souviens de ça aussi. Un jour tu m'embrassais dans le cimetière, le lendemain tu ne voulais plus rien avoir à faire avec moi, sans que je comprenne du tout pourquoi, l'instant d'après, t'avais disparu. T'aurais aussi bien pu n'être qu'un rêve, mais j'avais gardé une de tes chemises. Je la reniflais et me disais : « Où es-tu passée, putain, espèce de salope de Frieda Klein ? »

— Je suis désolée, répondit Frieda.

Elle le regardait droit dans les yeux.

— Ensuite, peu à peu, ton souvenir s'est estompé. Et te revoilà. Je ne sais pas pourquoi tu tenais à me revoir.

— J'ai réfléchi à ce qui s'était passé juste avant que je parte et je cherchais à comprendre ce qui était arrivé exactement. T'en pensais quoi, de mes amis ?

Il la dévisagea.

— C'est quoi, cette histoire ? J'avais dix-huit, dix-neuf ans. Et toi, quoi ? seize ? J'espère que t'avais seize ans.

— Quand je suis partie, oui.

— Ce que je pensais de tes amis ? répéta-t-il en imitant son ton.

— Pas grand-chose, si tu tiens à le savoir. Ce Jeremy qui fréquentait l'école pour gosses de riches, qui était toujours amoureux de toi et qui me fusillait du regard comme s'il rêvait de me faire la peau ; ce Chas j'sais-plus-trop-quoi, là, flippant.

— Latimer.

— Lui, oui. Comment peut-on s'appeler comme ça ? Et l'autre, là, toujours à faire le pitre.

— Ewan ?

— Ewan. Ouais. Et la fille avec qui il était. Putain, tout me revient. Et Maddie… c'est bien comme ça qu'elle s'appelait, non ? Toujours à faire du gringue aux mecs. Grands yeux, jolis nibards.

Il cherchait à la provoquer, mais elle ne réagit pas.

— Elle ne t'aimait pas des masses, hein ?

— Sans doute pas.

Et encore moins aujourd'hui, songea-t-elle.

— Et Eva la rouquine, ajouta-t-il. Mais elle, je l'aimais bien.

— Elle me l'a dit.

— Ah oui ?

Ce rire, à nouveau. Il n'en parut que plus triste et désabusé.

— Si elle pouvait me voir aujourd'hui ! Pauvre Eva.

— Pourquoi dis-tu « pauvre » ?

— Elle m'aimait, Dieu l'en préserve, et moi j'étais amoureux de toi… La vérité, c'est qu'au fond tu n'aimais personne, n'est-ce pas ?

— Je n'en sais rien.

— Tu aimais ton père, un point c'est tout. Aucun de nous n'avait la moindre chance.

Frieda étudia le tableau abstrait qui lui faisait face et lui évoquait un tapis persan. Lewis avait-il raison ?

— Je vais devoir y aller, ajouta-t-il. J'ai des trucs à faire. Des prises à installer, des circuits à réparer.

Il remua sur son siège, tâtonna ses poches.

— Tu t'es marié ?

— Oui. Et j'ai même remis ça.

— Et aujourd'hui ?

— Je n'étais pas un bon mari, apparemment.

Il ne souriait plus, mais la regardait intensément, l'œil plissé.

— Chaque fois que j'ai eu ce que je désirais, je l'ai détruit.

— Tu as des enfants ?

— Un garçon. De quinze ans. Je n'étais qu'un gosse quand sa mère est tombée enceinte, et elle était plus jeune que moi. C'était un accident mais, putain, je suis tombé amoureux de ce petit bout dès qu'il est né. Je ne le vois pas aussi souvent que je le voudrais. Sa mère ne veut pas.

— Pourquoi ?

— Tu sais bien. L'histoire habituelle.

— La drogue ?

— Ajoutée à mon fichu caractère. Quoique je ne croie pas en avoir jamais fait la preuve avec Max. Il était ma deuxième chance. Mais elle était fâchée et elle voulait me punir, je ne lui en veux pas. Tu sais comment c'est.

— Désolée.

— Que veux-tu… c'est la vie.

Il haussa les épaules, deux pointes maigres sous son gros manteau.

— Et toi, t'es toute seule.

— Pourquoi dis-tu ça ? rétorqua Frieda, qui revit la tête de Sandy quand elle lui avait annoncé que c'était fini.

— T'en as l'air. Peut-être l'as-tu toujours été.

Lewis se leva, et elle fit de même. Elle ne savait pas comment lui dire au revoir. Il la salua d'un signe de tête.

— Bon, ben… à la prochaine, lança-t-il d'un ton dégagé.

Puis, comme il partait, il ajouta :

— Je rêvais de toi autrefois, et je me réveillais en pleurant. J'espère que ça ne va pas recommencer.

Quand Frieda entra chez sa mère, elle eut un choc : c'était comme si elle s'était trompée de maison. Le désordre et la saleté avaient disparu. Le mobilier était propre. Elle marcha jusqu'à la cuisine. Les assiettes étaient soigneusement empilées à côté de l'évier. Une odeur de citron et de désinfectant flottait dans l'air. Et elle aperçut le bas du corps de Josef : le jean délavé, les grosses chaussures de chantier éraflées. Le haut avait disparu dans le placard sous l'évier. Elle lui tâta le pied. Josef s'extirpa de là, se releva et se passa les mains sous l'eau.

— Maintenant l'eau coule, déclara-t-il.

— Je croyais que vous deviez juste préparer de la soupe.

— C'est un problème ?

— Non, c'est bien. C'est ce que ses enfants auraient dû faire.

Il haussa les épaules.

— Pendant que j'y étais…

— Et maintenant, il est temps d'y aller.

— Mais d'abord vous devez dire au revoir à votre mère, non ?

Frieda eut l'impression d'avoir quinze ans à nouveau.

— D'accord.

Sa mère était au lit, à moitié endormie. Mais les vêtements avaient été pliés et bien rangés ; même ses cheveux avaient été coiffés. Frieda se rapprocha de sa figure.

— J'y vais, dit-elle. Je reviens dans quelques jours.

Sa mère marmonna quelque chose.
— Hein ?
— Cet homme. Le Russe.
— Oui, et ben quoi ?
— Des services sociaux.
— Il n'est pas des services sociaux. C'est un ami.
— Il vient chaque jour. Il se sert.
— Je ne crois pas.
— Il vole.
— Je m'en occupe, répliqua Frieda.
Elle se leva et quitta la pièce.

Dans la camionnette, Frieda se rappela soudain l'enveloppe qu'Eva lui avait donnée. Elle était carrée et rose pâle, et comportait une écriture en pattes de mouche, formée de boucles, comme celle d'une femme âgée. Cela ne lui disait rien.

Elle décolla le rabat et sortit la carte de vœux en papier glacé à l'intérieur. Le recto comportait un dessin de lys. Elle fronça les sourcils et ouvrit la carte, le regard d'abord attiré par le message imprimé en caractères baroques. « Toutes nos condoléances », lisait-on. En dessous, de la même écriture minuscule que sur l'enveloppe, elle lut :

Frieda, bientôt vous serez orpheline. Mais, ma chère, ne soyez pas trop triste pour votre mère. La fin de la vie n'est que le début d'autre chose. Elle vient me rejoindre. C'est son heure. Mais pas la vôtre, pas encore. Bien à vous, Mary Orton.

Elle relut le message très lentement. Puis elle referma la carte et fixa la fenêtre et le paysage qui défilait à toute allure dans un halo brun-gris aux couleurs de novembre.

La carte était signée Mary Orton. Mais Mary Orton était morte. Frieda avait tenté de la sauver, mais elle était arrivée trop tard. Elle resterait à jamais hantée par le visage de la vieille dame à l'agonie, étendue par terre. Elle-même avait failli y rester mais avait été sauvée – avec une violence inouïe – par Dean Reeve.

Elle rouvrit la carte et regarda l'écriture.

— Arrêtez-vous, ordonna-t-elle à Josef.

Aussitôt, il se gara sur le bas-côté, pilant dans un crissement de pneus. Des klaxons retentirent.

— Oui ? s'enquit Josef, indifférent au vacarme extérieur.

— Regardez ça.

Frieda lui montra la carte.

— Vous reconnaissez cette écriture ?

Josef la prit, l'examina de près, puis la lui rendit.

— Je ne sais pas. Peut-être.

— Elle ne vous rappelle pas celle de Mary Orton ?

— Peut-être, Frieda.

Son ton était grave. Il avait bien connu Mary Orton et avait forcément vu son écriture à plusieurs reprises.

— Ou de quelqu'un qui chercherait à l'imiter.

— Je ne comprends pas, déclara-t-il, l'air triste.

Il semblait décontenancé et malheureux.

— Moi, oui. Enfin, je crois.

Elle sortit son portable de son sac.

— Karlsson, c'est Frieda. Il faut que je vous voie.

22

Sian Raven avait rompu avec son petit ami après quatre ans de relation. Elle avait déménagé de l'appartement qu'ils partageaient, perdu son boulot, tenté de se suicider. Mais, assise en face de Frieda dans son cabinet, elle souriait.

— Je me sens franchement mieux, mieux que jamais, en fait. Je me soigne. C'est bien ce que nous avons tous à faire finalement, non ?

— Comment vous soignez-vous ? s'enquit Frieda.

— Je cours chaque jour pendant une heure, en repoussant toujours mes limites. Après, je me sens complètement exaltée. Vous n'imaginez pas. Et puis, pour la première fois de ma vie, j'ai repensé mon régime alimentaire, et je ne consomme que les aliments de base.

— De base… médita Frieda. Ce qui veut dire ?

— Des fruits.

— Des fruits ?

— Je ne veux pas laisser d'empreinte carbone. Je ne tue aucun être vivant pour me nourrir, et je ne parle pas seulement des animaux. Je ne mange rien si ça signifie tuer une plante. On mange trop, vous savez.

Frieda contempla la jeune femme en face d'elle et son visage illuminé.

— Et si on parlait de votre empreinte carbone ? suggéra-t-elle.

Karlsson et Yvette étaient dans le bureau du premier quand Frieda arriva. Ils avaient passé deux heures très désagréables en compagnie du préfet, à examiner une liste de coupes budgétaires. La seule personne que Crawford tenait absolument à garder sans retenue de salaire était Hal Bradshaw, le profileur qu'ils méprisaient tous deux. C'est à ce moment-là qu'Yvette avait quitté la pièce en rage et heurté de plein fouet un agent à l'air las qui apportait du thé sur un plateau, lequel tomba en provoquant un énorme désordre. Yvette se sentait toujours fâchée et gênée, et il y avait dorénavant une tache sur son pantalon.

— Yvette, la salua Frieda en lui tendant la main. Comment allez-vous ?

— J'ai connu mieux.

— À ce point-là ?

— C'est pire que ça.

Frieda se tourna vers Karlsson.

— J'arrive au mauvais moment ?

— Que puis-je faire pour vous ? enchaîna-t-il.

Yvette lança un regard interrogateur à son patron, puis à Frieda, avant de revenir à Karlsson.

— Bon ben, je vous laisse, lâcha-t-elle.

Karlsson tenait la carte entre le pouce et l'index.

— Donc vous pensez que ceci émane de Dean Reeve, qui se ferait passer pour Mary Orton.

— Oui.

— Ça me semble un peu tiré par les cheveux.

— Il cherche à me signifier qu'il est toujours dans les parages.

— Et même à Braxton.

— Oui.

Karlsson se leva et regarda par sa fenêtre.

— Si vous voulez que je m'en aille, dites-le, suggéra Frieda à mi-voix.

— Je n'ai pas dit ça.

— Je sais que c'est la dernière chose dont vous ayez besoin. Mais il fallait que je le dise à quelqu'un – ou plutôt, il fallait que je le dise à vous.

— Très bien. Résumons-nous. Tout d'abord, ce Dean Reeve – qui a kidnappé Joanna Teale puis Matthew Faraday et qui a tué la jeune étudiante Kathy Ripon, et dont nous pensions tous qu'il s'était suicidé il y a plus de trois ans – est encore en vie.

— Oui.

— Et il aurait tué Beth Kersey pour vous sauver.

Frieda hocha la tête.

— Ce qu'il aurait voulu vous expliquer en vous envoyant une petite fille avec des jonquilles et un message.

— Qui disait que ce n'était pas mon heure.

— Bien. Et ce Dean Reeve serait également responsable de l'incendie de la maison de Hal Bradshaw, qu'il aurait déclenché pour vous venger.

— C'est comme ça qu'il doit voir les choses, ou qu'il souhaite qu'on les perçoive.

— Et cette fois-ci, il vous a envoyé des lys.

— Un dessin de lys, oui.

— Et il serait à Braxton.

— Il s'y est déjà rendu. Il m'a envoyé un dessin de la stèle de mon père.

— Et aujourd'hui, cette carte.

— Oui.

Karlsson resta assis plusieurs secondes, plongé dans un silence que Frieda ne chercha pas à rompre. Elle contempla son visage concentré, puis la photo de ses enfants, les tout jeunes Mikey et Bella, qu'il conservait toujours sur son bureau.

— Très bien, déclara-t-il enfin.

— Ce qui veut dire ?

— Je vais voir avec le préfet Crawford si on peut rouvrir l'enquête.

— Vraiment ?

— Mais je dois faire ça avec doigté. Pour Crawford, comme pour le reste du monde, Dean Reeve est mort. En outre…

Il hésita.

— Il me croit dingue, acheva Frieda.

— Vos talents l'indisposent.

— Vous me croyez ?

Karlsson la fixa et, l'espace d'un instant, Frieda eut l'impression déconcertante qu'il cherchait à voir en elle.

— Ça vaut le coup de faire des recherches, lâcha-t-il enfin.

Plus tard ce jour-là, en début de soirée, il commençait à faire froid et la pluie menaçait de tomber. Cependant, Frieda n'avait nulle intention de prendre le métro ou d'attraper un bus. Elle venait d'échapper aux chemins de campagne, aux champs détrempés, au silence, aux soirées plongées dans le noir, et avait l'impression de refaire surface et d'être capable de respirer à nouveau. Elle avait à parcourir deux ou trois kilomètres à pied mais ça irait. Elle avait besoin du bruit, de la circulation, des gaz d'échappement. De marcher dans la foule sans risque de croiser quelqu'un qui la connaisse, elle ou ses proches, ou son histoire. Parvenue à Tottenham Court Road, elle s'arrêta un moment pour s'orienter. Elle s'engouffra dans le dédale des rues qui jouxtaient l'université, passa devant Inns of Court, et continua ensuite jusqu'à l'ancienne halle des bouchers. Elle marchait presque sans les voir, mais elle sentait leur présence, et percevait les odeurs et les bruits.

Alors qu'elle approchait de la City, l'architecture changea. Les édifices étaient plus grands, plus hauts, en métal et en verre, mais Frieda les trouva accueillants. Elle n'avait jamais vraiment compris pourquoi les gens aimaient tant la campagne. Il y avait des champs que l'on ne pouvait traverser, et des espaces verts où toutes les créatures vivantes avaient été empoisonnées et éliminées. Les villes étaient faites pour être arpentées. On pouvait y survivre.

Frieda s'arrêta et regarda autour d'elle. Une immense construction d'acier gris et de verre sombre la surplombait. Elle sortit un bout de papier de sa poche. Apparemment, elle était arrivée. Il y avait une entrée principale imposante, surmontée du logo d'une banque. Elle y pénétra. Deux femmes étaient assises derrière un comptoir semblable à ceux que l'on trouve dans les hôtels. Elles étaient en pleine conversation. Quand Frieda s'approcha, elles la dévisagèrent comme si elle interrompait quelque chose d'important.

— Je cherche le Clouds Bar, dit Frieda.

— Là, sur le côté, répondit l'une des femmes. Il faut prendre l'ascenseur.

— Quel étage ?

— Il n'y en a qu'un. Cet ascenseur mène directement au dernier étage.

Un homme habillé en chasseur l'invita à s'approcher de la cabine. Alors qu'elle montait, la situation lui fit penser à un canular, mais à l'ouverture des portes, elle découvrit une vaste baie vitrée et des lumières au loin dans la nuit. C'était le vestibule du bar. Un homme s'avança et lui proposa de prendre son vestiaire.

— Ça ira, merci, refusa Frieda.

S'ensuivit une brève discussion. Les manteaux n'étaient pas autorisés. Des touristes montaient pour la vue et repartaient sans consommer. Frieda s'apprêtait à lui demander comment ça se passait pour les touristes sans manteau mais elle y renonça et lui remit le sien. Sitôt qu'elle pénétra dans le bar, elle entendit son nom. Un homme d'âge mûr était assis à côté de la paroi en verre qui courait tout le long de la pièce. Elle le rejoignit et s'assit à sa table. Il se fendit d'un large sourire.

— Frieda. Je ne le crois pas. Tu n'as pas changé d'un pouce.

Il leva les mains.

— Tout va bien. Tu n'es pas obligée de me retourner la politesse. Je ne m'attends pas à ce que tu dises la même chose de moi.

En effet, jamais Frieda n'aurait pu le faire. Sa première impression fut un choc. Ce n'était pas le fait que Jeremy Sutton ait changé ou qu'il ait pris de l'âge ; c'était plutôt comme si on lui avait ravi l'ancien Jeremy, pour le remplacer par une tout autre personne. Le Jeremy qu'elle avait connu à quinze ans était maigre comme un clou, avec de longs cheveux bruns qu'il écartait toujours de son visage. Il avait en permanence une expression ironique, était plein de dérision. Il fréquentait le College Fearnley, la coûteuse école privée installée dans un ensemble de bâtiments du XVIIIe siècle donnant sur l'estuaire. Jeremy se moquait sans cesse de l'uniforme, de ses prétentions, de ses camarades nantis et suffisants.

Frieda se rappelait aussi une autre expression – ou plutôt, un panel d'expressions. L'incrédulité, l'égarement et la colère, quand elle lui avait annoncé qu'elle voulait rompre avec lui. Il l'avait bombardée de questions, en direct, au téléphone, et même dans une série de lettres. « Pourquoi ? » « Qu'est-ce que j'ai fait ? » « Il y a quelqu'un d'autre ? » « Pourquoi ne m'as-tu pas dit que quelque chose n'allait pas ? » « Peux-tu me donner une deuxième chance ? »

Elle ne retrouvait rien de tout ça dans l'homme qui était assis en face d'elle. Il portait un costume gris foncé à rayures, comme on porte une armure. Il était pratiquement chauve, ce qui lui grossissait la tête. Elle s'attendait à rencontrer un homme qui ressemblerait au père de Jeremy, mais cet homme tenait plutôt du grand-père.

— Ça fait un bail, commenta Frieda.

— L'endroit te plaît ?

Frieda promena son regard sur l'enfilade de fauteuils en cuir, le bar avec ses rangées de bouteilles de whisky pur malt disposées contre le fond éclairé, les groupes d'hommes en costume et de femmes en tailleurs.

— J'aime bien la vue.

— Sacrée Frieda. T'as pas changé, hein. Tu te sens supérieure à ces gens.

— À t'entendre, on se croirait à la soupe populaire.

— On ne fait que notre travail. Tu ne tiens sans doute pas à ce que je te démontre pourquoi l'économie britannique dépend de gens comme nous.

— Bien vu, rétorqua Frieda. Je veux dire, sur le fait que je ne tiens pas à ce que tu me fasses la leçon.

— J'aurais pu t'inviter dans mon bureau. Tu aurais trouvé ça encore plus choquant.

— Je peux t'offrir un verre ? proposa Frieda. Vu que c'est moi qui ai demandé à te voir.

— Ne sois pas ridicule. Tu es sur mon territoire, à présent. On commande une bouteille de vin ?

— Je prends des médicaments en ce moment, déclina Frieda, ce qui était vrai mais sans rapport.

Elle n'avait pas le courage de débattre du choix de la boisson.

— De l'eau, ce sera parfait.

Jeremy se rendit au bar et revint avec de l'eau pour Frieda et un verre de vin pour lui.

— Je t'en ai pris de la gazeuse. En l'honneur de ces retrouvailles. Vingt-trois ans. J'ai calculé en venant.

Tous deux sirotèrent leur boisson.

— Comptes-tu me demander comment je vais ? s'enquit Jeremy.

— Comment vas-tu ?

— Je veux dire, c'est toi qui as repris contact, sans crier gare, et te voilà assise ici à me fixer d'un air désapprobateur. Je sais qu'on est censés célébrer ce quart d'heure nostalgie, mais je me serais bien passé de ce bond en arrière. Comment je vais ? Je suis marié à une femme adorable qui s'appelle Catrina. On est mariés depuis treize ans et on a deux filles : une de neuf ans, l'autre de sept.

— Félicitations.

— Peut-être même que tu la connais. Elle allait à Braxton High.

— Ah oui ?

Frieda fut prise au dépourvu.

— Catrina Young. De longs cheveux noirs. Elle était une classe en dessous. Je suis sorti avec elle en terminale, et on s'est retrouvés à la fac.

— Je ne me souviens pas d'elle.

— Elle compte aller à la réunion des anciens élèves. J'ai dit que je l'accompagnerais. Tu y seras ?

— Peut-être.

— Je sais ce que tu penses. Tu penses que je fais quadra.

— On est encore trop jeunes pour faire quadra.

— J'ai lu des trucs à ton sujet, continua Jeremy. Merci Google. Tu as connu des moments assez éprouvants, à ce qu'on dirait.

— Les gens exagèrent toujours.

— Et tu es au cœur de la polémique. Alors, t'es ici au sujet d'une affaire criminelle ? Est-ce qu'on se voit dans le cadre d'une enquête, aujourd'hui ?

— Je suis retournée à Braxton.

— À la recherche de tes racines ?

Frieda reposa son verre et jeta un œil à la baie vitrée. Elle savait que la vue aurait dû l'intéresser davantage, mais elle avait l'impression de regarder Londres à la télévision. Elle tourna de nouveau son attention vers Jeremy.

— Tu n'as fait que lancer des sarcasmes ou des piques jusqu'ici et je ne sais pas pourquoi.

— Je vais me chercher un autre verre.

— Tu n'as pas fini le premier.

Jeremy l'acheva d'une traite, se rendit au bar et revint avec un verre plein.

— Quand j'ai décidé de te retrouver, je me suis juré de ne pas te le dire mais je vais le faire. Tu as été mon premier grand amour et je n'ai jamais ressenti la même chose pour personne depuis.

— On avait quinze ans.

— Tu crois qu'on n'a pas de vrais sentiments à cet âge-là ?

— On en a tout plein. Mais ils nous aident à apprendre, à expérimenter.

— Donc j'ai été l'un des objets de tes expérimentations.

— Tu me l'as dit toi-même, tu as une femme et deux filles. Tu peux en être fier.

— Tu ne sais rien de ma vie. Je ne crois pas qu'il se soit écoulé un jour sans que je pense à toi. Tu ne comprends sans doute même pas ce que ça signifie. Je parie que tu n'as jamais fait de recherches sur moi dans Google, toi.

— Bien sûr que si. C'est comme ça que je t'ai retrouvé.

— Je veux dire, avant.

— J'ai laissé ma vie d'avant à Braxton.

— Ce n'est qu'une autre façon d'être obsédé par elle.

— Tu as sans doute raison. Mais je viens d'y retourner. Ma mère est malade.

— J'en suis désolé. Je l'aimais beaucoup.

— Oui, reconnut Frieda.

Après la rupture, Jeremy l'avait non seulement appelée elle, mais aussi sa mère.

— C'est d'autre chose que je veux te parler.

— Quoi ?

— Tu te rappelles le concert des Thursday's Children ?

— Celui au Grand ?

— Oui.

Un sourire s'épanouit sur les traits de Jeremy.

— Ah ! là, là, quelle époque. Pourquoi cette question ? Tu te rappelles qu'on dansait dans les allées ?

— Je n'y étais pas, mais toi oui. Il y a eu un incident chez moi.

— Je ne m'en souviens pas. On n'était plus ensemble à ce moment-là, tu te rappelles ?

— On n'était pas ensemble, mais tu t'en souviens. La police a interrogé des gens. Personne n'oublie avoir été interrogé par la police.

— En effet, on m'a posé quelques questions. Mais il n'en est rien ressorti. De quoi s'agit-il ?

— J'aimerais te parler de cette soirée. De ce que tu as fait ce soir-là. Avec qui tu étais.

Jeremy s'empara de son verre d'un geste plus lent.

— Je m'étais fait une fête de te voir ce soir. Je m'étais dit qu'on pourrait commander du champagne et que tu verrais en moi la même chose que quand j'avais quinze ans.

— Je me souviens un peu de ce qu'on voyait l'un chez l'autre quand on en avait quatorze, répliqua Frieda. Mais les choses changent. J'ai besoin de ton aide aujourd'hui. Si tu ne veux pas, il te suffit de le dire.

Jeremy finit son vin. Il prit un billet de vingt livres et le replia de façon à le faire tenir dans le verre.

— Je vais devoir y réfléchir.

— Pourquoi y a-t-il lieu de réfléchir ?

— J'ai besoin de temps. Il faudra que tu viennes chez nous. Je te rappelle.

Son expression s'était modifiée. Frieda eut soudain une idée de ce qu'il devait être au bureau. À l'évidence, l'entretien était terminé.

23

Frieda s'installa près du feu, le chat roulé en boule à ses pieds. Elle pensait à Jeremy, à sa grosse tête et à son costume de luxe. Elle tentait de faire le rapprochement avec le garçon qu'elle avait connu et – oui – aimé, en un sens, même si c'était difficilement concevable à présent. C'était un rêve lointain, détruit. Jeremy lui avait dit qu'il n'avait jamais éprouvé de sentiments aussi intenses pour quiconque depuis, or c'était un premier amour. Il regrettait la fraîcheur et l'émerveillement de cette époque. Perché dans son bureau surplombant la ville, derrière une table sans doute aussi grande et laquée qu'un piano à queue, il se languissait de ses quinze ans. Mais même en plongeant son regard au fond de ses yeux ce soir-là, elle n'avait pas retrouvé ce garçon. Où était-il passé ?

Elle contempla les flammes jusqu'à ce qu'elle ne voie plus que des visages. Leurs visages, vingt-trois, vingt-quatre ans plus tôt. Ils étaient tous assis en cercle au bord de la rivière à Braxton : c'était le printemps. Frieda revit les ombres des feuilles sur le sol, comme dessinées au pochoir, perçut la tiédeur de l'air et le roulis de la rivière qui dévalait en tourbillonnant à leurs côtés. Elle pouvait presque sentir son corps, assis, jambes croisées, pieds nus, ses cheveux relâchés autour de son visage.

En face d'elle, Chas Latimer, avec ses longs cheveux blonds et ses yeux bleu pâle, aux pupilles étrangement petites qui le faisaient ressembler à un animal. Un prédateur. Il avait un joint à la main et le fumait de manière solennelle, comme s'il s'agissait d'un rituel religieux dont il aurait été le grand prêtre, avant de le passer à la personne qui se trouvait à sa gauche. Qui donc ? Ah, Vanessa Bussock. Ses cheveux bruns et brillants lui retombaient sur la moitié du visage ; elle portait un short moulant. Elle prit le joint nerveusement, sans trop savoir comment s'y prendre. Elle s'efforça d'imiter la façon qu'avait Chas de le tenir, la main en coupe, toussa, aspira la fumée par la bouche et la retint, sans inhaler, pour le passer, trop rapidement, à Ewan, assis à côté d'elle. Il détendit la situation en se moquant de sa propre maladresse et de son intérêt nullement dissimulé pour les nouvelles expériences. Peu lui importait de se ridiculiser, de tousser, de ne pas avoir l'air cool. Il se tourna et sourit à Frieda, assise à côté de lui. Elle secoua la tête. Ce n'était pas qu'elle ne veuille pas fumer, mais elle détestait l'impression de se sentir obligée de participer et gênée de refuser. Elle croisa le regard moqueur de Chas Latimer, le soutint jusqu'à ce qu'il hausse les épaules et détourne la tête.

Ensuite venait Jeremy. Frieda sentait la chaleur de son corps, son regard posé sur elle. Il fumait avec assurance. S'il ne faisait pas partie de leur groupe et n'était là que parce qu'il l'accompagnait, il figurait sans l'ombre d'un doute au nombre des gens cools : mince, beau gosse, crade, sûr de lui. Sa main, celle qui ne tenait pas le joint, glissa sur la sienne. Et après, c'était qui ? Ah oui, Eva. Le soleil avait fait ressortir ses taches de rousseur et ses cheveux roux flamboyaient. Tout le monde aimait Eva. Quelque chose d'innocent chez elle la rendait infiniment sympathique. Tout le monde pensait qu'Ewan et elle finiraient ensemble : ils semblaient faits l'un pour l'autre.

Il y avait quelqu'un à côté d'Eva, qui prenait le joint avec un léger haussement de sourcils, comme pour dire : « Oh, et puis merde, pourquoi pas ? » Qui était-ce ? Frieda fronça les sourcils. Maddie ? Non, Maddie n'avait jamais fait partie de leur bande. Une fille aux longs cheveux noirs et bouclés, plutôt timide mais avec un grand sourire qui lui creusait des fossettes aux joues. Sarah May : le nom lui revint subitement à l'esprit. Bien sûr. Comment avait-elle pu l'oublier ? Très douée pour les langues. Et elle aimait les chevaux, aussi, tout comme Frieda. Elles étaient allées monter ensemble plusieurs fois, dans les prés. Elle se revit sur sa monture, traversant un bois rempli de jacinthes sauvages au printemps, Sarah May à ses côtés, sur un cheval pie au poil hirsute et court sur pattes.

Mue par une impulsion, Frieda sortit son téléphone et appela Eva. Elle répondit d'une voix pâteuse. Comme si elle avait bu, mais qu'elle avait l'alcool gai.

— Qu'est devenue Sarah May ?

Frieda perçut aussitôt un changement d'humeur chez Eva.

— Tu n'étais pas au courant ? Elle est morte, on ne te l'a jamais dit ?

— Non, jamais, répondit Frieda.

— C'était affreux, affreux, vraiment. Si jeune.
— Quel âge ?
— Dix-huit ans à peine.
— Comment est-elle morte ?
— C'est ça qui était horrible, Frieda. Elle s'est tuée.
— Pourquoi ?
— Personne n'a su. Personne ne soupçonnait qu'elle était déprimée. Elle devait l'être, pourtant.
— Comme s'y est-elle pris ?
— Elle s'est pendue.

Comme mon père, songea Frieda. *Et comme Becky.*

— Juste avant son bac. Les gens se sont dit qu'il devait y avoir un rapport. Ça ne rimait à rien.
— En effet.
— J'étais assez proche d'elle, après ton départ. Elle t'a remplacée, en quelque sorte. Mais je ne soupçonnais rien. J'ai souvent repensé à ce que j'aurais pu faire.
— Les gens ressentent ça quand quelqu'un se tue. Ils repensent au passé et s'efforcent de voir comment ils auraient pu empêcher ça. En général, ils ne l'auraient pas pu, ce qui ne les réconforte pas pour autant.
— Il y a un prix au lycée, maintenant, qui porte son nom : le prix Sarah May pour les langues. C'est la fille de Vanessa et Ewan, Amélie, qui l'a remporté l'année dernière. Ça m'a fait un drôle d'effet quand je suis allée chez eux, de découvrir le prix Sarah May posé sur leur cheminée.

On sonnait à la porte. Frieda quitta son feu, mais non son téléphone, et alla ouvrir. Jack et Chloë se tenaient dehors, bras dessus bras dessous, affichant l'un et l'autre le même sourire, embarrassé et plein d'espoir. Chloë s'était rasé un côté de la tête, remarqua-t-elle, et les cheveux de Jack formaient une banane caricaturale. Il ressemblait à un cacatoès effarouché. Frieda leur fit signe d'entrer.

— Ses parents habitent toujours dans le coin ? demanda-t-elle à Eva tout en refermant la porte.

Elle remarqua que Chloë n'avait pas essuyé ses chaussures boueuses sur le paillasson et qu'elle avait laissé tomber son manteau par terre. Jamais elle ne voyait le désordre qu'elle semait.

— Elle n'avait plus que son père. Sa mère est morte quand elle avait onze ans… tu te rappelles ?

— Exact, répondit Frieda, tout en retournant au salon sur les talons de Chloë et Jack. Ça me revient.

— Je crois qu'après il s'est effondré. Sa femme puis sa fille. La dernière fois que j'ai eu de ses nouvelles, il habitait une maison au bord de la mer. Il était bien plus âgé que les autres parents, un grand-père presque, il doit avoir un âge canonique maintenant.

— Qu'est-ce qui te revient ? s'enquit Chloë d'une voix excitée quand Frieda raccrocha.

Elle semblait déchaînée et s'agrippait à Jack comme si elle ne pouvait tenir debout sans son soutien.

— Le passé.

Le regard de Frieda s'abîma dans les flammes.

— C'est le passé qui revient.

La journée suivante était plus chargée que d'habitude, puisqu'elle avait avancé le rendez-vous de plusieurs patients en prévision de son séjour à Braxton. Ses deux derniers étaient Jane, dont le fils s'était suicidé, et Joe Franklin. Au fil des ans, Frieda avait acquis une perception aiguë des états d'âme de Joe. Il suffisait qu'il franchisse la porte pour qu'elle identifie son humeur. Parfois il semblait lourd, les épaules voutées, le regard baissé, et d'autres, il entrait d'un pas léger, la regardait droit dans les yeux avec une expression avenante. Elle remarquait si ses lacets étaient noués, ses boutons mis, ses cheveux coiffés, si ses vêtements étaient propres. Souvent, il restait muet, et Frieda accompagnait le silence. Il y avait des jours où sa souffrance et son désespoir leur pesaient, et d'autres où il restait pensif, il en devenait presque reposant. Aujourd'hui, Joe était calme et las. Il était toujours sous le joug de la dépression qui faisait rage en lui.

Il partit à 16 heures. Frieda ne demeura que quelques minutes de plus, avant de s'en aller à son tour. Elle rédigerait les notes relatives à leur entretien dans la soirée. Elle se rendit en vitesse à la station de métro Holborn, puis prit le train en direction de Bethnal Green. Peut-être ne serait-il pas là.

Elle avait recherché Greg Hollesley sur Google, la veille au soir, et appris qu'il était désormais le directeur d'un collège et d'un lycée situé entre Bethnal Green et Mile End, dans l'est de Londres. C'était un grand établissement dans un quartier pauvre, qui avait mauvaise réputation autrefois. Mais d'après ses lectures, le nouveau et dynamique directeur avait complètement changé la donne, semblait-il. Elle avait survolé les articles sur lui, examiné des photos récentes : debout sur une estrade au cours d'une conférence ; posant avec ses étudiants le jour des résultats du bac, un sourire séduisant aux lèvres. Il n'avait qu'une dizaine d'années de plus qu'elle, et paraissait encore jeune et vigoureux.

Greg Hollesley : professeur d'histoire et son professeur principal en terminale, l'idole du lycée. Des lycéennes énamourées avaient gravé son nom sur des centaines de bureaux avec la pointe de leur compas. Les garçons l'appréciaient, eux aussi, parce qu'il semblait peu se soucier de ce que ses élèves pensaient de lui. Il était sportif et drôle. Frieda se le rappelait à présent, debout devant la classe, ou assis sur son bureau, une jambe ballante ; il parvenait on ne sait comment à être aussi décontracté que théâtral. Il portait toujours des costumes avec le col de sa chemise ouvert ou sur un tee-shirt, des mocassins en cuir souple et un lien en cuir au poignet. Il avait une épaisse tignasse de cheveux noirs mi-longs, les joues couvertes d'une barbe de trois jours. Il était originaire de Dublin et sa façon de rouler les « r » lui conférait un charme supplémentaire. Sa voix restait douce même quand il était fâché, ce qui le rendait encore plus intimidant. Le nombre d'étudiants en histoire avait beaucoup augmenté durant toute cette période.

En marchant en direction de l'école, Frieda tenta en vain de se rappeler quand elle l'avait vu pour la dernière fois. Elle avait le vague souvenir, peut-être erroné, qu'il sentait la cigarette ainsi qu'une odeur épicée, et se remémorait la façon qu'il avait eue de poser sa main sur son épaule après que son père s'était tué. Il lui avait dit que si jamais elle avait besoin de parler, il était là. Mais elle n'avait pas envie de parler – et certainement pas à Greg Hollesley, avec qui toutes ses amies prétendaient avoir une relation particulière.

Le lycée en lui-même ressemblait à une petite ville. La plupart des élèves étaient rentrés chez eux, même si certains traînaient encore dans la cour de récréation ou s'agglutinaient aux portails, papotant ou fumant. Une concierge appuya sur un bouton pour permettre à Frieda d'entrer, puis elle demanda s'il était possible de parler à Greg Hollesley.

— Il vous attend ?

— Pourriez-vous lui dire que Frieda Klein est là et qu'elle aimerait le voir quelques minutes ? Frieda Klein, de Braxton, ajouta-t-elle.

Mais peut-être ne se souviendrait-il pas d'elle.

La femme indiqua un siège quelques mètres plus loin. Frieda préféra rester debout et étudier l'œuvre d'art qu'on avait accrochée dans le hall d'entrée, ainsi que les consignes de sécurité, saluant d'un signe de tête un très gros garçon de l'autre côté de la cloison vitrée.

— M. Hollesley va vous recevoir, déclara la femme, l'air déçu. Par ici, s'il vous plaît.

Elles franchirent une porte à deux battants puis continuèrent le long d'un couloir. Un relent de sueur et de renfermé les assaillit. Parvenue devant une porte verte, la femme toqua.

— Entrez, lança une voix.

C'est ainsi que vingt-trois ans plus tard, se trouvait Greg Hollesley, assis devant un bureau encombré, dans une grande pièce bien chauffée, qui l'accueillait en souriant. Passé et présent se superposèrent. Il avait à peine changé. Jeremy Sutton avait perdu ses cheveux, pris du poids ; Lewis était décharné, marqué par l'âge ; mais Greg Hollesley avait conservé ses cheveux bruns, ses dents blanches ; il était resté mince et beau. Frieda nota son costume gris-vert, l'alliance à sa main gauche, la photo encadrée de deux petits garçons sur l'étagère installée derrière lui, les touches de gris dans ses cheveux et sa barbe de trois jours.

— Bonjour, dit-elle en s'avançant.

Il se leva d'un mouvement souple et lui tendit ses deux mains.

— Frieda Klein, déclara-t-il d'un ton suave qui lui rappela des souvenirs.

Elle se fit la réflexion que tous déclinaient son nom entier quand ils la revoyaient pour la première fois – comme si cela conférait plus d'importance à son retour.

— Qui l'eût cru ? Docteur Frieda Klein.

— Merci de me recevoir, Greg.

Il était ridiculement difficile de l'appeler par son prénom. À Braxton, il avait toujours été « M. Hollesley ».

— Je n'aurais jamais refusé ça.

Il fit le tour de son bureau et s'approcha.

— Asseyons-nous un moment, voulez-vous ?

D'un geste, il désigna deux fauteuils.

— Que diriez-vous d'un thé ?

Sans attendre la réponse, il appuya sur une touche sur son bureau et dit :

— Dawn ? Pouvons-nous avoir deux thés ? Dans des mugs, pas des gobelets en plastique. Merci. Et quelques biscuits, aussi ?

Il gratifia Frieda d'un sourire.

Celle-ci ôta son manteau et ils prirent place, face à face. Leurs genoux se touchaient presque.

— Ça fait combien de temps ? s'enquit-il.

— Vingt-trois ans environ.

— Vingt-trois ans… répéta-t-il. Eh bien, le temps est une chose étrange. Est-ce que ça paraît plus long ou plus court que ça ?

Ce n'était pas elle qu'il interrogeait mais lui-même, avec un froncement de sourcils qui provoqua deux profonds sillons verticaux au-dessus de son nez. Il la regarda et lui décocha à nouveau son fameux sourire.

— Il nous est arrivé bien des choses durant ce temps, Frieda, à l'un comme à l'autre. Je me souviens très bien de vous, vous savez. Et vous vous êtes fait un nom depuis, bien sûr.

— Je me souviens sans doute mieux encore de vous.

— Croyez-vous ? Vous et votre copine, la rousse. Je vous revois encore. Vous faisiez assez peur, vous savez.

— Je ne pense pas.

— Intelligente et ravissante.

Frieda le dévisagea froidement. Les hommes conscients de leurs charmes l'irritaient.

— Adolescente à problèmes, répliqua-t-elle.

— Certes. Votre père. Quelle tragédie.

La porte s'ouvrit et une grande femme, très mince, entra avec un plateau qu'elle déposa sur la table basse.

— Deux thés, précisa-t-elle. Avec vos biscuits préférés, M. Hollesley.

— Quand avez-vous quitté Braxton ? s'enquit Frieda, une fois la porte refermée.

— En juillet 1991. J'ai été proviseur adjoint dans une école du Cambridgeshire, puis directeur d'un collège avant d'arriver ici. Mais ce n'est pas pour ça que vous êtes venue me voir.

— Non.

Elle avait réfléchi à ce qu'elle devait dire.

— Vous avez raison. Je ne débarque pas comme ça après vingt-trois ans juste pour rattraper le temps perdu.

— Même si ça aurait été très sympathique.

Il prit son mug, sans boire pour autant.

— En quoi puis-je vous être utile ?

— J'ai quitté Braxton assez soudainement.

— Je me rappelle.

— J'y suis retournée ces derniers temps et j'essaie de clarifier des souvenirs. Ne serait-ce que pour avoir l'esprit en paix, entre autres, ajouta-t-elle. Vous arrive-t-il d'y aller ?

— Ça m'arrive, oui. Mon père est dans une maison de retraite dans le coin, j'y passe donc pas mal de temps.

— Ça fait drôle d'y retourner après tant de temps. J'ai croisé des connaissances et j'essaie de reconstituer les événements d'alors. Surtout vers le moment où j'ai décidé de partir.

— Je ne vois pas ce que je peux faire, Frieda, bien que je comprenne parfaitement votre désir de faire le deuil de votre passé et de tourner la page.

— J'avais un groupe d'amis que j'ai totalement perdu de vue. Vous rappelez-vous de certains d'entre eux ? Vous avez déjà mentionné Eva, la rousse. Ensuite, il y avait Lewis Temple, Ewan Shaw, Vanessa Bussock, Chas Latimer.

— Lui, je m'en souviens, laissa échapper Greg, avec un petit rire.

— Pourquoi ?

— Ce n'était pas le blond arrogant ?

— Ça lui ressemble, oui.

— Les profs disaient de lui qu'il deviendrait un leader.

— Ah oui ?

— Qu'est-il devenu ?

— Je ne sais pas encore. Mais vous avez raison, il

aimait le pouvoir. En y repensant après coup, je vois bien à quel point notre bande était dysfonctionnelle. Ça vous sautait aux yeux, à l'époque ?

Greg haussa les épaules.

— Vous n'étiez que des gosses, dit-il gentiment.

— Il y avait aussi Sarah May, glissa Frieda.

Elle fut sûre de ne pas se tromper : elle vit passer un infime sourire sur ses traits, presque lascif, aussitôt suivi d'une expression neutre, comme si un volet roulant s'abaissait entre eux. Donc, il s'était passé quelque chose entre Greg Hollesley et Sarah May. Pauvre innocente Sarah May, avec ses fossettes, morte depuis si longtemps.

— Je ne m'en souviens pas.

— Mais si, forcément.

Sa voix était plus douce, plus lente.

— Ça remonte à bien, bien longtemps… soupira-t-il.

— Elle s'est tuée dans le mois qui a suivi votre départ.

— Sarah May, vous dites ? Je me rappelle qu'il est arrivé quelque chose de tragique mais j'avais oublié le nom. Pauvre fille. Quel gâchis.

— Sait-on pourquoi ?

— Je ne le pense pas. Mais bon, ce n'est pas à moi qu'il faut poser la question.

— Vous étiez son professeur principal.

— Ah oui ?

— Oui.

— Je ne sais pas pourquoi elle a mis fin à ses jours. Ces choses sont souvent très mystérieuses. Mais vous le savez bien, étant donné le métier que vous exercez.

— Eva a dit que c'était le stress des examens.

— Ce n'est pas impossible.

— Vous arrivait-il de la voir en dehors de l'école ? demanda-t-elle.

Il la dévisagea avec insistance. Aucun des deux ne détourna le regard et une hostilité quasi palpable s'installa entre eux.

— Non.

— Ce n'était donc qu'une étudiante parmi d'autres ?

Elle vit les poings de ses mains blanchir autour du mug de thé resté intact.

— Aucun de mes étudiants n'a jamais été un simple « étudiant parmi d'autres ».

— Même à quinze ans, elle vous idolâtrait.

Quelque chose de glacial passa dans son expression.

— Je suis vraiment désolé de ce qui lui est arrivé, mais les adolescentes ont souvent le béguin pour leurs professeurs.

Greg Hollesley se leva. À l'évidence, l'entretien touchait à sa fin. Elle voyait bien qu'il hésitait à lui tendre la main, avant de décider finalement que non. Tant mieux. Elle remit son manteau et le boutonna.

— Évitons d'attendre vingt-trois ans avant la prochaine fois, la salua Greg en lui ouvrant la porte.

— On fera ce qu'il faut.

— Prenez soin de vous, Frieda.

Son ton était aussi caressant que menaçant.

24

Reuben ne savait cuisiner que quatre ou cinq plats, qu'il servait tour à tour. Frieda les avait tous goûtés, regoûtés, jusqu'à ne plus pouvoir les voir en peinture. Il y avait le chili con carne, les lasagnes, des pommes de terre au four à la crème aigre et au fromage râpé. Et ce soir, c'était pâtes au pesto, achetées chez le traiteur du quartier. Frieda n'était chez Reuben qu'en raison d'un chantage. Quand elle avait répondu qu'elle ne pouvait pas venir, Reuben avait rétorqué que, dans ce cas, ils débarqueraient tous chez elle en apportant le dîner et le vin. « Je le ferai, vous le savez », avait-il conclu. Frieda le savait en effet.

Aussi s'attabla-t-elle chez Reuben et mangea-t-elle ses pâtes en buvant du vin rouge, puis elle regarda des photos du bébé sur le portable de Sasha pendant que Josef parlait de l'appartement qu'il retapait du côté d'Hampstead Ouest. Puis Reuben ouvrit une deuxième bouteille de vin rouge, puis une troisième. Un téléphone sonna et chacun tourna la tête avant qu'elle réalise que c'était le sien.

— Il m'arrive de le laisser allumé par erreur, s'excusa-t-elle.

Elle sortit l'appareil de la poche de sa veste ; l'appel était de Sandy.

— Je vais l'éteindre.

— Répondez, ordonna Reuben. Ça sera un bon entraînement pour vous.

Elle s'éloigna de la table et se rendit dans le salon de Reuben. Une fenêtre donnait sur le jardin, mal entretenu.

— Je ne te dérange pas ?

— Je suis chez Reuben.

— Avec la joyeuse bande ?

— Pourquoi appelles-tu ?

— Ça ne peut pas se terminer comme ça. Tu ne peux pas m'éjecter de ta vie d'un simple claquement de doigts.

— Je sais qu'il faut qu'on parle, mais pas maintenant.

— Je n'ai pas cessé de repenser à tout ça. Quelque chose clochait que je n'aurais pas remarqué ? Qu'est-ce que j'ai fait ? Je t'envahissais ? Notre intimité t'a-t-elle fait peur ?

— Ce n'est pas le moment.

— Pour moi, si. Au moins, on se parle enfin. Ça fait des jours que je cherche à te joindre.

— On ne peut pas faire ça au téléphone.

Sandy recommença à parler d'une voix fâchée, et au bout de quelques secondes passées à écouter ses mots amers et accusateurs, Frieda éloigna l'appareil de son oreille et mit fin à l'appel. Elle se surprit à contempler une gravure d'Escher au mur. Le dessin représentait une construction impossible où les personnages qui montent à l'étage se retrouvent en train de descendre et ceux qui descendent finissent par monter.

Elle mit quelques instants à retrouver son calme, puis retourna à la cuisine. Elle les trouva en pleine conversation, mais on sentait qu'il s'agissait juste de meubler en attendant son retour. Frieda s'assit et s'empara de son verre de vin. Josef regarda Sasha. Sasha regarda Reuben. Reuben haussa les épaules.

— Bien, allez-y, lança Frieda. Dites ce que vous avez à dire.

Josef parut décontenancé.

— Mais rien.

Frieda défia Reuben d'un regard accusateur.

— Écoutez, répondit-il, l'intérêt d'une telle soirée est de passer un bon moment en compagnie d'amis et de partager un bon dîner, ou enfin, d'avaler quelque chose, sans se faire harceler par des gens qui s'inquiètent pour vous.

— Ce qui me va parfaitement.

— Mais tout ceci est ridicule.

— Reuben…

— Une seconde.

Il acheva son verre d'un trait, comme s'il faisait le plein.

— Laissez-moi vous résumer la situation. Vous avez ici un groupe d'amis qui vous aiment, soit dit en passant. Tout d'abord, vous nous avez avoué que plus jeune, vous aviez été victime d'une grave agression sexuelle.

— Je n'aime pas le mot « victime ».

— J'en suis désolé. En outre, vous n'en avez jamais fait mention à votre propre thérapeute, c'est-à-dire moi. Et puis…

Reuben se reprit.

— Bref, ça et le reste.

— Quel reste ? demanda Sasha.

— Je peux vous en parler maintenant, coupa Frieda. Vu qu'elle est morte.

Elle leur raconta l'histoire de Becky.

— Oh mon Dieu ! s'exclama Sasha.

— Et voilà qu'en plus, reprit Reuben, vous avez soudain rompu avec un homme qui vous était totalement dévoué. J'oublie un détail ?

— Ma mère se meurt. Josef vous en aura peut-être touché un mot. On lui a trouvé un gliome inopérable, aussi moche que son nom le laisse penser ; elle n'a sans doute plus quelques mois à vivre. Mais ça va, vu que notre relation s'est rompue il y a des années. Voilà, vous savez tout.

Un bref silence s'abattit.

— Ça paraît pire que ça ne l'est, tenta Frieda.

— Je n'en crois rien, rétorqua Sasha.

— Eh bien, pourtant, si. Il y a un an et des poussières, j'étais en piteux état. Vous vous êtes tous mobilisés pour ma cause et je vous en étais – je vous en *suis* – reconnaissante. Aujourd'hui je me sens forte. Tout ce que vous venez de dire – au sujet du viol, de la mort de Becky, de Sandy, de ma mère mourante – est vrai. Mais ça n'a pas de prise sur moi.

Elle prit une gorgée de vin rouge.

— J'ai l'impression de dominer la situation. De maîtriser enfin un truc auquel j'aurais dû me confronter depuis longtemps.

Frieda tourna la tête vers Josef.

— Et vous, vous en dites quoi ?

Pour une raison obscure, c'était son opinion qui lui importait le plus.

— C'est votre mère, répondit-il. C'est ça, le gros truc.

Frieda se tut et réfléchit.

— Vraiment ? Je l'ai fuie il y a si longtemps. Je suis revenue faire face, je crois. Pendant des années, peu m'importait que ma mère soit vivante ou morte et voilà que je vais la voir mourir. Je m'étais juré de ne jamais remettre les pieds à Braxton. Au moment des faits, mon agresseur n'a pas réussi à m'atteindre, pas vraiment. Il a dû penser qu'il détenait un pouvoir sur moi, mais non.

— Mais vous êtes partie, lui rappela Reuben. Sans revenir.

— Oui.

Frieda semblait presque étonnée, comme si l'idée la frappait pour la première fois.

— C'est exact. J'avais l'impression que je devais m'en aller, et aujourd'hui, celle que je dois revenir.

Elle regarda Sasha.

— Vous pouvez comprendre ?

Quand Sasha prit la parole, elle s'adressa surtout à Josef, comme s'il y avait quelque chose à expliquer.

— Mon premier thérapeute était un homme, commença-t-elle. Je me suis sentie comprise par lui comme jamais depuis des années. Résultat, j'ai couché avec lui. C'est là que j'ai rencontré Frieda. Elle m'a sortie de là.

Un sourire s'épanouit sur les traits de Josef.

— J'ai entendu. Vous lui avez donné un coup de poing.

— Eh bien… tenta Frieda.

— Et vous êtes allée en prison.

— Pas exactement en prison. En cellule. Quelques heures, seulement.

— Ce que je cherche à exprimer, reprit Sasha, c'est

que si Frieda dit qu'elle a quelque chose à faire, ben, c'est qu'elle doit le faire.

— Mais sans violence, répliqua Josef.

À la fin de la soirée, Reuben insista pour lui appeler un taxi mais Frieda répondit, comme toujours, qu'elle préférait marcher. Il l'accompagna sur le trottoir pour lui dire au revoir. Tandis qu'ils s'étreignaient, son expression ne lui échappa pas.

— Quoi ? demanda-t-elle.

— Je comprends ce que vous avez dit tout à l'heure. Mais êtes-vous sûre de ne pas être une tête brûlée ?

— Il en faut.

Tôt le lendemain matin, elle reçut un texto d'Eva : « Enterrement Becky Capel vendredi 11 h. Tu viens ? xx »

Frieda se souvint de Maddie Capel debout dans son entrée, à peine quelques semaines plus tôt ; elle pouvait presque sentir son parfum. Maddie ne voudrait pas de sa présence à l'enterrement. Mais elle se rappela Becky, son visage aux traits tirés, son expression inquiète, sa voix implorante, son courage.

— Oui, fit-elle à voix haute. Oui, je dois y aller, je crois.

Karlsson et Yvette étaient assis dans le grand bureau du préfet de police Crawford. Leurs visages étaient tout rouges. Quand Karlsson se fâchait, il avait un air dur, réservé, silencieux ; quand Yvette s'emportait, elle devenait brusque, et avait le plus grand mal à s'exprimer. Elle transpirait. Les propos du préfet laissèrent Karlsson indifférent – indicateurs de performance, ressources décroissantes, image de la police –, mais l'émoi quasi palpable d'Yvette le touchait. On aurait dit une enfant maladroite ; elle-même était son pire ennemi.

— Ce sera tout pour aujourd'hui, conclut brusquement le préfet.

Il avait sa dose. Il était presque l'heure de déjeuner.

— Je veux cette liste pour demain, Yvette.

— Il y a un autre point à aborder, intervint Karlsson.

Le préfet eut l'air méfiant.

— Une enquête, qu'il va sans doute falloir rouvrir, continua Karlsson.

Il posa sa serviette en cuir sur ses genoux et fit glisser vers lui le dossier de notes minutieusement rassemblées.

— Tout est là-dedans. Cela devrait vous convaincre, je pense.

Crawford écarta le dossier d'un geste impatient.

— En deux mots, s'il vous plaît. Quelle affaire ?

— L'affaire Dean Reeve.

Son visage s'assombrit.

— Celui qui est mort ?

— Il y a de bonnes raisons de penser qu'il ne l'est pas.

Il sentit Yvette s'agiter à côté de lui. Elle était au courant de la théorie de Frieda, mais n'avait pas compris que Karlsson la croyait ni qu'il comptait y donner suite officiellement. Il aurait dû lui en parler avant.

— Lesquelles ?

— Il est possible, poursuivit Karlsson avec prudence, qu'il ait simulé sa mort et soit toujours en cavale. De fait, plusieurs détails vont dans ce sens. La veuve de son frère Alan est convaincue que c'est son mari qui est mort. Il y a également des incertitudes au sujet de la mort de Beth Kersey, de l'incendie criminel de la maison de Hal Bradshaw, de…

— Seigneur… lâcha le préfet. Encore cette foutue bonne femme !

— Beth Kersey ?

— Frieda Klein l'emmerdeuse. De quoi elle se mêle ?

— Le docteur Klein m'a convaincu que nous devions rouvrir l'enquête. Que nous faillirions à notre mission publique si nous ne le faisions pas. Tout est dans le dossier.

— Cette femme agresse ses collègues et des citoyens innocents.

— Non, s'indigna Yvette. Ça, c'était parce…

Karlsson posa une main sur son bras.

— De fait, elle a bel et bien tué une jeune femme, reprit le préfet, soi-disant pour se défendre. On ne connaîtra jamais le fin mot de l'histoire. On l'a même soupçonnée d'avoir un lien avec l'incendie de la maison de Bradshaw.

— Absolument pas, coupa Karlsson tandis que Crawford renifla avec dédain. Son intervention a été cruciale pour résoudre l'affaire Robert Poole ainsi que celle des filles disparues.

Crawford écarta les arguments de Karlsson d'un geste impatient.

— Elle y a peut-être contribué dans une certaine mesure et nous en avons pris note comme il se doit. Mais ne m'avez-vous pas écouté ? Vous voilà assis dans ce bureau pour protester contre les mesures d'austérité et, dans le même temps, vous voulez rouvrir une enquête sur un dossier que nous avons refermé il y a des années. Nous sommes à juste titre tenus de rendre des comptes au contribuable, contribuable qui doit avoir la certitude que son argent est dépensé de façon responsable. Et vous souhaitez reprendre un bon indicateur pour en faire un mauvais ?

— Mais si Dean Reeve est encore en vie…

— Je ne compte pas rouvrir un dossier classé sans suite. Sur ce, allez-y… et emportez-moi ce dossier ridicule.

Quand Frieda arriva à l'église, l'assemblée était déjà entrée à l'intérieur. Ne restait qu'un alignement de voitures noires le long de la grand-rue. Un groupe d'hommes en costume sombre était attroupé près de l'un des véhicules. Un rire retentit. Deux d'entre eux fumaient. Alors qu'elle entrait dans l'église, un homme lui remit une carte.

— Vous êtes de la famille ? s'enquit l'homme.

Frieda se contenta de secouer la tête et longea les bancs du fond, seule. Elle avait l'impression d'être là sans vraiment y être, d'observer sans être vue, fantôme retournant sur la scène du… du quoi, au fait ? Elle baissa les yeux sur la carte. Hymnes, poèmes, intermèdes musicaux. Becky était trop jeune pour avoir organisé ses propres funérailles. Ces hommages avaient été choisis par d'autres, qui savaient ce qu'elle aurait aimé. Ce conditionnel : le temps des morts. Certains enterrements étaient heureux, quand ils célébraient une vie pleinement vécue. Mais pas celui-ci.

Sa place au fond de l'église n'avait rien du poste d'observation idéal. Si Frieda était venue, c'était en partie pour voir qui serait là. Elle apercevait surtout des nuques. Des têtes dégarnies, de jeunes chevelures, des chapeaux à foison. Un orgue retentit soudain, la musique sembla émaner de toute part, et l'assemblée se leva. Elle perçut un mouvement à côté d'elle et, avec un sursaut, vit qu'il s'agissait du cercueil qu'on portait dans l'allée. La réalité de cette présence, l'aspect trivial de la chose, heurta Frieda de plein fouet : ce bois couleur de miel et à l'intérieur, ce frêle corps inerte.

Alors que le cercueil approchait de l'autel sur les épaules des six porteurs, elle entendit autre chose, sous les envolées de l'orgue. C'étaient des pleurs, mais pas les pleurs normaux, discrets des Anglais, entrecoupés de sanglots retenus. L'église était remplie de jeunes filles, anciennes camarades de classe de Becky, et leurs pleurs formaient un chœur comme elle n'en avait jamais entendu auparavant. On aurait plutôt dit la mer, ou le vent. La musique cessa, un prêtre à l'avant toussa et demanda le silence, mais le tourbillon sonore résonnait toujours. Un hymne fut annoncé et chanté, et les pleurs n'en continuèrent pas moins, alors que l'office se poursuivait. Frieda ne pouvait s'empêcher de penser que toutes ces filles n'avaient pu être des amies de Becky, et qu'elles parasitaient le chagrin authentique des vraies amies et de la famille. Pour certaines, l'émotion fut trop forte et une ou deux d'entre elles, la figure zébrée de coulures de mascara noir, furent emmenées à l'extérieur. On entendit « Abide with Me », « Jerusalem » et le « Notre-Père ». Le père de Becky, un homme robuste au visage hâlé, évoqua quelques souvenirs d'elle, son amour de la vie, son sens de l'humour, ses rêves. On aurait cru entendre parler d'une adolescente ordinaire. Un oncle lut un poème, dont Frieda ne saisit pas toutes les paroles. Elle ne vit que ses mains tremblantes et ses yeux rouges et mouillés.

Enfin ce fut fini. Le cercueil repartit pour une crémation ultérieure, puis la famille s'aligna derrière, suivie de toute l'assemblée. Frieda reconnut quelques personnes. Eva, sous un chapeau de paille qui avait connu des jours meilleurs, lui sourit et fit un geste de la main. Lewis, dans une veste bleue passé sur une chemise à col ouvert. Il chuchotait à l'oreille d'un adolescent qui lui ressemblait. De fait, il ressemblait plus au garçon qu'elle avait connu dans sa jeunesse et aimé un jour. Derrière son fils, le père n'était plus guère qu'une pâle copie.

Ensuite venaient Vanessa et Ewan, tous deux engoncés dans leurs vêtements de cérémonie trop petits pour eux. Chacun soutenait une de leurs filles, en pleurs.

Frieda avait espéré pouvoir s'éclipser par une porte latérale, mais l'église en semblait dépourvue. Elle se joignit aux derniers du cortège, qui faisaient la queue pour sortir. Alors qu'elle émergeait de l'église, elle constata que la file passait devant le père de Becky puis, à une distance convenable, de Maddie Capel et d'une vieille femme, la mère de Maddie à l'évidence. Pas moyen d'y échapper. Quand Frieda se retrouva face à Maddie elle eut un haussement d'épaules impuissant et déclara :

— Je suis vraiment désolée.

Les yeux de Maddie se rétrécirent, ce qui pouvait presque faire croire qu'elle riait. Elle se pencha vers Frieda, comme si elles étaient dans un environnement bruyant.

— Comment oses-tu ? siffla-t-elle. Comment oses-tu ?

— Il fallait que je vienne.

— Tu n'es pas la bienvenue. Tu n'aurais jamais dû venir.

— C'est toi qui m'as fait venir.

— Tout va bien, Maddie.

Frieda reconnut la voix douce avant de se retourner, et découvrit Greg Hollesley.

— Je m'en allais, déclara-t-elle.

— C'est mieux, au vu des circonstances.

Greg s'avança, prit Maddie dans ses bras qui enfouit son visage contre sa veste. Il lui caressa les cheveux et murmura quelque chose à son oreille. Elle releva la tête, il lui repoussa des mèches en arrière et lui sourit. *Il lui sourit comme le ferait un amant*, songea Frieda, mal à l'aise.

Elle ne suivit pas le cortège. Il y avait une réception dans la salle paroissiale, mais elle ne pouvait décemment pas s'y rendre. Elle entra dans le cimetière qui jouxtait la vieille église. Elle éprouvait le besoin de se calmer après sa rencontre avec Maddie. Elle erra le long d'une allée de petites tombes qu'elle se rappelait avoir vues enfant. La section était réservée aux marins de la côte toute proche. La plupart d'entre eux avaient été à bord de trois ou quatre bateaux, coulés en 1941 ou 1942. Autrefois, ces marins avaient été ses aînés : aujourd'hui, ils avaient vingt ans de moins. Elle contemplait leur âge, vingt ans, vingt-deux, dix-neuf, dix-huit, quand elle entendit une voix dans son dos.

— Frieda. Frieda Klein.

Elle fit demi-tour et se retrouva face à un grand homme qui devait avoir le même âge qu'elle. Il avait des cheveux bouclés, d'un blond grisonnant, des lunettes à grosse monture, et portait un costume sombre et très chic qui puait l'argent sale.

— Salut, Chas.

— On m'a dit que tu étais revenue, mais je n'en croyais rien. Et te voici.

— Me voici.

— Les gens se demandent pourquoi. Il faut qu'on parle.

25

Ils se rendirent chez Chas à bord de sa luxueuse voiture qui vrombissait le long des routes étroites de la campagne du Suffolk et sentait le cuir. Elle songea à la vieille camionnette de Josef avec ses vitres brinquebalantes et son moteur asthmatique. L'espace d'un instant, elle se laissa envahir par la nostalgie de sa vie à Londres. Elle lança un regard en biais à Chas : il présentait les mêmes caractéristiques que sa voiture.

La maison donnait sur la mer. C'était une imposante construction, de style géorgien, en briques rouges, avec de hautes fenêtres et un porche monumental. Il pénétra dans un hall d'entrée résonnant, et se dirigea vers une immense cuisine. Par les portes-fenêtres, elle apercevait un jardin et un portail en fer forgé tout au fond qui donnait sur la plage de galets. Le jardin disparaissait sous une immense terrasse en bois et de grands pots en cuivre contenant des arbustes. Sur le côté s'élevait un barbecue encastré, conçu pour au moins trente convives. Frieda s'assit. Devant la fenêtre se trouvait une sculpture en bronze abstraite qui lui évoqua un vagin : était-ce bien le but recherché ? Au-delà du mur et de la grille s'étendait la mer, étale et grise, qui se fondait dans un ciel du même gris et sans relief.

— La maison était une ruine quand on l'a achetée. Rien n'avait bougé depuis les années 50. On a tout rasé et repris à zéro.

Il attendit que Frieda s'enthousiasme pour cette transformation. Elle n'en fit rien. Il lui proposa du vin mais elle préféra un verre d'eau. Il le déposa devant elle, puis ôta sa veste et la mit sur sa chaise, en la défroissant au passage. Sa chemise était bleu pâle et remarquablement repassée.

— Je suis désolé que tu ne puisses pas rencontrer ma femme. Elle travaille à mi-temps pour une société d'événementiel plus loin sur la côte. Histoire de garder la main.

Il en parlait avec légèreté, comme si c'était un passe-temps.

— Et mes enfants sont à l'école, bien sûr.

— Vous en avez combien ?

— Trois. Et toi ?

— Aucun.

— Mariée ?

— Non.

Il haussa les sourcils. Ses yeux étaient toujours d'un étrange bleu très clair, avec de toutes petites pupilles. Puis il ajouta :

— Alors comme ça, te voilà revenue.

Elle commençait à en avoir assez qu'on le lui dise.

— Pour le moment, oui.

Un soupçon de tension passa dans l'air. Elle était sûre que Chas le sentait, lui aussi. Il en avait toujours été ainsi entre eux et le temps n'y avait rien changé. Chas aimait avoir une emprise sur les gens. Frieda se surprit à se demander une fois de plus pourquoi, adolescente, elle avait passé tant de temps avec un groupe de personnes qu'elle aimait finalement si peu. Elle n'avait jamais apprécié Chas et lui avait toujours tenu tête. Quels que soient les efforts qu'il avait déployés pour s'attirer sa sympathie par le biais de la flatterie, d'une fausse complicité, de l'exclusion, de la dérision, elle était restée indifférente et il ne le lui avait jamais pardonné.

— Pourquoi es-tu là ?

— Pour plusieurs raisons. Ma mère est mourante.

— Je suis vraiment désolé, dit-il d'un ton monocorde qui ne trahissait aucune émotion sincère. Et les autres raisons ?

— J'ai réfléchi au passé.

— C'est ce qu'on m'a dit.

— Qui te l'a dit ?

— Tu oublies à quel point les rumeurs vont vite à Braxton.

— On n'est pas à Braxton.

— Ni à Londres ?

— Pourquoi es-tu resté ?

— Tout le monde n'est pas obligé de s'enfuir.

Son ton était si neutre qu'il fallut quelques secondes à Frieda pour comprendre qu'il l'insultait. Curieusement, pareille muflerie la réconforta : ça lui rendait la tâche bien plus facile.

— On n'a jamais été franchement copains, hein, Chas ?

— Peut-être qu'on est trop semblables.

— Je ne crois pas te ressembler du tout.

— J'ai un souvenir très net de toi. Quand tu as disparu, tu as laissé un vide, un vide en forme de Frieda.

— On était une bande bizarre. Je n'arrive même pas à comprendre comment on formait une bande.

— C'est pour ça que tu es revenue ? Pour piger pourquoi on traînait tous ensemble quand on était gosses ?

— Quand j'y repense, je crois que tu cherchais à nous contrôler.

— Mince alors !

Dans sa bouche, l'expression sembla obscène.

— Tu es exactement la même qu'il y a vingt-trois ans. Franchement, ça me sidère que les gens changent aussi peu, en fait. Mais c'est ton rayon, non ? Aider les gens à changer ?

— Ewan t'idolâtrait. Vanessa t'admirait. Eva avait peur de toi. Sarah en pinçait pour toi. Je viens tout juste d'apprendre qu'elle est morte.

— Elle s'est tuée. C'était très triste. Pour ceux d'entre nous qui étaient restés ses amis.

— Oui. Et Jeremy… on peut dire que tu n'avais pas réellement d'atomes crochus avec lui, hein ?

— Ton petit copain si chic ? Pas vraiment, non.

— Et Lewis…

— Lewis n'était qu'un drogué et un raté.

— C'était un jeune homme qui se droguait.

— Y a qu'à voir ce qu'il est devenu.

— Il n'est pas riche et ne possède pas une énorme maison sur la plage. Mais il ne t'a pas laissé faire.

— Si on part du principe que je malmenais effectivement tout le monde, rétorqua-t-il en croisant les bras. Regardons les choses en face, Frieda. Certains sont des meneurs et d'autres des suiveurs. C'est une réalité dans la cour de l'école comme dans le milieu du travail. Les suiveurs aiment qu'on leur dise ce qu'ils doivent faire. Ils en ont besoin.

— Ah oui ?

— Pourquoi crois-tu que j'ai réussi ?

— Parce que tu es un leader ?

— Tout juste.

Il ôta ses lunettes et les essuya sur sa chemise, puis les posa au milieu de la table.

— Mais tu ne m'as toujours pas expliqué pourquoi tu étais revenue. Réfléchir au passé, c'est très vague comme projet.

— Il s'est passé quelque chose avant mon départ.

— Quoi ?

— Il y a eu un « incident », chez moi, une nuit. Quelqu'un est entré par effraction.

— Je m'en souviens. On m'a interrogé.

— Tout le monde l'a été.

— Une blague ?

— C'est une façon de voir les choses.

— Donc tu es revenue parce qu'il y a vingt-trois ans quelqu'un a tenté de s'introduire chez toi et que tu veux savoir qui c'était.

Il la dévisagea de ses yeux bleu pâle.

— Tu te rappelles ce concert ? demanda Frieda. Les Thursday's Children ?

— Bien sûr ! C'était l'événement le plus incroyable qui se soit produit à Braxton. On en parle encore.

— Tu y étais ?

— Et comment ! Au premier rang. Tu ne te rappelles pas ?

— Je n'y étais pas.

— Ah bon ?

— Non.

— Voilà, je me rappelle.

Un sourire s'afficha sur son visage.

— Tu t'étais engueulée à mort avec Lewis, non ? Ça a fait presque autant de bruit que le concert.

— Je suis rentrée chez moi.

— Donc tu as raté l'événement du siècle.

— En effet. Avec qui étais-tu ?

— Qui ? Tu me demandes avec qui je suis allé à un concert il y a vingt-trois ans ?

Il se pinça l'arête du nez et ferma les yeux.

— Il y avait Sarah, avec une autre fille ; elles dansaient comme des folles en remuant du cul.

Il avait soudain l'air d'avoir seize ans, avec ses propos obscènes et railleurs.

— Et puis Vanessa et Ewan, évidemment, vu que c'est le moment historique où ils se sont officiellement foutus à la colle. Ils se sont roulé un méga patin sur « Porte-moi chance ».

Il fronça les sourcils.

— Je ne me souviens pas des autres.

— Jeremy ? Lewis ?

— Je me rappelle avoir pensé que c'était bizarre que Lewis ne soit pas là, vu qu'il était dingue de ce groupe. Jeremy était probablement avec ceux de son école. Encore que, maintenant que j'y repense, j'aie le vague souvenir qu'on s'était un peu frittés avec eux, ou en tout cas, Ewan. Il était pas sortable quand il avait bu. Et Jeremy ne s'en est pas mêlé, ça au moins, j'en suis sûr. Mais bon, il y avait des centaines de personnes. Il aurait pu être n'importe où.

— Lewis soutient qu'il y était.

— La mémoire nous joue des tours, hein ?

Il sourit.

— À notre âge.

— Il n'y a rien d'autre qui te revienne, au sujet de ce concert ?

— Rien du tout.

— À quelle heure es-tu parti ?

— Je n'en ai aucune idée. Comment pourrais-je me souvenir d'un truc pareil, après tant d'années ?

Frieda regarda la mer. La marée descendait et les galets mouillés luisaient sur le rivage.

— Tu connaissais Becky ? demanda-t-elle.

— J'étais à son enterrement il y a une heure. Tu te rappelles ?

— Comment l'avais-tu rencontrée ? Par Maddie ?

— Pourquoi poses-tu toutes ces questions, Frieda ?

— Je me demandais, c'est tout.

— Et moi je me demande pourquoi tu t'intéresses soudain tellement à nous.

— Je t'ai suffisamment dérangé comme ça. Je vais y aller.

— Tu vas avoir besoin qu'on te raccompagne.

— Non. Je vais marcher.

— C'est à des kilomètres !

— Je vais marcher jusqu'à la grand-route et prendre un car.

— Ça ne me gêne pas de te ramener.

— Je préfère marcher. Merci.

— Très bien.

Il se leva et prit sa veste.

— Bon, on se revoit à la réunion des anciens élèves.

— Sans doute.

26

Frieda marcha le long du rivage. Le vent froid et violent qui lui fouettait le visage lui faisait du bien, lui décrassait la peau et lui rinçait le cerveau, la débarrassait du sentiment de malaise qu'elle avait ressenti chez Chas. Elle repensait à ce qu'il avait dit. Elle songeait à Jeremy, à Lewis. Chas avait prétendu n'avoir vu ni l'un ni l'autre au concert, ce qui ne signifiait pas nécessairement qu'ils ne s'y soient pas trouvés. Juste qu'elle ne pouvait plus être certaine de leur présence. Jeremy, son ancien petit ami ; Lewis, son petit copain de l'époque. À coup sûr, si l'un d'eux s'était introduit chez elle et faufilé dans sa chambre pour la violenter, elle l'aurait su. Même s'il faisait nuit, elle aurait été capable de les reconnaître à leur odeur, au contact de leur corps, à leur voix. Elle frissonna et accéléra le pas. Le vent charriait une pluie cinglante et salée, qui la faisait larmoyer. Le jour baissait, la mer s'assombrissait. Des oiseaux battaient des ailes en frôlant l'eau. Elle s'obligea à revivre la scène une fois de plus, en détail. Cette certitude qu'il y avait quelqu'un dans la pièce, cette main sur sa bouche, les doigts arrachant ses vêtements, insistants, obstinés, monstrueux. Son corps sur elle, qui l'anéantissait. La douleur.

Elle se détourna de la mer et se fraya un chemin en direction de la grand-route. Elle l'aurait su, forcément, et pourtant, alors même qu'elle tâchait de s'en convaincre, elle ne pouvait être certaine que l'homme dans sa chambre n'était pas Jeremy. Ou Lewis. Ou n'importe qui d'autre. Quel âge avait cet homme ? Comment déterminer l'âge d'un violeur dans le noir et le silence ? Sa taille et son poids ? Aucune idée. Elle l'avait toujours perçu comme immense et lourd parce qu'il avait eu raison de ses forces, mais elle constatait à présent qu'il n'était pas évident qu'il ait été l'un ou l'autre.

À présent, elle longeait la route sur un accotement herbeux et boueux. Des voitures l'aspergeaient au passage en roulant dans des flaques. Elle repensa à Lewis. Pourquoi celui avec qui elle sortait – et couchait – l'aurait-il violée ? Elle eut la réponse avant d'avoir formulé la question. Question de pouvoir. De domination. Elle venait de se disputer avec lui, de le blesser et de l'humilier. Mais Lewis n'avait jamais été agressif, seulement perturbé. Jeremy, c'était autre chose… et il avait une raison de lui en vouloir : elle l'avait quitté.

Ses soupçons faisaient tache dans son esprit et se propageaient. Une fois que l'on commençait à envisager les gens sous cet angle, il n'y avait plus de raison de faire confiance à quiconque. Chas : il pouvait mentir. Ewan : il pouvait faire semblant. Greg Hollesley : elle revit son sourire, les filles qui l'avaient idolâtré et comment il les avait utilisées. Il était capable de faire pire que ça.

Un car – celui qu'elle était censée prendre un peu plus loin – la dépassa en projetant une gerbe d'eau sale. Son portable sonna dans sa poche.

— Oui ? répondit-elle sèchement.

— Et bonjour à vous aussi.

— Karlsson.

— Lui-même.

— J'ai froid, je suis mouillée, je marche toute seule le long d'une route dans le noir, j'ai loupé mon car et j'ai passé une horrible journée.

— Où êtes-vous exactement ?

— Pourquoi ?

— Je peux venir vous prendre.

— Ne soyez pas ridicule. C'est à deux heures de chez vous, au moins.

— Je suis à Braxton.

— Quoi ?

— Je suis parti tôt du bureau et me suis dit : pourquoi ne pas faire un petit tour à la campagne ? Alors dites-moi où vous êtes.

— Ce doit être la première fois que nous dînons ensemble, constata Karlsson.

Ils étaient installés dans une petite brasserie donnant sur la grand-rue. Frieda commanda une daurade et une salade verte, Karlsson une quiche. Il n'avait pas pris de vin : il devait rentrer à Londres, pour être à pied d'œuvre le lendemain matin.

— La première fois ? Est-ce possible ?

— Nous avons bu pas mal de whisky et encore plus de café. Vous m'avez offert un petit pain avec du miel, une fois, et peut-être un ou deux toasts. Mais je n'ai pas le souvenir d'un repas digne de ce nom.

— Drôle d'endroit pour un début… la grand-rue de Braxton.

— Alors, comment va ?

— Seigneur, Karlsson, c'est vraiment bon de vous voir, même si vous avez plutôt l'air hors de votre élément ici. Dans ma tête, vous faites partie de Londres. Je ne sais pas comment ça va. Je ne comprends pas vraiment ce que je fais ici. Je commence à penser que tout le monde a son petit secret coupable.

— Ce qui est le cas, bien sûr.

— Bien sûr.

Elle sourit.

— Mais vous restez convaincue de bien faire ?

— Je sais que je dois agir.

— Avez-vous progressé ?

— C'est comme fixer une mare, pour voir au-delà de mon propre reflet ce qui gît au fond. J'ai l'impression de n'avoir fait que remuer de vieux souvenirs et troubler les eaux un peu plus.

— J'ai quelque chose pour vous.

— Quoi ?

— Pas grand-chose. Ces noms que vous m'avez communiqués, là, des deux hommes que la police a interrogés.

— Dennis Freeman et Michael Carrey.

— C'est ça. Vous aviez raison… Les deux avaient précédemment eu des ennuis avec la police. Pour Freeman, vous êtes au courant. Il a passé du temps derrière les barreaux et a été condamné par la suite pour abus sexuel dans une autre affaire : il est mort en prison. Carrey n'était qu'un exhibitionniste qui faisait peur aux gosses dans les parcs.

— Et ?

Karlsson secoua la tête.

— Carrey n'a jamais vraiment été dans la course. Il vivait dans un foyer à l'époque, et ils ont été nombreux à témoigner l'avoir vu complètement ivre et malade ce soir-là. Vous pouvez l'éliminer.

— Je vois. Merci, en tout cas.

— Il y a autre chose.

— Quoi ?

— J'ai parlé à Crawford au sujet de Dean Reeve.

— Ah.

— Ça ne s'est pas bien passé.

— Il ne veut pas rouvrir l'enquête.

Karlsson ne répondit rien.

— Donc c'est fini.

— Pas tout à fait.

— Que voulez-vous dire ?

— Si vous avez raison, il se balade toujours dans la nature. Il finira par se manifester à nouveau.

— Oui, ben… merci d'être venu jusqu'ici pour me voir.

— Comme je disais, j'avais quelques heures à tuer.

— Non. Merci, vraiment.

— C'est un plaisir.

— Et maintenant, dites-moi comment vous allez.

— Bien.

— Je veux en savoir plus que ça.

— Je ne peux rien dire d'autre, Frieda. Je vais bien, c'est tout, et c'est déjà pas mal. Mes enfants sont toujours à Madrid. Mikey a dû prendre huit centimètres et Bella ne zozote plus. Ils parlent espagnol et ont des amis que je n'ai jamais vus. Ils commencent à être polis avec moi.

— N'est-ce pas une bonne chose ?

— Non, c'est affreux. Je me sens tellement nerveux quand je les vois que je ne dois pas me comporter de façon très naturelle. J'établis tout un programme pour être sûr qu'ils ne s'ennuient pas. On se parle, mais c'est laborieux. Je crois même que je pense à l'avance à ce que je vais leur dire.

— Ça doit être dur, j'en conviens. À leur retour, tout redeviendra normal assez vite.

— Peut-être.

— Bon, c'est donc pour ça que vous allez bien, sans plus ?

— En partie. Tout me paraît un peu fadasse, je crois. Je travaille trop, je vois mes gosses quand je peux, de temps à temps je vois des amis.

— Parfois, il m'arrive de penser que la vie ressemble à une route rectiligne, sans aucun changement en vue.

— Oui, c'est exactement ça.

— Et qu'on ne fait qu'avancer d'un pas pesant.

— Ne me dites pas que je dois me trouver un passe-temps.

— Ce n'était pas mon intention. Je n'allais rien vous dire du tout. Juste que c'est dur, et que j'en suis désolée. Peut-être que vous avez besoin d'un changement.

— Ça me paraît impossible.

— On est toujours plus libre qu'on ne le croit.

— Trop profond pour moi…

— Vous dormez bien ?

— Ce n'est pas à vous que je vais parler de sommeil !

Une fois Karlsson parti, Frieda but un café, puis alla récupérer son manteau et son écharpe sur le portemanteau dans l'entrée. Son écharpe – qu'elle possédait depuis plus de quinze ans, et d'un rouge parfait – avait disparu. Elle y tenait plus qu'elle n'aurait dû. Elle détestait perdre des affaires, et cette écharpe avait presque fini par faire partie d'elle-même, enroulée pendant toutes ces années autour de son cou, lumineuse, au fil de ses errances nocturnes dans la ville de Londres. Elle laissa son numéro de portable à l'un des serveurs : s'il la trouvait, il fallait qu'il l'appelle.

Elle rentra chez Eva sous un crachin glacé. Le sentier traversant le jardin était boueux ; le froid et une légère odeur d'humidité régnaient dans sa cabane. Elle descendit les stores (elle ne tenait pas à ce qu'Eva l'épie du fond de sa cuisine, dans l'espoir qu'elle vienne lui rendre visite) et alluma le radiateur électrique, avant de remplir la bouilloire d'eau. En attendant qu'elle chauffe, elle releva ses mails. L'un d'eux, bref, était de Chloë : « Frieda ! Rien ne va plus ! À l'aide ! » Il y en avait un autre de Tom Helmsley :

J'ai retrouvé la trace de Stuart Faulkner. Il a pris une retraite anticipée et vit près de Clacton. Son adresse est 48, Chesselhurst Road, Thornbury. J'espère que cela vous sera utile. Tom.

P-S : J'ai comme l'impression que sa retraite anticipée n'a peut-être pas été strictement volontaire.

Frieda chercha où se trouvait Thornbury dans son téléphone. C'était à environ vingt-cinq kilomètres de Clacton, sur une départementale. Il n'y avait pas de gare. Elle fronça les sourcils, étudiant les possibilités qui s'offraient à elle... et comme s'il avait senti qu'elle pensait à lui, son téléphone sonna.

— Josef ? dit-elle.

— Moi, oui. Bonjour, Frieda.

— Bonjour. Comment allez-vous ?

— Bien. Tout va bien.

Frieda patienta mais il n'ajouta rien.

— Et Reuben ? Tout va bien aussi ? s'enquit-elle.

— Tout va bien, répéta-t-il.

— Parfait.

Elle patienta de nouveau.

— Vous appelez pour une raison précise, Josef, ou juste pour dire bonjour ?

— Juste bonjour.

— Ah, eh bien, dans ce...

— Et comment vous allez. Je me demande. Je pense à vous.

— C'est gentil.

Et ça l'était vraiment. Elle se figura Josef, sa grande main tenant le téléphone, ses yeux bruns et tristes.

— En fait, il se trouve que je pensais à vous aussi.

— Ah oui ?

— Oui.

— Frieda. Je vous aide.

— Bien sûr que vous le faites.

— Je veux dire : maintenant. Dites-moi ce que je fais.

— Vous êtes occupé ?

— Tout de suite ?

— Demain. J'ai encore besoin qu'on m'emmène quelque part. Je pourrais facilement prendre un taxi, mais...

— Pas de taxi, Frieda. Je viens.

— Vous êtes sûr ?

— Je viens tôt le matin. 7 heures ?

— Hors de question ! Ça voudrait dire que vous partez à 5.

— Pas de problème.

Elle ne put le persuader d'arriver plus tard. Elle raccrocha et passa une heure à croquer dans son carnet d'esquisses des formes qui se muaient en visages et se transformaient, malgré elle, en celui de Dean Reeve. Elle déchira les pages et en fit de petites boules froissées qu'elle lança dans la corbeille.

27

Frieda fut réveillée par une odeur qu'elle ne sut identifier. Quelque chose brûlait, mais l'effluve n'était pas désagréable. Elle regarda sa montre. 6 h 45. Elle enfila ses vêtements et sortit dans le jardin. La cuisine d'Eva était éclairée. Elle poussa la porte et deux visages surpris se tournèrent vers elle. Josef était attablé devant une assiette d'œufs au bacon et aux saucisses et une autre de toasts, à côté d'un mug et d'un verre de jus d'orange. Eva était debout, une poêle à la main, et servait des patates.

— Frieda, l'accueillit Josef sur un ton de reproche. Je vous laisse dormir et, après, je viens vous réveiller avec le café.

— J'ai tout appris sur toi, lança Eva. En échange d'un petit déjeuner.

— J'espère que tu en as eu pour ton argent, rétorqua Frieda.

— Quelle vie palpitante, je n'en reviens pas ! Il m'a raconté comment vous aviez fait connaissance.

— Une rencontre originale, en effet, dit Frieda.

— Qu'est-ce qui te ferait plaisir ? Œufs ? Bacon ? Saucisse ?

— Je ne suis pas très petit déj. Et je croyais que tu ne mangeais pas de viande.

— Moi non, mais Josef oui.

— C'est le repas principal de la journée, expliqua Josef.

Frieda contempla les mets disposés sur la table.

— Il y a de quoi tenir la journée, et demain aussi.

Elle se décida finalement pour un café, accompagné d'un toast.

— Je m'en veux, dit-elle. Je dormais pendant que vous, vous rouliez jusqu'ici en pleine nuit et qu'Eva vous accueillait et vous préparait le petit déj.

— J'étais ravie de le faire, répliqua Eva. Josef m'a raconté plein de trucs : sur toi, sur sa famille. Et il dit qu'il va jeter un œil à la maison. Je pensais qu'il pourrait peut-être faire quelques travaux pour moi.

— C'est une bonne idée, répondit Frieda avec réserve.

Elle n'était pas sûre d'apprécier que ses deux univers se rejoignent.

— Il m'a dit qu'il avait refait ta salle de bains.

— Oui. Il…

Elle s'interrompit. Il y avait bien des façons de poursuivre la phrase. Il l'avait fait sans demander la permission. Il avait enlevé l'ancienne baignoire, et abîmée la tuyauterie de sorte qu'elle s'était retrouvée privée de bain pendant des semaines.

— C'était impeccable. Josef est une personne sur laquelle on peut compter. En tout cas, je lui fais pour ma part entière confiance.

— Tu risques de me maudire si je te le pique, répondit Eva.

— Il fait ce qu'il veut.

— Non, coupa Josef. Personne ne me pique.

En route pour Thornbury, Josef confia à Frieda ce qu'il avait entraperçu en faisant un bref tour de la maison d'Eva. Les fissures dans le mur extérieur, l'humidité, les tuiles manquantes, les encadrements de fenêtres à la peinture écaillée, les fils électriques dénudés.

— Partout où on regarde, on voit des choses qui vont pas. Si on a des millions, on les dépense facilement.

— Josef, je ne crois pas qu'Eva soit millionnaire.

— On parle. On fait un projet.

— Faites en sorte de recevoir l'argent avant d'entreprendre quoi que ce soit.

Josef se crispa.

— Frieda, vous, vous faites détective, moi, maçon.

— Je ne joue pas les détectives.

— Quoi, alors ?

— Je n'en sais rien. Il y a un trou dans mon passé. Je dois trouver ce que c'est.

Thornbury se trouvait non loin de la côte, mais pas en bord de mer. Josef passa devant une zone industrielle. On aurait dit une ville de banlieue dépourvue de centre. Ils s'arrêtèrent à deux reprises pour se renseigner auprès des passants : on les orienta vers un lotissement récent, à l'évidence construit en plein champs, à l'orée de l'agglomération. Frieda frappa au numéro quarante-huit et une femme forte ouvrit la porte. Elle semblait aborder la soixantaine, ses cheveux bruns étaient noués en chignon, et ses vêtements trop ajustés, comme s'il leur manquait une taille et que son obésité avait été soudaine et inattendue. Frieda eut un pincement au cœur en croyant la reconnaître ; quelque chose chez elle lui était vaguement familier. Elle paraissait soucieuse, la présence de Frieda avait l'air de susciter en elle quelque inquiétude.

— J'aurais aimé voir Stuart Faulkner.

— À quel sujet ?

— C'est l'un des anciens collègues de M. Faulkner qui m'a transmis son adresse.

— Lequel ?

— Tom Helmsley.

— Je connais Tom, répondit la femme, toujours méfiante. C'est à quel sujet ?

— J'ai connu votre mari il y a des années. J'ai besoin de lui poser une question. Il est là ?

— Non, il est parti au supermarché.

— Je vais l'y retrouver. À quoi ressemble-t-il ?

— À Monsieur tout le monde. Mais je croyais que vous l'aviez rencontré ?

— Brièvement, il y a très longtemps. Je vais voir si je peux le trouver.

À contrecœur, l'épouse de Faulkner indiqua à Frieda comment se rendre au centre commercial de Thornbury. Une fois là-bas, Josef déposa Frieda et se rendit au magasin de pièces détachées pour automobiles.

Il n'y avait pas foule au supermarché. Faulkner fut facile à repérer. Il y avait quelques hommes accompagnés de leur femme, légèrement en retrait, abattus, presque gênés de se trouver là en plein jour. Puis un homme seul, grand et distingué, aux courts cheveux gris, et portant un pantalon de la même couleur et un coupe-vent vert. Il était à la caisse avec son Caddie rempli. Frieda s'approcha de lui et se présenta. Après quelques questions, Faulkner la conduisit au café du centre commercial. Il était presque plein de femmes avec des enfants et de couples âgés.

— Les déjeuners sont bons, déclara Faulkner. En été, on peut s'asseoir dehors.

Ils regardèrent ensemble la gigantesque baie vitrée donnant sur le parking entouré de magasins d'animaux de compagnie, de bicyclettes, de bricolage, de meubles.

— Ça ne vaut pas tout à fait la Méditerranée, reconnut Faulkner, mais on en a pour son argent.

Frieda commanda un café noir, un cappuccino et une viennoiserie à la cannelle pour Faulkner.

— Je suis impressionnée, dit Frieda.

— Par quoi ?

— De vous voir faire les courses du ménage.

— Vous avez vu Lorna ?

— Votre femme ? C'est elle qui m'a dit que vous étiez ici.

— Vous ne l'avez pas reconnue ?

— Non. Nous nous sommes déjà rencontrées ?

— Elle enseignait la biologie.

— Au lycée de Braxton ?

— Oui. Sous son nom de jeune fille, Miss Hopley.

— Miss Hopley. Bien sûr !

Elle était mince à l'époque. Mince, et revêche.

— Elle ne va pas très bien.

— Je suis désolée de l'apprendre.

— Elle a toujours été anxieuse, depuis qu'on s'est connus. Ces dernières années, ça a empiré. Dépression. Elle a pris sa retraite anticipée. Aujourd'hui, elle n'aime plus s'éloigner de la maison.

— Elle est soignée ?

— Êtes-vous médecin ?

— Oui.

— Elle prend des cachets qui la font grossir. Je ne sais pas s'ils lui font du bien.

— Ça doit être difficile pour vous.

— Je suis retraité à présent, moi aussi. J'ai le temps de m'occuper d'elle. Mais nous ne sommes pas ici pour parler de ma femme, n'est-ce pas, Frieda Klein ?

— Vous dites ça comme si vous saviez qui je suis.

— Je me souviens de vous, si c'est ce que vous voulez dire.

Frieda eut besoin d'un instant pour rassembler ses idées. Voilà qui était inattendu.

— C'était il y a plus de vingt ans. Je m'attendais à ce que vous ayez tout oublié.

— Les affaires que nous avons traitées ne sont pas que des numéros. Elles représentent des noms et des visages. Je me souviens de tous.

— Je viens de lire le dossier.

Faulkner fronça les sourcils.

— Qui vous l'a donné ?

— Ça pose un problème ?

— C'est surprenant.

— On m'a aidée. Vous vous souvenez que j'ai signalé une grave agression sexuelle. J'ai été interrogée par deux jeunes agents. L'enquêteur Tom Helmsley et l'enquêteur Kevin Locke. Vous n'étiez pas directement concerné. Ce qui est clair, en revanche, c'est que vous vous y êtes intéressé à un moment donné. Vous avez lu les dépositions, en soulignant, en annotant, et vous avez mis fin à l'enquête. Je me trompe ?

— Non, c'est exact.

Faulkner trempa sa viennoiserie dans son café et l'avala.

— Vous allez me demander pourquoi, j'imagine.

— J'allais y venir. Mais tout d'abord, je suis curieuse de savoir pourquoi vous vous êtes intéressé à l'affaire.

— C'était mon boulot.

— Mais il ne s'agissait là que d'interrogatoires très préliminaires. Le moment semblait bizarrement choisi pour étudier le dossier en entier.

Faulkner se gratta la joue gauche.

— Je le faisais pour rendre service, répondit-il. Je… Il se trouve que je connaissais vos parents.

— Quoi ?

— C'est eux qui m'ont demandé d'y jeter un œil.

— C'est impossible, coupa-t-elle d'une voix dure. Mon père était mort avant.

— Certes, certes… C'était votre mère, alors.

— Ma mère ?

— Oui.

— Vous la connaissiez ?

— Eh bien, je les connaissais l'un et l'autre… avant cet incident malheureux.

— Avant que mon père se tue ?

— Oui.

— Comment les connaissiez-vous ?

— Braxton est un petit monde. J'ai rencontré votre mère à un événement organisé par la mairie, je crois.

— Et moi ? Vous me connaissiez ?

— Vous ?

— Oui. M'avez-vous déjà croisée ?

— Je… je crois vous avoir vue. Oui.

Il s'exprimait avec lenteur et prudence, comme s'il progressait à tâtons le long d'une crête.

— Je ne me souviens pas de vous, rétorqua Frieda.

— Je ne crois pas que nous nous soyons réellement rencontrés, en fait. Mais quand c'est arrivé, il était naturel que votre mère me contacte pour que je l'aide.

— Quelle chance j'ai d'avoir un ami dans la police. Vous êtes intervenu et avez mis fin à l'enquête.

— J'ai pensé que c'était le mieux à faire. Pour tout le monde.

— En vous basant sur quoi ?

— Il faudrait que je relise le dossier mais, d'après mes souvenirs, il n'y avait aucune preuve.

— Si ce n'est mon témoignage.

— Si ce n'est votre témoignage. Mais vous n'avez rien pu décrire.

— Ça s'est passé dans le noir.

— Vous avez attendu plusieurs jours pour faire votre déposition.

— J'étais terrifiée.

— Vous vous en êtes remise, apparemment.

Frieda dut prendre sur elle pour ne pas lui jeter son café à la figure.

— Je vais bien, dit-elle d'une voix calme. Mais je ne suis pas sûre que ce soit à vous d'en juger.

— Je croyais que vous aviez quitté la région.

— Oui, c'est vrai. Mais je suis de retour. Pour un temps, en tout cas.

— Pour remuer le passé ?

— Ça n'appartient pas au passé, c'est là tout le problème. Enfin bref, j'ai d'autres plats sur le feu. Ma mère ne va pas bien. Mais peut-être le savez-vous.

— Nous nous sommes perdus de vue. Aucun de nous ne rajeunit, c'est certain.

Frieda secoua la tête.

— Ce n'est pas ça. Elle a une tumeur au cerveau. Elle va mourir.

Faulkner s'apprêtait à dire quelque chose mais il avait encore la bouche pleine et se mit à tousser et à s'étouffer. Le temps qu'il récupère, son visage était devenu cramoisi.

— Je suis désolé, je ne savais pas, lâcha-t-il d'une voix hachée. Elle va mourir, vraiment ?

— Oui.

— Dites-lui… Transmettez-lui mes amitiés.

Frieda dévisagea Faulkner. L'avait-elle déjà vu ? Elle s'efforça de l'imaginer sans les signes de l'âge, les mèches grises, les rides autour des yeux et de la bouche. Elle fut tentée de sortir afin de se calmer et de réfléchir.

— Ma mère ne me croyait pas, commença-t-elle, vous le savez. Elle ne me croyait jamais, c'était son truc, mais on peut dire qu'elle m'a gravement fait défaut sur ce coup.

— Votre mère…

Il s'interrompit et reprit :

— Je suis certain que votre mère a toujours eu à cœur de vous protéger du mieux qu'elle pouvait.

— On peut voir ça comme ça, rétorqua Frieda.

Cela faisait un moment qu'elle jouait avec sa petite cuillère et la faisait tourner entre ses doigts d'un geste nerveux. Puis elle la posa sur la table.

— Merci d'avoir accepté de me voir, M. Faulkner.

Elle se leva.

— Au fait, vous arrive-t-il toujours d'aller à Braxton ? demanda-t-elle. Pour voir de vieux amis, ce genre de chose ?

— De temps à autre.

— J'ai entendu dire que vous aviez pris une retraite anticipée. Ça vous ennuierait de me dire pourquoi ?

— C'est un sujet un peu sensible. Mais je suis certain que si vous posez la question dans votre entourage, on vous répondra.

Dehors, quand Josef vit Frieda, il referma en claquant le capot de sa camionnette et s'essuya les mains sur un chiffon.

— Bon, déclara-t-il, et maintenant, nous allons voir votre mère.

— Très bonne idée.

28

Sa mère était assise dans le salon, les pieds glissés dans des pantoufles, les mains passées dans des mitaines décorées de petits rouges-gorges, le visage exempt de maquillage, contrairement à son habitude. Ses cheveux pendaient, lâches et non lavés, ce qui la rendait à la fois plus jeune et plus âgée qu'en réalité. Elle n'était pas seule.

— Bonjour, Frieda, lança David depuis le fauteuil, où il était occupé à faire des mots croisés.

— David… je ne savais pas que tu étais ici.

— Et où pourrais-je bien être, maintenant que je sais que notre mère est mourante ?

Juliet toussa ostensiblement.

— La dernière fois que j'ai vérifié, répliqua-t-elle, j'étais encore en vie.

Elle posa un doigt sur son poignet, puis hocha la tête.

— Oui, comme je le pensais. Il y a bien un pouls.

— Tu ne me présentes pas à ton compagnon ? demanda David.

— Voici Josef. Tu te souviens de Josef, n'est-ce pas ? demanda-t-elle à Juliet.

Elle ne savait toujours pas comment l'appeler (Juliet ? Maman ?) et, avait résolu d'esquiver la question.

Juliet fronça les sourcils. Son regard semblait embrumé.

— C'est l'homme du conseil municipal, déclara-t-elle enfin d'une voix triomphante. Pour la dératisation.

— Tu as des souris ? s'inquiéta David en inspectant les alentours d'un air méfiant, comme s'il s'attendait à en voir détaler sur le tapis.

— Non, Josef est mon ami.

— Je suis venu et j'ai préparé la soupe, lui rappela Josef d'un ton encourageant.

— Comment vas-tu ? s'enquit Frieda.

— Je n'en sais rien. À toi de me le dire. C'est toi, le docteur.

— Tu parles… coupa David avec dédain. À moins de vouloir perdre son temps à évoquer le passé et tous ses secrets, tu n'as rien d'un médecin.

— En parlant de passé, rétorqua Frieda, j'avais une question à te poser.

— Un sandwich, peut-être, pour être en forme, intervint Josef. Et après, Frieda peut vous laver cheveux. D'accord ?

— Peut-être pourrions-nous rester seules deux minutes, continua Frieda.

— Je n'ai rien à cacher à Ivan, répondit Juliet d'un ton grincheux.

— Sauf que je suis David.

— Si tu veux que je te reconnaisse, tu n'as qu'à venir plus souvent.

— Mais je suis là, maintenant.

— Deux minutes, c'est possible ? insista Frieda.

— Je ne crois pas que ce soit nécessaire, rétorqua Juliet. Tu n'as qu'à t'exprimer. Je veux bien un sandwich. Sans la croûte.

— Sans la croûte, répéta Josef. Très bien.

Il sortit de la pièce. Frieda prit une profonde inspiration.

— Je voulais t'interroger au sujet de Stuart Faulkner.

L'expression de sa mère se décomposa en un instant.

— Quoi ? dit-elle.

— Stuart Faulkner.

David reposa son journal et se redressa dans son fauteuil.

— Que veux-tu savoir à son sujet ? parvint à articuler Juliet.

— Tu le connaissais.

— Je connaissais beaucoup de monde.

— Il travaillait dans la police.

— Et ?

— Et tu l'as contacté après le viol.

— Quoi ? Quoi ?

David se leva.

— C'est quoi, ce bordel ?

— Ne jure pas, répliqua Juliet d'un ton sec. Ta sœur fait une fixette.

— Tu lui as demandé de clore l'enquête.

— Je ne me rappelle pas.

— Je ne te crois pas.

— Je suis mourante. C'est comme ça que tu me traites ?

— Tu lui as dit que tu ne me croyais pas et il t'a aidée à faire classer le dossier.

— Si je l'ai fait, tu devrais m'en être reconnaissante. C'est tout ce que j'ai à dire.

— Viol ? répéta David. On t'a violée ?

— Elle dit qu'on l'a violée. C'est autre chose, rétorqua Juliet.

— Pourquoi ne m'a-t-on jamais parlé de ça ?

— Parce que ça ne te concernait pas, répondit Frieda. Ivan et toi étiez en pension, tu te rappelles ? C'est ce qui se faisait, chez nous.

David ne répondit rien. Il semblait si consterné que Frieda se sentait presque désolée pour lui.

— Pourquoi Stuart Faulkner t'a-t-il aidée ? reprit Frieda.

— Je vais devoir aller m'allonger, je crois, répliqua Juliet. J'ai une tumeur au cerveau, au cas où tu l'aurais oublié.

— D'ordinaire, les policiers ne sont pas aussi enclins à rendre service à de vagues connaissances, qu'ils ont croisées lors de mondanités.

— Quelqu'un compte-t-il me répondre ? s'indigna David d'une voix forte.

Ni Frieda ni Juliet ne lui prêtèrent attention.

— Tu as eu une liaison avec lui, n'est-ce pas ?

— Cela ne te regarde pas.

— Tu as eu une liaison avec lui, et tu lui as demandé d'intervenir.

— Il fallait bien que quelqu'un te protège de toi-même.

— Ça a commencé avant que papa se tue.

Ce n'était pas une question, plutôt un constat. Tout devint clair. En un flash instantané, Frieda revit le visage de son père : il la fixait de son regard implorant.

— Seigneur… se lamenta David en arpentant la pièce à pas lourds. Les retrouvailles en famille !

Juliet leva la tête et lança à sa fille un regard furibond.

— Je t'interdis de me parler sur ce ton. Je t'interdis de me considérer responsable de la mort de ton père. As-tu la moindre idée de ce qu'est la vie avec un dépressif ? Qui te prive de toute joie, en même temps qu'il pourrit la sienne ? As-tu la moindre idée de ce qu'a été ma vie durant toutes ces années passées à empêcher que tout ne s'écroule ? Qu'est-ce que ça pouvait bien faire si j'avais une liaison avec Stuart ?

— Je ne le crois pas, ce n'est pas possible.

David cessa ses allées et venues pour leur faire face, son beau visage tordu de rage.

— Ça fait un quart d'heure que je suis ici, et je découvre que ma sœur est persuadée d'avoir été violée et que ma mère…

Il ne pouvait même pas le dire.

— Pas étonnant que je ne vienne pas te voir plus souvent.

Il quitta la pièce en claquant la porte. Frieda se sentait accablée.

— Je ne crois pas t'en vouloir, au fond, ni te tenir pour responsable, dit-elle à sa mère. Quoique ça rende les choses encore plus compliquées, évidemment. J'essaie juste de comprendre ce qui s'est passé dans cette maison.

— Je croyais que tu délirais. J'essayais d'arranger les choses.

— D'arranger les choses…

— Oui.

— On m'a violée.

— Tu n'arrêtes pas de le dire.

— Tu ne me crois toujours pas.

— Quelle importance ? C'était il y a vingt-trois ans.

— C'est important.

— Seulement parce que tu le veux.

Une pensée traversa Frieda, et ce fut comme si une fenêtre s'ouvrait dans son esprit. Elle s'accroupit auprès de sa mère et plongea le regard dans ses yeux.

— Il était là, ce soir-là, n'est-ce pas ?

— Je ne vois pas de quoi tu veux parler.

— Stuart Faulkner était là la nuit où on m'a violée.

— Je ne me sens pas très bien. J'aimerais que tu partes et que tu me laisses en paix.

— Dis-le-moi, c'est tout.

— Ça ne change rien.

— Ça change quelque chose pour moi.

— Peut-être.

— Il était là « peut-être » ?

— Oui, il est peut-être passé un moment.

— Sandwich, claironna Josef en entrant dans la pièce avec une assiette qu'il portait telle une offrande. Fromage de chèvre, petites tomates, feuilles de salade et pâte épicée trouvée dans le placard. J'ai aussi jeté tout ce qui pourrissait dans le frigidaire.

Juliet omit de répondre.

— C'est parfait, Josef, dit Frieda. Merci.

— C'est qui, lui ? demanda Vanessa, tandis qu'elle buvait le thé dans la cuisine d'Eva en compagnie de cette dernière et de Frieda.

— Lui, c'est Josef, rétorqua Frieda.

— C'est qui, Josef ?

— Mon ami. Il est maçon, il sait tout faire.

Où qu'il aille, Josef se creusait vite un nid : il l'avait fait chez Frieda, chez Reuben, dans la maison de la vieille Mary Orton. Et maintenant chez Eva. Il était à l'étage du haut, en train d'arracher des planches pourries et d'inspecter les dégâts. Eva lui avait apporté un mug de thé et une assiette de biscuits faits maison, et prêté un pull ample parce qu'il faisait froid et qu'il était venu à l'improviste. Il envisageait de passer la nuit là et de continuer ses investigations le lendemain. Eva paraissait enchantée. Elle leur ferait à dîner, à lui et à Frieda. Peut-être, avait-elle suggéré, irait-elle au supermarché qui fermait tard, le soir, pour acheter des victuailles et une brosse à dents.

— J'ai toujours une brosse à dents sur moi, avait répondu Josef. Et des vêtements propres. Un caleçon. Juste au cas où.

Frieda n'avait pas envie de demander « au cas où quoi ». Josef était d'humeur joviale. Eva lui porta un autre mug de thé et des biscuits et il s'écoula plusieurs minutes avant qu'elle ne réapparaisse, les joues roses et l'œil brillant. Vanessa regarda son amie, le sourcil haussé, et le cœur de Frieda se serra. Elle avait le sentiment désagréable d'être entraînée malgré elle au temps de son enfance, attablée dans cette cuisine pendant qu'Eva flirtait avec Josef et que Vanessa, l'air entendu, levait les yeux au ciel.

— Alors, ça fait quoi ? demanda Vanessa à Frieda.

— De quoi tu parles ?

— D'être ici.

— Je ne sais pas trop.

— On se dit toujours que ceux qui ont quitté la

région doivent prendre ceux qui sont restés pour des péquenauds.

— N'importe quoi ! s'indigna Eva. Mais c'est sûr qu'en un sens…

— Considérés comme des péquenauds par qui ? s'enquit Frieda.

— Je ne sais pas. Toi ?

— Ce n'est pas comme ça que je vous vois.

— Ewan et moi adorons cet endroit, se défendit Vanessa.

Elle semblait agitée, comme si c'était une question d'honneur.

— Moi aussi, renchérit Eva.

Elle s'empara d'un biscuit, l'examina, puis le croqua.

— Quoique parfois, je me dis que j'aurais dû partir.

— Pas nous.

Vanessa devenait presque agressive.

— Nous nous sentons un devoir de fidélité vis-à-vis de Braxton. D'autres vont et viennent mais, ici, c'est chez nous. Je ne comprends pas pourquoi tout le monde s'en va.

— Quelques-uns y sont obligés, suggéra Frieda d'une voix douce.

— Tout comme ils sont soudain obligés de revenir ?

— Tu veux pas parler de moi ?

— C'est un peu déroutant.

— Pourquoi ?

Vanessa fronça les sourcils.

— Je ne sais pas. Quand j'ai appris que tu étais ici, j'étais très contente. Mais tu n'es pas là seulement pour revoir tes vieilles copines, n'est-ce pas ? On n'est pas là à évoquer le bon vieux temps. C'est à ça que je m'attendais. Cela dit tu n'as jamais vraiment été du genre à bavarder.

— Je ne l'étais pas non plus, intervint Eva. Peut-être est-ce pour ça qu'on s'entendait si bien. Les gens te trouvaient sophistiquée, très femme du monde, à coucher déjà, tout en soutenant qu'il n'y avait pas de quoi en faire un plat, mais ce n'était pas le cas, hein ? Ce n'était qu'une façade. Tu avais sans doute aussi peur que moi et tu faisais semblant d'avoir de l'expérience.

Elle avança une main et effleura le bras de Frieda, comme si celle-ci avait besoin de réconfort.

— Que veux-tu dire ? demanda Frieda, interloquée.

— Enfin bref, continua Vanessa, l'impression qu'on a, c'est que tu attends quelque chose de nous tous et on ne sait pas quoi. Chas et Jeremy ont tous les deux dit que tu leur avais posé des questions. Et Maddie t'en veut à mort. Tu le sais, n'est-ce pas ?

— Oui. Elle me croit responsable de la mort de Becky.

— Pauvre Becky, dit Vanessa d'une voix mal assurée.

Elle semblait sur le point de pleurer.

— Et pauvre Maddie. Seigneur, quel enterrement éprouvant, vous ne trouvez pas ?

— Tes filles vont bien ? Je les ai vues à l'église. Elles connaissaient assez bien Becky, non ?

— Charlotte, surtout. Becky et elle se connaissaient depuis qu'elles étaient bébés, elles n'avaient que deux mois d'écart. Cette histoire a été un cauchemar pour elle, tu n'as pas idée. Elle n'arrête pas de pleurer… comme nous tous.

— J'en suis vraiment désolée. Becky lui a-t-elle parlé de ce qu'elle ressentait ?

— Non, c'était complètement inattendu. On savait bien que Becky traversait une passe difficile, évidemment. Avec ce père parti… Connard ! ajouta-t-elle subitement.

— Elle avait des fiancés ?

Vanessa regarda Frieda d'un drôle d'air.

— Tu vois, c'est bien ce que je disais, fit-elle remarquer à Eva. Elle enquête sur nous. Est-ce qu'elle avait des petits amis ? Je n'en ai aucune idée. Sans doute. Mais l'une des choses qu'on découvre quand on devient parent, c'est qu'on ne sait pas tout sur la vie de ses propres enfants. T'en avais bien, toi, des fiancés, à l'âge de Becky, d'après mes souvenirs.

— Les garçons adoraient Frieda, renchérit Eva, mélancolique. Tu ne te rappelles pas ? Il y a eu Jeremy, puis Lewis. Pauvre Lewis.

— Et toi et Ewan, rappela Frieda à Vanessa.

L'atmosphère ne cessait d'alterner entre hostilité et nostalgie bon enfant, elle en était consciente.

— Le seul et unique.

Vanessa s'esclaffa.

— Oui. Il a été mon premier petit ami. Que j'étais dingue de lui ! Je l'aime toujours, s'empressa-t-elle d'ajouter. Mais l'amour quand on a quinze ou seize ans, ça n'a rien à voir. Tout était si intense.

— Oui, convint Eva en poussant un soupir.

— Mais regardez-nous aujourd'hui. Ewan et moi, ensemble depuis vingt-trois ans, avec deux filles, des parents âgés, un emprunt immobilier, une voiture, des vacances en Espagne ou en France. Chas avec sa terrifiante poupée Barbie.

— Vanessa !

— Ben quoi, c'est vrai, non ?

— Jeremy est gras comme un porc, d'après ce que j'ai entendu dire. Lui qui était si beau. Ils sont devenus assez potes avec Chas, poursuivit Vanessa. Ils ont pas mal d'argent, tous les deux, je crois… Ça leur fait ça en commun. En plus de leurs épouses minces et glamour.

— La femme de Jeremy était au lycée de Braxton, rappela Frieda.

— Tout juste. Catrina. Tu te souviens d'elle ? Catrina Walsh. Très douée au tennis.

— Ah oui ? dit Eva.

Elle prit un biscuit dans le bec et le mâcha d'un air songeur.

— Je me rappelle surtout que c'était la chouchoute de Greg Hollesley.

— Vraiment ? Depuis, elle a épousé Jeremy et maintenant, elle a une dentition parfaite.

— À quoi ressemblaient ses dents avant ? demanda Eva.

— Ce n'est pas la question.

— Ah.

— Ensuite, il y a Lewis. Complètement fini, lui, commenta Vanessa avec insouciance.

Frieda fit la grimace et faillit prendre la parole. Eva la devança.

— Ensuite Frieda et moi, célibataires et seules. Dis-le.

— Il est possible de choisir d'être seule, coupa Frieda.

— Peut-être, répondit Eva. Mais c'est parfois pesant, non ?

— Et Sarah May, décédée, rappela Frieda.

— Sarah May.

Vanessa répéta son nom.

— Oui, Sarah May…

Un silence s'abattit. Josef chantonnait au loin.

— C'est chouette d'avoir un homme dans la maison, dit Eva.

Quelqu'un frappa à la porte et l'ouvrit.

— Coucou ! lança une voix guillerette. Ton chauffeur est là !

Ewan déboula dans la pièce, suivi de trois jeunes gens.

Il embrassa Vanessa, Eva, puis Frieda, fit tomber deux biscuits par terre avec sa manche, laissa des traces de boue sur le carrelage, le tout avec un grand sourire.

— Mais ça m'a l'air très sympathique tout ça, dit-il. Tu as déjà fait la connaissance de mes filles, n'est-ce pas, Frieda ?

— Brièvement. Amelia et Charlotte, c'est bien ça ?

Elles hochèrent la tête, d'un air timide pour Amelia, la plus jeune, froid et indifférent pour l'aînée.

— Je suis ravie de vous revoir. Je suis vraiment désolée pour votre amie Becky.

Aussitôt les yeux d'Amelia se remplirent de larmes, tandis que Charlotte hochait de nouveau la tête en marmonnant.

— Et tu ne devineras jamais qui c'est, ajouta Ewan en indiquant l'adolescent qui arrivait, un grand échalas vêtu d'un jean râpé taille très basse et d'une veste en cuir sur un pull à capuche gris.

— Je ne connais pas ton nom, répondit Frieda au garçon, mais je sais que tu es le fils de Lewis.

— Ouais.

Même la voix était la même.

— Je suis Max.

Max. Becky lui en avait parlé.

— Vous connaissez mon père ?

— Je le connaissais autrefois, oui.

Ewan lui donna une bourrade affectueuse sur l'épaule.

— Ton père ne t'a jamais parlé de la mystérieuse Frieda Klein ?

— Non.

Il avait aussi le même air renfrogné que Lewis.

— Tu étais un ami de Becky ?

Il croisa le regard de Frieda.

— Je croyais. Mais je n'ai rien vu venir. Elle ne devrait pas être morte.

— Tu as raison.

— Je ne comprends pas comment on a pu passer à côté.

— Personne ne comprend, répondit Vanessa en posant une main consolatrice sur son épaule. Et tout le monde se sent coupable.

— On ferait bien d'y aller, lança Ewan qui se balançait d'un pied sur l'autre.

La porte s'ouvrit une nouvelle fois et Josef entra, deux mugs et une assiette dans les mains. Il chantonnait deux ou trois mots simplement répétés à l'envi, mais s'arrêta, quand il découvrit tout le monde, avec un sursaut comique. Il posa les mugs et l'assiette avec soin sur la table, puis adressa un petit salut à Ewan et à ses filles.

— Josef, se présenta-t-il.

— Vous chantiez quoi ? lui demanda Frieda.

— Chanter ?

Il semblait perplexe.

— À l'instant, quand vous êtes entré.

— C'était l'un des airs des Thursday's Children, répondit Eva. Ça me trotte dans la tête depuis qu'on a évoqué ce concert. Et je le chantais quand j'ai apporté le thé à Josef.

— Très irritants, ces airs qui vous trottent dans la tête, commenta Ewan.

— C'est ça, dit Frieda. Ça me revient maintenant.

Et c'était vrai. Même si elle n'avait jamais écouté leur musique depuis qu'elle avait quitté Braxton, c'était toujours logé dans sa mémoire. Sans doute se rappelait-elle presque toutes les paroles.

— On les réécoute encore, parfois, quand on est d'humeur romantique, fit Ewan.

— Ils *dansent* dessus, ironisa Charlotte. La honte !

Frieda ne put retenir un grand sourire. Elle se souvenait de la façon de danser d'Ewan, qui agitait les bras autour de lui et bondissait sur place.

— Apprenez, jeune fille, répliqua Ewan, qu'ils signifient quelque chose de très particulier pour votre mère et moi.

— Ouais, ouais, c'est au concert que vous vous êtes mis ensemble. On sait. Pas la peine de nous la refaire.

— Tu n'existerais peut-être pas, ajouta Eva, si ton père et ta mère n'étaient pas allés à ce concert.

— Je peux même vous dire dans quel ordre ils ont joué leurs morceaux, ajouta Ewan.

Il ferma les yeux pour se concentrer.

— « City song », ils commençaient toujours par

celui-là. Pour chauffer la salle. « Move in with me ». « Better do it ».

— « Dylan », continua Vanessa. C'est mon préféré.

— Et « Donny's funeral ». Et ils terminaient par « Tight fit ». Et bien sûr, ils jouaient « Day off », au rappel.

— Papa, ce n'est pas très intéressant, tu sais, coupa Amelia.

— Mon père les écoute aussi, intervint Max. Mais il ne danse pas, lui.

Il paraissait tellement triste que Frieda dut se retenir d'avancer sa main pour le réconforter. Cela lui évoquait Lewis et Sandy. Elle détourna le regard vers le jardin boueux d'Eva et s'abîma dans sa contemplation.

— Frieda ?

— Oui ?

— Je disais : on s'en va.

Vanessa enfilait son gros manteau.

— Il faut qu'on remette ça. Viens donc dîner.

— Merci.

— Je t'appelle.

— D'accord.

— Et on te revoit à la réunion des anciens, bien sûr.

— Peut-être. Je n'ai pas encore décidé.

Ewan l'embrassa sur les deux joues, puis se tourna vers Max.

— Je te dépose ?

— Non. Je vais marcher.

— Je t'accompagne un moment, s'invita Frieda. J'ai besoin de prendre un peu l'air.

Elle salua Josef de la tête.

— Je reviens tout de suite.

— Pas de problème, répondit Josef d'une voix enjouée. Pas vrai, Eva ?

— Aucun problème, renchérit-elle. Il est temps d'ouvrir le *vino*, je pense.

Frieda et Max marchèrent en silence quelques minutes, jusqu'à ce que Max demande soudain :

— Vous le connaissiez bien, mon père ?

— C'était il y a très longtemps. Cela faisait plus de vingt ans que je ne l'avais pas revu.

— Il était comment ?

Elle réfléchit.

— Il te ressemblait beaucoup. Mais tu le sais déjà, sans doute.

— C'est ce qu'on dit, oui.

— Il était intelligent et prévenant. Mais tu le sais sans doute aussi.

— Pas tant que ça.

— Il prenait les choses au sérieux, ajouta Frieda.

— Est-ce qu'il… enfin… vous voyez ?

— Est-ce qu'il se droguait ?

— Ouais.

— Oui. Comme ses amis. Mais peut-être était-il plus sensible.

— Il n'arrête pas de me dire qu'il va arrêter de boire et de fumer et de se tuer à petit feu.

— Mais il ne le fait pas.

— J'ai laissé tomber. J'arrêtais pas de lui demander. Je le suppliais, je lui disais qu'il devait le faire pour moi.

— Mais ça n'a pas marché ?

— Greg dit qu'au fond on ne peut pas changer les gens, ils doivent évoluer eux-mêmes.

— Il sait de quoi il parle, on dirait.

Une pensée subite la traversa.

— Greg qui ?

— Il était prof au lycée, il y a longtemps. Mon père avait cours avec lui. Je l'ai croisé chez Maddie deux ou trois fois. J'étais un peu déprimé et il a été gentil avec moi.

— Greg Hollesley.

Qui avait étreint Maddie si tendrement sous ses yeux à l'enterrement de Becky.

— Peut-être bien.

— Il va souvent voir Maddie ?

— Il a encore des amis dans le coin. Je crois qu'il vient parce que sa mère ou son père sont dans une maison de retraite.

— Son père, corrigea Frieda. C'est exact. Becky le connaissait ?

— Elle l'a rencontré. Je me souviens qu'elle a dit qu'elle aurait aimé qu'il y ait plus de profs comme lui.

— Mieux vaut pas.

— C'est par là que je vais.

Il indiqua la route qui partait à gauche.

— Vous avez été la petite amie de papa ?

— C'est à lui que tu devrais poser ce genre de question, pas à moi.

— Ce qui veut dire que oui. Vous vous en êtes bien tirée.

— C'est dur pour toi, je sais.

— J'aimais beaucoup Becky. On était amis, de vrais amis. Les filles étaient tellement pestes, toutes.

— Je suis heureuse qu'elle ait pu se confier à toi.

— Mais ça n'a pas suffi, hein ?

Il lui lança un regard noir et fébrile.

Elle rentra sans se presser, songeant à ce que Vanessa lui avait dit : son retour avait mis les gens mal à l'aise ; Greg Hollesley chez Maddie ; Lewis et son fils délaissé, rempli de colère. La musique des Thursday's Children lui revenait en tête. Elle ne les avait jamais aimés. La soirée était sombre et calme. Une ou deux fois, elle crut entendre des bruits de pas mais quand elle se retourna, il n'y avait personne. Elle devait se faire des idées. Parvenue à hauteur de la maison d'Eva, elle passa par l'arrière. Au travers de la fenêtre de la cuisine, elle vit Eva et Josef debout l'un à côté de l'autre, tout proches. Josef semblait enseigner à Eva l'art de couper les légumes à la façon des vrais chefs. Eva riait. Frieda entraperçut son visage, soudain rajeuni de plusieurs années, une expression remplie de gaieté qui lui rappela leur adolescence. Elle se détourna et se rendit dans sa cabane, referma doucement la porte et descendit les stores.

29

Le lendemain matin, Frieda entra dans la cuisine d'Eva. Elle avait le cerveau embrumé par une nuit de rêves agités qui demeuraient plus réels, pour l'instant, que la réalité morne et grise qui l'entourait. Elle remplissait la bouilloire quand Eva pénétra dans la cuisine : elle semblait transformée. Ses cheveux étaient ébouriffés, sa figure rouge, ses yeux aussi brillants que fatigués, avec une traînée de mascara au coin de l'un d'eux, et elle portait une chemise à carreaux bien trop voyante et qui lui était étrangement familière.

À l'instant même où Frieda s'aperçut que c'était celle de Josef – celle qu'il portait la veille au soir – et qu'elle réfléchissait à ce que devait être sa réaction, elle entendit des voix. Elle fit demi-tour au moment où la porte s'ouvrait.

— Putain, ça caille, lança Jack.

— Il doit faire au moins dix degrés de moins qu'à Londres, renchérit Chloë.

Une vague d'inquiétude envahit Frieda. Quelles pouvaient être les mauvaises nouvelles qui les avaient poussés à venir jusqu'ici si tôt le matin ?

— Que s'est-il passé ? demanda-t-elle.

Jack eut l'air interloqué.

— Josef ne vous a pas dit qu'on venait ?

— Non.

— On s'est dit que ça nous ferait du bien de bouger un peu et de partir une journée. On se demandait vraiment à quoi ça ressemblait, dans le coin… enfin, votre vie ici, tout ça… Je suis allé voir sur Internet et j'ai vu que ce n'était pas loin du tout.

— Vous auriez dû m'en parler, répondit Frieda.

— Ben, on l'a fait, répliqua Chloë. Via Josef. Il est où, d'ailleurs ?

Frieda évita de regarder Eva.

— Toujours au lit, je crois, répondit-elle.

— Non, corrigea Eva. Il descend.

Avant que Frieda n'ait pu ajouter quoi que ce soit, Josef franchit la porte, en jean et tee-shirt, pieds nus. À la vue de Jack et Chloë, il leur adressa un sourire ensommeillé. Il effleura l'épaule d'Eva en passant près d'elle, ce qui n'échappa pas à Frieda. C'était le geste intime de deux personnes qui se connaissent bien et qui partagent un secret. Frieda s'apprêtait à prendre la parole à nouveau, pour rétablir un semblant d'ordre, quand d'autres bruits se firent entendre à l'extérieur. Puis on frappa à la porte. Chloë l'ouvrit et Ewan fit son apparition. Il portait une grosse veste, du genre que l'on met pour aller chasser du petit gibier. Derrière lui venaient ses filles, en imperméable à capuche, l'air maussade et résigné. Il fallut présenter, laborieusement, les uns aux autres. Eva offrit du café à tout le monde.

— On allait faire un tour, expliqua Ewan, et on se demandait si ça te dirait de venir.

Frieda regarda Amelia et Charlotte, absorbées par leurs téléphones.

— C'est gentil à vous, répondit-elle. Mais des amis arrivent tout juste de Londres, alors…

— Parfait, rétorqua Ewan. Ils sont les bienvenus aussi.

Il éleva la voix pour inclure dans la conversation tous ceux qui se trouvaient dans la pièce.

— C'est une promenade ravissante le long de la rivière, jusqu'au pub et en passant devant l'ancien moulin, puis on revient en longeant la voie de chemin de fer.

— Super, déclara Jack, enthousiaste. Voilà ce qui n'arrive jamais à Londres, des gens qui lancent des invitations spontanées.

Frieda se sentit soudain claustrophobe et agoraphobe à la fois. Son ancienne vie, l'univers de Braxton, son enfance et son adolescence, tous ces souvenirs semblaient se liguer pour la réintégrer à leur monde. En même temps, celui de Londres, la vie qu'elle s'était choisie, refusait de la lâcher. Elle regarda Josef, à l'autre bout de la pièce. Eva était appuyée contre lui et lui chuchotait à l'oreille.

— On n'est pas obligés, s'excusa Jack d'un ton penaud. Si ça pose un problème, on peut aller faire un tour de notre côté, Chloë et moi.

— Tout va bien, corrigea Frieda. Allons faire une balade.

— J'ai quelques trucs à faire à la maison, s'excusa Eva. Et je crois que Josef doit finir… bref, ce sur quoi il travaille en ce moment.

Frieda regarda Josef, qui eut un haussement d'épaules impuissant.

— Ce sur quoi il travaille… répéta Frieda. Pas de problème. Allons-y, alors.

Cela ne se fit pas sans mal. Eva proposa du café mais Ewan répondit qu'ils pourraient en boire un au pub. Jack et Chloë allèrent chercher des chaussures de marche et des coupe-vent dans la voiture de Jack. Josef s'attardait, mal à l'aise, dans la cuisine.

— Je ne veux pas vous empêcher de travailler, lui envoya Frieda qui se sentit aussitôt coupable.

Après tout, tenait-elle à ce que Josef lui ressemble, à rester toujours sur la réserve, à faire des diagnostics ? N'était-ce pas mieux d'être comme lui, qui nageait toujours dans le courant, acceptait ce qui s'offrait à lui ? Quoi qu'il en soit, elle l'avait fait venir, elle devait en assumer les conséquences.

C'était une belle matinée ensoleillée mais froide, battue par un vent d'est violent et inflexible. Elle eut une nouvelle pensée pour son écharpe rouge. Eva lui prêta une grosse veste et une toque en fourrure. Alors que le petit groupe s'aventurait dehors, Frieda se retourna vers son amie. Elle avait l'impression d'être un parent face à deux adolescents laissés seuls sous son toit. Ewan, qui menait la marche, leur fit traverser la route jusqu'au sentier qui passait par le champ descendant vers la rivière Char. Il était avec Jack et Chloë, et elle le voyait indiquer divers points sans entendre ce qu'il disait. Alors qu'ils atteignaient la rivière et prenaient vers l'ouest, elle se retrouva à l'arrière, en compagnie d'Amelia et de Charlotte. Elle leur expliqua que Jack avait été l'un de ses étudiants et que Chloë était sa nièce.

— Ça vous fait un peu bizarre qu'ils se soient mis ensemble alors, grimaça Amelia.

Frieda trouvait effectivement la chose un peu étrange mais ne tenait pas à en discuter avec deux adolescentes du Suffolk qu'elle connaissait à peine.

— Je me dis qu'ils prennent peut-être juste du bon temps.

Amelia et Charlotte échangèrent un regard en douce. À l'évidence, elles la jugeaient trop vieille pour savoir à quoi ressemblait le bon temps des jeunes d'aujourd'hui. Le sentier rétrécit et elles durent marcher en file indienne. Des centaines d'années auparavant, il y avait une importante activité autour de la rivière. Une briqueterie et des entrepôts étaient installés un peu plus loin dans les terres. Ils avaient cessé de fonctionner depuis longtemps. Il restait encore des barrages, des écluses et des berges bétonnées. Frieda aimait assez et devinait combien elle apprécierait cette promenade si elle pouvait la faire seule. C'était le genre de paysage qui lui plaisait, ils évoquaient le passé et l'histoire des hommes. Elles passèrent sous un pont en fer et le sentier s'élargit à nouveau.

— Et alors, c'est ici que vous alliez à l'école ? s'enquit Charlotte.

— C'est ça. Avec tes parents, et Maddie et Eva, bien sûr.

— Et Lewis, ajouta Charlotte.

Nouveaux regards en biais. Ces deux-là partageaient à l'évidence un langage secret qui les rendait inattaquables.

— Oui.

Amelia fit une drôle de tête.

— Et maintenant à votre tour vous êtes amies avec Max, ajouta Frieda.

Charlotte ricana.

— Qu'est-ce qui vous fait dire ça ?

— Je vous ai vues avec lui, c'est donc ce que j'en ai conclu. Vous n'êtes pas amis ?

— Il est un peu flippant, répondit Charlotte. Il ne fait que suivre les autres comme un chiot abandonné. Je sais que vous étiez avec son père quand vous étiez ado, mais vous avez vu ce qu'il est devenu ?

— Oui, j'ai vu.

— Ben voilà. Y a qu'à regarder Lewis pour savoir comment Max va finir.

— Il y a pire, répliqua Frieda en songeant à Jeremy et Chas.

Les filles gardèrent le silence, plus impassibles qu'elles ne l'avaient été jusque-là. Peut-être était-ce juste en raison du froid.

— C'est dur quand quelqu'un meurt subitement, commença Frieda. Je veux dire, pour ceux qui restent. On se demande si on aurait dû faire quelque chose.

Elle regarda les deux filles. Charlotte eut un haussement d'épaules quasi imperceptible.

— Becky vous a-t-elle dit quoi que ce soit durant les jours qui ont précédé son geste ?

— Non, répondit Charlotte. Elle parlait plus à maman qu'à nous… elle venait la voir quand quelque chose n'allait pas. C'était un peu étrange, mais maman adore ça.

— Mais vous étiez ses amies, insista Frieda. Et elle avait traversé des moments difficiles. Elle a bien dû se confier à vous.

— On n'était pas vraiment ses amies, corrigea Charlotte.

— J'ai dû me tromper, conclut Frieda. Quand je vous ai vues à l'enterrement…

— C'était organisé par l'école, expliqua Charlotte. Comme une sortie. Quand quelqu'un meurt comme ça, tout le monde fait semblant de l'avoir bien connu, mais aucun de nous n'avait de peine. Pas vraiment, pour être honnête. Elle était devenue bizarre.

Frieda songea à la messe, à la foule éplorée.

— Donc vous n'étiez pas proches ?

Nouveau haussement d'épaules.

— Pas vraiment.

— Tu veux dire qu'en fait, tu ne l'aimais pas ?

— Je m'en fichais un peu, à vrai dire. Becky se croyait supérieure à nous.

— Tu veux dire qu'elle n'avait pas d'amis *du tout* ?

— Si, mais à la fin les gens se sont lassés. Elle n'était plus drôle.

— Donc vous n'étiez pas copines avec Becky, et vous n'êtes pas copines avec Max. Ils s'entendaient, eux ?

— J'en sais rien, répondit Charlotte.

C'était à croire que personne n'était ami avec personne, à part les deux sœurs unies contre le reste du monde.

— Donc elle était assez seule.

— En un sens, admit Charlotte. Mais c'était son choix.

— Et ça a duré combien de temps, cette histoire ?

— J'en sais rien, dit Charlotte. Toute l'année, presque.

Une sonnerie retentit et Charlotte sortit son téléphone, puis se mit à rédiger un texto. Elles continuèrent à marcher quelques minutes sans parler. Devant elles, Ewan s'était arrêté et indiquait à Jack et Chloë quelque chose au haut de la colline. Frieda suivit son doigt : l'obélisque se découpait dans le ciel gris. Elle se tourna vers Amelia à côté d'elle.

— Tu sais ce que c'est ?

— Le monument aux sorcières, répondit Amelia d'un ton blasé. Papa n'arrête pas d'en parler. C'est sa nouvelle passion… l'histoire locale.

— C'est d'un chiant… rétorqua Charlotte. On l'a déjà étudié pour le brevet et vl'à que papa en remet une couche. Il ne s'est jamais passé que deux trucs à Braxton. Ils ont brûlé des sorcières, ensuite ils ont construit une voie de chemin de fer et puis ils l'ont enlevée.

— Ben ouais : qui voudrait venir dans un coin paumé comme Braxton ? railla Amelia.

Le pub Le Perchoir se trouvait en face d'un vieux moulin flanqué d'une grande roue. Il y avait des tables au bord de l'eau dont seule l'une d'elles était occupée par un groupe de personnes en parka, cigarette au bec. Ewan les fit entrer et trouva deux tables près d'une fenêtre. Il plaça Jack et Chloë avec Amelia et Charlotte.

— Je suis sûr que vous les jeunes avez des tas de trucs à vous dire, commenta-t-il. Que vous ne tenez pas à ce qu'on entende, Frieda et moi.

Charlotte et Amelia levèrent les yeux au ciel.

— Ce qui est marrant, c'est que la dernière fois qu'on s'est vus, on avait votre âge. Vous ne trouvez pas ça drôle ?

Charlotte et Amelia levèrent de nouveau les yeux au ciel.

— La dernière fois que vous vous êtes vus, c'était hier, rappela Charlotte.

— Bon, bon, admit Ewan qui semblait habitué à ce traitement. Enfin, vous voyez ce que je veux dire.

Il se rendit au bar et revint avec un plateau chargé de boissons et de sachets de chips. Il s'assit à côté de Frieda à l'autre table. Il avait pris une pinte de bière locale et trinqua avec le jus de tomate de Frieda. Il désigna les jeunes d'un mouvement de tête.

— Ils sont bien mieux sans nous, assura-t-il.

Frieda n'en était pas certaine. Amelia envoyait des textos, Charlotte murmurait quelque chose à Chloë, Jack semblait ailleurs. Elle ferait bien d'échanger deux mots en privé avec lui plus tard. Ewan pointa du doigt le moulin de l'autre côté de la retenue.

— Il a cessé de fonctionner quand on était petits, expliqua-t-il. Il est resté à l'abandon pendant vingt ans. Aujourd'hui, on va le transformer en appart. Une maison au bord de l'eau, apparemment, c'est ce dont les gens rêvent.

Frieda garda le silence.

— Ils sont sympas, Jack et Chloë. Ils t'admirent beaucoup.

— J'en suis heureuse, répondit Frieda, parce qu'ils comptent beaucoup pour moi aussi.

Ewan but une gorgée de bière, puis plongea le regard dans son verre. Frieda reconnut cet instant. Elle l'avait souvent vécu dans son cabinet de consultation, quand les patients mobilisaient leur courage pour s'exprimer.

— C'est bizarre que tu sois revenue.

— Comment ça ?

— Ça nous oblige à prendre de la distance, à réfléchir à la façon dont les autres nous perçoivent. Et ça m'a aussi fait repenser au bon vieux temps. C'est comme si on déterrait une de ces capsules temporelles censées témoigner d'une époque.

— Et ça t'a fait penser à quoi ?

— Je sais ce que tu penses de moi. C'est un peu

comme les filles. Pour elles, je suis une espèce de chef scout qui n'arrête pas de dire : « Allez, on va marcher », ou : « Allons au musée. » Je parle un peu fort, je gesticule. Mais ce que je me suis dit, c'est qu'alors que tu traversais des moments difficiles, on est restés préoccupés par notre nombril, et on a peut-être détourné le regard.

— Détourné le regard de quoi ?

— J'en sais rien. Mas tu ne trouves pas, quelquefois, en y repensant, que c'était des moments cruels ?

— Si, en effet.

Frieda posa sur Ewan un regard différent : il semblait nettement moins guilleret et presque réservé, pensif, ce qui le rendait bien plus attirant à ses yeux.

— Il y a une scène qui me hante, continua-t-il. Ça s'est passé il y a des années, mais j'y pense encore. Je me réveille la nuit et ça me retombe dessus. Une fois, quand j'étais sorti avec Vanessa, on l'a agressée. Une bande de jeunes bourrés ou défoncés, de quatre, cinq peut-être. Ils ont commencé par se mettre en cercle autour de moi et se sont foutus de ma gueule. Ils disaient des trucs débiles sur mon apparence, sur ma capacité à bander. Enfin, tu vois le genre…

— Moche.

— Oui, mais là n'est pas la question. Ce n'était que des mots. Mais ils ont subitement cessé de s'intéresser à moi pour s'en prendre à Vanessa. Ils l'ont bousculée, et l'un d'eux s'est mis à lui toucher les seins. Je me souviens de son expression… terrifiée, pitoyable. Et tu sais ce que j'ai fait ? Rien. Je suis resté planté là et je n'ai absolument rien fait pendant qu'ils tripotaient ma pauvre épouse. Ensuite on est partis, c'est tout, et on est rentrés chez nous. Ce qui a rendu les choses encore pires, c'est qu'elle a tenté de me réconforter. Elle m'a dit que ne pas m'en mêler avait été la meilleure chose à faire et qu'elle comprenait parfaitement, et qu'il n'y avait aucune raison de s'en vouloir. Je n'en ai jamais parlé à personne parce que j'ai honte de moi. Même aujourd'hui, après toutes ces années, c'est un sujet tabou.

— Tu me le racontes, pourtant.

— Peut-être parce que, d'une étrange façon, tu es quelqu'un à qui les gens ont envie de se confier. Auprès de toi, ils peuvent se libérer d'un fardeau. C'est ton métier, je suppose. Et aussi… euh, ça a l'air idiot, mais j'aimerais faire amende honorable. Je ne peux rien changer, mais s'il y a quoi que ce soit que je puisse faire pour t'aider, tu peux compter sur moi.

Sur le trajet du retour, le long de l'ancienne voie de chemin de fer, devenue piste cyclable, Frieda fit en sorte de marcher en compagnie de Chloë et Jack.

— Tu nous as manqué, déclara Chloë. Tu n'es jamais chez toi.

— Ce n'est que provisoire. Comment allez-vous, tous les deux ?

— J'ai tant de choses à te dire, répliqua Chloë, mais pas devant Jack.

Jack rougit. Frieda sourit et lui posa quelques questions au sujet de son travail. Elle voyait toujours en lui le jeune homme de leur première rencontre, mais à présent, il était responsable, les gens lui confiaient leurs craintes les plus sombres dans l'espoir qu'il leur offrirait une forme de refuge. Ils pouvaient tomber sur pire, songea-t-elle.

— Ewan nous a montré le monument dédié à Mary Ames, dit Chloë.

— C'est là qu'on l'a brûlée, compléta Frieda.

— Je l'ai étudié une fois en histoire, continua Chloë. Ces femmes étaient jugées, persécutées et brûlées pour la seule raison qu'elles étaient différentes, qu'elles n'étaient pas hétéros, qu'elles disaient ce qu'elles pensaient, ou qu'elles étaient guérisseuses. Tu ne crois pas qu'une femme comme Mary Ames voulait simplement être indépendante ?

— Peut-être, répondit Frieda. Mais peut-être qu'elle avait juste envie d'avoir le droit d'être une sorcière.

Elle se laissa distancer, et patienta jusqu'à ce qu'Ewan la rattrape. Il avait le visage bleui par le froid.

— La vache… pesta-t-il.

— C'était ton idée.

— Je suis comme ça. J'essaie d'arracher les filles à leurs ordis, même si elles emportent leur téléphone, bien sûr.

— Je voulais te dire quelque chose.

— Écoute, je ne voulais pas me mêler de ce qui ne me regarde pas.

— Il m'est arrivé un truc.

— Le soir du concert ?

— Qu'est-ce qui te fait dire ça ?

— J'ai beau ne pas être Sherlock Holmes, tu nous as tous interrogés à ce sujet, Frieda. Évidemment que c'est à ce moment-là que c'est arrivé.

— Tu as raison.

— Veux-tu me dire ce que c'était ?

— Non.

— Bien sûr.

Il leva les mains.
— Je ne t'espionne pas. Vraiment pas.
— J'ai subi une agression, confessa Frieda.
Elle avait commencé à s'habituer à la tête que faisaient ses interlocuteurs à cette annonce : choc, ébahissement, gêne. Personne ne savait quoi répondre.
— Chez toi ?
— Oui.
— Mais c'est affreux ! On t'a fait du mal ?
— Surtout peur.
— Pourquoi ne nous l'as-tu pas dit ?
— Je n'en avais pas envie.
— Mais quelle sorte d'amis étions-nous ?
— Des amis adolescents.
Ewan parut confus. Il fit quelques pas, shoota dans un petit caillou.
— Pourquoi en parler aujourd'hui ? dit-il enfin.
— Cette histoire n'est pas terminée. Je veux trouver le coupable.
— Après toutes ces années ?
— Je sais. Mais je dois essayer.
— Pour te venger ?
— Parlons plutôt de justice.
— Comment puis-je t'aider ?
— J'ai besoin d'établir la chronologie de cette soirée : qui était où et quand.
— Tu penses vraiment que c'était quelqu'un que tu connaissais ?
— Oui, je le pense.
Ewan hocha la tête. Son visage d'ordinaire jovial affichait une expression solennelle et grave.
— S'il y a quoi que ce soit que je puisse faire…
— C'est gentil à toi.

Il haussa les épaules, embarrassé.

— Ça ne va pas être facile. J'ai du mal à me rappeler ce que j'ai fait hier.

— Tu serais étonné d'apprendre ce dont les gens se souviennent.

— Une chronologie ? répéta Ewan.

— Quoi que tu puisses m'apprendre, je t'en remercie d'avance.

— Mais je t'en prie, répondit-il en rougissant.

Chas déjeunait en compagnie de Jeremy, dans un club de Londres qui ressemblait à un hôtel particulier du XVIIIe siècle. Ils se retrouvaient trois ou quatre fois par an, parfois en compagnie de leurs femmes, parfois comme ce jour-là à deux, autour d'un bon repas accompagné d'une bouteille de bordeaux, au coin d'un feu de cheminée.

— Bref, elle parle à tout le monde, commenta Chas.

— À toi, Ewan, Vanessa, et même à Lewis Temple. Elle dort chez Eva.

— Qu'est-ce qu'elle veut ?

— J'espérais que tu me le dirais.

— Aucune idée, rétorqua Jeremy. Elle est venue me voir et m'a interrogé au sujet du concert où on est tous allés. Il y a vingt-trois ans ! Elle s'attend à quoi ?

— Mais pourquoi ces questions ?

— Dieu seul le sait.

— Elle remue la merde, reprit Chas. Tu n'habites plus dans le coin. Ce n'est pas pareil pour toi.

Jeremy opina.

— J'ai dit que je la rappellerais, l'informa-t-il. Je ne l'ai pas encore fait. Je suis allé chez elle mais il n'y avait personne.

— Elle est toujours pas mal, tu ne trouves pas ? ajouta Chas.

Jeremy fit tourner son vin dans son verre, l'air morose.

— Elle vieillit mieux que ma femme, je dois l'admettre. Elle est un peu intimidante, en revanche. Mais bon, elle l'a toujours été. C'est fou ce que j'en pinçais pour elle.

— Elle était envoûtante.

— C'est l'impression que ça me faisait.

— Tu te rappelles l'interrogatoire de la police ? demanda Chas.

— Bien sûr que oui. J'étais terrifié, putain !

— Elle veut savoir où on était ce soir-là.

— On était au concert, non ?

— C'est ça, répondit Chas. Soudain tout le monde semble certain d'être allé à ce concert.

Jeremy hésita un instant puis se fendit d'un sourire nerveux.

— Ben, dans ce cas…

Il leva la main pour demander l'addition.

— C'est juste un peu déconcertant, reprit Chas. Elle débarque comme ça. On dirait une revenante.

— On croirait presque entendre quelqu'un qui n'a pas la conscience tranquille.

Chas afficha son sourire inexpressif.

— On a tous quelque chose à se reprocher.

30

— On est enfin venus à bout de nos cloques, déclara Chloë tandis qu'ils descendaient la grand-rue. Hein, Jack ?

Jack fut pris d'une quinte de toux.

— Je dois aller voir quelqu'un qui habite dans cette rue, répondit Frieda. Quel est votre programme ? Quand partez-vous ?

— On vient à peine d'arriver.

— On ne veut pas vous déranger, s'excusa Jack.

— Si, on veut. C'est un ancien camarade de classe ?

— Quelqu'un que j'ai connu à l'école, en tout cas.

— On peut venir avec toi ?

— Non.

— T'es pas drôle.

— On ferait mieux d'aller rendre visite à ta grand-mère, rappela Jack.

— Je ne l'ai rencontrée que deux fois dans ma vie, rétorqua Chloë. Et elle n'avait pas l'air de m'apprécier des masses.

— Elle est mourante, tu le sais ? insista Frieda.

— Ça ne la rend pas plus sympa pour autant.

— J'aimerais bien la connaître, dit Jack.

— Je croyais qu'on gravirait des collines, pesta Chloë. Qu'on croiserait des moutons et qu'on franchirait des torrents.

— On n'est pas dans le Lake District.

Chloë fit une grimace.

— OK, elle habite où ? Montre-moi sur ton téléphone, plutôt. J'ai oublié le mien dans la voiture de Jack.

Frieda lui remit son portable.

— C'est quoi, le code pour le déverrouiller ?

— Pourquoi j'en aurais un ?

— Au cas où on te volerait ton téléphone.

— J'aimerais bien.

Chloë poussa un soupir et se mit à tapoter dessus.

— Vous devriez songer à utiliser des mots de passe, suggéra Jack.

— Je songe déjà à beaucoup de choses, rétorqua Frieda.

— Sans rire. Je parie que vous n'avez pas changé le mot de passe pour votre accès à distance.

— Et moi je parie que je n'ai même pas d'accès à distance.

— Pour écouter vos messages quand vous utilisez un autre appareil.

— Ça ne m'est jamais arrivé. Je ne savais même pas que ça existait.

— Vous n'avez pas lu la presse ces dernières années ?

— J'évite autant que je peux.

— Sans mot de passe, lui expliqua Jack, et comme certains l'ont appris à leurs dépens, il est facile pour un tiers d'accéder à vos messages. Comme les journalistes qui vous ont harcelée, par exemple.

Frieda fronça les sourcils.

— Ou Dean Reeve.

— Dean Reeve ?

Elle songea au mot qu'elle avait reçu, prétendument de Mary Orton. Elle songea à l'écharpe qu'elle avait perdue. Elle se rappela les bruits de pas derrière elle. Mais aussi la mort de Mary Orton, quand quelqu'un avait été là pour la sauver. La maison incendiée de Hal Bradshaw. Son sentiment qu'il avait toujours une longueur d'avance sur elle, anticipait ses déplacements, était au courant de ses peurs les plus intimes. Elle reprit son téléphone des mains de Chloë.

— Bon, que dois-je faire ?

— Appelez votre fournisseur d'accès et changez votre mot de passe. Sans choisir votre date de naissance ou un truc perso qu'un tiers pourrait deviner.

— Frieda ?

La voix de Chloë la réveilla.

— On commence à avoir un peu froid. Donne-moi l'adresse de ma grand-mère, s'il te plaît ?

Elle s'exécuta, toujours préoccupée par cette nouvelle certitude qui la prenait aux tripes. Alors qu'ils partaient, elle retint Jack par le bras.

— Veillez sur elle, dit-elle.

— Elle peut être assez rebelle parfois, reconnut-il, avec un soupçon d'admiration.

— Ma mère est capable de l'anéantir.

Elle les regarda s'éloigner ensemble : Chloë sautillait, décochait un coup de hanche contre celle de Jack, lui saisissait la main et la relâchait. Quoi qu'elle prétende, ce n'était encore qu'une enfant et Frieda fut émue par son enthousiasme.

Une fois qu'ils furent hors de vue, elle remonta

Mount Street et prit la petite ruelle qui s'écartait de la ville en longeant un champ. Un vieux cheval se tenait près de la clôture, les côtes saillantes. Quand Frieda lui offrit sa main, il retroussa les lèvres et montra ses longues dents jaunes. Quelques mètres plus loin, elle parvint à une maison en retrait de la route, avec de grandes fenêtres et un bassin à poissons surélevé près de la porte d'entrée. Frieda jeta un œil dedans et aperçut une unique carpe tachetée au fond.

Quand Maddie ouvrit la porte, elle parut abasourdie.

— Je ne veux pas de toi ici.

— Je sais. Mais j'espérais qu'on pourrait se parler cinq minutes. Il faut absolument que je te dise quelque chose.

— Quoi que tu puisses avoir à dire, je n'ai pas envie de l'entendre.

— Cinq minutes. Si tu tiens toujours à ce que je m'en aille après ça, je te jure que je partirai.

Maddie la dévisagea, puis secoua la tête.

— Soit. Je t'accorde cinq minutes. Mais je ne vois pas ce que tu aurais à me raconter qui me donne envie de te revoir.

Frieda entra dans la maison et suivit Maddie dans le salon. La première chose qui la frappa fut l'odeur de renfermé, avant même qu'elle ne remarque les fleurs disposées partout. Des lys et des roses de serre, des compositions florales sophistiquées. Certaines penchaient la tête, presque fanées. Il y avait aussi des cartes sur tous les meubles.

— Vas-y, je t'écoute, lança Maddie.

Aucune des deux ne s'assit.

— Becky ne s'est pas tuée. Je n'ai pas de preuves

que je puisse transmettre à la police, mais on l'a assassinée.

Maddie allait protester, mais Frieda continua.

— Elle a été tuée par l'homme qui l'a violée. Je crois qu'il a découvert – je ne sais pas comment – qu'elle allait porter plainte.

Maddie secoua la tête.

— Tu mens. Tu tiens juste à ce que ça ne soit pas ta faute.

Frieda se tut un instant. C'est à peine si elle entendait Maddie parce qu'elle se préparait à lui dire :

— Je sais qu'elle a été violée parce qu'il y a vingt-trois ans, ce même homme m'a violée, moi aussi.

— Qu'est-ce que tu dis ?

— Quand Becky m'a raconté son expérience, j'ai reconnu la mienne. Le même scénario, les mêmes mots, exactement, que lui avait dit le violeur. Je sais que son comportement durant les semaines qui ont précédé sa mort donne à croire qu'elle s'est tuée. Mais elle ne l'a pas fait. Il y a un homme ici qui se balade dans la nature, qui s'en prend aux jeunes femmes vulnérables, et qui a violé et tué ta fille.

— Non, non…

Maddie semblait complètement déroutée.

— Elle n'a rien inventé.

Maddie s'assit sur le tapis. Elle mit ses bras autour de ses genoux et se mit en boule. Frieda se la rappelait chez elle à Londres, quelques semaines plus tôt : tenue impeccable, sourire étudié, parfum coûteux, maquillage, teint lisse. Et à présent débraillée, les boutons défaits, sans défense. C'était à cause d'elle qu'elle en était arrivée là. Si Becky ne lui avait pas confié son histoire, si Frieda ne l'avait pas encouragée à porter plainte, la fille serait encore en vie et la mère ne serait pas accroupie par terre, tel un animal pitoyable.

Frieda s'accroupit à côté d'elle.

— Tu me crois ? demanda-t-elle.

— Ça n'allait pas bien du tout, tout le monde le savait. C'est ta faute. C'est ça que tu n'arrives pas à digérer.

— Elle n'allait pas bien, c'est vrai. Mais si j'ai raison, alors l'homme qui l'a violée s'en prend toujours aux jeunes femmes vulnérables. Il était convaincu qu'on ne la croirait pas.

Maddie releva la tête.

— Tu as vécu la même chose ?

— Oui.

— Comment peux-tu le savoir ? C'était il y a vingt ans. Plus de vingt ans.

— C'était le même homme, répondit Frieda, je le sais.

— Pourquoi ne m'as-tu rien dit ? (Elle se releva.) Si tu m'en avais parlé, je t'aurais crue.

— J'aurais dû le faire.

— Et peut-être qu'elle ne serait pas morte.

Elle contempla toutes les fleurs qui dépérissaient.

— Ça rend les choses encore pires. Maintenant je vais devoir vivre le reste de ma vie avec la culpabilité de ne pas l'avoir crue.

— Il savait que personne ne la croirait précisément parce qu'elle était dans une période difficile. C'était ça, l'astuce.

— Qui ça, il ?

— Je ne sais pas. Mais ce n'est pas un étranger. Il me connaissait. Il connaissait Becky.

Frieda hésita, puis ajouta :

— Et je suis quasi certaine qu'il connaissait Sarah May.

— Sarah May ? Ça lui est arrivé aussi ?

— Je le pense.

— Quelqu'un qu'on connaît ?

— Forcément.

La tête de Maddie dodelina un peu, son regard paraissait vitreux. Soudain, elle s'empara d'un vase de lys et le jeta contre le mur, où il explosa. Des fleurs et du verre couvrirent le sol. Elle prit un autre vase, rempli de longues roses roses cette fois-ci, tandis que de l'eau débordait. Mais Frieda le lui ôta des mains et le reposa.

— Salaud ! hurla Maddie. Ordure ! Ignoble créature ! Ma petite Becky. Ma petite fille chérie. Qu'est-ce que j'ai fait ? Pourquoi je ne peux pas lui dire que je suis désolée ?

— Maddie…

— Ne me parle pas sur ce ton calme. Tu ne comprends pas. Tu ne comprendras jamais. Tu n'as pas d'enfants. Tu n'es qu'une machine. Tu ne sais pas ce que ça fait, là-dedans.

Et elle se frappa la poitrine.

— Tu aurais dû me le dire. Si tu savais que Becky courait un danger, tu aurais pu la sauver. Je ne te le pardonnerai jamais, jamais. Je continue de penser que tu inventes tout ça. C'est dingue. Tu es une dingue.

— Écoute-moi. Je crois que celui qui a violé Becky s'est rendu compte qu'elle allait porter plainte, et que c'est pour ça qu'il l'a tuée. Il faut qu'on trouve qui était au courant.

— C'est toi qui lui as dit d'aller voir la police.

— Elle t'a dit qu'elle comptait y aller ?

— Évidemment. J'étais sa mère, quand même, même si elle avait l'impression que je l'avais trahie.

Des larmes roulèrent sur ses joues, sur sa bouche, dans son cou.

— Je l'ai trahie, chuchota-t-elle. C'est la dernière chose qu'elle aura ressentie de moi.

— L'as-tu dit à quelqu'un d'autre ?

— Je n'arrive pas à réfléchir. Je ne me souviens de rien. Il faut qu'on aille voir la police nous-mêmes.

Elle s'agrippa à la manche de Frieda.

— On y va sur-le-champ.

— Je leur ai déjà parlé.

— Sans me le dire ?

— Oui.

— J'ai toujours su que tu n'étais qu'une pimbêche et une salope. C'était ma fille. La *mienne*. Pas la tienne. Comment as-tu osé ?

Elle allait s'emparer d'un autre vase. Frieda lui saisit la main et la retint.

— J'ai besoin de ton aide.

— Comment ?

— Tout d'abord, et c'est important, tu ne dois répéter à personne ce que je viens de te dire. Si c'est quelqu'un que tu connais...

Maddie enleva sa main et recula d'un pas.

— T'es malade... Et tu contamines tout le monde autour de toi. Si je ne t'avais pas demandé de m'aider, tout irait bien.

— Je veux que tu réfléchisses bien à ce qui est arrivé à Becky durant les dernières semaines de sa vie, et que tu m'en parles à moi et à personne d'autre. Je veux surtout que tu tâches de te rappeler qui t'a appris que Becky avait décidé de porter plainte.

— Je n'ai jamais dit à quiconque que Becky prétendait avoir été violée.

Ses traits se tordirent de rage et de désespoir.

— On l'a vraiment violée ? murmura-t-elle pour elle-même. Ma petite fille ? Violée et assassinée. C'est impossible.

— Tu es sûre de ne l'avoir jamais dit à personne ?

— Je ne voulais pas. Je pensais qu'il valait mieux garder ça pour nous.

— Mais tu as pu te confier à quelqu'un.

— Me rappelle pas. Je ne me sens pas très bien. J'aimerais que tu partes, maintenant.

— Tu as mon numéro. Je compte sur toi pour m'appeler quand tu auras réfléchi.

— Va-t'en.

— Puis-je te poser une dernière question ?

— Quoi ?

— Ça va peut-être te paraître indiscret.

— Quoi ?

— J'ai vu Greg Hollesley à l'enterrement et je me suis demandé…

Le visage de Maddie s'empourpra.

— Sors de chez moi. Sors de ma vie. Quitte cette ville. On ne veut pas de toi ici.

Chez sa mère, Frieda trouva Chloë dans la cuisine, en train de préparer du thé avec mauvaise humeur, flanquant les mugs sur le plan de travail et claquant les portes de placard.

— C'est pas une réussite ?

— Elle a traité maman de pute. J'ai le droit de faire des remarques déplacées sur ma mère, mais personne d'autre.

— Je vais lui parler.

Elle entra d'un pas décidé dans le salon où Juliet était installée dans son fauteuil, regardant sans le voir un dessin animé à la télévision. Frieda l'éteignit.

— Je regardais.

— Tu t'es montrée grossière envers Olivia et Chloë.

— Qui sont Olivia et Chloë ?

— Olivia était l'épouse de David.

— Oh, elle !…

— Et Chloë est ta petite-fille. Comme tu le sais.

— J'ai une tumeur au cerveau. J'ai peut-être oublié.

— Elle est ta petite-fille et elle n'a pas une vie particulièrement facile…

— Parce que sa mère est une pute.

— Ça suffit ! Ce n'est pas parce que tu vas mourir que tu as le droit d'être cruelle avec tout le monde.

— Elle a un tatouage et un piercing dans le nez et un de ces horribles suçons dans le cou qu'elle ne se donne même pas la peine de cacher. Qu'est-ce qui lui fait croire qu'elle peut débarquer ici avec son amant en faisant semblant de s'occuper de moi ? Elle m'a appelée « Grand-mère ».

— Elle est censée t'appeler comment ?

Frieda scruta sa mère. Peut-être était-ce la tumeur au cerveau qui la rendait désagréable. Puis quelque chose capta son regard à travers la fenêtre.

— Que fait Jack dans ton jardin ?

— Il arrache les mauvaises herbes, jubila Juliet.

— Pour quelle raison ?

— Je le lui ai demandé. Il est jardinier, après tout.

— Non, il n'est pas jardinier. Il doit geler dehors.

— Je préférais l'homme des services techniques.

— Josef.

— Les femmes, ça n'a jamais été mon truc.

Chloë revint avec trois mugs de thé, qu'elle posa sur la petite table. Elle avait pleuré.

— Je n'ai jamais supporté les conversations entre filles, continua Juliet avec délectation. Pourquoi tu n'es pas en Nouvelle-Zélande ?

Elle s'adressait à Chloë.

— Pardon ?

— C'est Ivan qui vit en Nouvelle-Zélande. Le père de Chloë, c'est David.

— J'ai détesté être mariée, reprit Juliet. C'est le dernier conseil que je peux vous donner, jeune fille. Ne te marie pas et ne fais pas d'enfants. Et si tu dois te marier, évite d'épouser un dépressif qui, chaque jour que Dieu fait, semaine après semaine, te donne l'impression d'être aspirée dans un trou noir sans aucune chance d'en ressortir. Tout le monde était désolé pour lui, pauvre Jacob.

— Mais de quoi elle parle ? chuchota Chloë à Frieda d'une voix pressante. On y va ?

— Attends.

— Que disait le roi Lear au sujet des serpents ?

— Je n'en sais rien, hoqueta Chloë.

— Non, bien sûr. Tu as raté tes études, non ? Il se trouve que je sais quelques trucs sur toi, vois-tu. David m'a dit que tu l'avais déçu.

Frieda posa une main sur l'épaule de Chloë et se pencha vers Juliet.

— C'est ça, le souvenir que tu souhaites que ta petite-fille garde de toi ? dit-elle. Celui d'une vieillarde détestable ?

— Je m'en contrefiche.

Elles passèrent prendre Jack au jardin. Ses chaussures étaient maculées de boue, son visage transi de froid. Frieda vit avec satisfaction qu'il avait aussi arraché quelques belles plantes en même temps que les mauvaises herbes.

— Vous n'étiez pas obligé, dit-elle.

— Elle est assez effrayante.

— C'est en partie dû à sa tumeur. En partie seulement. Allez venez, Josef nous attend dans sa camionnette au bas de la route.

— On va où ? demanda Chloë, toujours un peu sonnée. Et la voiture de Jack, alors ?

— Vous pourrez la reprendre plus tard. J'ai pensé que ça vous plairait peut-être d'aller voir la mer.

— Il fait assez froid et la nuit tombe.

— C'est maintenant que c'est le plus beau.

Frieda guida Josef jusqu'à ce qu'ils longent un vaste estuaire à marée basse, où les bateaux étaient inclinés dans la vase. Dans la lumière déclinante, la scène perdait peu à peu ses couleurs. Ils empruntèrent enfin une allée de gravier et s'arrêtèrent devant un long bâtiment blanc isolé, face à l'estuaire qui se déversait dans le gris-brun de la mer.

— Maison de retraite Vue sur Mer, lut Jack sur le panneau. En tout cas, c'est pas faux.

— Qu'est-ce qu'on fait ici ? demanda Chloë. J'ai ma dose de vieux pour la journée.

— Je me suis dit que vous pourriez vous promener le long du sentier du littoral, je vous rejoindrai quand j'en aurais terminé.

— À qui rends-tu visite ?

— Au père d'une ancienne connaissance.

— On ne peut pas dire que cette journée ressemble à ce que j'en attendais, répliqua Chloë.

— Il y a une merveilleuse petite auberge à quelques kilomètres de là. Après, je vous invite à dîner là-bas.

— Ça me va mieux.

Frieda se détourna et remonta l'accès principal. Elle fut frappée par la chaleur, la propreté et le violent éclairage qui régnaient à l'intérieur de l'édifice. Ainsi qu'un silence assourdissant. Seul le bruit de ses pas résonnait. Elle s'avança vers la réception et appuya sur une sonnette.

Une femme surgit d'une porte latérale, une tasse à la main.

— Puis-je vous aider ?

— J'aurais aimé voir M. May.

— Rob ? Il vous attend ?

— Non.

— Il est un peu tard pour une visite.

— Je ne resterai pas longtemps.

— Je suis sûre que ça ne posera pas de problème. Il ne reçoit pas beaucoup de visites, le pauvre chou. Et voilà qu'il en a eu deux en une semaine ! Vous vous appelez comment, vous dites ?

— Je ne l'ai pas dit, mais je suis le Dr Frieda Klein.

— Vous êtes de la famille ?

— J'habitais dans la région autrefois. J'étais amie avec sa fille.

Elles gravirent le vaste escalier et continuèrent le long du palier jusqu'à ce qu'elles parviennent à une porte que la femme poussa.

— Rob, dit-elle en passant la tête dans la pièce. Robbie, il y a une dame qui demande à vous voir. Elle s'appelle Frieda.

Robert May avait le visage rond et rose, le crâne lisse et chauve. Il était vêtu d'un pull vert clair et d'un pantalon ample, chaussé de pantoufles, avec une couverture posée sur ses genoux et un cahier de mots croisés sur la table à côté de lui.

Il la dévisagea avec une certaine perplexité.

— Je ne crois pas vous connaître.

— C'était il y a très longtemps, des années. J'espère que vous ne m'en voudrez pas de débarquer à l'improviste, comme ça, sans prévenir. J'étais une amie de Sarah.

Il plongea dans ses yeux un regard bleu et éteint.

— Vous connaissiez ma Sarah.

— Je viens seulement d'apprendre qu'elle était morte.

Il laissa échapper un gloussement triste.

— Il est un peu tard pour les condoléances, mon petit.

— Je sais. Mais je suis désolée. Sincèrement désolée.

Frieda prit une chaise et s'assit en face de lui.

— Je l'aimais beaucoup. On est montées à cheval ensemble à plusieurs reprises.

Il sourit. Il était tout en douceur et retenue, comme si le temps et le chagrin l'avaient en quelque sorte effacé.

— Sarah adorait les chevaux. Chaque fois que j'en vois un, je pense à elle.

— Vous ne vous êtes jamais remarié après le décès de votre femme ?

— Non. J'avais soixante et un ans quand Sarah… bref. Pour être honnête, ça m'a complètement anéanti.

— Qu'elle se tue ?

— Elle devait bien savoir qu'en se tuant elle me tuait, moi aussi.

— Rien ne vous a alerté ?

— Il lui arrivait d'être très triste. De pleurer facilement. Au sujet de sa mère, de problèmes à l'école. Mais c'était une ado. J'ai pensé que ça passerait.

— Elle se confiait à quelqu'un ? À part vous-même, j'entends ?

Si Robert May fut surpris par les questions de Frieda, il n'en montra rien. Il passa ses doigts sur son crâne luisant, puis répondit :

— Elle avait des amies, bien sûr. La rousse, là.

— Eva.

— Eva, oui. Elle était gentille. Et il y en avait d'autres. Leurs noms ne me reviennent pas. M. Hollesley aussi s'est montré très bon envers elle. Il a même fait du zèle. Il est venu chez nous plusieurs fois pour l'aider dans ses devoirs. Il pensait qu'elle irait loin, avec un peu de soutien, me disait-il.

Il sourit, sans amertume, mais sa souffrance était palpable.

— Qu'elle irait loin… murmura-t-il. Mais aujourd'hui, ma fille est enterrée dans un cimetière à quelques kilomètres de l'endroit où elle est née, à côté de sa mère.

— Vous est-il arrivé de penser… commença Frieda, qui ne savait comment formuler la chose avec délicatesse, qu'elle n'a peut-être pas mis fin à ses jours ?

— C'est la question que m'a posée un homme.

— Quel homme ?

Frieda se rappela que la femme à la réception avait évoqué deux visiteurs en une semaine.

— Pas plus tard qu'avant-hier, quelqu'un est venu me poser des questions sur Sarah. Je suis très demandé, soupira-t-il avec un petit rire.

— Qui était-ce ?

— Je ne sais pas trop. Je crois qu'il venait des services sociaux ou quelque chose comme ça. Pour voir comment j'allais. Je lui ai dit qu'il arrivait un peu tard. Il était très gentil.

— Mais vous a-t-il dit son nom ?

— Peut-être bien, mais je ne m'en souviens pas.

— Il ressemblait à quoi ?

La question ne sembla pas le déranger outre mesure.

— Je ne suis pas très doué pour remarquer ce genre de choses. Quelconque. Ni mince ni gros, ni petit ni grand. Des cheveux courts, grisonnants. Des yeux marron, un regard aimable. Ils m'ont rappelé ceux de Sarah. Il a dit que je risquais d'avoir encore de la visite, et vous voici.

Dean l'avait donc devancée. Dean, et son doux regard. La sueur perla sur son front. Il tenait à ce qu'elle sache qu'il était venu.

Quand elle se leva pour partir, Robert May la retint.

— Vous pourriez peut-être me rendre un petit service, si vous le vouliez.

— Bien sûr.

— Les tombes. Je n'y vais plus, à présent.

— Vous voulez que j'y aille ?

— Vous feriez ça pour moi ?

— Bien volontiers.

— Si vous pouviez les fleurir. En leur disant que ça vient de moi. Je ne veux pas qu'elles s'imaginent que je les ai oubliées.

Plus tard, après le départ de Jack et Chloë, Frieda se retrancha dans sa cabane avec son téléphone. Il lui fallut patienter une heure et demie, durant laquelle on la balada d'un interlocuteur à l'autre après d'interminables files d'attente virtuelles. Pour finir, on lui passa une personne susceptible de l'aider. Non, ils n'étaient pas en mesure de lui dire si on avait accédé à sa boîte vocale. Oui, elle pouvait changer son mot de passe.

31

C'était au beau milieu de la nuit, il était 3 heures, peut-être 4, et Frieda était réveillée. Elle se trouvait dans un état de lucidité extrême, implacable, un état différent de tout ce qu'on peut connaître en plein jour. Si elle avait été à Londres, elle serait sortie marcher jusqu'à la Tamise, ou vers le nord le long de Regent's Park. Ici dans le Suffolk, les chemins et les sentiers étaient plongés dans le noir. Il aurait fallu une lampe torche pour s'aventurer dehors. Et se promener dans Braxton ne la tentait pas, car c'était trop petit, trop familier.

Elle avait parfois dit à ses patients que le milieu de la nuit n'était pas un bon moment pour réfléchir à la vie et aux problèmes. C'était l'une des raisons pour lesquelles elle se levait. Les rues, les lumières, les bruits et les odeurs de la ville, l'air froid du petit matin, étaient pour elle un moyen de contrôler ses pensées, de les calmer, de les faire taire.

Or là elle avait l'impression de cheminer dans sa propre tête, d'y ramasser idées et souvenirs, de les regarder, de les examiner et de faire le tri. Elle songea à ce qui lui était arrivé dans le noir à Braxton, à moins de deux kilomètres de l'endroit où elle était couchée à présent. Et que s'était-il passé ? Elle s'obligea à le dire à haute voix. « Viol. » Sa voix dans l'obscurité lui paraissait étrangère.

Frieda avait eu deux patientes qui avaient été violées. Et elle, Frieda Klein, qu'en pensait-elle ? Qu'en avait-elle pensé sur le moment ? Elle vivait alors une période difficile, elle avait quitté son premier petit ami et se retrouvait embarquée dans une liaison compliquée, sans issue, avec son adorable fiancé. Et c'était là que c'était arrivé, ce curieux mélange de violence et d'intimité immonde, de menace et de désir monstrueux. D'une étrange façon, le plus important n'était pas l'acte en lui-même mais ce qui se passait dans sa tête, et dans sa tête à lui.

Ce sentiment d'être aimée et haïe en même temps, caressée et assaillie. L'étreinte, la sensation poisseuse entre ses cuisses étaient déjà la pire agression qui soit. Mais ensuite, voir dans ses yeux à lui le sentiment de puissance, le plaisir de l'avoir marquée, de l'avoir possédée… C'était ça, la violence et l'horreur véritables. La conviction de cet homme qu'il l'avait meurtrie pour toujours. C'était très clair dans son esprit, à présent. Mais qu'en avait-elle pensé à seize ans ? Frieda se vit soudain entourée de tous ses doubles, à différents âges. Elles avaient en commun des souvenirs et des habitudes et malgré tout, elles ne parvenaient pas à communiquer l'une avec l'autre. Et là, dans un coin au fond, se trouvait Frieda à seize ans qui avait été violée, et que l'on n'avait pas crue. Frieda avait envie de s'approcher pour lui poser des questions, la rassurer, mais c'était comme s'il y avait trop de monde dans le passage.

Couchée dans le noir, elle se rappela un détail important. Elle alluma la lampe, fouilla dans la poche de sa veste et dénicha un stylo, ainsi qu'un bout de papier froissé. Elle écrivit puis éteignit la lumière. Quelques minutes plus tard, elle sombra dans le sommeil.

Au petit déjeuner, Eva se trouvait dans un agréable état second post-coïtal. Elle devait préparer plusieurs cartons d'assiettes et de bols pour une boutique de Theberton mais ne semblait guère pressée de s'y mettre. Josef était déjà dehors au sommet d'une échelle, et nettoyait les gouttières sur le flanc de la maison. Frieda commençait à se sentir de trop. Était-il possible que cette histoire devienne plus sérieuse ? Et en quoi est-ce que ça la regardait ? Elle but une gorgée de café noir. Les mugs et les assiettes étaient tous l'œuvre d'Eva : ils présentaient des irrégularités, chacun était d'une forme un peu différente. Mais il n'était pas facile de boire dans ces chopes, avec leurs petits éclats râpeux et leur bord tranchant. Elle plongea sa main dans la poche de son jean. Elle pouvait sentir le bout de papier sur lequel elle avait écrit durant la nuit.

— Tu as dit un truc, Eva, commença-t-elle prudemment, sur lequel j'aimerais bien revenir.

Eva déposait des cuillerées de marmelade maison sur des toasts. Elle s'arrêta.

— Hein ?

— Tu parlais de moi quand nous étions adolescentes. Tu disais que tu avais l'impression que j'étais encore vierge quand j'ai quitté Braxton.

Elle entendait toujours la voix de l'enfant de

seize ans dire en pleurant qu'elle était vierge. Un vain effort pour susciter la pitié de son agresseur.

— C'est marrant, il n'est question que de sexe en ce moment, fit remarquer Eva, guillerette, avant de mordre à pleines dents dans son toast.

— Tout de même, insista Frieda, c'est curieux que tu te rappelles ça, après tout ce temps.

— On essayait tous de prétendre qu'on avait plus d'expérience qu'en réalité. On racontait qu'on avait fait des trucs. Or ce n'était pas vrai, on faisait semblant d'apprécier des choses qui ne nous avaient pas plu, on soutenait qu'on maîtrisait des situations qui nous terrifiaient. Alors quand quelqu'un dans un groupe avouait qu'il était toujours vierge, c'était un scoop.

— Sauf que je ne l'ai pas dit, parce que ce n'était pas le cas.

— Ah, ben y a pas de mal. Je ne suis pas sûre de l'avoir cru, de toute façon.

— Qui t'a dit ça ? Ce n'était pas moi.

Eva s'absorba dans ses pensées, perplexe.

— Tu sais bien comment ça se passait. On disait tellement de conneries. Quelqu'un racontait un truc à un autre, qui le répétait à son tour, et une partie du secret était sans doute inventée.

— Mais dans ce cas précis, qui te l'a dit ? J'ai vraiment besoin de le savoir.

— Frieda, c'était il y a plus de vingt ans. Je ne sais plus.

— Tu te souviens forcément de quelque chose. C'était une fille ? Un garçon ?

— Une fille, ça, j'en suis sûre. Jamais je n'aurais parlé d'un truc pareil à un garçon.

— Alors quelle fille ?

— Honnêtement Frieda, je suis désolée d'avoir ressorti ça. Je ne sous-entendais rien par là. Ce n'était que des histoires de filles.

— Je t'en prie.

Eva parut troublée. Il n'était plus question de rire, maintenant.

— Je n'en sais rien. Je ne me rappelle pas. Mais ça devait être Maddie ou Vanessa, ou une autre fille de la bande. Ce dont je me souviens en revanche, c'est que je redoutais de ne pas être là quand elles se retrouvaient, parce que je savais bien en quels termes on parlait des absentes. Ça semblait marrant sur le moment, mais plus du tout aujourd'hui.

Maddie avait l'air d'avoir croqué dans un œuf pourri.

— Mais qu'est-ce que tu manigances, Frieda ? Ne serait-il pas question que de toi, dans cette histoire perverse ?

— Je sais que ça a l'air étrange, répondit Frieda. C'est une rumeur qui me concerne et j'ai besoin de savoir d'où elle vient.

Maddie inspira un grand coup.

— Tu plaisantes ou t'es sérieuse ? Tu es venue me voir parce que tu veux que je me rappelle ce que les gens disaient de ta vie sexuelle quand tu avais quinze ans ?

— Il y a une bonne raison à ça.

— Je n'en doute pas.

— Je te l'expliquerai plus tard. Mais pour le moment, j'ai besoin que tu essaies de te rappeler tout ce que tu pourras.

— La réponse est non. Sauf ton respect, ta sexualité

ne faisait pas l'objet de débats entre mes copines et moi. Personne ne m'a dit si tu étais vierge ou pas. Je savais que tu avais un copain, je savais qui c'était et je savais de quel genre était Lewis, j'en ai donc tiré mes propres conclusions. C'est ça que tu voulais savoir ?

— Merci. As-tu pu réfléchir à ma question ? Qui aurait pu savoir que Becky comptait aller voir la police ?

Maddie hocha la tête et soupira.

— J'en ai parlé à Greg.

— Greg Hollesley.

— Oui.

— Lui et toi êtes amants.

— Étions, corrigea Maddie. C'est une histoire terminée aujourd'hui. Je ne crois pas qu'elle ait jamais signifié grand-chose pour lui. J'étais juste un bon coup disponible. Mais il a été gentil et m'a redonné confiance à une époque où je me sentais mal. Aujourd'hui… bref, aujourd'hui je n'arrive plus à croire que j'aurai un jour envie de regarder un homme, de m'acheter une paire de chaussures, ou de discuter avec des copines.

— Il était là, à l'enterrement.

— Ah ça… il a toujours eu le sens des convenances, répondit Maddie avec amertume.

— Il a passé du temps avec Becky durant votre liaison ?

— Jamais. Je ne crois pas que Becky ait eu conscience de son existence. Si tu te figures que c'est lui, c'est complètement débile.

— Pourquoi ?

— Absurde. C'est un directeur d'école. Il vit à

Londres. Il ne connaissait pas Becky. C'est un homme brillant, sain d'esprit et parfaitement maître de lui. Absurde, vraiment…

Mais il vient régulièrement à Braxton où il vivait déjà quand j'étais jeune, songea Frieda.

— Tu dis qu'il savait que Becky avait décidé d'aller voir la police.

— Je crois que je lui en ai parlé.

En ressortant de chez Maddie, Frieda dut s'appuyer au mur quelques secondes pour recouvrer son calme. Se rendre chez des gens qu'elle avait connus dans sa jeunesse, chez ceux qu'elle avait délibérément abandonnés, et leur demander ce qu'ils racontaient sur sa vie sexuelle lui faisait le même effet que d'être flagellée en public. Mais elle devait s'y forcer. Elle n'avait rien d'autre.

Quand elle frappa chez Vanessa, ce fut pire encore. Ewan vint lui ouvrir. Et pourquoi pas ? Il était bien chez lui. Il l'accueillit avec chaleur et la conduisit dans la cuisine, où se trouvait Charlotte, qui finissait un petit déjeuner tardif. Vanessa lui offrit un mug de café – le troisième ou le quatrième de la journée – et l'installa devant la table rustique. L'ambiance était un peu tendue. Frieda se sentait comme un proche envahissant qui aurait pris l'habitude de passer à l'improviste un peu trop souvent.

— Tu vas me demander les détails de la chronologie de ce fameux soir, commença Ewan.

— En fait, il se trouve que non.

— On pourra sans doute arriver à quelque chose, répondit Ewan d'un ton dubitatif. Mais c'était il y a si longtemps. Et on devait être bien éméchés.

— Quel fameux soir ? s'enquit Charlotte.

— Une vieille histoire, répondit Ewan. Rien qui puisse t'intéresser.

Vanessa vint s'asseoir à côté de Frieda.

— Ça concerne un détail en particulier ? demanda-t-elle.

— En fait, j'avais une question à vous poser, commença Frieda.

— Quoi donc ?

Frieda décocha un regard discret en direction de Charlotte.

— Charlotte, intervint Vanessa, tu as descendu ton linge ?

— Vous voulez vous débarrasser de moi ? répondit Charlotte. Vous allez aborder des choses d'adultes qu'il ne faut pas que j'entende ?

Un effroyable silence s'abattit.

— J'ai un truc à demander à ta mère, en effet, répondit Frieda. En privé. Mais on peut aller ailleurs.

Charlotte parut soudain gênée.

— Désolée, balbutia-t-elle. Je dois y aller, de toute façon.

Elle prit son mug, son muffin, et quitta la pièce.

— Et moi, je peux rester ? demanda Ewan d'un ton jovial.

Frieda tressaillit un peu malgré elle, mais elle était au-delà de la honte à présent. Aussi posa-t-elle à Vanessa la même question qu'à Maddie. Vanessa regarda Ewan, devenu rouge, haussa les épaules et secoua la tête.

— En voilà une drôle de question, commenta-t-elle. Non, je ne me rappelle pas quoi que ce soit de cet ordre.

Frieda se leva.

— Ce sera tout. Désolée de vous avoir dérangés.

— Tu reviens quand tu veux, répliqua Vanessa. Je t'accompagne.

Frieda allait protester mais Vanessa l'accompagna jusqu'à la porte et sortit avec elle. C'était une belle matinée, mais le vent soufflait en rafales. Frieda se faisait du souci pour Vanessa, juste vêtue de l'un de ces cardigans amples et fins qu'elle avait toujours portés.

— J'en ai pour une seconde, déclara Vanessa. Tu sais, Frieda, tu ravives de ces souvenirs…

— Pardon.

— Non, non, je ne disais pas que c'était une mauvaise chose. C'est juste que…

Elle regarda alentour.

— Jamais je n'aurais cru quand j'étais jeune que les trucs débiles qu'on faisait resteraient un poids. On ne s'en débarrasse jamais tout à fait.

— Je ne comprends pas, répondit Frieda.

— Tu es psychothérapeute. Je croyais que c'était ta spécialité d'écouter les gens évoquer leur passé.

— Non, je veux dire que je ne comprends pas pourquoi tu dis ça, là, maintenant.

Vanessa regarda autour d'elle une fois de plus, comme si elle s'inquiétait de ce qu'on puisse la voir.

— La réponse que je t'ai faite à l'intérieur n'était pas tout à fait exacte.

— Comment ça ?

— Les choses étaient un peu confuses à l'époque, non ? On faisait vraiment n'importe quoi.

— Vanessa, de quoi s'agit-il ?

— Il y a eu une fête une semaine après le concert

des Thursday's Children. On avait eu une dispute idiote, Ewan et moi, et j'y étais allée seule.

Elle s'interrompit. Elle semblait ne pas savoir comment poursuivre.

— Oui ?

— Tout ça est un peu flou. J'étais dans le jardin avec… enfin bref, avec Chas.

— Continue.

— Il parlait, il parlait… Il était défoncé. On l'était sans doute tous les deux. Et il n'arrêtait pas d'essayer de m'embrasser, il insistait, malgré mes protestations. Je l'ai sûrement embrassé un peu. Je n'en suis pas très fière.

— Et ?

— Il a peut-être bien parlé des filles qui font semblant d'avoir de l'expérience. Et peut-être de toi. Ça me gêne horriblement de te raconter ça, mais puisque tu as posé la question…

— Oui.

— Tu comprends pourquoi je ne voulais pas en parler dans la cuisine.

— Oui.

— Non pas que ce soit un énorme secret, mais ce n'est pas le moment dont je suis la plus fière.

— Et donc, c'est Chas Latimer qui l'a dit ?

— Oui.

— Bien.

— Frieda, comment peux-tu dire ça ?

32

Elle s'adossa contre un vieil arbre devant chez Vanessa, tremblante, et sortit son portable de sa poche. Elle composa le numéro de Chas.

— Allô ?

— C'est Frieda. Je te dérange ?

— Oui. Je travaille. Et toi non, si je comprends bien ?

— J'aimerais te voir.

— Comme c'est gentil.

— Tu finis à quelle heure ?

— J'ai dit que j'étais occupé, ça ne veut pas dire que je ne puisse pas te caser quelque part.

L'expression la hérissa.

— Tu peux passer à mon bureau ?

— Où est-ce ?

— À environ deux cents mètres de chez moi, sur l'esplanade. Au 37. Tu peux pas le louper : ce sont les anciens bureaux des douanes, tout refaits à neuf. Pourquoi ne pas venir à…

Il y eut une pause et un froissement de papiers ostensible : Frieda comprit qu'elle était censée imaginer l'agenda très chargé de Chas.

— 15 heures, ça ira ?

— Parfait. Comment s'appelle ta société ? demanda Frieda qui s'apercut soudain qu'elle n'avait aucune idée de ce que faisait Chas.

Eva n'avait-elle pas dit chasseur de têtes ?

— Latimer's, tout bêtement, répondit-il d'un ton désinvolte. Demande-moi à l'accueil et mon assistant viendra te chercher. Aimerais-tu me dire ce dont il s'agit – à part le plaisir de ma compagnie, bien sûr ?

— Pas au téléphone.

Durant quelques minutes, Frieda resta où elle était, le vent froid charriant quelques gouttes de pluie sur son visage. Elle laissa monter la colère en elle : elle avait le cœur serré comme un poing.

Josef proposa bien sûr d'emmener Frieda chez Chas. Ils convinrent de se retrouver une heure plus tard devant le petit café où elle avait donné rendez-vous à Lewis. Elle n'avait pas envie de retourner chez Eva. Elle ne savait que penser de la liaison qui venait de naître entre elle et Josef, mais n'avait surtout pas l'intention de tenir la chandelle.

Aussi s'installa-t-elle à une petite table près de la fenêtre. Elle commanda un bol de soupe à la courge musquée et un petit pain : elle se sentait transie jusqu'aux os, en dépit de son épais manteau. Elle but la soupe, tandis que dehors les gens couraient pour s'abriter de la pluie qui s'était transformée en déluge de grêle. Le ciel était violet et boursouflé de gros nuages.

Elle songea à Greg Hollesley, qui était au courant des intentions de Becky concernant la police. Puis à Chas Latimer : ses yeux bleus, son expression habituelle, rieuse et chargée d'ironie, son amour du pouvoir. Vanessa avait dit que Chas était défoncé quand il l'avait embrassée, mais Frieda était certaine qu'il s'agissait d'un acte de sabotage délibéré : sitôt que Vanessa avait commencé à sortir avec Ewan, Chas avait voulu l'en éloigner. Ça l'avait amusé. Et il avait dit à Vanessa que Frieda était vierge. Le mensonge désespéré qu'elle avait raconté à son violeur lui était revenu vingt-trois ans plus tard, à la table d'Eva, et lui avait permis de retrouver sa trace.

Elle finit sa soupe et repoussa le bol. Chas Latimer. Si c'était lui qui l'avait violée, c'était aussi lui qui avait violé Becky et Sarah et les avait tuées. Elle tenta de l'imaginer dans les chambres des filles, les appelant « mon ange », puis les violant avant de mettre fin à leurs jours. Elle analysa ce qu'elle ressentait. C'était une forme de syllogisme. Le violeur était un homme abominable. Chas était un homme abominable. Ce qui ne signifiait pas nécessairement qu'il était le violeur. Ni qu'il ne l'était pas.

La camionnette de Josef s'arrêta devant le café. Elle sortit dans la rue luisante de pluie.

Ses joues d'ordinaire recouvertes d'une barbe naissante étaient rasées de près, ses cheveux propres. Il portait une chemise que Frieda ne reconnut pas. Elle ne comptait pas lui parler d'Eva, ça ne la regardait pas, or Josef n'avait pas ces inhibitions, lui.

— Eva était une bonne amie ?

Frieda se rappela Eva telle qu'elle était il y a tant d'années, véritable garçon manqué aux cheveux roux, maladroite, d'une franchise et d'une loyauté presque excessives.

— On était amies.

— Et aujourd'hui ?

— Je ne sais pas. C'était il y a si longtemps. C'est difficile de raviver une ancienne amitié.

— Elle vous aime beaucoup, répondit-il. Beaucoup. Elle me dit qu'elle n'a plus jamais eu une amie comme vous, après votre départ.

— C'est triste, répondit Frieda.

— Si ça ne va pas, j'arrête.

— Vous voulez dire, avec Eva ?

— J'arrête.

Il leva sa main du volant et claqua des doigts.

— Il suffit de le dire.

— Je n'ai rien à dire. Ça ne me regarde pas. Mais je détesterais que quelqu'un soit blessé.

Josef s'arrêta dans le petit parking désert qui donnait sur la plage – également vide, à l'exception d'un jeune homme et de son chien assis sur le sable mouillé – et Frieda descendit de la camionnette.

— Je ne devrais pas en avoir pour longtemps.

— Tout me va.

Elle s'éloigna le long de la route sous la pluie. Le sel lui piquait la peau. Le bureau de Chas était facile à trouver : un ancien bâtiment en bois, rénové et magnifique. Il n'y avait que deux petites fenêtres en façade, mais quand Frieda fut invitée à franchir les doubles portes elle vit que l'arrière, avec vue sur la mer, était presque entièrement vitré. Les pièces resplendissaient d'une lumière liquide. D'ici, elle apercevait l'homme et son chien, et à présent Josef, qui fumait une cigarette au bord de l'eau, reculant de temps à autre pour éviter les vaguelettes.

Une toute petite femme coiffée d'un casque de cheveux blond platine l'accompagna jusqu'au bureau de

Chas, au premier étage. C'était une vaste pièce vide, à l'exception d'un immense bureau incurvé face à trois fauteuils rangés en arc de cercle et, dans un coin, d'un énorme pot en terre cuite contenant de grandes fleurs séchées. L'endroit tenait plus de la scène que du lieu de travail.

Chas se leva et écarta les bras, comme s'il possédait à la fois la pièce et la mer au-dehors.

— Bienvenue.

— Je n'en ai pas pour longtemps.

Il ôta ses grosses lunettes puis haussa les sourcils.

— Allons bon… Dis-moi tout.

— Il y a très longtemps, tu as dit à Vanessa que j'étais vierge.

Son sourire se figea.

— Pardon ?

Frieda répéta sa phrase.

— Je commence à penser que tu es dérangée.

Il remit ses lunettes, en les ajustant du doigt.

— Je suis au courant, pour ton père. ça rendrait fou n'importe qui. Tu as toute ma sympathie, vraiment.

— Pourquoi as-tu dit que j'étais vierge ?

— Je n'ai pas la moindre idée de ce dont tu parles. Mais est-ce que tu te rends compte que tu as l'air d'une folle ?

— Tu l'as dit à Vanessa, quand vous vous êtes embrassés tous les deux.

— Quand on s'est embrassés ? Excuse-moi, serais-je piégé dans une espèce d'embrouille d'ados ? Tu vas te mettre à me parler de robes de bal ?

— Tu ne t'en souviens pas ?

— D'avoir embrassé Vanessa ? Putain, j'approche de la quarantaine, Frieda ! Il se peut que j'aie embrassé

Vanessa – j'ai embrassé tout un tas de filles. Je ne sais pas ce que je lui ai dit. Et de toute façon, on n'est pas dans un roman de Jane Austen. Tout le monde se fiche de savoir si tu étais vierge à seize ans ou pas. En tout cas moi, je n'en avais rien à foutre à l'époque, et encore moins aujourd'hui.

Il contourna son bureau et se planta devant elle.

Ses lunettes brillaient.

— Ce que je pense, en revanche, c'est que tu commences à nous agacer.

— Il est arrivé quelque chose ici, il y a vingt-trois ans.

— Ça, j'ai compris.

— Le soir du concert des Thursday's Children.

— Manifestement, on a affaire à une sorte de psychodrame personnel.

— Peu m'importe ce que tu penses. Mais je ne laisserai pas tomber, et je ne m'en irai pas. Il vient de se passer quelque chose d'affreux à Braxton, et tu t'es rendu à l'enterrement. Je crois que l'origine des événements remonte à 1989. Il faut que tu me dises tout ce que tu peux sur cette soirée. Je sais que tu étais là au début du concert, mais que tu n'y étais plus à la fin. Où étais-tu passé ?

Frieda fit un pas en avant.

— Et ne te fous pas de moi comme tu le fais avec tout le monde.

L'espace d'un instant, il parut hésitant. Puis il recula.

— J'étais à l'hôpital, répondit-il.

— Quoi ?

— T'as bien entendu.

— Je ne te crois pas. Tu ne l'as pas dit à la police quand ils t'ont interrogé. J'ai lu les rapports.

— Crois-moi ou non.

— Pourquoi es-tu allé à l'hôpital ?

— Pourquoi ? À ton avis ?

— Je n'en sais rien. Je te pose la question.

— J'étais bourré. Pas seulement bourré. Stone. Je dégueulais. C'est pour ça que je n'en ai pas parlé à la police. J'avais honte. S'ils avaient insisté, j'aurais fini par le dire, mais ils n'ont jamais repris contact.

Il rebondit sur la plante des pieds, comme pour tester l'élasticité du tapis pâle.

— J'avais ma réputation à protéger. C'est très important pour un garçon de seize ans.

— Comment es-tu allé à l'hôpital ?

— En ambulance. Enfin c'est ce qu'on m'a dit au réveil. Le seul souvenir que je garde est celui du mal de crâne et de la perf.

— As-tu une preuve ?

— Non, je n'ai pas de preuve. Si j'avais su que tu venais, j'aurais demandé à ma mère de m'écrire un mot.

— Je vais vérifier cette histoire.

— Fais comme bon te semble, tant que tu dégages de Braxton. On ne veut plus de toi ici.

Frieda se rendit à la plage. Elle contempla la surface grise et ridée de l'eau un moment, tandis que le vent lui rabattait les cheveux dans la figure. Puis elle sortit son téléphone et appela Jack.

— Jack ?

— Si vous appelez parce que Chloë vous a dit que…

— Ce n'est pas ça. J'ai besoin que vous me rendiez un service.

— Allez-y, répondit-il d'un ton méfiant.

— J'aimerais que vous trouviez un formulaire de sortie des urgences qui aurait été adressé au généraliste de Chas Latimer à Braxton, ou dans la région en tout cas, il y a vingt-trois ans, le 11 février.

— Comment vais-je bien pouvoir trouver une chose pareille ?

— Je n'en ai pas la moindre idée.

Elle appela ensuite Greg Hollesley.

Son ton était poli mais froid, plus du tout charmeur.

— Vous étiez au courant du viol de Becky.

Quelques secondes s'écoulèrent avant qu'il ne reprenne la parole.

— Maddie m'a dit que Becky racontait qu'on l'avait violée, oui.

— On l'a violée, en effet. Et vous saviez qu'elle allait parler à la police.

— Je crois bien que Maddie me l'a dit.

— Maddie et vous aviez une liaison.

— Je n'ai pas à vous répondre.

— Connaissiez-vous bien Becky ?

— Je ne la connaissais pas du tout. Mon histoire avec Maddie n'était pas franchement officielle.

— Étiez-vous à Braxton quand Becky est morte ?

— J'étais à Londres. Avec ma famille. J'ai été très choqué d'apprendre sa mort, et je ne comprends pas pourquoi vous cherchez à troubler le deuil de Maddie. Je ne m'attendais pas à ça de votre part.

Josef déposa Frieda devant la maison d'Eva, puis repartit acheter du matériel de construction. Frieda passa par l'arrière pour rejoindre sa cabane, espérant qu'Eva ne la verrait pas. Elle avait besoin d'être seule. Le lendemain elle rentrerait chez elle, et la pensée de sa petite maison, de la cheminée, du calme, et même du chat dont elle avait hérité malgré elle la réconforta.

Elle ouvrit l'ordinateur. Elle trouva deux mails de Sandy, l'un envoyé la veille au soir, l'autre le matin même, qu'elle n'ouvrit pas. Elle savait que, très bientôt, elle devrait faire face, et laisser libre cours au chagrin, mais pas aujourd'hui. Il y avait également un mail d'Ewan. Sous le message qui disait simplement : « Dis-moi ce que tu en penses », venait une pièce jointe. Elle cliqua dessus et tomba sur un mélange de lignes et de couleurs qui n'eut pour elle aucun sens, dans un premier temps. Puis elle comprit : il avait élaboré une chronologie de la soirée du concert. Et il y avait plusieurs lignes parallèles : une pour chaque personne dont il avait tenté de retracer les mouvements, assortie d'un code couleur compliqué pour l'heure et le lieu. Frieda l'étudia, tâcha de discerner les vides et les recoupements et d'établir un schéma cohérent. Elle en eut mal à la tête, et fut presque soulagée quand on frappa à la porte.

— Entrez, lança-t-elle tandis qu'Eva était déjà à l'intérieur.

Elle portait un plateau avec deux mugs de thé et une assiette de petites crêpes épaisses et beurrées.

— Je me suis dit que tu aurais peut-être besoin de quelque chose de chaud, dit-elle.

Elle semblait réchauffée pour sa part, avec ses cheveux roux, ses joues enflammées, ses couches de vêtements colorés.

Elle est heureuse, se dit Frieda avec une pointe d'anxiété.

— Merci.

— C'est quoi, ce truc ?

Eva regardait la frise chronologique d'Ewan.

— Rien, des recherches.

Elle hésita un moment.

— J'essaie d'établir où on se trouvait tous le soir du concert des Thursday's Children.

Eva prit un mug de thé et une crêpe et s'assit sur le lit de Frieda.

— Tu ne penses pas que tu devrais me dire pourquoi ?

— Je l'ai dit déjà, il s'est passé un truc ce soir-là et…

— Je ne suis pas débile, Frieda. Je sais que ta mère est en train de mourir, mais ce n'est pas vraiment pour ça que tu es là, n'est-ce pas ?

Les joues déjà roses d'Eva s'empourpraient de plus en plus. Ses grains de beauté ressortaient. Frieda ne put déterminer si elle était en colère ou seulement agitée.

— Il faut que tu me le dises. Je suis ton amie. Je l'étais, en tout cas.

Frieda referma son ordinateur. Elle fixa au loin le jardin détrempé, tapissé de feuilles brunes et de buissons flétris.

— Très bien, commença-t-elle. Le soir du concert, je me suis disputée avec Lewis. Tu t'en souviens ?

Eva hocha la tête.

— Je n'avais plus le courage de voir personne et je suis rentrée chez moi. Je me suis couchée. Quelqu'un est entré chez nous cette nuit-là, et je veux savoir qui c'était.

Eva ne dit rien et se contenta de la dévisager. Frieda entendit dans sa tête la phrase : « On m'a violée. » Pourquoi était-ce si dur à dire à haute voix ? Voilà ce à quoi étaient confrontées les victimes de viol : non seulement au dégoût des autres, à leur incrédulité, mais aussi au dégoût qu'elles avaient d'elles-mêmes et à leur propre honte.

— On m'a violée, dit-elle. J'ai été violée par quelqu'un qui savait que j'étais au lit chez moi pendant que tout le monde était au concert.

— Oh mon Dieu, Frieda, je suis vraiment désolée !

Elle prit Frieda dans ses bras et la serra. Elle dégageait une odeur de pain chaud, d'herbes et d'argile. C'était agréable et réconfortant. Ses seins s'écrasèrent contre le corps de Frieda, ses cheveux lui chatouillèrent la figure. Frieda resta assise sans bouger.

— Tu aurais dû me le dire, dit-elle quand elle desserra son étreinte. Tu aurais dû me le dire à l'époque.

— Sans doute.

— C'est pour ça que tu es partie.

— Entre autres.

Elle se demanda dans quelle mesure elle devait se confier.

— Je l'ai dit à ma mère, mais elle ne m'a pas crue. C'était il y a longtemps et ça n'a pas détruit ma vie ou fait de moi ce que je suis aujourd'hui. Mais j'ai besoin de savoir.

Elle songea à Sarah May et à Becky. Devait-elle avouer à Eva qu'elles avaient été violées par le même homme, puis assassinées ? Non. Eva pourrait établir elle-même le lien.

— D'où cette chronologie, conclut Eva. C'est à ça que c'est destiné : trouver le coupable ?

— Je peux déjà en écarter certains. Ils y étaient, ils ont des témoins. Mais je ne peux pas éliminer Lewis.

— Mais tu sortais avec lui. Ça n'a aucun sens.

— On s'était disputés. Il était très en colère contre moi. Et personne n'a l'air de se rappeler s'il était là ou pas. Je crois qu'il n'y était pas, en fait.

Silence. Eva s'approcha de la fenêtre et regarda au-dehors. Le dos tourné à Frieda, elle répondit :

— Il y était.

— Mais tu as dit l'autre jour que tu ne t'en souvenais pas.

— Je sais. Mais je m'en souviens.

— Eva ?

— Comment on disait ça ? On a « conclu », Lewis et moi, ce soir-là.

— Lewis et toi ?

— J'en étais malade. On en était malades tous les deux, d'ailleurs.

— Tu as dit que c'était plus tard, après mon départ.

— Aussi, oui. Ça n'a jamais donné grand-chose. Peux-tu me pardonner, Frieda ?

— La question n'est pas de savoir si je pardonne ou non, répondit Frieda. La seule chose qui m'importe, c'est que Lewis y était.

— Je te le confirme : oui.

Frieda hocha la tête, but une gorgée de son thé qui refroidissait.

— Je suis heureuse que ce ne soit pas lui.

Elle composa le numéro des Shaw et tomba sur Vanessa.

— On parlait justement de toi. J'ai honte de ne pas t'avoir encore reçue à dîner.

— Je peux dire un mot à Ewan ?

— Si tu veux.

Elle semblait un peu vexée.

— Je vais l'appeler. Il rentre tout juste du bureau, mais je crois qu'il est devant l'ordinateur. Comme d'habitude.

Frieda entendit Vanessa le héler et il prit bientôt l'appel.

— Tu as reçu ce que je t'ai envoyé ?

— Oui, merci. Tu as dû y passer un sacré bout de temps. Comment tu t'y es pris ?

— Je fais pas mal de présentations au boulot.

— Non, pour obtenir les informations.

— C'est surtout Vanessa et moi qui avons cherché dans notre mémoire. J'ai passé quelques coups de fil. Braxton est un petit monde.

— J'aimerais bien le passer en revue avec vous.

— Quand ?

— Que diriez-vous de maintenant ?

Dix minutes plus tard, il était attablé à côté d'elle.

— Il va falloir faire quelques corrections, dit-elle.

— Quoi ?

— Chas n'y était pas du tout.

— Je croyais…

— Il a été emmené à l'hôpital. Tu ne le savais pas ?

— Non.

Il avait l'air penaud.

— Mon attention était focalisée ailleurs.

— Et Lewis y était finalement. Tu peux l'intégrer ?

Il s'activait à manipuler les lignes.

— Là.

— Quelqu'un sait-il si Greg Hollesley était là ?

Ewan fit une drôle de tête.

— Greg Hollesley ? Tu veux dire… ? Je poserai la question discrètement.

— Je crois que je me fiche un peu du problème de la discrétion, maintenant.

— Je demanderai quand même.

— Et Jeremy.

Il laissa échapper un petit sifflement.

— Tout ça devient assez perso, Frieda. Mais j'ai le sentiment de l'avoir vu. En tout cas, il y avait pas mal de monde de son lycée, et je suis presque sûr qu'il était parmi eux. Donc, conclut-il, les yeux sur le schéma, Lewis y était, ainsi qu'Eva ?

— Oui, Eva était là.

— Chas, mais pas tout le temps.

— Exact.

— Moi, j'y étais. Vanessa aussi. Sarah également.

— Mais j'ai besoin de savoir pour Jeremy et Greg.

Il hocha la tête à plusieurs reprises.

— Merci.

Elle hésita.

— Vanessa et toi étiez là jusqu'à la fin ?

— Oui. Enfin je veux dire, on n'a pas…

Il marqua une pause, les roues roses, et lâcha un petit rire gêné.

— Je n'ai pas besoin de rentrer dans les détails de notre première rencontre sexuelle. Mais on y était jusqu'au bout, oui. Tu peux vérifier auprès d'elle si tu veux.

— Ça ira.

— Je peux te poser une question ? Te souviens-tu de moi, enfant ?

Frieda se tourna vers lui.

— Bien sûr que oui.

— J'ai l'impression d'avoir toujours été en marge.

— Tu aurais aimé être au centre ? demanda Frieda, mais elle pensait que ce qu'il venait de dire était en partie vrai.

— Comme Chas ou Jeremy ? Pas mon genre. Peut-être est-ce pour ça qu'on s'est mis ensemble, Vanessa et moi. Elle ressentait la même chose.

— Et aujourd'hui ?

— Aujourd'hui, ce n'est plus pareil. J'imagine que c'est l'un des points positifs dans le fait de grandir, de s'installer. On n'a plus le même besoin de faire partie de la bande.

— On formait une bande étrange, tu ne trouves pas ?

— Quand j'y repense, je vois bien que oui. Mais toi, tu n'as jamais été en marge, ni au centre.

— Ah non ?

Elle sourit, même si elle se sentait soudain triste, pour une raison obscure.

— Non. Tu n'étais pas plus suiveuse que meneuse. Tu étais toi-même. J'admire ça. C'est comme si tu avais toujours su qui tu étais.

— Je ne crois pas que ce soit vrai.

Plus tard, elle marcha le long des rues sombres et mouillées en direction de la maison de sa mère. Ses pensées étaient ralenties, ses jambes lourdes. Cette frise chronologique lui faisait l'effet d'un brouhaha de voix dissonantes et la rendait nerveuse. L'anxiété suscitait en elle une légère nausée.

Chez sa mère, elle remarqua une paire de chaussures d'homme juste derrière la porte d'entrée. De robustes richelieu marron, cirées et aux talons usés. Pas le genre de celles de David.

— Hello ? lança-t-elle en entrant dans la cuisine.

Personne, mais la théière était chaude et il y avait un gros bouquet de fleurs dans l'évier, encore enveloppé dans du papier.

Elle regarda dans le salon, puis monta à l'étage. La porte de la chambre était fermée et elle toqua avant d'ouvrir. Sa mère était dans son lit, calée contre des oreillers. On aurait dit qu'elle avait rétréci : ses yeux paraissaient trop grands pour son visage beaucoup plus marqué. Mais elle souriait.

Elle souriait parce qu'il y avait un homme assis dans le fauteuil à côté de son lit. Il tenait sa main entre les siennes, constata Frieda. Sa nuque lui disait quelque chose. Il se retourna : c'était Stuart Faulkner.

Son expression douce s'effaça pour céder la place à une moue boudeuse.

— Votre mère ne vous attendait pas, que je sache ?

— Non, en effet, dit Juliet. Tu ne peux pas te pointer comme ça, tu sais, sans prévenir, comme si j'allais rester couchée à t'attendre.

— Je repars à Londres tôt demain matin, et ne te reverrai pas pendant plusieurs jours.

— Je devrais…

Ses traits se tordirent tandis qu'elle cherchait à articuler.

— … survivre, je crois. À moins que non.

Elle eut un rire rauque.

Ils la dévisagèrent, elle n'avait manifestement plus qu'à s'en aller.

— Bon ben, au revoir, alors.

— Referme la porte derrière toi.

Alors qu'elle s'exécutait, elle les entendit rire.

— Frieda ? C'est Jack.

— Alors, vous avez trouvé quelque chose ?

— J'ai ce qu'il vous fallait. Chas Latimer a bien été hospitalisé tard, le soir du 11 février 1989. On l'a réhydraté et il est sorti le lendemain.

— Il m'a donc dit la vérité. Comment l'avez-vous su ?

— Vous tenez vraiment à le savoir ? Un de mes amis de la fac de médecine travaille à Colchester et sa petite amie…

— OK, ça ira. Merci Jack.

33

Frieda s'acheminait en direction de la maison d'Eva, l'esprit embrumé par les souvenirs. La pluie avait cessé et, de temps en temps, elle apercevait de pâles étoiles à travers les nuages. Le vent frais caressait ses joues. Elle revoyait les visages de son passé : Lewis, Jeremy, Eva, Ewan et Vanessa, Maddie, Chas et la pauvre Sarah. Et ceux du présent, ridés par le temps, marqués par l'amertume, empâtés par la suffisance. Elle pensait à Becky et ses soi-disant amies ; à cette foule d'adolescents en pleurs dans l'église pour une fille qu'ils n'avaient pas aimée. Une colère sourde et amère l'envahit, qui se mua peu à peu en tristesse. *Pauvre Becky*, songea-t-elle, *pauvre Becky, si seule. Comme moi, comme la Frieda d'autrefois*.

Alors qu'elle tournait au coin de la rue, elle vit une silhouette en arrêt à proximité du portail d'Eva, qui se retourna au bruit de ses pas. Elle reconnut Max, même si l'espace d'un instant, elle n'avait pu s'empêcher de le prendre pour Lewis, tant ils se ressemblaient. Elle leva sa main et s'approcha de lui. « Flippant », avaient dit les filles d'Ewan à son propos. « Comme son père », avaient-elles ajouté. La cruauté des jeunes…

— Bonjour, Max. Tu es venu me voir ? Ou alors Eva, peut-être ?

— Je viens juste d'apprendre que vous étiez la psy.

— Je suis psychothérapeute, oui.

— Je veux dire, celle dont Becky m'a parlé. Je ne le savais pas.

Elle lui lança un regard vif.

— Becky te l'a dit ?

— Oui.

— Entre, je t'en prie. On peut aller dans la cabane.

Ils contournèrent la maison et traversèrent le jardin. Il y avait de la lumière chez Eva, et alors que Frieda refermait la porte de la cabane et baissait les stores, elle la vit jeter un coup d'œil par la fenêtre de sa chambre.

Max ôta sa grosse veste, sous laquelle il ne portait qu'un léger tee-shirt rouge en dépit du temps hivernal. Il s'assit sur la chaise du bureau. Il ne savait visiblement pas trop par où commencer.

— Becky t'a dit qu'elle était venue me voir, répéta Frieda pour l'encourager.

— Et qu'elle avait confiance en vous.

— T'a-t-elle dit pour quelle raison elle était venue me voir ?

Un silence s'installa, durant lequel Max ne put croiser le regard de Frieda. Puis il répondit :

— Oui. Elle m'a dit…

Il déglutit avec peine, les traits crispés.

— Elle m'a dit qu'on l'avait violée.

— Elle avait donc un ami, finalement. J'en suis très heureuse.

— Ça ne lui a pas servi à grand-chose, hein ?

— Quand te l'a-t-elle dit ?

— Quelques jours avant de mourir.

— Raconte-moi.

— On était près du monument aux sorcières… Vous le connaissez ?

— Oui.

— Elle m'a parlé des sorcières, qui n'étaient en fait que des femmes indépendantes, en marge de la société, dont il fallait se débarrasser. Elle a dit qu'elle était comme une de ces sorcières. Elle a dit… qu'elle pouvait me le confier parce que j'étais différent, moi aussi, et que du coup, je savais ce que ça faisait de ne pas être écouté, ni cru. Je ne savais pas vraiment de quoi elle voulait parler, mais je sentais que c'était important pour elle. Elle semblait tellement anéantie ces derniers temps, mais tout à coup, elle a paru plus forte.

— Continue.

— Elle a dit qu'elle avait rencontré quelqu'un qui l'avait écoutée, et qui l'avait crue. Cette personne lui avait dit que ce qu'elle racontait semblait vrai. Elle n'arrêtait pas de répéter ces mots.

Frieda se rappela ses paroles, et comment Becky avait puisé du courage dans ces mots.

— Puis elle m'a tout déballé et s'est mise à pleurer. Je ne l'avais jamais vue pleurer comme ça avant, ni personne d'ailleurs.

Max paraissait sidéré par ce souvenir.

— Elle reniflait et s'étranglait, son visage était tout mouillé. Ensuite plein de gens sont arrivés et nous ont vus. Ils se moquaient et faisaient des commentaires débiles parce que je serrais Becky dans mes bras et qu'elle pleurait. Je crois même que je pleurais aussi, je ne sais pas pourquoi.

— Vous les connaissiez ?

— Bien sûr. Ils étaient de notre école. Il y avait même Charlotte Shaw. Elle se marrait et levait les yeux au ciel.

— Vous leur avez parlé ?

— Becky s'est enfuie vers la rivière et je l'ai suivie. Elle n'a rien voulu dire pendant un moment. Sa figure était toute sale et elle s'était fait piquer les jambes par des orties. Je n'ai jamais vu quelqu'un d'aussi malheureux, ajouta-t-il. Jamais. Quand je repense à elle aujourd'hui, c'est comme ça que je la vois.

— A-t-elle ajouté quoi que ce soit ?

— Oui, qu'elle allait parler à la police. Qu'elle savait que c'était la meilleure chose à faire.

— Elle me l'a dit, à moi aussi, confirma Frieda.

— Elle avait un truc à leur donner.

— Quoi ?

— Elle allait le chercher avant d'y aller.

— Mais qu'est-ce que c'était ?

— Aucune idée.

— Mais c'est important. Réfléchis.

— Je n'en sais rien. Elle ne l'a pas précisé. Elle a juste dit ça en passant.

— Mais elle n'a pas dit où elle l'avait mis ?

— Pas à moi, non, mais je savais que c'était chez Vanessa.

— Pourquoi ?

— Elle était très proche de Vanessa – la mère de Charlotte. Tout le monde l'aime, elle. Je sais qu'elle est passée chez eux quelques jours avant de mourir, parce que Charlotte n'arrêtait pas de dire à quel point elle en avait marre que Becky vienne tout le temps voir sa mère. Et le jour d'avant, elle y est encore retournée. Je le sais parce que Vanessa l'a dit. Elle a dit qu'elle était l'une des dernières personnes à avoir vu Becky vivante. J'en ai conclu que Becky avait dû laisser le truc en question chez Vanessa.

— Il faut qu'on y aille, déclara Frieda en se levant.

— Je l'ai déjà fait. Je me suis dit que ça pouvait être important.

— Et ?

— Vanessa m'a répondu que Becky lui avait bien remis quelque chose, pour qu'elle le garde précieusement et qu'elle était revenue le chercher la veille de sa mort. C'était pour ça qu'elle était passée.

— Donc Vanessa le lui a rendu ?

— Oui. D'après elle, Becky était venue avec un petit paquet une semaine avant, à peu près, et lui avait demandé de le cacher. Elle ne voulait pas que sa mère qui l'espionnait tout le temps tombe dessus. C'était dans un sac en plastique fermé par du ruban adhésif. Vanessa s'est dit que ça devait avoir un rapport avec un garçon ou un truc du genre. Elle n'y a vu aucun mal. Elle avait toujours eu un faible pour Becky… elle était désolée pour elle de tout ce qui était arrivé. Je crois que ça lui a vraiment fait de la peine quand Charlotte s'est mise à devenir aussi peste envers elle.

— Vanessa savait-elle ce que Becky comptait en faire ?

— Elle a dit que Becky voulait le montrer à quelqu'un.

— Quelqu'un ? répondit Frieda. Ça ne fait pas penser à la police. Savait-elle de qui il s'agissait ?

— Non.

— Elle a dû le reprendre pour le donner à quelqu'un, conclut Frieda. Et là quelque chose a mal tourné.

— Tout a mal tourné, si vous voulez mon avis.

Frieda accompagna Max le long de la route.

— Vous aimiez mon père ? demanda-t-il soudain.

Il gardait les yeux rivés au loin avec une expression stoïque, comme s'il s'apprêtait à prendre un nouveau coup.

— Oui. Même si on était très jeunes tous les deux, on s'est aimés.

— Pourquoi ?

— Pourquoi est-ce qu'on s'aimait ?

— Pourquoi l'aimiez-vous ?

Frieda comprit que Max lui demandait qui pourrait bien l'aimer, lui, le fils.

— C'était la seule personne authentique de Braxton, à ma connaissance, répondit-elle.

Les mots qu'elle avait dits à Becky – que ses paroles semblaient vraies – résonnèrent dans sa tête.

— Authentique ?

— Qui essayait d'être lui-même, corrigea-t-elle.

— Je ne comprends pas.

— C'est difficile à expliquer.

— Je ne veux pas finir comme lui.

— Ce n'est pas parce que tu lui ressembles que ta vie doit ressembler à la sienne.

— J'aimerais que Becky soit encore là et qu'on puisse se parler comme ça tous les trois. Pour que les choses soient moins moches.

— Moi aussi, Max. Mais on devra se contenter de trouver comment elle est morte.

Il était tard à présent et les rues étaient désertes, mais elle se rendit tout de même chez Maddie. Il fallait qu'elle trouve le paquet.

Plusieurs minutes s'écoulèrent avant que Maddie ne vienne ouvrir. Elle avait dû la réveiller. Elle était vêtue d'une robe de chambre et elle avait la marque de l'oreiller sur le visage. Le maquillage avait coulé autour de ses yeux.

— Que fais-tu ici ? Tu as vu l'heure ?

— Je suis désolée de t'avoir réveillée, mais je vais à Londres demain et il fallait que je te voie avant.

— Pourquoi ? Que s'est-il passé ?

— Je peux entrer ?

Maddie emmena Frieda dans la cuisine.

— Quoi ? répéta-t-elle en se laissant tomber sur une chaise.

— Je viens de parler à Max, répondit Frieda.

Maddie eut un geste d'impatience.

— Becky lui a raconté, pour le viol.

— Elle l'a dit à Max ?

— Elle lui a aussi dit qu'elle comptait aller voir la police et qu'elle avait quelque chose à leur montrer.

— Je ne comprends pas. Comment ça, qu'elle avait quelque chose à leur montrer ?

— Je n'en sais rien moi-même, répondit Frieda. Mais il semble qu'elle ait laissé quelque chose chez Vanessa, puis qu'elle l'ait repris la veille de son décès.

Maddie se frotta les yeux.

— Comment ça, qu'elle l'ait laissé chez Vanessa ? continua-t-elle à répéter comme un petit enfant. Qu'est-ce qu'elle a laissé ?

— Max dit que c'est un paquet. Enveloppé dans du ruban adhésif pour que personne ne l'ouvre. As-tu vu quoi que ce soit de semblable ?

— Bien sûr que non.

— As-tu rangé la chambre de Becky, fouillé dans ses affaires ?

Maddie secoua la tête.

— Pas encore. Je n'y arrive pas.

— Donc il pourrait y avoir quelque chose dedans ?

— La police a inspecté sa chambre. Après.

— Mais vu qu'ils étaient certains qu'elle s'était tuée, ils n'ont pas dû procéder à des fouilles très minutieuses.

— Je n'en sais rien.

— Je me suis dit qu'on devrait jeter un œil.

— Maintenant ?

— Si ça ne t'ennuie pas.

— Si tu crois que c'est important.

— On peut faire ça ensemble.

— Je peux me verser un brandy ?

— Bien sûr.

— Tu en veux un ?

— Tu n'aurais pas du whisky ?

— Si. Je crois. Ce sera whisky pour nous deux, alors.

La bouteille était presque pleine, Maddie en versa de généreuses rasades dans deux verres et l'emporta tandis qu'elles montaient l'escalier en direction de la chambre de Becky. Après un instant d'hésitation devant la porte fermée, Maddie tourna la poignée et elles entrèrent.

Becky avait presque seize ans au moment de sa mort, elle resterait dans l'esprit de tous une adolescente perturbée et anorexique. Mais sa chambre était celle d'une jeune fille bien rangée et ordinaire. Les murs étaient jaunes, avec un grand panneau en liège au-dessus du bureau tapissé de photos et de cartes postales. Frieda aperçut des clichés de Becky petite : entre ses parents, à cheval, avec des groupes d'amis. Il y avait plusieurs séries de photos d'identité où l'on apercevait Becky, le visage pressé contre celui d'une amie. L'une d'elles était Charlotte. Les filles faisaient la moue comme pour mimer un baiser, ou tiraient la langue. La pièce dégageait une impression de jeunesse et d'innocence absurde. Un lit une place, recouvert d'une housse de couette blanche à volants avec plusieurs coussins de couleurs posés dessus. Des peluches empilées sur le rebord de la fenêtre, usées pour certaines, plus récentes pour d'autres, comme si elle en faisait encore la collection. Elles fixaient Frieda et Maddie de leur regard vitreux.

— On fait quoi maintenant ? demanda Maddie.

Elle avait déjà fini son whisky et s'en servait un autre.

— On cherche ce paquet, répondit Frieda.

Elle ouvrit la penderie, dans laquelle se trouvaient des robes et des chemises de couleurs vives, des chaussures jetées en vrac au fond. Elle fouilla chaque tiroir de la commode, ainsi que la boîte à bijoux matelassée rose posée dessus. Elle s'agenouilla et attrapa les boîtes de rangement cachées sous le lit, comportant des classeurs, des dossiers et des manuels scolaires. Elle souleva la couette et les oreillers. Maddie se contentait de l'observer, son whisky à la main. Elle semblait incapable de bouger.

— Je ne sais pas ce que je cherche, confessa enfin Frieda. Mais je ne crois pas que ce soit ici.

Maddie s'approcha de la fenêtre d'un pas hésitant et regarda les peluches. Elle en prit une et enfouit son visage dedans.

— Je ne sais pas comment supporter ça, dit-elle.

— Je suis vraiment désolée.

— Parfois, je me réveille le matin et j'ai oublié, puis tout me revient en mémoire.

Elle remit la peluche en place.

— Elle les adorait, continua-t-elle. Même quand elle sortait avec ses hauts talons ou qu'elle rentrait et puait le tabac et l'alcool, elle aimait ses petits animaux. Ils la réconfortaient. C'est bête, non ?

— Non. Douloureux.

— Celui-là s'appelle Rodney, celle-là Wendy, celle-ci Lucy. Je me souviens des noms, même maintenant.

Elle renifla, puis se versa une troisième rasade de whisky.

— Je me demande où est Percy ?

— Percy ?

— Un écureuil roux, auquel il manque la moitié de sa queue touffue. Elle s'endormait souvent avec lui.

Frieda se tourna vers le lit.

— En tout cas, il n'est pas là.

— Ça n'a plus d'importance, déclara Maddie d'une voix éteinte.

— Peut-être que si, répliqua Frieda.

— Comment ça ?

— On n'arrive pas à trouver le paquet, mais on peut peut-être deviner ce qu'il y avait dedans.

— Je ne comprends pas où tu veux en venir.

— Cet écureuil, Percy, manque. Quoi d'autre ?

Maddie la dévisagea, confuse et angoissée.

— Qu'est-ce qui manque ? insista Frieda. Qu'est-ce qui a disparu de la chambre de Becky ?

— Je n'en sais rien.

Frieda lui ôta son verre de la main.

— On essaie de trouver ? Tu as déjà remarqué que l'écureuil de Becky avait disparu. Il y a autre chose ? Des vêtements ? Des objets ?

Maddie regarda autour d'elle, et s'approcha de la penderie. Elle fit glisser les cintres un à un, murmurant dans sa barbe, sourcils froncés, concentrée. Elle sortit des chaussures et les rangea par paires. Puis elle fit de même avec chaque tiroir, elle souleva des piles de tee-shirts pour les examiner un à un, secoua chaque petite culotte, chaque paire de chaussettes pliées. Une expression hébétée figeait ses traits. Soudain, alors qu'elle s'activait dans le tiroir du bas, elle s'arrêta.

— Quoi ? demanda Frieda.

— Son bas de pyjama. Bleu, à rayures, avec un cordon. Un peu usé, mais elle l'adorait. Il n'est plus là.

— Tu en es sûre ?

Maddie repassa en revue le contenu du tiroir, puis revérifia dans les autres. Elle souleva l'oreiller sur le lit qu'avait déjà soulevé Frieda.

— Il a disparu, c'est certain.

— Il ne peut pas être au sale, ou au repassage ?

— Non.

— Donc il nous manque une peluche que Becky gardait souvent dans son lit la nuit et son bas de pyjama.

— Et je n'arrive pas non plus à retrouver le tee-shirt qu'elle portait la nuit. Il appartenait à son père et elle y tenait beaucoup. Blanc, avec un cercle rouge sur la poitrine.

Elle s'assit sur le lit et scruta la pièce, enregistrant le moindre détail.

— Une seconde. Sa gouttière qui l'empêchait de grincer des dents la nuit. Où est-elle ? Elle la mettait sur sa table de nuit mais, regarde, la boîte est vide.

— Dans la salle de bains, peut-être ?

Maddie alla vérifier : elle revint les mains vides.

— Tu crois qu'elle aurait pu la porter au moment où elle est morte ? demanda Frieda.

— On ne porte pas une gouttière quand on se pend, rétorqua Maddie.

— Précisément. Toutes ces choses sont ses affaires de nuit.

Maddie se mit à fouiller dans la boîte à bijoux.

— Elle ne portait pas son pendentif en forme de fer à cheval. Je me rappelle l'avoir remarqué. Elle le mettait tout le temps. Je n'y ai pas prêté attention sur le coup. Ça me semblait insignifiant par rapport au reste. Mais il n'est plus là.

— Elle le gardait sur elle au lit ?

— Oui. Au lit, dans son bain. Elle ne l'enlevait pratiquement jamais.

— Bien. Becky a dû retirer tout ce qu'elle portait la nuit de son viol, si tu veux mon avis, déclara Frieda. Y compris son protège-dents et son pendentif.

— Pourquoi ?

— Parce qu'ils étaient souillés. Elle les a enlevés et mis dans un sac parce qu'elle ne pouvait plus supporter de les voir ou de les garder avec elle. Mais ensuite, elle a dû se rendre compte qu'ils pouvaient constituer des preuves.

— Des preuves ?

— ADN, compléta Frieda. Sperme. Cheveux. Il est impossible qu'il n'y ait pas de trace.

Maddie poussa un petit gémissement et se mordit le poing.

— C'est pour ça qu'elle ne l'a pas jeté, et qu'elle l'a caché chez Vanessa.

— Pourquoi ?

— Peut-être craignait-elle que tu ne le trouves, répondit Frieda d'une voix douce. Et vu tout ce qui s'était passé avec toi, elle préférait que ça n'arrive pas. Mais elle est passée le récupérer la veille de sa mort. Et la question est : où est-il à présent ? Qui a-t-elle vu ce soir-là, Maddie ? Tu le sais ?

— Je sais qu'elle a retrouvé un groupe d'amis de son école vers le terrain de jeu, par là... Le genre d'endroit où se retrouve les jeunes de Braxton. Mais je ne sais pas exactement qui y était.

— Quelqu'un est venu ici ?

— Greg, répondit Maddie. Il est passé deux heures.

— Greg Hollesley ?

Maddie hocha la tête, les joues en feu.

— Tu te souviens si elle a vu quelqu'un d'autre ?

— Eva est passée un moment. Elle faisait des sablés et avait besoin de semoule, mais les magasins étaient fermés.

— Becky a été tuée parce qu'elle avait décidé de porter plainte.

— Oui, murmura Maddie.

— Ta fille était quelqu'un de courageux.

— Il faut qu'on le retrouve, plaida Maddie. On y arrivera, tu crois ?

34

Frieda et Josef partirent le lendemain matin. Quand Frieda apprit à Eva qu'elle retournait à Londres pour quelques jours, elle eut l'impression de revivre son départ définitif d'autrefois. Eva parut choquée et malheureuse, puis se tourna vers Josef.

— Tu me la ramènes, hein, pour la réunion des anciens ?

— Je crois.

— Bon ben… répondit-elle d'une voix enjouée en lui tendant la main, comme s'il était un chauffeur de taxi venu chercher Frieda. Au revoir, alors.

— Allons, allons…

Josef la serra dans ses bras. Quand ils se séparèrent, Eva s'essuya l'œil avec sa manche.

— De toute façon, ce n'est pas un adieu, n'est-ce pas ?

L'idée était de rentrer à Londres, d'ouvrir le courrier, de vérifier si le chat allait bien, de contacter ses patients. Elle mettrait tout en ordre, puis retournerait à Braxton. Mais, sitôt qu'elle franchit le seuil de sa porte, elle aperçut une enveloppe avec une écriture familière sur le haut de la pile posée sur le paillasson. Elle la ramassa. Elle était dépourvue de timbre. Sandy avait dû la glisser par la fente, après le passage du facteur.

Elle déchira l'enveloppe et lut les quelques lignes. Elle se sentit aussitôt coupable. C'est à peine si elle avait pensé à lui ces derniers jours, durant son voyage dans le passé. Elle s'empara du téléphone et composa son numéro. Ils échangèrent trois mots. Une heure plus tard, Frieda se trouvait au sommet de Parliament Hill et voyait Sandy monter le sentier vers elle, depuis Hampstead. Frieda n'avait pas le courage de le regarder tandis qu'il approchait, aussi contemplait-elle la ville noyée dans la brume. Quand elle se tourna vers lui, il était arrivé. Il semblait vieilli, avait de nouvelles rides. Ils n'échangèrent pas un baiser, ni ne se serrèrent la main.

— Tout à fait le genre d'endroit où se retrouvent les espions, commenta Sandy. Terrain neutre, loin de toute surveillance.

— Plutôt un endroit où nous ne sommes jamais venus ensemble, corrigea Frieda.

— Je suis sûr que tu auras quelque chose d'intéressant à me raconter là-dessus, répliqua Sandy. Y aurait-il une rivière souterraine par ici ? Comme la Wallbrook, où tu m'as laissé, celle qui luttait pour recouvrer sa liberté. Aurait-on commis ici quelque fameux meurtre ?

Frieda leva les yeux vers l'homme fâché qui lui faisait face. Était-ce là celui qu'elle avait aimé ? Fallait-il que ça se termine ainsi ?

— Je suis vraiment désolée pour tout ça, déclara-t-elle.

— Tout ça quoi, en particulier ?

Frieda avait envie de répondre : « S'il te plaît, non. Je t'en prie, au nom de tout ce que nous avons été l'un pour l'autre, pas ça. » Mais elle ne le put.

— Je suis désolée que ça ait été aussi soudain, répondit-elle. Je suis désolée de t'avoir blessé à ce point après tout ce que tu as fait pour moi, et tout ce que tu as représenté pour moi. Et je suis désolée de m'être évaporée dans la nature, et de ne pas t'avoir répondu.

— Oh, ça. Je pensais plutôt au fait que quand tu étais vraiment dans la merde, quand on t'a poignardée et que tu as failli mourir, j'ai tout laissé tomber pour revenir en Angleterre. Nous nous sommes engagés l'un envers l'autre et tout à coup tu y as mis fin, comme ça, sans rien qui puisse le laisser présager, sans un avertissement, sans une discussion.

— Je te suis infiniment redevable, je le sais. Si je t'ai fait du tort…

— Si ? rétorqua Sandy, amer.

— J'en suis malade et je le regrette, sincèrement. Mais ç'aurait été pire de continuer comme ça.

— J'y ai réfléchi. Crois-tu que ce soit une coïncidence si c'est arrivé juste au moment où tu repensais au terrible traumatisme que tu as vécu ?

— Non, je ne crois pas.

— Et alors, comment ça se passe ? Tu l'as retrouvé, ou pas encore ?

— Je n'ai pas envie de t'en parler.

— Oh, je vois, répliqua Sandy. Je ne fais plus partie de tes intimes, maintenant, c'est ça ?

Frieda ne répondit rien.

— Tu ne peux pas me faire ça, Frieda. Tu ne peux pas te servir de moi et me jeter ensuite.

— Ce n'est pas ça…

Sandy allait reprendre la parole mais s'arrêta. Il faisait manifestement un effort pour se dominer.

— Ce qu'il faudrait qu'on fasse… non, que *tu* fasses, c'est que tu en finisses avec cette histoire, que tu règles leurs comptes à ces fantômes du passé, quels qu'ils soient, et ensuite, qu'on se reparle. On peut surmonter cette crise.

À ces mots, Frieda lui prit la main et le regarda droit dans les yeux :

— Sandy, laisse-moi être claire. Notre histoire est terminée. C'est fini.

Le désespoir s'afficha sur le visage de Sandy.

— Tu dois me le dire, Frieda : c'est dû à quelque chose que j'ai fait ? Que j'aurais fait sans m'en rendre compte ?

Frieda mit du temps à répondre. Apporter des explications, c'était son métier : pourtant elle se sentait incapable de le faire à présent, même s'il n'y avait pour elle aucun doute.

— La question que je me suis posée, c'est si toi et moi devions passer le reste de nos vies ensemble, et quand j'ai pensé que non, le reste importait peu.

— Ça ne peut pas être vrai, répondit Sandy. (Frieda aperçut une lueur de méfiance et de colère dans ses yeux.) Y a-t-il quelque chose que tu ne me dis pas ? Quelqu'un d'autre ? C'est Karlsson ? Ou ce maçon, là ? C'est mieux si tu me le dis parce que je le découvrirai, de toute façon.

Sandy dut percevoir quelque chose dans l'expression de Frieda, parce qu'il recula d'un pas.

— Et après ? demanda-t-elle.

Elle inspira un grand coup. Elle s'était juré qu'elle ne se fâcherait pas avec Sandy parce que ce ne serait qu'un moyen de s'en tirer la conscience tranquille.

— Tu ferais mieux de retourner aux États-Unis.

— Tu ne te débarrasseras pas de moi aussi facilement, rétorqua-t-il. Je fais toujours partie de ta vie.

— Sandy… Laisse-moi partir.

Cela se termina mal, et Sandy s'éloigna, toujours en colère. Alors que Frieda redescendait la colline, son téléphone sonna. C'était Reuben.

— Vous êtes à Londres ?

— Pourquoi ?

— Vous avez parlé à Sasha ? Elle a tenté de vous joindre.

— J'étais partie.

— Partie ? s'étonna Reuben. Vous n'êtes pas au courant ? Les téléphones marchent à distance.

— C'est compliqué à expliquer.

— Allez voir Sasha.

— Pourquoi ?

— Parce qu'elle est votre amie.

— Je l'appellerai bientôt.

— Non, allez la voir. Maintenant.

Frieda avait eu l'intention de revenir à Londres pour une journée ou deux incognito, et de ne voir personne. Ses plans semblaient compromis.

Elle marcha jusqu'à Highgate Road et prit un taxi jusqu'à Stoke Newington. Sitôt que Sasha ouvrit la porte, Frieda comprit pourquoi Reuben l'avait appelée. Si Sasha avait le teint pâle d'habitude, il était à présent presque gris, son regard était éteint, ses cheveux emmêlés. Sasha était son amie, mais Frieda l'avait d'abord soignée, après qu'elle avait été victime du traitement abusif de son précédent psychothérapeute.

Elle avait déjà traversé des temps difficiles, mais ce jour-là, c'était pire. Ses épaules étaient abattues, elle se déplaçait avec lenteur et ne semblait même pas reconnaître tout à fait Frieda.

— Où est Frank ? s'enquit Frieda.

— Parti plaider, répondit Sasha.

— Il sait que tu es dans cet état ?

— Il travaille.

— Où est Ethan ? demanda Frieda, inquiète.

Mais Ethan était dans un youpala suspendu à l'encadrement de la porte de la cuisine, sale mais heureux. Frieda ramassa tout ce à quoi elle put penser : couches, biberons, poussette, quelques vêtements, puis appela un taxi, les mit tous les deux à l'intérieur et les emmena chez elle. Sasha la laissait faire, à moitié endormie. Frieda l'allongea sur son canapé, puis prépara un plat de riz et de purée de carottes à Ethan avant de le baigner. Il la contemplait, les yeux écarquillés, grave et docile. Elle lui mit une couche et le coucha dans son propre lit, en l'entourant d'oreillers pour qu'il ne tombe pas. Deux minutes plus tard, il dormait, ses deux mains jointes sous sa joue.

Elle revint à Sasha et fit pratiquement la même chose qu'avec le petit garçon. Elle la fit monter à l'étage, dans la salle de bains, et fit couler un bain. Elle déshabilla son amie, l'obligea à s'allonger et l'aida à se laver. Puis elle la sécha et lui enfila quelques-uns de ses propres habits, trop grands pour elle. Elle la fit redescendre au salon, l'allongea sur le canapé, et sortit, inquiète de la laisser ne serait-ce que quelques minutes. Elle acheta du pain, du beurre et du lait. De retour chez elle, elle prépara du thé et un toast à la confiture et nourrit Sasha, bouchée par bouchée, l'obligeant à boire le liquide chaud.

— Je n'y arrive plus, déclara enfin Sasha.

— Tu n'as pas besoin de dire quoi que ce soit.

— Je ne comprends pas ce qui m'arrive. Ça m'est tombé dessus, je n'ai rien pu faire. C'était comme une vague.

Elle s'exprimait avec difficulté, comme si elle était saoule.

— Ça arrive, commenta Frieda. C'est difficile d'être mère. Mais ce n'est qu'une mauvaise passe.

Plus tard, Frieda accompagna de nouveau Sasha à l'étage et la coucha dans son lit à côté d'Ethan. Faute de savoir quoi faire d'autre, elle s'y allongea aussi. Pendant un moment, Frieda crut son amie endormie, mais celle-ci prit soudainement la parole.

— Qu'est-ce que je vais faire ? dit-elle. Qu'est-ce que je vais faire ?

— Je m'en vais demain, répondit Frieda. Je pars à Braxton pour quelques jours, seulement. Mais je vais trouver quelqu'un qui veillera sur toi.

Frieda vit des larmes couler sur les joues de Sasha.

— Tu ne peux pas m'emmener avec toi ?

On aurait dit un petit enfant.

Frieda lui caressa les cheveux.

— Pas cette fois, ma chérie, dit-elle. Pas cette fois.

Chloë arriva juste avant le départ de Frieda. Elle semblait à la fois grave, excitée et inquiète.

— Je suis censée faire quoi ? demanda-t-elle, comme si elle se portait volontaire pour une dangereuse opération militaire.

— Tu gardes juste un œil sur Sasha. Tu veilles à ce

qu'elle mange et qu'elle ait assez à boire. Un de mes amis médecin viendra la voir en milieu de matinée et Reuben a dit qu'il passerait, lui aussi. J'ai laissé plein de provisions au frigo. Veille à ce qu'Ethan se porte bien.

— Je n'y connais rien en bébé ! Ils me font peur. Ils n'arrêtent pas de crier et ils deviennent violets quand je les prends dans mes bras. Une fois, il y en a un qui m'a vomi dans le cou. Et je ne peux pas changer les couches, Frieda. Ne me demande pas ça.

— Tu en es certainement capable, si tu fais l'effort. Mais je ne crois pas que tu auras à le faire. Sasha sera là. S'il pleure, tu le réconfortes. S'il a faim, tu le nourris.

— Mais avec quoi ? Ça mange quoi, un bébé ?

— J'ai mis plein de petits pots pour bébés sur la table, ou alors tu peux lui écraser une banane ou autre chose. J'ai préparé plusieurs biberons de lait qui sont au frigo.

— Oh mon Dieu ! s'exclama Chloë.

— Tu t'en sortiras très bien. Tu peux réviser et préparer du thé pour vous deux. Je veux juste que Sasha ne soit pas seule pour le moment. Frank est en déplacement mais je lui ai parlé. Il rentre dans deux jours.

— Je peux demander à Jack de venir ? Il a des petits neveux et nièces.

— D'accord.

— Pourquoi moi ?

— Parce que j'ai confiance en toi.

Les joues de Chloë rosirent.

— Bon ben, très bien, dans ce cas…

35

Un jeune homme en costume gris s'avança sur la scène et tapota le micro. Il provoqua un bruit semblable au roulement d'une grosse caisse, qui s'amplifia ensuite en un vacarme incontrôlable. Les gens dans la salle se bouchèrent les oreilles.

— On peut faire quelque chose ? demanda-t-il.

Il sortit une petite pile de fiches cartonnées de sa poche et consulta celle du dessus.

— Je me présente : Tom Cooke. Je suis le directeur du lycée de Braxton et j'aimerais souhaiter la bienvenue à tous à l'occasion de ces retrouvailles.

Frieda entendit une voix si proche de son oreille qu'elle la chatouilla presque.

— Il a plutôt une tête de délégué de classe.

Elle se retourna. C'était Chas, penché au-dessus de son épaule. Une blonde d'une minceur terrifiante se tenait juste à côté de lui, vêtue d'une robe en soie violette. Une épaisse couche de maquillage masquait ses traits tirés. Ses épaules et ses bras laissaient apparaître ses os et ses tendons.

Le directeur de l'école baissa les yeux sur ses fiches.

— « Né pour servir », ajouta-t-il. Comme vous le savez tous, telle est la devise du lycée de Braxton. Quelqu'un m'a dit un jour que ça aurait pu être la devise d'une école de tennis.

Il marqua une pause, attendant en vain que des rires s'élèvent. Il déglutit, trop près du micro, on aurait cru entendre de l'eau gargouiller dans un tuyau.

— Mais vous, les anciens de Braxton, vous êtes l'incarnation de notre devise. Certains parmi vous se sont fait un nom dans le monde des affaires et le commerce, le secteur juridique et la finance. On a aussi une potière, et un réparateur de chaudière. Je vais peut-être faire appel à lui.

Nouveau silence, dans l'attente d'un rire qui, une fois de plus, ne vint pas.

— J'ai même entendu dire que nous avions un psychiatre parmi nous ce soir, alors surveillez vos propos.

— Ta réputation te précède, murmura Chas.

— Je ne suis pas psychiatre, répondit Frieda.

— Je ne crois pas qu'on fasse la différence par ici.

Tom Cooke progressa méthodiquement dans ses fiches. Il évoqua la rénovation du bâtiment des sciences, les défis que posait le nouveau statut académique du lycée. Il les informa d'une exposition dédiée à l'histoire de l'école, installée dans les couloirs, et indiqua l'emplacement du bar payant et des issues de secours.

— Pour finir, dit-il, j'espère que vous envisagerez tous de devenir membres de l'Association des Amis du Lycée de Braxton, afin que nous maintenions les grandes traditions de l'école et, conformément à notre devise, que nous continuions à servir une nouvelle génération.

Nouveau silence, puis une faible vague d'applaudissements se déclencha alors qu'il s'éloignait du micro. Aussitôt, l'atmosphère changea. Les lumières s'atténuèrent, et le murmure des conversations devint plus sonore.

— Je te présente ma femme, Clara, dit Chas.

Frieda avança la main et Clara la serra de ses doigts fins et froids.

— J'ai entendu parler de vous. Et je crois comprendre que vous êtes passée chez nous.

— C'est magnifique, répondit Frieda.

Clara se pencha en avant, ses grands yeux brillaient.

— C'est une prison dorée.

Elle laissa échapper un grand rire et s'éloigna d'un pas mal assuré sur ses talons aiguilles. Manifestement, elle était déjà ivre.

Chas la regarda partir et haussa les épaules.

— Je ne comprends pas pourquoi elle a tenu à venir. Ça va la rendre encore jalouse.

— Elle n'a pas de raison de l'être ?

— Les femmes détestent les hommes qui ont un passé.

— Selon moi, c'est plus souvent l'inverse qui est vrai.

— À quoi ressemble ton passé ?

— Frieda Klein.

Frieda se retourna. Deux femmes la dévisageaient avec une expression stupéfaite et lâchèrent ensemble un cri.

— Putain, Frieda Klein ! s'écria l'une. Tu es bien la seule personne au monde que je n'aurais jamais cru revoir à une réunion d'anciens. Je parlais avec Paula hier soir et le truc sur lequel on était bien d'accord, c'est que tu ne serais pas là.

Paula, répéta Frieda en son for intérieur. Paula. Ce nom ne lui disait rien. Elle ne se souvenait pas de ces visages non plus. Mais peu importait, car les deux femmes aperçurent alors Chas, poussèrent un nouveau petit cri et lui donnèrent l'accolade. Chas lança un regard à Frieda, impuissant mais amusé. Elle vit bien de quelle façon il les embrassait, juste un peu trop près de la bouche. Frieda en profita pour s'éclipser, bousculée par des hordes d'hommes qui avaient déjà bien bu avant d'arriver, et de femmes qui avaient passé trop de temps à réfléchir à leur tenue. De quoi voulaient-elles avoir l'air, et qui auraient-elles aimé être quand elles retrouvaient leurs amis ou pseudo-amis du passé ?

Par-delà la foule, les décorations, les banderoles et l'exposition, le lycée de Braxton était à la fois transformé et singulièrement familier, comme si elle revisitait son passé en rêve. Elle quitta le hall d'entrée principal et s'engagea le long d'un couloir longeant des salles de classe de part et d'autre. On avait bâti une extension tout au bout, dans l'ancienne cour d'école. Toutes les portes des classes étaient neuves et peintes de couleurs vives. L'endroit avait beau avoir été arpenté année après année par des cohortes d'adolescents, quelque chose subsistait, une odeur, la sensation du parquet sous ses pieds.

Alors qu'elle repartait en direction de la fête qui battait à présent son plein, à en juger par le bruit, elle vit un couple immobile dans le couloir, absorbé dans la contemplation d'un projet affiché au mur. Comme elle s'approchait, elle reconnut l'homme.

— Lewis, déclara-t-elle.

Il se retourna et sourit.

— Tiens, te voilà, lança-t-il. Ça a été plus fort que nous, on dirait.

La femme qui l'accompagnait était grande, plantureuse et avait la peau mate, comme une gitane. Elle portait une robe noire qui lui arrivait aux genoux, ceinturée à la taille. Frieda remarqua une chaîne autour de l'une de ses chevilles avant de s'apercevoir qu'il s'agissait d'un tatouage. Lewis la présenta avec embarras sous le nom de Penny, puis présenta Frieda d'une manière si alambiquée et incohérente que Penny prêta à Frieda une attention renouvelée.

— Max nous a parlé de vous, dit-elle.

— Nous avons quelques centres d'intérêt en commun, répondit Frieda.

— Il se comporte de manière assez mystérieuse en ce moment. Tout va bien ?

— Ça ira, je crois que oui.

Elle regarda Lewis.

— C'est un jeune homme profond. Je l'apprécie beaucoup.

Ses traits se détendirent.

— Tant mieux. D'ailleurs, il est là, ce soir.

— Ici ?

— Ils sont quelques-uns à faire le service. Enrôlés de force ou volontaires. Il t'offrira sans doute une petite saucisse ou une mini-pizza. Quoiqu'il soit possible que tu ne le reconnaisses pas : il a dû mettre un pantalon chic et une veste.

— J'ouvrirai l'œil.

— On sort s'en griller une. Y a des trucs qui ne changent pas. Tu nous rejoins ?

— J'ai des gens à voir.

— Alors il y a au moins une chose qui a changé.

Il se tourna vers Penny.

— On allait sur les terrains de sport à l'heure du déjeuner.

Penny passa son bras sous celui de Lewis et sourit à Frieda. Manifestement, ce n'était pas l'une de ces femmes jalouses du passé de leur compagnon dont avait parlé Chas.

Frieda regagna le hall. Elle aperçut Vanessa qui tenait deux verres en plastique et regardait autour d'elle. Elle portait une robe en soie noire avec une veste à fleurs. À la vue de Frieda, elle afficha un sourire crispé.

— J'apportais un verre à quelqu'un mais j'ai oublié qui et je n'arrive pas à le retrouver. Tu le veux ?

— C'est quoi ?

— Du blanc.

— Très bien.

Frieda but une gorgée. Au moins, c'était frais.

— Ewan est là ?

— Oui, quelque part.

— Juste derrière toi, dit une voix.

Ewan l'embrassa sur les deux joues, puis la retint à bout de bras.

— Tu es une consolation pour les yeux, déclara-t-il. Je viens juste de tomber sur Mrs Flannigan. Tu sais, l'ancienne prof de gym. Bon sang, elle me terrifiait. Je faisais semblant d'être malade les jours où on avait sport. Les parcours de cross. Tu te rappelles ?

— Oui.

— Ça ne te posait pas de problèmes, à toi. Tu savais courir, ce dont j'étais incapable, et en plus, t'avais fière allure en short. Ce qui n'était certainement pas mon cas. Jeremy ! Jeremy, par ici !

Il agita les bras en l'air.

— J'étais en train de dire que Frieda avait fière allure en short.

— C'est sans doute toujours le cas, répondit Jeremy.

Il était vêtu d'un complet gris argenté et d'un nœud papillon rouge. Peut-être était-ce la dernière mode à la City, se dit Frieda.

— Où est Catrina ? s'enquit Vanessa. Catrina était dans la classe d'en dessous, expliqua-t-elle à Frieda. C'est pour ça que Jeremy est ici.

— Je crois qu'elle doit faire partie de la bande d'hystériques près de la porte d'entrée, répliqua Jeremy. C'est vraiment bizarre. Comme si les gens replongeaient dans le passé pour de bon. Bientôt ils vont tous se mettre à se rouler des patins sur la piste de danse.

— Parle pour toi, lança Vanessa.

— Je ne bécoterai personne d'autre que toi, chérie, roucoula Ewan en lui tapotant le dos comme si elle avait le hoquet.

— Parce que c'était déjà elle que tu bécotais à l'époque, railla Jeremy avec un rire qui les désarçonna. Et moi, à qui je roulais des pelles ?

Il regarda Frieda, qui se détourna.

— Tu t'amuses bien ? demanda-t-elle à Vanessa.

Vanessa but une gorgée de vin.

— Pas trop. Je devrais, j'imagine. Tu as retrouvé d'anciens copains ?

— Quelques-uns.

— Ça te rappelle de bons souvenirs ?

— Les souvenirs que j'ai de l'école sont un peu partagés.

— Max, s'écria Ewan. Quelle transformation ! Hé, attention !

Max, vêtu de noir et les cheveux lissés, portait un plateau en argent de travers. Plusieurs blinis au saumon fumé tombèrent par terre. Un attroupement d'ados se trouvait non loin, portant également des plateaux. Ils pouffaient devant sa maladresse. Frieda aperçut Charlotte parmi eux.

Vanessa s'accroupit pour les ramasser. Elle portait une robe un peu trop petite pour elle, de laquelle ses seins débordaient. Frieda vit Max baisser les yeux sur le décolleté puis détourner le regard, mortifié.

— Comment vas-tu ? lui demanda-t-elle.

— Je ne sais pas ce que je fous ici.

— Je comprends ce que tu veux dire.

— Vous avez vu mon père ?

— Il est avec Penny, qui a l'air très gentille, ajouta-t-elle d'un ton encourageant.

— Il est… enfin, vous voyez ?

— Il va bien. Je crois qu'il fume une cigarette dehors.

— J'ai un peu bu, confessa-t-il. Je peux bien le mettre dans l'embarras pour une fois. Je finis à 21 h 30. On peut se parler deux minutes avant que j'y aille ?

— Je te retrouve près des balançoires ?

— Coucou les filles !

Chas, à nouveau. Il enlaça Vanessa et Frieda.

— Alors, on retrouve ses ex ?

— Non.

Frieda s'échappa de son étreinte.

— Je viens tout juste d'arriver, dit Vanessa.

— Pour ma part, j'ai déjà croisé quelques-uns de mes plaisirs coupables.

— Je ne veux même pas savoir ce que tu sous-entends par là.

Mais Vanessa pouffa.

— Deux ou trois femmes d'un certain âge sont venues me trouver et… bref, vous savez bien, c'est marrant, les trucs qu'on oublie jusqu'à ce qu'on vous les rappelle.

Il décocha un regard en direction de Frieda.

— J'imagine que tu désapprouves l'idée des plaisirs coupables.

Frieda fut dispensée de répondre car elle remarqua Eva, seule dans son coin, qu'elle alla rejoindre.

— Dieu merci, déclara Eva.

Elle était vêtue d'une robe à rayures de couleur vive et avait mis une ombre à paupières bleue.

— Enfin quelqu'un que je reconnais. J'étais sûre que je connaîtrais bien plus de monde mais la plupart ont l'air trop jeunes pour une réunion d'anciens élèves. Ou trop vieux. T'es magnifique, en attendant… j'adore ce foulard. À moins que ce ne soit une étole ? J'ai l'air d'un sac dans cette robe ? T'es venue avec Josef ?

Le changement de sujet fut si soudain qu'il prit Frieda au dépourvu.

— Tu veux dire : est-ce qu'il est ici ?

— Il m'avait dit qu'il viendrait peut-être. On avait le droit de venir accompagné.

— Il a été embauché sur un gros chantier à Londres.

— Tant mieux pour lui.

— Écoute, Eva, si tu veux en parler…

— Parce que c'est ton métier, c'est ça ? Mais il n'y a rien à dire. C'était une relation entre adultes d'aujourd'hui. Pas d'engagement, ni d'un côté, ni de l'autre. Juste deux personnes qui passent un bon moment ensemble.

Elle leva son verre, puis vit qu'il était vide.

— Je peux aller te chercher un autre verre ?

— Ça va, merci.

— Tiens, regarde par ici. Tu te souviens de M. Hollesley ?

Frieda le vit parler avec les deux femmes qu'elle n'avait pas réussi à reconnaître. Elles levaient vers lui des regards d'adoration.

— Greg. Oui. Je l'ai vu il y a pas longtemps.

— Greg, renchérit Eva d'un ton admirateur. Jamais je n'oserais l'appeler par son prénom. Il a toujours été M. Hollesley pour moi. Il est encore beau gosse. Mais certains l'appelaient Greg du temps où on était au lycée. Tu te rappelles Teresa Marland ?

— Le nom me dit quelque chose.

— Tu te rappelles ce voyage de classe en Belgique ?

— Je ne faisais pas les voyages de classe.

— Si Teresa Marland est là, parle-lui de la chambre d'hôtel à Gand et de M. Hollesley, tu verras si elle ne devient pas toute rouge.

— Je ne compte pas faire ça, non.

— Les temps ont changé, poursuivit Eva. Ça n'arriverait plus, de nos jours.

Elle regarda Frieda plus attentivement.

— Je te choque ?

— Non, finit par répondre Frieda. Mais tu me parles de ce qui t'est arrivé avec Josef et je vois que ça t'a fait de la peine. Et ensuite, tu parles de ce qui s'est passé entre Greg Hollesley et cette fille, comme si c'était juste de la rigolade.

— Ben, on est à une réunion d'anciens élèves. On est censés rire du passé. On a tous des souvenirs dont on n'est pas fiers.

— Genre ?

— On en a, c'est tout. Le moment est mal choisi pour en parler. À moins, encore une fois, que ce ne soit plutôt l'occasion idéale.

À dater de cet instant, la soirée s'écoula comme dans un rêve, d'arrêts sur image en impressions fugitives. Greg Hollesley s'approcha d'elle et l'embrassa sur la joue ; il sentait le vin et l'après-rasage. Max reparut, cette fois-ci complètement saoul, tanguant sur ses pieds, le plateau incliné, le vin débordant des verres. Lewis et Penny revinrent dans la salle, l'œil trouble. Il murmura quelque chose à l'oreille de Penny qui se mit à rire. Lui racontait-il un détail quelconque sur Frieda quand elle était adolescente ? Était-ce drôle ? Elle vit Eva s'avancer vers elle. Elle semblait un peu ivre et passa ses bras autour du cou de Lewis pendant que Penny l'observait, médusée.

Elle croisa Vanessa et lui demanda où était Ewan. Elle voulait savoir quelque chose au sujet de la soirée, celle qu'ils avaient passée ensemble, pour la plupart d'entre eux. Tant d'alibis. Si peu d'hypothèses.

— Il est sorti avec des potes s'en griller une. Ils sont sans doute derrière les cabanes à vélos.

— Il ne fume pas.

— Oui, mais il fumait à seize ans.

Elle vit Chas en pleine conversation avec l'une des femmes rencontrées plus tôt. Il leva sa main et ôta une mèche de cheveux de sa figure, puis lui effleura la lèvre de son pouce. C'était comme de le voir à l'œuvre autrefois. Où était Clara, sa femme pitoyable et anorexique ? Elle la trouva dans les toilettes des dames. Elle était debout devant le miroir, immobile, fixant son reflet comme si elle avait vu un fantôme.

— Je devrais le quitter, vous croyez ? demanda-t-elle à Frieda, comme si elles reprenaient une conversation déjà entamée.

— Quitter Chas ?

— Oui. Dites-moi.

— Je n'en ai aucune idée. Ce n'est pas une décision qu'on peut prendre à votre place. Et je ne vous connais même pas.

— Mais vous le connaissez.

— Pas vraiment.

— Il faut que je le quitte, je crois. Mais je sais que je ne le ferai pas.

Eva et Vanessa surgirent brusquement.

— Devinez quoi ?

— Quoi ?

— Il y a une bagarre dans la cour.

— Entre qui et qui ?

— J'en sais rien. Des hommes en sont venus aux poings. C'est pas comme dans les films, plutôt mêlée cafouilleuse, ça manque de dignité.

Frieda effleura le bras maigre de Clara.

— Vous n'êtes pas obligée de rester, vous savez, dit-elle avant de retourner dans le brouhaha.

La musique avait commencé.

— Tu veux danser ? proposa Jeremy en surgissant

à ses côtés, le crâne luisant de sueur. En souvenir du bon vieux temps ?

— Non.

— Tu ne peux même pas dire : « Non merci » ?

— Moi, je danse, proposa Vanessa.

— Où est Ewan ?

— Sans doute en train de discuter informatique, répliqua Vanessa dans un éclat de rire. Il n'a jamais été très doué pour la danse.

Frieda constata que Maddie Capel était arrivée, dans une courte robe rouge, et brillante, la figure barrée de rouge à lèvres rouge, comme une balafre. Alors qu'elle la regardait, Frieda songea : *Ainsi donc, ces gens viennent ici sur leur trente et un et jouent un numéro juste pour dire : « J'existe, je suis là. Voici ce que j'ai fait de ma vie. Voici ce que le temps a fait de moi. Voici ce que je suis devenu. »*

Puis elle songea : *Un individu dans cette salle m'a violée, a violé et tué Sarah May, a violé et tué Becky Capel. Il est ici.*

Le son s'amplifia, les lumières furent tamisées. Les gens dansaient, quelques couples au début, puis une foule qui ne cessait de s'étoffer. On aurait dit une troupe d'acteurs beaucoup trop âgés pour les rôles d'ados qu'ils interprétaient. Elle vit Eva danser avec un homme qui lui était inconnu, Greg Hollesley avec une femme qui ne lui disait rien non plus, puis avec Maddie, serrée contre lui. Les yeux de Maddie étaient clos et son mascara avait coulé : elle avait pleuré. Elle vit Jeremy debout sur le côté avec sa femme, qui lui parlait à l'oreille, avec colère. Le nœud papillon de Jeremy s'était défait. Elle vit Chas sortir du hall en compagnie de la femme qui n'était pas Paula. Elle vit Clara s'en aller, ses clés de voiture à la main.

— Tu ne danses pas ?

Frieda se retourna. Lewis était là, mais sans Penny.

— Non.

— Même pas avec moi ?

— Avec personne.

— Pourquoi es-tu venue ce soir ?

— Et toi ?

Il haussa les épaules.

— Par nostalgie ? suggéra-t-il. Regarde-nous…

— J'aime bien Penny.

— Elle peut me sauver, tu crois ?

— Je crois qu'on ne peut que se sauver soi-même.

— Toujours la même, hein… Tu n'aurais pas dû revenir.

— C'est ce que les gens n'arrêtent pas de me dire.

Eva se détacha de son partenaire et se fraya un chemin jusqu'à eux. Elle avait retiré ses chaussures et ses cheveux étaient détachés. Elle avait tout à coup l'air si jeune qu'elle en était désarmante.

— Viens danser, Lewis, dit-elle en lui offrant sa main.

— Pas maintenant.

— Allez. Rien qu'une fois.

Il prit sa main et se laissa entraîner au milieu de la foule. Il avait toujours été bon danseur.

— T'es toute seule ?

C'était Vanessa à nouveau, légèrement pantelante.

— Coucou. Tu t'amuses ?

— Ben… commença Vanessa. Ne bouge pas d'ici, ajouta-t-elle avant de disparaître dans la foule.

Quelques minutes plus tard, elle resurgissait, munie

d'une bouteille de vin blanc et de deux verres en plastique.

— Sortons un moment. Je n'arrive pas à parler là-dedans.

Elles franchirent l'entrée principale du lycée, celle qui était normalement réservée aux professeurs, puis s'assirent sur un muret. Il faisait nuit à présent, des silhouettes se découpaient autour d'elles. Certains étaient enlacés, s'embrassaient, murmuraient. Un bout de cigarette rougeoya, une odeur de tabac se répandit.

— Quel âge ont ces gens ? demanda Vanessa.

Elle versa le vin dans les verres et en tendit un à Frieda. Puis sortit un paquet de cigarettes de sa poche. Elle en offrit une à Frieda, qui secoua la tête. Elle en alluma une pour elle-même.

— Juste pour ce soir, s'excusa-t-elle.

Elle inspira une grosse bouffée puis toussa.

— J'allais te demander… commença Frieda, une fois que Vanessa eut retrouvé son souffle. Max m'a dit que Becky t'avait confié un paquet à garder.

— C'est exact. Il semblait très agité à ce sujet.

— Pourquoi te l'a-t-elle confié ?

— Aucune idée. J'imagine qu'elle ne tenait pas à ce que Maddie le trouve.

— Tu sais ce que c'était ?

— C'était enveloppé avec du ruban adhésif. Je pense qu'elle ne voulait pas qu'on puisse voir ce qu'il y avait dedans.

— Tu n'as pas été tentée d'y jeter un œil ?

— Bien sûr que si. Mais elle me faisait confiance et donc je ne pouvais pas. Les enfants doivent avoir leurs secrets.

— Il y a les bons, et ceux qu'il vaut mieux confier.

— Oui.

Vanessa soupira.

— Je regrette à présent de ne pas l'avoir poussée à se confier plus, mais sur le moment, on aurait juste dit une adolescente comme les autres. Comme Charlotte. Ou Max… encore un pour qui je me fais du souci.

— Il est bouleversé par ce qui est arrivé à Becky.

— C'est compliqué.

— Pourquoi ? Ils étaient amis.

— C'est ce qu'il t'a dit ?

— Oui.

— Il ne la lâchait pas d'une semelle. J'ai l'impression qu'il lui faisait un peu peur. Raison pour laquelle ça m'a vraiment étonnée quand il est venu chez nous demander le paquet qu'elle avait laissé. Ça m'a paru bizarre.

— Qu'est-ce que tu racontes ?

— Mais rien d'extravagant. Juste que tu ne dois pas croire tout ce que te raconte Max. Il ressemble beaucoup à son père, jeune, non ? Je sais que vous êtes sortis ensemble, Lewis et toi, mais c'était il y a des lustres. Il a toujours été un peu particulier.

— Qui ne l'est pas ?

Vanessa rit.

— C'est vrai. Enfin bref, je suis désolée pour ces jeunes. Ça me rappelle comment c'était à cet âge-là. Tellement intense. Tellement facile de sortir du droit chemin.

— Tu étais proche de Becky.

— C'était une gentille petite, vulnérable, qui s'entendait bien avec mes filles. Je l'adorais. J'aurais aimé pouvoir l'aider.

— Je suis sûre que tu as fait ce que tu pouvais.

— Je n'en sais rien. Et je m'inquiète de l'impact que ça pourrait avoir sur les autres. Je me fais du souci pour Max.

— Comment ça ?

— Il me semble que le suicide de Becky l'a profondément secoué, mais qu'il ne lutte pas pour s'en remettre. Il a l'air paumé. Je redoute qu'il fasse une connerie.

— Il m'a l'air de s'en sortir, contra Frieda.

— Il est instable, comme son père. Je lui ai parlé ce soir et il m'a vraiment fait peur. Ça m'a rappelé Becky.

Frieda allait répliquer quand un homme passa devant elle en titubant, la frôlant de si près que son vin se renversa.

— C'était Jeremy, précisa Vanessa.

— Je sais.

— Il s'en va où comme ça ?

Frieda se contenta de hausser les épaules.

— Tu détestes cet endroit, n'est-ce pas ?

— Ce n'est pas exactement ça.

Vanessa acheva de vider son verre et le remplit à nouveau.

— Ça ne te rappelle pas des souvenirs ? Quand on se retrouvait dans le jardin pendant les soirées ?

Dans le noir, Frieda devinait à peine son expression.

— Il y a quelques années, j'étais sortie avec une amie pour dîner ou je ne sais plus quoi, on a bu une bouteille, peut-être plus. Au moment de rentrer, je cherchais un taxi, quand je suis tombée sur une bande de mecs. Ils ont commencé à me balancer des vannes et, après, tout a dérapé. Ils se sont mis à me toucher, à poser leurs mains sur moi.

Elle s'interrompit pour tirer sur sa cigarette.

— C'était affreux, horriblement humiliant, et c'est même devenu effrayant à la fin. J'ai cru que mon heure était venue. Et là, de manière complètement inattendue, un homme qui passait par là est intervenu. J'ai cru qu'ils allaient le tuer, mais je ne sais pas comment, il a réussi à les calmer puis m'a entraînée par le bras, m'a éloignée de là et m'a trouvé un taxi. Pour finir, il ne s'est rien passé et je n'ai jamais su son nom. Parfois j'ai l'impression qu'il existe un univers parallèle où cet homme n'est jamais arrivé et où je suis morte, mes agresseurs en prison, ou encore libres comme l'air.

Un long silence s'abattit.

— Ewan m'a raconté cette histoire, dit Frieda.

— Ah oui ?

— Dans une version un peu différente.

— C'est comme ça, dans un couple. Chacun a son stock d'histoires.

Frieda consulta sa montre : il était presque 21 h 30.

— Je reviens dans un instant, déclara-t-elle.

Elle se faufila jusqu'à la cour, désormais vide, exception faite d'un homme debout, seul, qui fumait. Max ne s'y trouvait pas. Elle patienta quelques minutes, puis retourna dans le bâtiment d'un pas vif et traversa le hall, jusqu'aux cuisines. Des dizaines d'ados s'y étaient retranchés. Un couple s'embrassait, appuyé contre le mur ; le garçon avait la main sous la jupe de la fille, qui n'était autre que Charlotte. Elle lui tapota l'épaule.

— Quoi ? aboya Charlotte. Qu'est-ce que vous faites ici ?

— Je cherchais Max.

— Ce pauvre mec. Il est bourré.

— Où est-il ?

— Je n'en sais rien et je m'en fiche.

Elle dévisagea Frieda, tout en fronçant le nez.

— Vous êtes bizarre.

Frieda regagna le hall et en fit le tour, dans la lumière tamisée et la musique oppressante, entre les corps en sueur et les visages souriants ou grimaçants qui défilaient devant elle, avant de trouver celui qu'elle cherchait.

— Tu t'amuses bien ? demanda Lewis.

Il semblait le plus sobre de la salle.

— J'évoquais l'ancien temps avec Penny.

— Où est Max ?

— Max ?

— Oui, où est-il ?

— Aucune idée. Sans doute dans la cuisine. Je l'ai vu il n'y a pas longtemps. Il avait l'air de prendre du bon temps.

Frieda tâcha en vain de se calmer. Elle se remémorait les paroles de Vanessa : Max lui faisait penser à Becky.

— Appelle-le sur son portable.

— Pourquoi ? Qu'est-ce qui se passe ?

— On n'a pas le temps : appelle-le.

Lewis sortit son téléphone.

— Je tombe sur la boîte vocale.

— Il faut qu'on le trouve.

— Tu ne peux pas nous dire ce qui se passe ? insista Penny.

— Je vous expliquerai plus tard. Viens avec moi.

Elle entraîna Lewis à sa suite et ils sortirent en courant. L'air nocturne était froid et humide.

— Il n’est pas dans le hall ni dans la cuisine, ni dans la cour. Allons regarder sur le parking. Continue d’appeler son portable.

Ils zigzaguèrent en hâte entre les rangs de voitures. Elle examina les silhouettes sombres des véhicules puis regarda de nouveau l’école, qui déversait des flots de lumière sur l’allée de gravier. Ils entendaient encore un peu la musique de là où ils se trouvaient.

— Il est venu comment ? demanda-t-elle à Lewis.

— Avec Penny et moi. Il passe le week-end avec nous.

— A-t-il parlé de partir tôt ou d’aller ailleurs ?

— Non.

Il pouvait être n’importe où. Dans l’une de ces classes plongées dans l’obscurité, à côté des abris à vélos, sur le terrain de foot, sur le toit plat sur lequel il était si facile de grimper, en train d’étreindre passionnément n’importe quelle fille qui se moquait de lui auparavant. Ou en train de fumer avec une bande de potes.

— Il faut qu’on aille chez toi. Où est ta voiture ? Tu as les clés sur toi ?

— Oui.

Lewis ne protestait plus. Il s’était laissé gagner par l’inquiétude. Il courut jusqu’à une petite voiture rouillée et déverrouilla les portières. Ils grimpèrent tous deux à bord.

— C’est loin ? s’enquit Frieda alors qu’ils franchissaient le portail de l’école.

— Près de l’ancienne caserne, en haut de la colline.

— Je connais.

— Tu peux me dire ce qui se passe ?

— Je crois qu’il est en danger.

La voiture tourna à l'angle. La pluie se mit à tomber à verse ; les balais usés des essuie-glaces s'effilochaient sur le pare-brise. Ils furent bientôt hors du centre-ville, sur la colline qui dominait Braxton. Ici, les maisons étaient toutes identiques, des rangs interminables de petits édifices aux façades lisses au milieu d'un réseau de ruelles et de voies sans issue. Toutes portaient un nom de fleur, constata Frieda : impasse de la Rose Trémière, rue du Tournesol, montée des Lupins. L'endroit semblait très tranquille, pas de voitures ni de gens dans les rues ; la plupart des fenêtres étaient plongées dans le noir, rideaux tirés. Lewis se gara en faisant crisser les pneus devant le numéro 27 du chemin de l'œillet des Prés.

Parvenu devant la porte d'entrée, ses mains tremblaient, il n'arrivait pas à mettre la clé dans la serrure. Frieda la lui prit. La porte s'ouvrit à la volée et ils pénétrèrent dans la petite entrée. La maison était plongée dans le noir et le silence.

— Il n'y a personne, constata Lewis.

Ils perçurent le bruit d'un moteur de voiture en provenance de la route à l'arrière de la maison. Frieda appela mais il n'y eut pas de réponse. Elle monta les marches quatre à quatre.

Une porte ouverte donnait sur une pièce vide. Une autre était fermée. Elle l'ouvrit avec fracas et entra, Lewis sur les talons. Elle entendait son souffle rauque.

Avant même que Lewis allume la lumière, elle distingua la forme qui se profilait devant eux, en hauteur. Des jambes qui bougeaient légèrement. L'éclat éblouissant de l'ampoule révéla soudain la figure, les lèvres bleues, la bouche ouverte. Le regard fixe. Il était pendu à une corde.

— Soulève-le ! ordonna-t-elle.

Lewis la regarda sans la voir. Elle passa ses bras autour des jambes de Max et poussa vers le haut, pour soulager la corde de son poids.

— Continue. Tiens-le comme ça.

Lewis la dévisageait, en sueur. Il était en état de choc. Puis il passa ses bras autour des jambes de son fils et Frieda s'éloigna.

— J'en ai pour une seconde, déclara-t-elle.

Elle dévala l'escalier à toute vitesse, sentit sa cheville se tordre sur la dernière marche, se rua dans la cuisine, fouilla les tiroirs jusqu'à ce qu'elle trouve un couteau à dents, puis fonça de nouveau à l'étage. Elle prit une chaise rangée à côté du lit et grimpa dessus, puis scia la corde. Le corps de Max s'effondra mollement dans les bras de Lewis et le fit tomber à la renverse. Père et fils se retrouvèrent allongés par terre, Lewis criait le nom de Max.

Elle l'écarta de son fils, lui mit son téléphone de force dans la main. Elle retourna le garçon. Il gisait, inerte, dans sa veste noire mal ajustée. Ses yeux étaient clos, à présent. Une salive blanche s'échappait de ses lèvres.

Elle posa ses mains sur sa poitrine et commença un massage cardiaque. Dans son dos, elle entendait Lewis donner son adresse entre deux sanglots.

Compression de la poitrine. Pause. Bouche-à-bouche. Le fils de Lewis, qui ressemblait tellement au garçon qu'elle avait aimé autrefois. Pause. Compression. Ses paupières étaient bleues. Bouche-à-bouche, à nouveau. Un goût amer sur ses lèvres. Elle sentit la présence de Lewis à ses côtés.

— Quelque chose ?

Elle s'efforçait de ne pas penser, de ne rien sentir. Juste d'œuvrer comme un robot pour ramener Max à la vie. Puisqu'ils avaient entendu la voiture démarrer sur les chapeaux de roues à l'instant même où ils étaient entrés dans la maison, il ne pouvait s'être écoulé beaucoup de temps. Des secondes plutôt que des minutes.

— Tâte-lui le pouls, ordonna-t-elle à Lewis, qui posa son pouce sur la veine bleue à l'intérieur du poignet de son fils.

— Je ne sais pas, répondit-il. Je n'en sais rien. Je ne peux pas te dire, Frieda.

Des sirènes retentirent, puis des gyrophares bleus balayèrent le plafond. Lewis se précipita en bas. Frieda l'entendit heurter quelque chose, tomber. Puis on ouvrit la porte, et bientôt la pièce fut remplie de sauveteurs, de voix calmes, d'instructions. Un masque fut posé sur la figure de Max, souillée de salive. Une couverture recouvrit son corps inerte. Frieda se leva, percluse de crampes.

— Va avec lui dans l'ambulance, dit-elle à Lewis. Et appelle sa mère en chemin. Je reste ici en attendant la police.

— D'accord.

Il la dévisagea un instant, l'air hagard, les traits figés par l'horreur, puis disparut.

Frieda entendait le véhicule de police approcher par la colline. Elle se rendit d'un pas vif dans la salle de bains et arracha plusieurs feuilles de papier toilette, puis retourna dans la chambre de Max, jusqu'au lit gigogne.

Avec le plus grand soin, en évitant autant que possible de le toucher, elle s'empara du petit écureuil roux, qui avait perdu la moitié de sa queue et qui avait été la peluche préférée de Becky, posé sur l'oreiller de Max. Elle l'enveloppa dans le papier toilette de façon à n'en rien laisser exposé. Puis elle souleva sa robe et le coinça à sa taille, arrangeant son étole pour masquer la forme, avant de descendre accueillir la police.

36

Elle était à peine consciente du temps qui s'était écoulé pendant qu'elle avait cherché Max, l'avait décroché, puis ranimé.

L'arrivée de la police restaura un semblant de normalité, si ce n'est que tout paraissait gris et évoluait encore un tout petit peu trop lentement pour Frieda. Ils étaient trois, deux hommes et une femme. Après s'être présentés et lui avoir demandé son nom, son adresse et son lien de parenté avec Max, ils montèrent à l'étage en file indienne et entrèrent dans la chambre. Ils ramassèrent la corde tranchée et la mirent dans un sac en plastique. Puis ils examinèrent les lieux, ouvrirent les tiroirs et soulevèrent les livres.

— Il n'a pas laissé de message, leur indiqua Frieda.

— Comment pouvez-vous le savoir ?

— J'en suis certaine.

Elle les vit échanger des regards en coin.

— Avez-vous déplacé ou touché quoi que ce soit ? demandèrent-ils.

— Non.

Frieda s'assit sur le lit. Il était difficile de se concentrer tant qu'elle ignorait si Max était encore vivant, mais elle devait mettre de l'ordre dans ses pensées. La femme s'assit à côté d'elle. Elle avait des cheveux châtains attachés dans la nuque et un visage constellé de taches de rousseur. Elle était jeune et nerveuse. Elle ne devait pas avoir une grande habitude de ce genre d'événement.

— Vous allez bien ? s'enquit-elle. On peut vous amener quelque chose ?

— Ça va, répondit Frieda. Merci.

— On a presque fini dans cette pièce, dit la femme. On doit s'assurer que vous allez bien et que les lieux sont sécurisés.

— Parce que c'est une scène de crime ? demanda Frieda.

— Une scène de crime ? répéta l'agent.

Agent Niven, se rappela Frieda.

— Il vient de faire une tentative de suicide et on dirait qu'il a réussi. Pauvre garçon.

Frieda savait que cela ne servirait sans doute à rien, que tout ceci s'était déjà produit auparavant. Mais elle devait essayer.

— Vous devez traiter ce cas comme un meurtre, ou une tentative de meurtre si Max survit.

— Quoi ? répliqua Niven. Que voulez-vous dire ?

— Il y a certains points à vérifier, insista-t-elle.

Niven parut soudain sur la défensive.

— C'est-à-dire ?

— Cette pendaison a été mise en scène.

— On n'en sait rien.

— Max a certainement été drogué. Vous devez procéder à un examen sanguin. Le plus tôt sera le mieux.

— Je ne suis pas sûre que ce soit nécessaire.

— Un citoyen vous a alertés, ce qui veut dire que

vous êtes tenus d'enquêter. Vous devez le noter dans votre calepin. Pour être sûre de ne pas oublier.

Niven rougit. Frieda n'aurait su dire si c'était de honte ou de colère. Mais elle la vit consigner les mots « sang » et « examen ». Son écriture était ronde, comme celle d'un enfant.

— Vous devez également interroger Ewan Shaw, poursuivit-elle.

— C'est un témoin ?

— C'est lui qui a fait ça. Allez-y, notez son nom.

Comme Niven semblait paralysée, Frieda lui ôta son calepin de la main et écrivit le nom d'Ewan, son adresse et son numéro de téléphone, avant de le lui rendre.

— Là, commenta-t-elle.

— C'est un de vos amis ?

— Je le connais.

— Pourquoi aurait-il fait une chose pareille ?

Frieda hésita. La preuve flagrante – la peluche de Becky – n'était d'aucune utilité. Elle ne ferait qu'incriminer Max.

— Il ne peut s'agir d'un suicide, reprit Frieda. Max se trouvait il y a quarante minutes à la fête du lycée de Braxton. Il y faisait le service, dans la joie et la bonne humeur. On l'a retrouvé ici, inconscient, sans moyen de transport. À notre arrivée, on a entendu une voiture s'éloigner à l'arrière.

— Vous l'avez vue ?

— Non, mais vous pourriez demander à Ewan Shaw où il était durant l'heure qui vient de s'écouler et qui l'a vu.

— Je ne suis pas sûre que nous puissions faire ça.

— Je sais comment ça marche. Je vous ai signalé

un crime. Je vous ai indiqué un suspect. À tout le moins, un témoin. Vous êtes tenus d'enquêter. Plus vite vous le ferez, plus vous aurez de chances de mettre la main sur le coupable.

— Je vais en aviser mon supérieur, répondit Niven en se relevant.

— Faites-le dès ce soir, recommanda Frieda. Et pendant que vous y êtes, interrogez Ewan sur la mort de Rebecca Capel.

Niven resta interdite un moment.

— La petite qui s'est suicidée ?

— Elle ne s'est pas suicidée. Si ça peut vous aider, je suis prête à vous accompagner.

Niven baissa les yeux sur son calepin.

— Ça ne marche pas vraiment comme ça, Dr Klein, répondit-elle.

Elle alla rejoindre les deux autres officiers. Frieda les vit tenir un conciliabule, et les deux jeunes gens lui lancèrent un regard. Alors qu'elle se levait, prête à partir, l'un d'eux s'approcha d'elle. Il semblait presque lui en vouloir.

— Je viens de parler à ma collègue, commença-t-il. Nous menons toujours une enquête dans des cas comme celui-ci. Et nous procéderons à des interrogatoires.

— Y compris Ewan Shaw.

— Nous lui parlerons. Si vous avez des informations pertinentes pour l'enquête, faites-le-nous savoir.

Il nota un numéro sur un bloc, déchira la feuille et la lui remit.

— C'est une ligne directe ? demanda Frieda.

— On vous passera la personne requise.

Frieda tourna les talons et sortit de la maison, sous la pluie. Son téléphone sonna et elle s'en empara d'un geste sec. Lewis : ce n'est qu'en voyant son nom sur son écran qu'elle réalisa à quel point elle était dévorée de peur pour le jeune homme qui ressemblait tant au garçon qu'elle avait aimé naguère, et qui l'avait tant émue.

— Lewis. Dis-moi.

— Il est vivant.

Il y eut un bruit étranglé à l'autre bout de la ligne et elle se rendit compte que Lewis pleurait.

— Il est vivant, Frieda.

— J'en suis tellement heureuse…

— Je ne comprends pas…

— Tout ça viendra plus tard. Retourne le voir maintenant.

— Oui. Oui. Mais, Frieda…

— Va voir ton fils. Il a besoin de toi.

Elle raccrocha et resta immobile quelques instants. Max était vivant. Elle avait identifié son violeur, l'assassin de Becky. Elle avait accompli sa mission, même si rien ne semblait totalement achevé. Elle chemina dans le dédale des rues aux noms de fleurs, continua sur la route qui surplombait Braxton, où les lumières clignotaient dans le noir. Sa mère était ici, aux portes de la mort. L'école de son enfance aussi, avec ses couloirs, ses classes et ses vieux souvenirs fanés. Son passé se trouvait ici, mais pas son avenir. Elle tourna le dos à la ville et se mit à marcher, tout en appuyant sur les touches de son téléphone.

— Reuben ?

Comme elle avait laissé son manteau à l'école, elle était trempée et frigorifiée.

— Frieda ? répondit-il d'une voix pâteuse et ensommeillée.

— Vous avez bu, ce soir ?
— Pardon ?
— Est-ce que vous avez bu ce soir ?
— J'étais au théâtre. J'ai bu un verre de vin avant.
— Vous pouvez venir me chercher ?
— Vous ne pouvez pas prendre un taxi ?
— Je suis à Braxton.
— Allons bon. Une seconde.

Elle l'imagina en train de s'asseoir dans son lit, d'allumer sa lampe.

— Il faut que je vienne vous chercher ?
— Oui.

Il y eut un silence.

— Très bien.
— Merci, Reuben.
— Vous êtes folle. Vous le savez, n'est-ce pas ?
— Peut-être.
— Mais vous allez bien ?
— Oui. Très bien.

37

— Quand tout ceci sera fini, déclara Reuben, vous devrez en parler à quelqu'un.

— C'est presque fini, répondit Frieda, le regard perdu dans le vide. Et je ne crois pas qu'il y aura grand-chose à dire.

— Est-ce que cela signifie qu'il n'est pas ressorti grand-chose de tout ça ?

Elle lui toucha le bras.

— Reuben, je vous suis reconnaissante d'être venu. J'ai l'impression que vous m'avez sauvée.

— Et moi que c'est *vous* qui m'avez sauvé, et à plusieurs occasions. Sauvé de moi-même. Vous vouliez ajouter un « mais » ?

— Les amis sont censés être des personnes auxquelles on peut parler. J'allais ajouter que vous êtes l'un de ces amis avec lesquels je peux garder le silence.

— Une drôle de déclaration de la part d'un psy à un autre psy.

— J'ai connu des séances à la fois silencieuses et productives. Parfois je suis contente quand mes patients s'arrêtent de parler.

— Je serais soulagé si la plupart de mes patients s'arrêtaient, renchérit Reuben. Mais avant que nous plongions dans le silence, où voulez-vous aller ? Je vous dépose chez vous ?

— Oui, répondit Frieda.

— Vous serez sans doute heureuse de vous retrouver enfin seule sous votre toit.

— Sauf que je ne pense pas être seule.

Frieda ouvrit la porte aussi doucement que possible mais Chloë dévala l'escalier avant même qu'elle ait eu le temps de la refermer, en se frottant les yeux, mal réveillée. Elle portait un short et l'un des tee-shirts de Frieda. Ses cheveux étaient relevés sur son crâne et son visage, parfaitement démaquillé, respirait la jeunesse mais trahissait l'anxiété.

— Ce n'est que moi, dit Frieda. Je ne voulais pas te réveiller.

— Il est quelle heure ?

— Tard.

— Je ne savais pas que tu rentrais cette nuit.

— Ça s'est décidé à la dernière minute.

— T'es trempée. Et pourquoi t'es sapée comme ça ?

— Peu importe. Je vais me faire un thé, et toi, tu retournes tout de suite au lit.

— Je vais boire un truc avec toi. Sasha et Ethan dorment dans ton lit.

— Je m'y attendais.

— Jack et moi, on est dans ton atelier.

— Le canapé m'ira très bien.

À sa grande surprise, la maison semblait plus ou moins en ordre, mais une odeur de talc inhabituelle flottait dans l'air, ainsi qu'autre chose, qu'elle ne sut identifier ; des grenouillères et des gilets miniatures étaient posés sur les radiateurs.

— Ça s'est passé comment ? demanda-t-elle quand elles furent installées dans la cuisine autour d'un mug, avec le chat qui ronronnait à ses pieds.

— Je n'ai pas arrêté de faire du thé, répondit Chloë, et de préparer des toasts. J'ai appris à changer une couche, ce n'est pas si terrible, après tout. Sasha a beaucoup dormi. Jack est venu après son boulot et il a même lavé le sol et la baignoire et il a dit qu'il comptait faire les vitres. Mais je ne crois pas qu'il soit allé jusque-là. Ethan est vraiment mignon, mais c'est fatigant de s'occuper d'un bébé tout le temps. Je veux dire, ça ne fait que quelques heures, finalement, mais on ne peut jamais s'éloigner, hein ?

— On ne peut pas, non. Mais tu t'es bien débrouillée, répondit Frieda. Je savais que j'avais bien fait de me tourner vers toi.

Chloë s'efforça en vain d'adopter une mine modeste et indifférente.

— Et alors, comment ça se passe à la campagne ? demanda-t-elle.

Frieda sirota son thé.

— Je ne peux pas vraiment en parler maintenant.

— Pourquoi ? Je veux dire, ça ne pose pas de problème. Au fait, Sandy est passé. Il a dit qu'il reviendrait.

— Ah oui ?

— Je l'aime bien. Je ne comprends pas pourquoi vous vous séparez. Tu ne crois pas qu'il y a une chance que… ?

— Non.

À l'étage, on entendit un petit vagissement, suivi d'un autre, plus convaincu. Quelques secondes plus tard, il cessait.

Chloë retourna se coucher. Frieda monta dans sa chambre à pas feutrés. Sasha dormait dans son lit. La petite tête brune d'Ethan dépassait à ses côtés. Ils semblaient bien au chaud et en paix. Elle décrocha sa robe de chambre pendue à la porte et alla prendre une douche dans la salle de bains. Puis elle saisit un plaid dans le placard dissimulant la chaudière et s'allongea sur le canapé. Quelques heures auparavant, elle se trouvait au lycée de Braxton, au milieu de tous les visages du passé, puis avait vu Max tournoyer sous la poutre de sa chambre. Elle contempla son salon, familier : le foyer où elle ferait un feu le lendemain, la table d'échecs, devant laquelle elle s'assiérait et ferait une partie, les tableaux au mur. Elle était chez elle, où il lui avait tant tardé de se retrouver, et pourtant c'était comme si les lieux avaient changé. À moins que ce ne soit elle, comme si elle n'était pas tout à fait rentrée. Ce n'était pas encore fini, mais elle savait, enfin.

Elle s'allongea sur le dos et entendit le chat miauler. Son comportement était inhabituel depuis son retour, comme s'il voulait reprendre possession d'elle. Il entra dans la pièce et vint s'installer à côté d'elle, lui léchant les cheveux. La nuit était assez silencieuse, mais il lui fallut des heures pour sombrer dans le sommeil.

Le lendemain matin, elle réveilla Sasha avec un mug de café et s'occupa d'Ethan pendant que celle-ci se douchait et s'habillait. Quand elle redescendit, Frieda constata que même avec les cheveux propres et des vêtements corrects, elle n'allait pas bien. Elle avait l'impression de regarder un film dont la bande-son et l'image étaient légèrement décalées, juste assez pour procurer un sentiment dérangeant au téléspectateur sans qu'il puisse déterminer pourquoi.

— Comment te sens-tu ? demanda-t-elle.

— Mieux. Nettement mieux. J'ai vu ton ami médecin, et elle s'est montrée compréhensive. Elle m'a bien aidée.

— Que t'a-t-elle donné ?

— Oh, un truc qui porte un drôle de nom avec une image de soleil sur la boîte, mais c'est du citalopram. Je m'y connais.

— Et tu le prends comme il faut ? s'enquit Frieda.

— Je fais ce qu'il est écrit sur l'emballage. Frank vient me chercher tout à l'heure.

— Il peut prendre quelques jours de congé pour s'occuper de toi ?

— Ne t'en fais pas. Ça va aller.

— Tu sais que ce médicament met quelques semaines à agir ?

— Je pense que l'effet placebo a déjà commencé. Je me sens vraiment mieux que la dernière fois que tu m'as vue.

— Elle t'a conseillé de consulter un psy ?

— Je lui ai dit que j'avais des amis qui pouvaient m'aider dans ce domaine.

— J'ai vu une certaine Thelma Scott. Elle est formidable.

— Je ne crois pas que ce serait une bonne idée de voir un psy que tu as consulté. Je sais pas…

Sasha s'interrompit quelques secondes.

— … ça me ferait bizarre.

— Autre chose, reprit Frieda. Tu as des contacts

dans des labos qui m'ont aidée autrefois, et j'ai rapporté un nouveau truc à analyser. J'aimerais savoir s'il serait possible de trouver des traces quelconques dessus, dont on puisse se servir.

Elle plongea la main dans sa sacoche et en sortit le petit écureuil enveloppé de papier toilette.

Cette vision parut amuser Sasha.

— Pour quelle raison n'est-ce pas la police qui s'en occupe ?

— C'est compliqué, répondit Frieda. J'ai trouvé ça sur une scène de crime, mais malheureusement pas la bonne.

— Je ne vais même pas chercher à comprendre ce que ça veut dire. Mais je passerai un coup de fil.

— C'est urgent, répondit Frieda. Très urgent.

— Je m'en occupe tout de suite.

Frieda avait l'impression d'être un fantôme dans sa propre vie. Il lui fallait remettre les choses en route, recevoir ses patients, en accepter d'autres. Pourtant, elle n'appela personne et n'écouta pas ses messages. Sasha et Ethan partirent avant midi, et Chloë une heure plus tard. Pendant des années, sa maison avait été son refuge, son échappatoire ; à présent, elle lui semblait vide et abandonnée. Elle allait devoir se la réapproprier. Mais pour l'heure, elle se contentait d'attendre que le téléphone sonne, que quelqu'un toque à la porte, que justice soit faite, que tout danger soit écarté.

Le lendemain, elle s'efforça de travailler, de contacter des patients, d'examiner ses notes, de préparer une conférence qu'elle devait faire l'année suivante. Le soir, elle sortit son bloc de papier à dessin et ses crayons, et fit une esquisse d'une bouteille d'eau posée sur une petite table dans une flaque de lumière. Elle se coucha tôt et resta allongée sans trouver le sommeil, avec l'idée dérangeante qu'elle n'était pas là où elle devrait être, qu'elle aurait dû rester à Braxton. Mais elle avait fait ce qu'elle avait pu. Elle avait sauvé Max et avait parlé d'Ewan à la police : c'était à eux de prendre la suite. Ils interrogeraient Max. Peut-être se rappellerait-il avoir été agressé par Ewan, et *basta così*. Ou alors, la police pouvait aussi examiner les bandes vidéo de surveillance, utiliser les caméras d'identification des plaques d'immatriculation, tracer les appels de portables. Il avait dû quitter les lieux en catastrophe : il avait pu oublier quelque chose, à moins que Max n'ait laissé des traces dans sa voiture. Il y aurait forcément une preuve. Cela ne la réconfortait guère, pourtant, et ne l'aidait pas à dormir.

Elle se leva tard, but un café noir, prit un bain, suivi d'un deuxième café puis, comme mue par une subite inspiration, sortit de chez elle. Il faisait gris et froid ce jour-là, mais l'air était sec. Elle prit la direction de Regent's Park, vers le nord, et marcha jusqu'au lac. Elle s'assit sur un banc au bord de l'eau et observa les joggers et les enfants, les mères ou les nounous avec les poussettes. À quelques mètres de là, une vieille dame lançait des bouts de pain à un attroupement de bernaches du Canada. Frieda perçut soudain qu'on s'asseyait à côté d'elle. Elle se décala légèrement.

— On devrait commencer à les manger, dit la voix. Elles envahissent tout, mais elles sont probablement goûteuses.

Frieda n'eut pas besoin de se tourner. Elle connaissait cette voix. Elle l'avait entendue il y a peu, tout comme des années auparavant, dans l'obscurité de sa chambre.

— Comment m'as-tu retrouvée ?

— Ça n'a pas été bien difficile, répondit Ewan. Vanessa a obtenu ton adresse auprès d'Ev, je suis venu à Londres avec la foule des banlieusards, j'ai patienté dans la rue, et je t'ai suivie. C'est intéressant d'observer quelqu'un à son insu. On le voit sous un autre jour.

L'idée qu'Ewan ait pu l'épier lui donna la nausée.

— Pourquoi n'es-tu pas venu chez moi ? demanda Frieda. Ça n'aurait pas été plus simple ?

— Je voulais être sûr que tu serais seule.

— Il y a tous ces gens autour de nous.

— Et les oies. Quand on était enfants, ces oies étaient exotiques et aujourd'hui elles chient partout où il y a de l'eau fraîche.

Frieda le dévisagea. Il portait un épais manteau. Ses cheveux étaient ébouriffés, sa figure rougie par le froid. Il avait une bonne tête, celle d'un brave type.

— C'était du Rohypnol ? demanda Frieda.

Le sourire d'Ewan s'effaça, cédant la place à une expression méfiante. Frieda eut une pensée pour Sarah May et Becky. Cette expression était la toute dernière qu'elles aient vue.

— Tu as un téléphone ? demanda-t-il.

— Quoi ?

— Fais voir.

Frieda sortit son téléphone. Ewan le prit et l'examina.

— Je veux vérifier que tu n'enregistres pas cette conversation.

— Je sais à peine m'en servir pour passer des appels, expliqua-t-elle.

Il le lui rendit.

— Tu peux t'offrir le modèle d'au-dessus. Celui-ci est une antiquité. Mais tu me posais une question.

— Rohypnol ?

— Tu veux dire dans le verre que j'ai offert au pauvre petit Max ? Non. Il y a bien mieux que ça. Tu n'en auras sans doute pas entendu parler.

— GHB ?

— Soit, tu en as entendu parler.

— Plus facile à se procurer, les traces disparaissent plus rapidement du corps.

— Tu devrais faire mon métier, répondit Ewan.

— Un de mes patients en prenait, expliqua Frieda. Pour le plaisir.

— À mon tour de te poser une question. Comment as-tu compris ?

— À plusieurs petits détails, qui ont fini par s'additionner. Et tu as laissé une preuve sur place.

— Oh oui, tu as emporté la petite peluche chérie de Becky. C'est marrant, cette façon qu'ont les ados de décorer leurs lits avec leurs vieux doudous. Quelle interprétation en ferais-tu ? Je veux dire, en tant que psy.

— Je suis en train de la faire analyser en laboratoire.

— Bonne chance.

Ewan semblait n'en avoir strictement rien à faire.

— C'est tout ?

— C'était une sorte d'impression générale, reprit Frieda. Ce mensonge que tu m'as servi, comme quoi tu n'avais pas défendu Vanessa. Il prouvait que tu construisais un personnage à mon intention.

— Ça ne constitue pas une preuve.

— Je me fiche des preuves. Tout était trop parfait. Personne d'autre ne se rappelait aussi bien la nuit du concert. Tu te souvenais de tout, et dans le bon ordre.

— J'ai toujours été un peu geek sur les bords.

— Tous les autres étaient méfiants, mais toi, tu voulais m'aider, t'impliquer, toi et ta frise chronologique.

Ewan se pencha en avant et renifla un petit coup, comme pour savourer son odeur. Il ferma les yeux un instant.

— Tu ne peux pas savoir ce que ça a représenté pour moi, dit-il. C'était comme de le revivre une nouvelle fois, d'être près de toi, de voir ta peau, tes cheveux, ces yeux. Je me suis renseigné sur toi et ta psychothérapie. J'ai fait des recherches. Tu vas me demander pourquoi je l'ai fait.

— Non. Je n'ai pas besoin de te poser la question.

— Ce que nous vivons en ce moment en fait partie. Te suivre, puis me retrouver assis ici avec toi. Le fait que tu saches, maintenant, rend ça encore meilleur. Tu sais et pourtant tu ne peux rien. C'est comme si je le revivais mais en mieux.

— Becky était une jeune femme perturbée, vulnérable. Tu l'as terrifiée, agressée, violée, et ensuite, tu l'as tuée.

— Oui, admit Ewan d'une voix douce. Les jeunes filles perturbées et vulnérables sont précisément celles qui sont capables d'inventer ce genre d'histoire. Pas étonnant que la police ait du mal à les croire.

Il ferma les yeux une minute. Puis poussa un long soupir.

— T'imagines même pas.

Il écarta les doigts d'une main et l'examina.

— C'est comme prendre quelque chose et le garder pour toujours. Et je sais ce que tu vas me demander, maintenant.

— Quoi ?

— Ce que je fais ici ? Pourquoi ne suis-je pas en plein interrogatoire ?

— Très bien, alors pourquoi ?

Ewan demeura songeur un moment.

— Je ne suis pas un expert en procédures mais je ne crois pas que balancer une accusation sans la moindre preuve soit bien utile. Une jeune femme m'a posé une ou deux questions au sujet de la soirée. Elle semblait un peu gênée de le faire. J'étais sorti en moins d'une demi-heure. Le seul truc agaçant, c'est que Braxton est un petit monde et que quand il se passe quelque chose d'aussi intéressant, tout le monde est au courant.

— Ce n'est pas de moi qu'ils le savent, répliqua Frieda.

Ewan poursuivit comme s'il n'avait pas entendu :

— Je suis allé à la boutique de la ferme, et quelqu'un m'a interrogé à ce sujet. Le barman du Dog and Butcher m'en a touché un mot. Judi au garage aussi, quand je suis allé faire le plein.

— Ça devait être gênant.

Le sourire d'Ewan reparut.

— Tu sais ce que je leur raconte ? Je leur dis qu'il y avait une bonne femme bizarre, dénommée Frieda Klein, dans le même lycée que nous autrefois. Qu'elle a quitté la région pour une raison mystérieuse.

Il adopta un chuchotement théâtral.

— Je fais allusion à des rumeurs de rupture. Aujourd'hui, elle est revenue parce que sa mère est mourante et balance des accusations dingues, et il faut qu'on se montre tous compatissants.

Il se fendit d'un grand sourire satisfait.

— Voilà ce que je leur raconte.

— Jamais je ne laisserai tomber, répliqua Frieda. Tu le sais, n'est-ce pas ?

Ewan observa une grande blonde aux longues jambes qui passait en courant, puis Frieda de nouveau, comme s'il s'apprêtait à lui assener sa tirade finale.

— La police ne s'intéresse pas vraiment à Max. On ne sait pas de quoi ces jeunes sont capables quand ils ont avalé le mauvais cachet.

— J'insiste : ce n'est pas fini. Je ne laisse pas tomber. Je ne lâcherai pas prise.

— Ni moi, Frieda.

Elle le regarda droit dans les yeux, avec une sensation étourdissante qui montait en elle. On aurait dit qu'ils jouaient aux échecs et qu'ils se dévisageaient l'un l'autre au-dessus du damier.

— Un jour, reprit-elle, quand tu auras passé quelques mois ou quelques années en prison, à l'isolement pour être protégé, tu te rendras compte que tu étais mu par une peur et une faiblesse pitoyables. Là, tu pourras commencer à comprendre ce que tu as fait et qui tu es. Ce sera terrible, au-delà de l'imaginable, mais quand même mieux que d'être celui que tu es, là, sur ce banc.

Quand il répondit, ce fut en baissant d'un ton.

— Personne ne t'aimait, Frieda. Tu te trouvais trop bien pour nous. Tu ne daignais même pas me regarder. C'est à peine si tu étais consciente de mon existence, quels que soient mes efforts. Ben voilà, tu n'as eu que ce que tu méritais.

— Tu ne comprends pas, insista-t-elle. Tu te crois tout-puissant, mais tu représentes surtout un risque pour la santé publique, on devrait te traiter comme un chien enragé. Tu es déjà puni de la pire façon qui soit, avec celui que tu es, vu la vie que tu mènes. Prisonnier de ton propre enfer. Mais je ne renoncerai pas tant que tu ne seras pas arrêté.

Ewan lui sourit. Elle se leva et il fit de même.

— Au revoir, Frieda. Je dois aller prendre mon train. Mais n'oublie pas, je ne suis jamais loin… On va dans la même direction ?

Frieda le dévisagea avec mépris.

— Non ? Dommage.

Il s'interrompit, puis ajouta :

— Chérie…

Frieda se rassit sur le banc, les yeux fixés droit devant elle, sans le regarder s'éloigner, sans voir ni entendre les oies. Enfin, elle sortit son téléphone et composa un numéro.

— Sasha ? Des nouvelles ?

38

Karlsson possédait un petit jardin étroit, négligé, à l'arrière de sa maison. Ils emportèrent leurs tasses de café et s'y rendirent. La pluie menaçait, il faisait froid et presque nuit.

— Pas besoin de faire des politesses, prévint Karlsson.

— Je ne comptais pas en faire.

— Bientôt j'irai dans une jardinerie acheter quelques plantes.

— Un peu de couleurs ne ferait pas mal, admit Frieda.

— Mais pas trop. Mikey et ses copains ont besoin de jouer au football ici. J'aimerais leur trouver une mini-cage de but. Ou un « goal », comme ils doivent dire maintenant. Je vous ai dit que j'apprenais l'espagnol ? Je suis des cours.

— C'est bien.

— Pour pouvoir communiquer avec mes enfants. Quelqu'un au bureau m'a dit que l'espagnol était une langue facile à apprendre. J'en suis soulagé.

— Il suffit de persévérer.

— C'est ce qu'on vous a appris chez les scouts ?

— J'en ai été exclue.

— Il faudra me raconter ça un jour.

— On peut s'en tenir à l'affaire en cours, pour le moment ? Qu'en pensez-vous ?

— Vous voulez la bonne nouvelle ou la mauvaise ?

— La bonne, je suppose.

— Il n'y en a pas. Je suis désolé, Frieda. Je sais que c'est…

Il s'interrompit.

— Laissez-moi faire le point. Arrêtez-moi si je me trompe. À l'heure actuelle, il n'y a pas d'enquête de police digne de ce nom autour des crimes de Braxton.

— C'est exact.

— Une preuve décisive se trouvait sur les lieux du simulacre de suicide, mais vous l'en avez ôtée – ce qui constitue un délit, soit dit en passant.

— Ewan l'y avait laissé pour faire incriminer Max. J'étais obligée de l'enlever.

— Vous ne faites guère confiance à la police, hein ? Bref, toujours est-il que vous avez fait examiner cet élément par un laboratoire indépendant. Ce qui signifie qu'aucune cour ne le jugerait recevable. Mais d'après ce que vous m'avez dit, l'élément en question ne comportait pas de trace, exception faite des fibres du papier toilette dans lequel vous l'avez emballé. Puis-je vous recommander, la prochaine fois que vous volerez des preuves sur une scène de crime, de les envelopper dans un sac en plastique propre ?

— Cet écureuil a été pris dans la chambre de Becky mais ne comportait aucune trace d'elle. Il avait été lavé en machine. Ça ne vous paraît pas révélateur ?

— Possible, mais inutilisable dans le cadre d'une

enquête criminelle. Vous dites que vous avez rencontré le violeur et assassin présumé et qu'il a avoué.

— Pas avoué, mais confirmé.

— Mais vous n'en avez aucune preuve.

— Je ne suis pas équipée d'un mouchard vingt-quatre heures sur vingt-quatre.

— Vous auriez pu vous servir de votre téléphone.

— Il l'a inspecté.

— Il n'y a pas de témoins. Ce garçon, qui a survécu, n'a rien vu.

— On lui a fait absorber du GHB.

— Vous vous basez sur le rapport de toxicologie pour l'affirmer ?

— L'examen n'a pas été réalisé à temps. Mais Ewan me l'a avoué.

— Max ne se souvenait pas de l'avoir pris ?

— Il pensait que c'était un de ses copains qui l'avait servi, mais il était déjà ivre.

— Donc vous n'avez rien.

— C'est exactement ce que m'a dit Ewan.

— Pourquoi est-il venu vous voir ?

— En partie pour me dissuader de continuer. Mais surtout pour prendre son pied. C'était comme s'il le revivait.

— Frieda... Il y a deux choses que je peux faire. Je pourrais me rendre moi-même à Braxton et tenter de faire avancer le dossier. Mais à leur place, je crois que je m'enverrais promener. Ou alors, je pourrais le traîner de force au commissariat. Ce n'est pas à proprement parler légal mais...

— Non, coupa Frieda. Vous risqueriez votre carrière. Ne faites plus jamais ça. Et ça ne marcherait pas, de toute façon. Je le connais.

— Ce qui signifie que vous devez laisser tomber.

— Non, répliqua Frieda. Il le refera à quelqu'un d'autre.

— Peut-être l'avez-vous dissuadé de recommencer.

— Ou le contraire. Je lui ai peut-être rappelé quel effet ça fait de tenir quelqu'un sous sa coupe. Il faut que je fasse quelque chose.

— Frieda, c'est à moi que vous parlez. Je ne sais pas ce que vous pouvez bien avoir en tête, mais réfléchissez bien avant de passer à l'action.

Frieda se tourna vers lui.

— Que feriez-vous à ma place ?

— Rien.

— Je ne vous crois pas.

— Je vous en prie, ne faites pas de bêtises.

Elle retrouva Josef dans un petit pub bondé, plus haut dans la rue où elle habitait, et qui se trouvait pas trop loin de l'endroit où il travaillait. La tête lui tournait de fatigue et elle rêvait d'être chez elle, mais il avait insisté pour la voir. Elle prit un jus de tomate épicé et un sachet de chips ; lui, une double vodka, qu'il descendit en quelques gorgées.

— Eva va bien ? s'enquit-il.

Frieda revit en pensée l'expression fâchée et déçue d'Eva en découvrant que Josef n'était pas avec elle.

— Bien, confirma-t-elle.

— Sympa, cette femme.

— Oui.

— Et vous ? demanda-t-il. Vous savez qui c'est ?

— Oui. Je sais.

Il opina du chef.

— Dès que je vois votre tête, je savais que vous l'avez trouvé.

— Ah oui ?

— J'ai senti.

Il tapota la peau sous son œil d'un air mystérieux.

— Je le connais ?

— Oui.

— Attendez. Je devine. J'ai rencontré beaucoup d'amis chez Eva, mais c'est l'homme avec les deux filles.

— Oui.

— Ewan.

— Oui.

— Depuis le début, je n'aime pas cet homme.

— Pourquoi ?

— J'ai vu la façon dont il vous regardait.

— Comment me regardait-il ?

— Avec un grand, grand sourire, et froid.

— Et vous l'avez vu tout de suite ?

— Je connais beaucoup d'hommes comme celui-là.

Frieda reposa son verre et le dévisagea.

— Beaucoup d'hommes, vous dites ?

— Qui n'aiment pas les femmes. Qui font semblant.

— Continuez.

— Ils en ont peur et les détestent.

Elle se pencha en avant et l'embrassa sur la joue.

— Merci, Josef.

— De quoi ?

— Merci, c'est tout.

— Il est en taule maintenant ?

— Ewan ? Non. Il n'y a pas de preuve.

— Il est libre ?

— Pour le moment.

— Frieda… reprit Josef d'un ton solennel. C'est terrible.

— Je sais.

— Qu'est-ce que je peux faire ?

— Rien faire du tout.

39

Le dîner était prêt, mais Ewan n'était pas là. Vanessa l'appela. Pas de réponse. Plus fort. Toujours rien. Elle fonça à l'étage et regarda dans la chambre. Elle frappa à la porte de son bureau. Rien. Puis elle entendit sa voix dehors. Elle redescendit et franchit les portes-fenêtres. Il était au téléphone. Elle s'apprêtait à prendre la parole, mais il la chassa d'un geste de la main. Elle s'attarda sans trop savoir quoi faire et il gesticula à nouveau, presque fâché, pour la repousser.

Elle rentra et patienta. Les filles étaient à table. Elles avaient déjà commencé à manger. Au bout de quelques minutes, Ewan rentra. En voyant Vanessa, il fronça les sourcils.

— Le dîner est servi, dit-elle.

— Je sors, rétorqua-t-il.

— Quoi ? Maintenant ?

— Je n'en ai pas pour longtemps.

— On dîne, Ewan.

— Je n'en ai pas pour longtemps.

— Qui était-ce au téléphone ?

— Je n'en sais rien. Un homme. Il a dit qu'il

voulait me dire quelque chose au sujet de Frieda Klein, qui devrait m'intéresser.

— Quoi ?

Ewan lui lança un regard agacé.

— Si je savais quoi, je n'aurais pas besoin qu'on me le dise, tu ne crois pas ?

— Pourquoi ne peut-il pas venir ici ?

D'un air menaçant, Ewan posa un doigt sur ses lèvres, comme pour intimer le silence à un petit enfant.

— Je n'en ai pas fini avec Frieda Klein, dit-il.

Frieda mit une patate à cuire dans le four puis entreprit de faire le ménage. Elle ôta les draps de son lit et les serviettes sur l'étendoir de la salle de bains et les mit à la machine, ramassa divers accessoires de bébé (un hochet en bois, une minuscule chaussette, un biberon vide qui avait roulé sous le lit) et les mit dans un sac pour les rendre à Sasha. Puis elle monta à l'étage, dans son atelier, où avaient séjourné Chloë et Jack. Cela lui prit beaucoup plus longtemps. Il y avait, à côté du lit, des mugs et des assiettes, des trognons de pomme et des sachets de chips vides, ainsi qu'une bouteille de vin. En moins de deux jours ils avaient mis un désordre monstre. Frieda remit tout en place, passa un coup de chiffon, l'aspirateur, puis s'assit quelques instants devant son bureau. Son bloc à dessin était ouvert et son dernier dessin comportait une trace marron circulaire, là où l'on avait posé un mug. Elle arracha la page et la jeta dans la corbeille. Son pot de crayons gras avait été renversé et elle dut les ramasser. Quand ce fut fini, elle se promit de s'accorder du temps dans cette pièce sous les combles pour dessiner, penser, se retrouver. Sans que Sandy puisse prétendre lui voler son temps : elle serait seule à nouveau, maîtresse d'elle-même.

La pomme de terre était trop cuite. Elle posa dessus un morceau de beurre et se versa un verre de vin rouge. Sa tête bourdonnait de pensées et d'images. Ewan était en liberté. Il ne s'en tiendrait pas là, elle le savait. Il s'était montré aussi arrogant que triomphant cet après-midi-là.

Elle mangea la pomme de terre et but le vin rouge, puis se leva et erra dans la maison, sans pouvoir se poser. Elle était trop tendue. Elle sortit sur la terrasse et resta dehors un moment, sous le crachin glacé. Ewan Shaw, le clown, le gentil, le sympa, pataud et serviable, l'ami de tous. Ewan, son violeur. Celui de Becky, et son assassin. De Sarah May, aussi. Qui avait tenté de tuer Max pour la seule raison que ce dernier gênait un peu dans le décor et qu'il constituait un leurre opportun. Comme si les gens n'étaient que des choses, comme si l'on pouvait jouer avec la vie d'autrui, la briser et la jeter aux ordures. Ewan, qui recommencerait certainement. Qui ne ressentirait pas de culpabilité. Dont la femme le laisserait recommencer sans fin parce qu'il était son mari et que les femmes devaient soutenir leurs maris, et parce qu'elle n'avait pas envie de voir ni de savoir. Elle passerait le reste de ses jours à accomplir son devoir de mère et à se soucier des siens, à regarder de l'autre côté en faisant mine de croire que rien de monstrueux ne se déroulait sous son nez, avec sa complicité et son tacite consentement. Elle avait toujours su. Elle était forcément au courant pour Frieda, sinon pourquoi aurait-elle fourni à Ewan un alibi ? Elle savait pour Sarah, pour Becky. Elle avait dû remettre le paquet que lui avait confié Becky à Ewan, alors qu'elle savait, et lui parler de Max.

Comme Vanessa devait la détester, se dit Frieda. La haine et la colère avaient dû monter en elle quand elle avait ouvert sa porte et découvert qu'elle était revenue.

Et seulement Vanessa. Chas était au courant, lui aussi. Il avait répété les mots que Frieda avait dits à Ewan cette nuit-là, quand elle lui avait soutenu, en désespoir de cause, qu'elle était vierge, comme si la pitié pouvait freiner ce genre d'homme. Ewan avait dû le répéter à Chas. Qu'est-ce que cela représentait pour eux ? Un défi, une sale blague de machos, pour plaisanter, un truc dont ils pouvaient rigoler entre potes : Frieda Klein. Mais elle ne demandait que ça, de toute façon, à s'imaginer qu'elle valait mieux qu'eux ; elle la ramènerait un peu moins, comme ça. Était-ce donc ça ? Et les autres ? Becky et Sarah, et Max ? Peut-être même d'autres, dont elle ignorait l'existence. Elle devait faire quelque chose, et elle ne savait pas quoi.

Elle erra dans la maison, alluma la radio puis l'éteignit, se prépara un café qu'elle ne but pas. Enfin, quand ce ne fut plus supportable, elle mit son manteau, tout en regrettant son écharpe rouge, et sortit de chez elle. Au début, elle marcha sans savoir où elle allait, dans des ruelles sombres, tandis qu'un vent froid lui fouettait le visage et nettoyait ses poumons. Puis elle prit vers l'est, par Fleet Street et passa devant St Paul en direction de Whitechapel, longeant de petites rues désertes jouxtant de hauts édifices et abritant des magasins fermés. Bientôt, elle se retrouva dans un quartier de Londres qu'elle connaissait à peine. Plein de maisons condamnées, avec des jardinets envahis de mauvaises herbes. Un renard galeux passa devant elle. Elle bifurqua vers le sud en direction du fleuve et de Shadwell Basin. Suivre la Tamise la ramènerait chez elle.

Le temps qu'elle atteigne sa porte, il était 2 h 30 du matin et elle marchait depuis des heures. Elle se sentait mieux ; peut-être même était-elle assez fatiguée pour trouver enfin le sommeil. Elle se débarrassa de son manteau et délaça ses bottes, soulagea ses pieds endoloris, puis commença à grimper l'escalier, avec à l'esprit son lit, ses draps propres, l'oreiller moelleux, et le chat.

— Coucou, Frieda.

Elle fit volte-face. Sandy se tenait au pied des marches. Il était vêtu d'un jean et d'un pull qu'elle lui avait offert et tenait à la main un verre de whisky.

— J'espère que je ne t'ai pas fait peur.

— Que fais-tu ici ?

— Tu as l'air fatiguée. Encore une de tes promenades nocturnes ?

— J'ai marché, oui, et je suis fatiguée, et j'aimerais que tu sortes de chez moi sur-le-champ.

— Tu es revenue ? T'as fini, à Braxton ?

Il se comportait comme s'il était chez lui. Mais il n'y avait plus d'amour en elle.

— C'est Ewan Shaw.

Il méritait au moins de le savoir.

— Ton vieux copain ?

— Ce n'était pas mon ami, non.

— On l'a arrêté ?

— Non.

— Mais…

— Je n'ai pas envie de parler d'Ewan. Ni de quoi

que ce soit. Je t'ai demandé ce que tu faisais ici, au beau milieu de la nuit.

— Je suis venu te voir. Il faut qu'on parle.

— Tu t'es introduit chez moi.

— J'ai la clé.

Il leva son verre.

— J'espère que tu ne m'en veux pas. Je t'ai attendu longtemps.

Frieda redescendit l'escalier et lui prit le verre des mains.

— Si, je suis fâchée.

— Il fallait que je te voie.

— Tu n'as aucune raison de vouloir me voir. Je ne te vaux rien de bon, Sandy.

— Je ne vais pas disparaître de ta vie comme ça, tu le sais.

— Dehors, j'ai dit, dehors ! Rends-moi ma clé et sors de chez moi.

— Frieda. Je t'en prie, écoute-moi.

— Peu importe ce que tu veux me dire, je ne veux pas t'entendre. Comment oses-tu entrer chez moi en pleine nuit ?

— Je suis désolé si je t'ai contrariée. J'ai pensé…

— Va-t'en immédiatement. Et ne reviens pas.

— Tu ne penses pas ce que tu dis.

— Si tu n'es pas parti d'ici une minute, j'appelle la police.

— Oh, tu veux dire ton flic tout dévoué, Malcolm Karlsson.

— Quarante secondes.

Elle sortit son portable de sa poche.

— Si c'est comme ça que tu veux que ça se termine. Et rends-moi cette clé.

Il haussa les épaules et la lui tendit.

— Après tout ce qu'on a vécu, lança-t-il.

Frieda ne répondit rien, se contentant de l'observer pendant qu'il ouvrait la porte. Quand il fut sorti, elle la lui referma au nez et mit la chaîne de sécurité. Elle sentait son cœur battre à tout rompre et des gouttes de sueur sur son front. Elle se rendit dans la cuisine, versa le whisky de Sandy dans l'évier et rinça le verre. Bientôt le jour se lèverait, que ferait-elle alors ?

À 5 h 15, son téléphone sonna et la tira de rêves pénibles et confus.

— Oui ?

— C'est David. Ton frère, ajouta-t-il comme si elle risquait de ne pas comprendre. Elle s'en va.

— Oui. J'arrive tout de suite. Où est-elle ?

— À l'hôpital principal. Pavillon Hendry.

— D'accord.

Elle était déjà hors du lit, en train d'allumer, d'ouvrir le placard pour y trouver de quoi s'habiller.

— Je prends le premier train.

Elle enfila un pantalon et une chemise, glissa son portable dans sa poche, prit au passage sa brosse à dents et du dentifrice dans la salle de bains. Puis descendit, mit son manteau et ses bottes, s'empara de son sac. Elle pensa à vérifier s'il restait assez de croquettes dans le bol du chat et sortit dans la nuit de novembre. Il faisait très froid et très humide : elle se demanda si la pluie ne tournait pas à la neige fondue. Elle marcha d'un pas rapide jusqu'au métro et y parvint juste à l'heure d'ouverture. Quelques personnes patientaient déjà devant, lève-tôt ou couche-tard rentrant se mettre au lit. Elle arriva à Liverpool

Street à temps pour prendre le train de 6 heures qui quittait la ville. Il était presque vide : la plupart des gens voyageaient dans l'autre sens ; bientôt, ils se déverseraient dans Londres.

Frieda s'adossa à son siège, le regard perdu dans la nuit. Elle ne pensait pas à sa mère : elle songeait à son père, à qui elle n'avait pu dire au revoir et qui n'avait pris congé de personne. Pourquoi était-ce si important ? Elle avait eu un jour un patient qui était incapable de mettre fin à une conversation téléphonique. Il ne savait pas comment dire au revoir, ni comment partir. Pour lui, les fins étaient intolérables.

Arrivée à la gare, Frieda grimpa dans un taxi. Elle ne se trouvait qu'à quelques minutes de l'hôpital. La dernière fois qu'elle s'y était rendue, c'était pour le scan du cerveau de sa mère. Le temps qu'elle y arrive, le jour s'était levé – ou du moins faisait-il aussi jour qu'on pouvait l'espérer sous ce plafond nuageux gris et bas, cette pluie de neige mouillée. Elle fit un détour par les toilettes et se brossa les dents avant d'emprunter l'escalier jusqu'au deuxième étage.

Sa mère se trouvait dans un box séparé par des rideaux dans un dortoir de six lits, tous occupés. David était assis à ses côtés sur une chaise en plastique. Juliet Klein était endormie, ou inconsciente. Il lisait un journal, qu'il replia quand Frieda écarta les rideaux pour se glisser derrière. Il ne se leva pas, se contentant d'un hochement de tête pendant qu'elle tirait une chaise de l'autre côté du lit, à côté du meuble de rangement.

— Tu as prévenu Ivan ? lui demanda-t-elle.

— Deux fois. La première fois quand le diagnostic a été posé, et il a répondu qu'il prendrait un avion l'heure venue. J'en conclus qu'il voulait dire quand elle serait sur son lit de mort. Maintenant qu'elle y est, il dit qu'il n'arrivera pas à temps.

— Sans doute, concéda Frieda.

— Belle famille que la nôtre…

Frieda ne répondit rien. Elle regarda sa mère, dont la bouche était entrouverte, comme si sa mâchoire s'était décrochée. Son souffle crépitait dans sa gorge et elle dégageait une odeur aigre. Un masque à oxygène avait été passé autour de son cou, prêt à servir, une perfusion plantée dans son bras maigre et contusionné. Elle aurait détesté qu'on la voie ainsi, elle qui s'était toujours pomponnée avec tant de soin à toutes les occasions.

— Tu lui as parlé ?

— Il y a une heure environ, elle a ouvert les yeux et m'a dit que j'avais grossi. C'est tout.

— Que disent les médecins ?

— Qu'il n'y en a plus pour longtemps. Il se peut qu'elle ne se réveille même pas et dans ce cas, on aura loupé notre grande réconciliation.

Les yeux de Judith Klein s'ouvrirent.

— Vous dites quoi de moi ?

Frieda fut tentée de prendre la main de sa mère, puis changea d'avis.

— Que fais-tu ici ?

Les traits de Judith se durcirent.

— Est-ce que je… ?

Elle ne put finir sa phrase et déglutit avec peine.

David se pencha et lui parla tout doucement, comme à un enfant qui aurait du mal à dormir.

— Oui, tu t'en vas, maman.

Juliet Klein cligna plusieurs fois. Ses bras, allongés

sur la couverture comme si elle était déjà morte, furent parcourus de convulsions.

— Tu as mal ? s'enquit Frieda. Tu as besoin de quelque chose ?

Sa mère ne répondit pas. Elle tourna la tête d'un côté puis de l'autre en émettant un son qui n'était pas un pleur.

— Ivan t'embrasse, dit David d'une voix forte, en articulant bien chaque mot.

— Ivan ?

— Ton autre fils.

— Dis-moi si tu veux quoi que ce soit.

Frieda prit la main de sa mère, quand elle vit à quel point celle-ci était terrifiée.

— Veux m'en aller d'ici.

Elle s'agita, paniquée, comme pour se lever et tenter de s'enfuir.

— Elle n'a pas toute sa tête, expliqua David.

— Ne parle pas d'elle comme si elle n'était pas là.

— Qui êtes-vous ?

— Je suis Frieda, ta fille.

— Ma fille.

— Oui.

— Surfait.

— Surfait ?

— Jamais eu envie d'être mère.

— Je sais, répondit Frieda. Ça arrive.

— Je voulais…

Et de nouveau, ses mots devinrent inintelligibles.

— Qu'est-ce qu'elle dit ?

David se pencha en avant.

— Que dis-tu, m'man ?

— Je crois qu'elle dit qu'elle aurait aimé avoir une vie différente.

— Trop tard, répliqua Juliet Klein.

Son visage était tout petit sur l'oreiller. Ses yeux brillaient. Son souffle se fit rauque, comme si sa poitrine était rouillée.

Une infirmière entra dans le box et se pencha sur le lit. Elle posa le masque à oxygène sur la bouche de Juliet Klein, mais la mourante le repoussa. Elle arracha ses doigts à l'étreinte de Frieda.

— Non, dit-elle. Non. Je ne veux pas. Je ne veux pas. Non.

Elle ferma les yeux et, au bout d'un moment, s'apaisa. Son souffle s'étrangla dans sa gorge. Frieda l'observait intensément. Sa mère fâchée, malheureuse, avec son ironie, son entêtement buté, les quittait.

— Elle est morte ? demanda David au bout d'un moment.

— Non, répondit Frieda.

Elle n'était pas morte. Ensuite, elle n'ouvrit plus les yeux ni ne prit la parole. Enfin, elle cessa de respirer.

— Et maintenant, elle est morte ?

— Oui.

— Donc, dans son dernier souffle, elle nous a dit qu'elle aurait aimé n'avoir jamais été mère.

— Sans doute le savais-tu déjà.

— Non. Non, je ne le savais pas.

— Ça va ?

— En fait, je me sens bien. J'ai toujours cru qu'il n'y avait que moi qu'elle n'aimait pas. C'est plutôt un soulagement de savoir que c'était nous tous.

Un silence s'abattit. Frieda s'apprêtait à se lever

pour aller chercher l'infirmière quand David reprit la parole, à voix basse.

— Ce… ce truc qui t'est arrivé…

— Le viol, répondit Frieda. Ça porte un nom.

— Oui. Euh… Est-ce que… Bref, où en es-tu de ce côté-là ?

Frieda regarda sa mère, qui ne l'avait jamais crue.

— Je n'ai pas envie d'en parler, David.

— C'est sans doute mieux ainsi.

Il semblait soulagé.

— Je veux dire, c'est du passé maintenant. Parfois, mieux vaut ne pas réveiller un chat qui dort.

Oh si, on va le réveiller, songea Frieda. *Et même, lâcher les fauves*.

40

Après une heure de silences partagés et d'informations échangées à mi-voix, Frieda sentit qu'il était temps de partir. L'hôpital n'était pas conçu pour qu'on le quitte à pied. Elle dut traverser un parking et continuer le long de petites allées avant d'atteindre la grand-route. Son père était mort, et sa mère aussi. Elle était orpheline. Cette vérité implacable s'inscrivit dans son esprit, mais elle la mit délibérément de côté. Elle la ressortirait de sa cache plus tard pour la déballer et l'examiner, mais pas maintenant, pas encore.

Alors même qu'elle était au chevet de sa mère, à lui tenir la main, elle pensait à cette voix surgie des ténèbres, la voix à côté d'elle dans Regent's Park. *Tu sais, mais tu n'as rien. Chérie.* Frieda repensa à ce qu'elle avait si souvent vécu avec ses patients : il fallait accepter le passé, puis le laisser s'en aller. Elle avait un jour reçu une femme de quatre-vingts ans qui continuait de se disputer avec son père, père mort depuis quarante ans. Mais sa situation à elle ne relevait pas du passé.

Elle sortit son téléphone.

— Tu es chez toi ?

— Non. Mais je peux rentrer.

Une heure plus tard environ, Frieda longeait le front de mer. Elle remonta l'allée et sonna à la porte. Quand Chas vint lui ouvrir, il regarda par-dessus son épaule avec un froncement de sourcils.

— Tu es seule ?

— Oui.

— T'es venue comment ?

— Bus, train, taxi.

— Je ne savais même pas que c'était possible. Tu veux un café ?

L'idée d'entrer sous son toit, de marcher sur ses tapis, au milieu de ses tableaux, la répugna.

— On peut aller se promener au bord de l'eau.

— Le temps n'est pas franchement idéal.

— Alors, mets un manteau.

Chas disparut puis revint vêtu d'un long pardessus épais couleur fauve, d'une écharpe bleu marine et d'un feutre marron. Ils traversèrent la route et se retrouvèrent sur les galets. Ils prirent vers le nord, laissant des rangées de cabines de plage colorées sur leur gauche et la mer du Nord grise, moutonnante, sur leur droite. Chas indiqua du doigt l'une des cabines.

— C'est la nôtre, dit-il. À ce prix-là, on a une maison de cinq chambres dans le nord du pays. Si jamais ça te tente…

Frieda mit ses mains dans ses poches. Le vent du nord était si froid qu'elle en avait la figure endolorie. Elle se tourna vers Chas.

— Tu étais au courant, commença-t-elle.

— De quoi ?

— Vanessa était au courant. Et toi aussi.

— Mais de quoi tu parles ?

— C'est la seule hypothèse qui tient la route. Ça m'a toujours paru bizarre qu'Ewan se souvienne aussi bien du concert.

— Tu parles encore du concert des Thursday's Children ? On est repartis dans les années 80 ?

— Oui, on parle toujours de ce concert. Quand on évoque d'authentiques souvenirs, c'est toujours bordélique, avec des détails qui manquent. La police le sait, les psy aussi. Mais Ewan se souvenait de tout dans le bon ordre, exactement comme on se rappelle une histoire inventée de toutes pièces.

— Ewan a toujours été obsessionnel.

— Tu le couvres toujours ? s'enquit Frieda, presque avec fascination. C'est toi et Vanessa qui l'avez mis en position de faire ça. Vous lui avez fourni un alibi.

— Frieda, tout ceci s'est passé il y a tellement longtemps…

— Arrête. Tu peux dire ce que tu veux, mais ne m'insulte pas, c'est insupportable.

Chas se détourna un instant. Frieda vit sa mâchoire se serrer. Mais quand il lui refit face, il paraissait calme.

— Si tu cherches à porter on ne sait quelle accusation, dit-il, ce qui semble être le cas, alors tu dois t'en ouvrir à la police. Mais si tu continues sur cette lancée…

Frieda regarda la mer. Une vieille dame aux cheveux blancs lançait un bâton dans les vagues. Un chien noir, un labrador, plongeait, disparaissait dans l'écume et ressortait triomphant, le bout de bois dans la gueule.

— Alors quoi ? insista-t-elle.

— Je ne sais pas ce que tu attends de moi.

Frieda reporta son regard sur le chien, qui retournait dans la mer sans se lasser.

— Certes, reprit-elle, une part de moi a juste envie de te regarder droit dans les yeux et de te demander quel effet ça t'a fait. Mais je sais ce que tu pensais.

— Tu ne sais rien de moi.

— Si je suis venue ici, c'est pour te dire ceci : ça paraissait peut-être marrant, quand tu avais seize ans, qu'un garçon mette un masque et viole une fille pour lui donner une bonne leçon…

— Je ne vois pas de quoi tu parles.

— Écoute-moi, et après je m'en vais. Ewan est venu me voir à Londres. Il a reconnu ce qu'il avait fait, tout en ajoutant que je n'avais rien contre lui, ce qui est presque exact.

— Je ne comprends pas pourquoi tu éprouves le besoin de me raconter tout ça.

Quelque chose de singulier se produisait sur son visage. Il n'arrêtait pas de se décomposer pour se ressaisir à nouveau. C'était comme si Frieda découvrait un autre Chas derrière le masque, un être moins sûr de lui, moins suffisant.

— Si tu dois persévérer dans le déni, je veux être claire au sujet de ce que tu nies. Je ne sais pas à quel point Ewan et toi êtes restés proches.

— On évolue dans des mondes différents aujourd'hui.

— En 1991, il a violé Sarah May. Mais quelque chose a mal tourné et il l'a tuée.

— Et tu sais ça comment ?

— Ewan sentait d'instinct quelles filles étaient à la marge, isolées, celles qu'on ne croirait pas. Comme Becky Capel.

— Qui s'est suicidée.

— Becky a voulu se défendre. Je m'en tiens pour partiellement responsable. Malheureusement, la personne vers laquelle elle s'est tournée était celle qui avait repéré sa vulnérabilité en tout premier lieu.

— Ewan ?

— Non. Vanessa.

— Tu es en train de me dire qu'Ewan a violé Becky et que Vanessa l'a couvert comme elle l'avait fait par le passé ? Qu'ils agissaient en tandem ?

— Elle a toujours été douée pour détourner le regard, pour ne pas regarder ce qu'elle n'était pas censée voir et ignorer ce qu'elle n'était pas censée savoir. L'esprit humain est doué pour ça.

— Oui.

Il se tourna et contempla l'immensité grise.

— Quand Ewan a su que j'étais revenue à Braxton et que je ne m'en irais pas, il a eu l'idée de faire incriminer Lewis et Max.

— La police enquête là-dessus ?

— Je ne pense pas.

— Pourquoi me le dire ?

— Tu peux agir en honnête homme.

Les joues de Chas étaient cramoisies, à présent. Frieda n'aurait su dire si c'était de honte ou de colère, ou juste à cause du vent froid.

— C'est-à-dire, Frieda ?

— Tu peux dire à la police tout ce que tu sais. Ewan est un violeur et un assassin et il est capable de recommencer ; d'ailleurs, il le fera sans doute.

— Il sait que tu le surveilles. Il y a très peu de chances qu'il recommence.

— C'est là-dessus que tu comptes ?

— Ce que tu as dit de moi n'est pas juste, dit-il sur un ton presque songeur.

— Tu peux toujours faire amende honorable, continua-t-elle d'une voix douce. C'est à ta portée.

Une fois de plus, Chas se détourna pour contempler la mer, les mains au fond des poches, les épaules voûtées. Au bout d'un long moment, il finit par s'adresser à elle.

— Dis-moi quoi faire, dit-il d'une voix étouffée.

Là-dessus, le téléphone de Frieda sonna.

— Une seconde, répondit-elle d'une voix pressante. Je prends cet appel et après, je te réponds.

— Frieda Klein ?

— Qui êtes-vous ?

— Ici l'inspecteur principal Craigie. Nous nous sommes déjà rencontrées. Où êtes-vous ?

— En quoi ça vous regarde ?

Elle répéta sa question puis Frieda communiqua l'adresse de Chas.

— Restez où vous êtes. J'envoie une voiture vous chercher.

— Pourquoi ?

— Il faut qu'on vous parle.

— À quel sujet ?

— Vous ne voyez pas ?

— C'est vous qui m'avez appelée.

— On en discutera quand vous serez là.

Un silence s'abattit après que Frieda eut raccroché. Puis Chas prit la parole.

— Très bien, dit-il. Je vais aller parler à la police.

Frieda s'avança et lui prit le bras.

— C'est ce qu'il convient de faire, dit-elle. Et c'est également un acte bon, courageux et difficile. Merci.

— Je ne le fais pas pour toi. Je le fais pour moi.

— On m'attend au commissariat. Je ne sais pas pourquoi. Tu veux venir avec moi ?

— Non. Pas encore. Laisse-moi un petit moment pour me ressaisir.

Il eut un sourire amer.

— Je t'appelle ce soir. Ça ira ?

Elle redoutait qu'il ne se ravise. Il le sentit.

— Je ne reviendrai pas sur ma promesse, Frieda.

— D'accord.

Elle hésita.

— Pas besoin de t'attarder ici pour moi.

— Je dois retourner bosser. Tu veux attendre chez moi ?

— Non, merci.

Aussi la laissa-t-il, et durant une demi-heure, elle arpenta la plage de long en large jusqu'à l'arrivée d'un véhicule de police. Deux agents en uniforme déclarèrent qu'ils étaient venus pour l'emmener au poste. Elle leur demanda de quoi il s'agissait, on lui répondit qu'elle le saurait une fois sur place.

— Et si je ne veux pas venir ?

Ils la regardèrent comme si elle avait prononcé une grossièreté.

— Pourquoi ne voudriez-vous pas venir, Dr Klein ?

Tout ça semblait trop compliqué. Elle se cala donc au fond de son siège sans plus rien dire. Les deux agents paraissaient surveiller leurs propos en parlant entre eux. Ils pénétrèrent dans un parking et l'un d'eux la mena jusqu'à une entrée de service, puis le long d'un escalier jonché de cartons. L'agent la laissa dans une pièce vide, dépourvue de fenêtre. Quelques minutes plus tard, l'inspecteur principal Craigie entra.

Elle était accompagnée d'un autre enquêteur, un costaud à la coupe de cheveux inégale. Elle le présenta sous le nom d'enquêteur Pearce. Alors qu'ils prenaient place en face de Frieda, tous deux l'examinèrent avec curiosité.

— Il se passe quelque chose ? commença Frieda.

— Vous avez porté une accusation contre la personne d'Ewan Shaw, répondit Craigie.

— Il a violé au moins trois personnes, répliqua Frieda. Dont moi. Il a tué deux de ces femmes : Rebecca Capel et Sarah May. Il a également tenté d'éliminer Max Temple.

Craigie et Pearce échangèrent un regard.

— Quelqu'un d'autre partage-t-il ce point de vue ? demanda Craigie.

— Quelle importance ?

— Avez-vous réussi à mettre cette idée dans la tête de quelqu'un ?

— Je ne vois pas où vous voulez en venir.

Exaspérée, Craigie battit des mains.

— Est-ce que quelqu'un est au courant de ce que vous savez ? Ou partage vos convictions ?

Frieda réfléchit un instant.

— L'épouse d'Ewan Shaw, Vanessa, est au courant. Je ne sais pas dans quelle mesure. Quand vous m'avez appelée, j'étais en train de parler à une de mes connaissances d'autrefois, Chas Latimer. Il était au courant pour le premier viol. Je veux dire, quand Ewan m'a violée. Je crois qu'il vous le confirmera.

— Et Ewan Shaw, il est au courant de tout ceci ?

— À l'évidence, il est conscient de ce qu'il a fait ?

— Est-il au courant de ce que vous savez ?

— Il le sait, oui.

— Comment le savez-vous ?

— Il est venu me voir à Londres.

Les deux enquêteurs sursautèrent.

— Il a fait quoi ? répéta Craigie.

— Il m'a retrouvée à Londres et m'a suivie.

— Et ensuite ?

— Il m'a dit que je n'avais aucune preuve contre lui. Qu'il ne pouvait rien lui arriver.

— Qu'il ne pouvait rien lui arriver ?

— Oui.

— Il a employé ces mots-là ?

Frieda réfléchit un moment.

— De quoi est-il question, au juste ? reprit-elle. Pourquoi cet interrogatoire ?

— A-t-il dit qu'il ne risquait rien ?

— Je ne me rappelle pas s'il a employé ces mots-là précisément.

— Alors pourquoi l'avez-vous dit ?

— Je crois que cela traduisait bien le message qu'il tentait de me faire passer.

— Et qu'avez-vous ressenti alors ?

— C'est une plaisanterie ou quoi ?

— Qu'avez-vous ressenti ?

— Il n'est pas facile de répondre à cette question.

— Avez-vous eu l'impression qu'il vous provoquait ?

Frieda réfléchit un moment.

— Oui, répondit-elle. Je crois que ça faisait partie du jeu.

Craigie se pencha au-dessus de la table. Frieda interpréta son langage corporel : recherche de confrontation, intimidation.

— Vous avez accusé Ewan Shaw de vous avoir

violée, dit Craigie. Avez-vous l'impression qu'il cherchait à démontrer l'emprise qu'il avait sur vous ?

— Je crois que c'est ce qu'il ressentait, ce qui n'est pas la même chose.

— Et ça vous a mise en rogne ?

— Selon moi, cet homme est mû par la honte qu'il éprouve de lui-même et la colère, ce qui donne un dangereux mélange.

— Étiez-vous fâchée ?

— Oui. Entre autres choses.

— Comme ?

— Résolue à ce qu'il ne recommence jamais.

— Je vois. Et que comptiez-vous faire à ce sujet ?

— Ce que je voulais faire – et ce que je souhaite toujours –, c'est le coincer. Dans la mesure où la police ne semble pas très décidée à faire quoi que ce soit à son sujet.

— Vous avez envie de le coincer ?

— Oui.

— Et qu'entendez-vous par là ?

— Je veux l'empêcher de continuer.

— Je vois. Comment s'est terminé votre entretien avec Ewan Shaw ?

— En eau de boudin.

— Qu'avez-vous fait après ce rendez-vous ?

— Que voulez-vous dire ? Juste après ?

— Dites-nous juste ce que vous avez fait entre ce moment-là et maintenant.

— Je suis allée voir un de mes amis, un détective de la police de Londres, pour en parler avec lui.

— Il s'est montré compatissant ?

— Ce n'est pas ce que je recherchais. Ensuite, je suis rentrée chez moi.

— Quelqu'un peut-il confirmer que vous y étiez la nuit dernière ?

— Oui, répondit Frieda, en songeant à la visite de Sandy. Ensuite, très tôt ce matin, je suis revenue ici pour me rendre à l'hôpital.

— Pour quoi faire ?

— Ma mère était malade, en phase terminale. Elle est morte dans la matinée.

— Oh, répondit Craigie. Je suis désolée.

— Je suis partie directement de l'hôpital pour aller rendre visite à Chas Latimer. Et ensuite, on m'a amenée ici.

Craigie s'adossa à sa chaise.

— Vous étiez à l'hôpital ?

— Oui.

— Merde, pesta Pearce dans sa barbe. Putain, je n'y crois pas.

Craigie lui lança un regard furieux et se tourna de nouveau vers Frieda.

— Avec des personnes de votre famille ?

— L'un de mes frères était là.

— Pouvez-vous nous dire quand vous êtes arrivée ?

— J'ai pris le premier train en partance de Liverpool Street, peu avant 6 heures du matin. J'ai dû arriver à l'hôpital vers 7 h 30. Et j'y suis restée jusqu'au début de l'après-midi – je ne sais pas quelle heure au juste, mais je suis certaine que vous pourrez vous renseigner auprès de mon frère ou des infirmières. Ou des caméras de surveillance.

— Merde, râla Pearce à nouveau, plus fort cette fois-ci. C'est une blague.

— Je suis allée directement de l'hôpital à la maison de Chas, là où vous êtes venus me chercher.

Elle remarqua la façon dont ils la dévisageaient.

— Pourriez-vous me dire enfin pourquoi vous m'avez fait venir ?

Les deux enquêteurs échangèrent un regard.

— Vous voyez l'obélisque juste à l'entrée de Braxton ? demanda Craigie.

— Le monument aux sorcières ? répondit Frieda. Bien sûr.

— On a retrouvé le corps d'Ewan Shaw là-bas ce matin, juste après 7 h 30.

— Son corps ? répéta Frieda. Vous voulez dire, son cadavre ?

— Tout juste. Il n'est pas rentré chez lui hier soir et, ce matin, son corps a été retrouvé par une vieille dame qui promenait son chien. Elle est d'ailleurs à l'hôpital en ce moment même. Elle n'a pas trop bien réagi.

Le choc fut tel que Frieda se sentit étourdie. Elle repensa au ton d'Ewan à la fin de leur entretien.

— Il s'est tué ?

— Oh que non… ironisa Craigie. On lui a tranché la gorge. C'était très malin. Et sûrement prémédité. L'endroit est dépourvu de caméra de surveillance. En même temps, on peut éliminer le crime crapuleux. Son portefeuille était toujours dans sa poche, avec cent vingt livres dedans en espèces. Il y avait aussi de nombreuses traces de coups qui suggèrent que l'agression a duré un certain temps. Des blessures qui auraient pu être motivées par un sentiment de colère ou de vengeance. Avez-vous le moindre commentaire à faire là-dessus ?

— Non.

— Vous ne trouvez pas qu'il le méritait ?

— Je ne pense pas ça, non.

Craigie se pencha de nouveau en avant.

— Vous dites qu'il vous a violée, qu'il a violé et tué deux autres jeunes femmes.

— Oui.

— Et qu'il vous a balancé en pleine face qu'on ne le coincerait jamais.

— On aurait fini par le faire. D'une façon ou d'une autre.

— Combien de personnes savent ce que vous savez ? Ou ce que vous croyez savoir ?

— Savent sans l'ombre d'un doute ? Moi seule, répliqua Frieda.

— Combien de personnes savent ce que vous suspectiez ?

— Pas mal de gens. Les nouvelles vont vite dans une ville comme Braxton. Ewan m'avait dit que tout le monde était au courant qu'il avait été interrogé par la police. Il semblait croire que quelqu'un de chez vous avait pu jaser à ce sujet.

— C'est une lourde accusation.

— Peu m'importe. Chas Latimer était au courant, lui aussi.

— Pouvez-vous imaginer qui aurait pu vouloir faire ça ?

— Dr Klein, coupa Pearce, la veuve d'Ewan Shaw nous a dit lors dans sa déposition que la dernière fois qu'elle l'a vu, il allait rejoindre un homme qui prétendait avoir des informations sur vous.

— Quel genre d'informations ?

— Elle ne savait pas. Pour des raisons évidentes, nous sommes très désireux d'interroger cet homme. Et il semblerait qu'il vous connaisse.

— Ou a entendu parler de moi.

— Une idée ? demanda Craigie.

Frieda songea à Lewis, puis à Josef et Sandy.

— Non, répondit-elle.

— On a trouvé quelque chose à côté du corps. Je me demande si vous pourriez nous éclairer un peu à ce sujet.

Elle se pencha et souleva un sachet en plastique sous scellés judiciaires qui contenait une moitié, déchirée, d'écharpe en laine rouge. L'écharpe de Frieda, que pendant tant d'années elle avait portée chaque jour d'automne et d'hiver dès qu'il faisait froid.

— Non, lâcha-t-elle enfin. Non. Je ne vais pas pouvoir vous aider, je regrette.

41

Frieda parcourut la rue déserte, des fleurs à la main. C'était Sasha qui l'avait déposée. Elle l'attendait en compagnie d'Ethan dans le petit café où elle avait retrouvé Lewis – il y a des siècles, lui semblait-il. Il n'était pas tout à fait 7 heures du matin et Braxton s'agitait à peine. À Londres, il y avait des passants, des voitures, des bruits de radios et de portes qui claquaient. Ici, tout était encore plongé dans le silence et la nuit, interrompue par les seuls réverbères éclairant son chemin.

Il faisait assez sombre dans le cimetière où les stèles côtoyaient des arbres d'un âge vénérable. La flèche de l'église s'élançait dans la brume. L'humidité au sol pénétrait dans ses chaussures ; elle voyait son souffle former des volutes dans l'air. C'est tout juste si elle parvenait à distinguer les noms des trépassés parmi les tombes et les anges sculptés. Plusieurs minutes s'écoulèrent, pendant qu'elle se penchait pour suivre du doigt les inscriptions, avant qu'elle ne les trouve, l'une et l'autre.

Bethany May, 1947-1983
Mère et épouse bien-aimée

Et à côté, sur une stèle plus récente :

Sarah May, 1973-1991
Elle vit dans le cœur de tous ceux qui l'aimaient

Frieda débarrassa les tombes des mauvaises herbes puis posa les fleurs dans les petits vases qui se trouvaient là. Elle demanderait à Eva de venir une fois par mois pour vérifier que tout était en ordre et remettre des fleurs fraîches. C'était le genre de choses qu'aimait faire Eva. Elle en cueillerait dans son jardin au printemps et viendrait ici, dans ses longues jupes colorées, ses cheveux roux balayés par le vent, pour s'asseoir et pleurer ses amies.

Les fleurs avaient disparu chez Maddie. Ne restait plus qu'un cyclamen sur la table. Maddie prit place en face de Frieda et servit le thé. Elle portait un vieux cardigan marron et un jean délavé, des chaussures plates, et n'était pas maquillée.

— Je ne sais pas si je dois te détester ou non.

Frieda médita la question.

— Est-ce que tu te sentirais mieux en le faisant ?

— Je me contrefiche d'aller mieux. Ma fille, mon seul enfant, est morte. Je n'arrête pas de la revoir toute petite et heureuse, et après, je me rappelle nos disputes terribles… Et je me souviens que je ne l'ai pas crue. Je me réveille la nuit et je revois sa tête quand elle m'avait dit ce qui lui était arrivé. Je ne l'ai pas réconfortée ni serrée dans mes bras en lui disant que j'allais l'aider. Après ça, que me reste-t-il ? J'ai derrière moi un mariage raté, pas de boulot ni de but véritable, ma pseudo-histoire d'amour est finie, mes amis… tiens, il n'y a qu'à voir ce qu'il est advenu de ceux que j'appelais mes amis. Rien ne comptait vraiment, à part Becky.

— Je suis vraiment désolée.

— Tu es sûre que c'était Ewan ?

— Oui.

— Celui-là même que je connais depuis que j'ai treize ans, qui s'est assis chez moi, a dîné à ma table, m'a massé les épaules, faisait des blagues débiles, a réparé mon ordi et mon rideau de douche ? Qui m'a réconfortée à la mort de Becky, a pleuré à son enterrement, dont je connais les enfants et dont l'épouse est une de mes amies les plus proches ?

— Cet Ewan-là, oui.

Elle ferma les yeux un instant, puis les rouvrit.

— Et maintenant ?

— La police va t'interroger. Ils se remuent quand il est trop tard. Il y aura des journalistes, aussi. Mesure bien tes propos devant eux.

— Je ne veux parler à aucun journaliste. Il a tenté de tuer Max ?

— Oui.

— Et il t'a violée quand tu avais seize ans ?

— C'est là que tout a commencé.

— Et il a des filles lui-même.

— Ça ne veut rien dire, expliqua Frieda. Peut-être que le fait que ses filles deviennent des jeunes femmes a ravivé le truc chez lui. On ne peut pas savoir. Mais ne t'en fais pas, il y aura plein d'experts autoproclamés dans les médias pour nous expliquer.

— Que va faire Vanessa ? dit Maddie.

Son expression changea.

— Tu crois qu'elle était au courant ? reprit-elle.

Comment aurait-elle pu ne pas savoir ? Mais elle était mon amie, je lui faisais confiance… Elle était au courant, Frieda ?

Frieda hésita. Devait-elle confier ce qu'elle savait sur Vanessa ?

— Je ne sais pas vraiment, répondit-elle enfin.

— À Braxton, reprit Maddie. Cette ville sympa, sans histoires. Qui aurait pu croire une chose pareille ?

Frieda songea à la sorcière qu'on avait mise à mort à quelques centaines de mètres de là, des siècles plus tôt, à l'endroit même où Ewan avait lui aussi été abattu comme une bête. Toutes ces femmes au fil de l'histoire, les vulnérables, les marginales, les exclues, punies parce qu'elles étaient différentes.

— Je ne l'ai jamais trouvée si sympa que ça, conclut Frieda.

Il lui restait encore une dernière visite à rendre, qui la rebutait plus qu'elle ne voulait l'admettre. Comme personne ne venait lui ouvrir, elle fit le tour de la maison et la trouva, emmitouflée dans une grosse veste grise, avec ses gants de jardinage. Elle taillait à l'aide d'un sécateur le lierre qui couvrait le mur de l'abri de jardin. Vanessa se retourna. Elle ne manifesta aucune surprise.

— Je devrais appeler la police, lâcha-t-elle.

— J'en reviens.

— Les filles sont chez leur tante. Elles ne vont pas bien. Tu ferais mieux de ne pas être là à leur retour.

— Je serai partie.

— Tu es venue parader ?

Frieda regarda Vanessa et se dit : « C'est de ça

qu'il était question depuis le début. C'est pour ça que je suis revenue. »

— Tu sais, commença-t-elle, ce qui m'effraie vraiment, ce n'est pas ce que font les personnes comme Ewan. C'est ce que font les gens comme toi. Lui avait un court-circuit dans le cerveau, un bug où les pulsions sexuelles se doublaient de violence, et toi, tu l'as laissé faire. Tu as permis ce qui est arrivé, et tu as nettoyé après. Le pire, c'est qu'il y aura toujours des gens comme toi, Chas et Jeremy pour laisser ce genre de choses se produire.

— Tu ne comprends pas, répondit Vanessa.

— Je peux te demander un truc ?

— Quoi ?

— Enlève ta veste.

— Ma veste ?

— Je repensais à toi, assise dans ta cuisine, ou à la réunion des anciens élèves, et je me suis rendu compte que je n'avais jamais vu tes bras.

Vanessa soutint le regard de Frieda sans broncher, puis elle mit le sécateur dans sa poche et ôta sa veste. En dessous elle portait un cardigan rouge, qu'elle déboutonna et enleva, puis un chemisier gris à manches longues. Elle défit les boutons aux poignets et remonta les manches jusqu'au coude. Elle tendit ses bras à Frieda, comme une offrande. Frieda s'approcha et lui saisit les poignets. Les deux membres étaient lacérés de cicatrices. Certaines étaient rouges, d'autres présentaient des marques saillantes. Frieda comprit, aux flétrissures de la peau, que certaines étaient anciennes. Les cicatrices presque effacées ou plus récentes s'enchevêtraient et formaient un dédale inextricable.

— Ça ne sert à rien, commenta Frieda. Ça n'évacue pas la douleur. Ni la culpabilité. Un jour, elles auront raison de toi.

Quand Frieda partit, Vanessa avait redescendu ses manches, renfilé le cardigan et la veste et s'était remise à tailler le lierre avec acharnement.

Elle regagna Londres et sa maison pour quelques jours. Elle vit cinq patients, dont Joe Franklin, mais pas d'amis. Elle passa un long moment dans le silence de son atelier, à dessiner, réfléchir, s'interroger. Elle se lança dans le portrait de Becky mais finit par dessiner le sien, plus jeune. Elle tenta en vain de se rappeler les traits de Sandy, car c'était ceux de Dean qui apparaissaient. Elle évoqua les événements au téléphone avec Reuben, Sasha et Karlsson, mais aucun n'était à même de comprendre qu'elle s'était confrontée à son passé, et était enfin sortie vivante de la lutte.

42

— Tu es sûre que tu ne veux pas ses boucles d'oreilles en diamants ?

— Certaine.

— Ou cette chaîne en or.

— Non merci.

— Il y a un bracelet en pierre de lune.

— Je ne veux rien.

— Je peux les donner à Trudy, alors ?

— Bien sûr. Et demande à Chloë ce qu'elle veut, et à Ivan.

— Je ne vois pas pourquoi Ivan devrait avoir quoi que ce soit. Il ne s'est même pas donné la peine de venir à l'enterrement.

— Il n'y en a pas eu.

— En effet, et l'idée de laisser son corps à la science, c'était comme une ultime claque dans la gueule.

— Il y a pire, dans le genre claque.

— Je suis étonné qu'ils en aient bien voulu. Et ce tableau ?

— Non.

— Je suis tenu de t'informer qu'il vaut sans doute pas mal d'argent.

— Je n'en veux pas.

— Ne viens pas te plaindre après, c'est tout.

Frieda et David étaient dans la chambre de leur mère et faisaient le tri de ses biens. Dehors, une benne commandée par Frieda se trouvait déjà à demi pleine, et dans l'allée stationnait la camionnette qu'avait louée David. Ils venaient de faire l'inventaire des vêtements. David avait pris quelques robes, un manteau, quelques vestes qui pourraient plaire à sa jeune épouse. Frieda n'avait rien pris.

On sonna à la porte et David fronça les sourcils, les mains pleines de bijoux.

— Qui ça peut bien être ?

— Je vais aller voir.

Elle descendit au rez-de-chaussée et ouvrit la porte. Lewis. On aurait dit qu'il avait perdu plusieurs kilos en quelques jours à peine, et il s'était fait couper les cheveux très court. Ses yeux étaient cernés.

— Comment va Max ? demanda Frieda.

Mais il se contenta de franchir le seuil d'un pas titubant et resta planté là.

— C'était Ewan ? demanda-t-il.

— Oui. C'est lui aussi qui a tué Becky.

Elle n'avait pas envie d'évoquer ce qui lui était arrivé autrefois.

— Tu l'as sauvé.

Il se mit à pleurer, sans essuyer ses larmes, les laissant rouler sur ses joues burinées.

— Je suis heureuse de savoir qu'il va s'en remettre.

— Comment pourrais-je te remercier ?

Frieda posa les mains sur ses maigres épaules tremblantes et le regarda droit dans les yeux.

— C'est moi qui te devais quelque chose, dit-elle doucement.

Après le départ de Lewis, David et Frieda se rendirent au salon. Bientôt la camionnette fut remplie de meubles et de tableaux que David emporterait chez lui. Frieda avait refusé jusqu'au portrait encadré de son père, ébloui par le soleil et plissant les yeux. Elle gardait ses traits en mémoire, et c'était tout ce dont elle avait besoin. Elle n'avait pas envie de l'argenterie, des verres et des soupières et des tasses à thé, des plats de service, des tapis, jetés et autres coussins, des bouteilles de vin, des pots de marmelade et de légumes confits ; ni des romans ou des livres de jardinage ; ni des serviettes, des parapluies, de la radio, des pots de fleurs… Elle avait envie de repartir les mains vides, et libre.

La sonnette retentit à nouveau.

— C'est qui encore ? s'énerva David. Un autre ex ? Tu ne t'arrêtes jamais ?

Ceci fut sa seule allusion aux remous causés à Braxton par la mort d'Ewan.

— Non, répondit Frieda en allant ouvrir.

— Dr Klein ?

— Ma mère, Juliet Klein, n'habite plus ici.

Ni nulle part.

L'homme fronça les sourcils et examina l'enveloppe matelassée entre ses mains.

— J'ai là un paquet au nom du Dr Frieda Klein.

— C'est moi.

Elle signa le reçu et emporta le colis dans la cuisine vide, qui résonnait. Son nom ainsi que l'adresse de sa mère figuraient en lettres majuscules. Un souvenir lui pinça les côtes. Elle glissa son doigt sous le rabat adhésif et en sortit un morceau de tissu. De la laine rouge. La seconde moitié de son écharpe. Elle la tint délicatement entre ses doigts, comme s'il y avait une chance qu'elle lui permette de remonter jusqu'à la personne qui la lui avait volée, puis se rendit compte qu'elle enveloppait quelque chose. Elle déplia l'écharpe et découvrit une carte de vœux. Sur la première page, une photo de jonquilles en pleine floraison. Elle l'ouvrit et lut le message rédigé dans les mêmes capitales : « IL A PLEURÉ QUAND J'AI PRONONCÉ VOTRE NOM. VRAIMENT PLEURÉ. »

Frieda fut traversée d'une sensation soudaine, comme dans un rêve éveillé. Elle se figura ce qu'avait vécu Ewan quand il avait compris que la situation avait mal tourné, que c'était son tour d'être agressé, torturé et tué. Où Dean avait-il bien pu faire ça ? Dans un endroit isolé, une cabane, un box verrouillé ; dans les bois, où l'on n'entendrait pas ses cris. Voilà ce qui arrivait aux ennemis de Frieda Klein. Frieda étudia sa réaction, sonda sa conscience comme si elle était son propre patient. Était-ce ce qu'elle désirait ? Éprouvait-elle du plaisir à l'idée qu'Ewan ait su qu'il ne pouvait rien faire pour que ça s'arrête, après ce qu'il avait fait subir à ces filles ?

Non, se dit-elle. Non. Cela ne rendait ce misérable monde que plus laid. Dean lui avait envoyé ce message parce qu'il voulait lui dire qu'il était toujours en liberté et qu'il la surveillait, qu'il était présent dans sa vie, un pervers obsédé par sa personne, une ombre revenue la hanter. Elle se rappela ses propres paroles face à Ewan : « Ce n'est pas fini. Je ne laisse pas tomber. Je ne lâcherai pas prise. » Lui non plus. Il ne la laisserait jamais tranquille. Voilà ce qu'il avait fait pour elle : il avait massacré Ewan en guise d'hommage et de sacrifice.

Elle posa l'écharpe rouge sur la table. Elle n'y retoucherait plus jamais. Elle glissa la carte dans sa poche. Puis elle composa le numéro de Karlsson.

— Dean est ici en ce moment, déclara-t-elle même si cela allait de soi.

Karlsson raccrocha. Il songea à Frieda et tenta de l'imaginer, mais il s'aperçut qu'il n'arrivait à la visualiser qu'à Londres. Il la vit marcher le long d'une rue, le vent dans la figure, comme il la vit assise au coin du feu, la tête tournée vers lui. Sans jamais sourire tout à fait. À l'écoute. Présente. Penser à elle le remplit d'une émotion qu'il essaya d'identifier, en vain : ni joie ni peine, mais quelque chose de fort et de profond. Il avait envie qu'elle rentre, parce qu'il pouvait parler avec elle comme avec personne d'autre, et même s'il était souvent brusque et incapable de s'exprimer, il avait l'impression qu'elle comprenait l'intention derrière ses mots maladroits.

Deux ans plus tôt, il n'avait pas cru Frieda quand elle lui avait dit que Dean était encore en vie et qu'il la protégeait autant qu'il la terrifiait. Aujourd'hui, il la croyait, non qu'il en ait la preuve, mais pour la seule raison que Frieda lui avait dit que c'était vrai. Que ce soit bon ou mauvais, elle disait toujours la vérité. Il poussa un soupir et se remit au travail.

Chloë appela Sasha.

— Je voulais juste te dire que Frieda est en train de trier toutes les affaires de grand-mère avec papa. Mais qu'elle sera rentrée bientôt, je crois.

— Oui. Elle m'a appelée. Merci de m'avoir prévenue, Chloë.

— Je sais qu'elle doit te manquer.

Quelques kilomètres plus loin, dans le quartier de Primrose Hill, Reuben et Josef cuisinaient, ou du moins Josef, pendant que Reuben faisait mine de l'aider en fumant des cigarettes et en buvant de la bière, un journal entre les mains.

— Cardamome… vous voulez enlever les graines ?

— Pas de problème, répondit mollement Reuben.

— Et j'épluche les pommes de terre et après, pendant qu'elles cuisent, je fais les *golubtsi*.

Josef était tout content. Il avait déjà préparé la soupe de blé. À présent, drapé dans son tablier, il émincait des oignons, pressait de l'ail, faisait frire de la viande hachée, bouillir du riz, cuire des feuilles de chou à la vapeur. Il pétrit la pâte des *pierogis*, en fit des ronds bien nets qu'il garnit de graines de pavot, de raisins secs et de pruneaux, avant de les replier en demicercles. Il prépara une salade de betteraves et de céleri crus. Il se versa un doigt de vodka, puis s'attaqua au gâteau au miel et aux épices que lui faisait sa mère autrefois, et qui lui rappelait son pays, la musique et les montagnes de son passé.

— Elle aimerait ça.

— Oui, répondit Reuben, en tendant son verre vide. Et elle reprendrait encore un peu de vodka.

La maison était vide tandis que la benne et la camionnette étaient pleines. La nuit tombait, et David avait hâte de partir. Il enfila ses gants de cuir et son manteau taillé sur mesure. Frieda se fit la réflexion qu'ils lui donnaient l'air d'un tueur à gages de luxe.

— Je te dépose quelque part ? proposa-t-il sans conviction.

— Je vais marcher.

— Pour aller où ?

Frieda haussa les épaules.

— Enfin… ça te regarde.

Pas d'étreinte, ni de baiser. Il grimpa à bord du véhicule chargé et s'éloigna.

Frieda enfila son manteau puis referma la porte de la maison où elle avait passé les seize premières années de sa vie, où elle avait trouvé son père décédé, où elle avait été violée. Elle ferma à double tour puis glissa les clés dans la fente de la boîte aux lettres, et les entendit tomber sur le parquet. Une fois parvenue au portail, elle se retourna. La maison était éteinte, au propre comme au figuré. Toutes les fenêtres étaient plongées dans le noir.

Quand elle avait quitté Braxton, adolescente, elle s'était enfuie. Aujourd'hui, elle marchait à son rythme. L'après-midi était maussade et froid, le ciel d'un gris d'étain tournant au crépuscule d'hiver. Elle descendit la ruelle, passa devant la vieille maison de Tracey Ashton, devant la fausse Tudor autrefois propriété des Clarke, puis le cottage de Mrs Leonard où, l'espace d'un moment, Frieda s'attendit à voir la vieille dame dans son jardin, hélant ses chats de ses cris aigus. Elle passa devant l'ancienne chapelle, puis l'arrêt de bus, et se retrouva enfin dans la grand-rue.

Trois véhicules de police étaient garés près du salon de tatouage. Elle le dépassa sans ralentir le pas. Quelques personnes se tenaient à côté, agglutinées, qui, en la voyant, se poussèrent du coude, bouche bée. Elle les vit chuchoter mais ne put distinguer leurs paroles. Les nouvelles se propageaient vite, faits, rumeurs et mensonges. *Vous êtes au courant ? Vous saviez ? Regardez. Mais regardez-la. Vous ne voyez pas ? Passez votre chemin. Mauvais œil. Pas de fumée sans feu.*

Elle aperçut une femme de l'autre côté de la rue et reconnut Liz Barron, une journaliste du *Daily Sketch* qui avait déjà écrit sur elle. Elle parlait avec quelqu'un, carnet en main, hochait la tête, avec une cordialité de bon aloi. Au loin, une équipe de tournage de la télévision. Les médias débarquaient à Braxton.

Frieda marchait toujours à la même vitesse. Elle longea la boulangerie, dont les rayonnages étaient presque vides à cette heure, le magasin qui vendait des sodas et des DVD, le marchand de journaux. Quelques adolescents traînaient au croisement. L'espace de quelques instants, elle vit Chas, Jeremy, Lewis, Ewan, Vanessa, Eva, Sarah, Maddie. Elle se revit elle-même. Si jeunes, à peine entrés dans la vie. Et puis leurs visages s'évanouirent, et il n'y avait plus là que des inconnus, piétinant le pavé, qui la dévisageaient.

— C'est elle, entendit-elle quelqu'un dire à côté. C'est cette femme.

Cette sorcière.

Une silhouette aux cheveux d'un roux vif approchait au loin, vêtue d'une longue jupe colorée. Eva. Qui avait été sa camarade, sa meilleure amie dans un autre monde. Mais elle était de l'autre côté de la route et parlait avec animation dans son portable, tout en fouillant dans son grand cabas. Elle ne vit pas Frieda. Frieda ne s'arrêta pas. Elle ne le pouvait pas : elle s'en allait.

Au sommet de la colline devant elle se trouvait l'endroit où l'on avait brûlé la sorcière, désormais scène de crime, délimitée par un ruban de balisage.

Sur l'autre versant du vallon, la maison de Lewis, où Max avait failli mourir. Sur sa gauche, celle d'Eva, avec ses poteries, ses herbes, son odeur de biscuits, sa solitude. À sa droite, la maison où avait vécu Maddie et où Becky avait trouvé la mort, et aussi celle où Ewan et Vanessa avaient élevé leurs filles sans jamais évoquer ce qu'ils avaient fait ensemble. Derrière elle, la maison qui avait été son foyer, son passé en miettes et ses souvenirs amers, la femme qu'elle avait choisi d'être.

Elle accéléra le pas à mesure que, dans la vallée, la ville s'enfonçait dans l'obscurité grandissante. Bientôt elle fut au sommet de la colline et ce n'est qu'alors qu'elle se retourna. Braxton s'étendait à ses pieds. Les réverbères et les lumières des maisons scintillaient dans la nuit, sous la clarté diffuse des étoiles. La flèche de l'église pointait vers le ciel. Quelques volutes de fumée se dispersaient dans le ciel nocturne. Elle ne reviendrait jamais. Alors qu'elle se tenait là, elle sentit faiblir l'emprise de cette ville, comme si un poids se détachait d'elle.

Enfin, elle se détourna : la ville était dans son dos. Peut-être Dean la suivait-il, hors de vue mais toujours là, telle une ombre. Et pourtant, pour l'instant elle ne pensait pas à lui. Ni à Sandy, ni à sa mère. Elle ne pensait pas aux filles assassinées, ni à Ewan, ni à Vanessa, ni à aucun de ceux qui avaient ravagé son existence. Elle songeait à l'endroit où elle allait et aux personnes qui l'y attendaient. Elle était aimée, elle était seule, et elle était libre.

LUNDI MÉLANCOLIE

Nicci French

Le jour où les enfants disparaissent

Frieda, psychanalyste, s'inquiète pour Alan. Chaque nuit, il rêve d'un petit garçon, roux, comme lui étant jeune. Et comme Matthew, 5 ans, disparu après l'école quelques jours plus tôt. Coïncidence ? Malgré le scepticisme de la police, Frieda en doute et décide de mener l'enquête...

POCKET N° 15558

SOMBRE MARDI

Nicci French

Le jour où les vieilles dames parlent aux morts

En arrivant sur la scène de crime, les policiers n'en croient pas leurs yeux. Le cadavre est assis, nu, sur le canapé, une pâtisserie à la main. Et la locataire de l'appartement le bichonne... Pour le Yard, c'est la coupable toute trouvée, mais pas pour Frieda Klein, qui a des doutes...

POCKET N° 15836

MAUDIT MERCREDI

Nicci French

Le jour où les jeunes filles rencontrent la mort

En rentrant de l'école, Dora Lennox trouve le cadavre de sa mère. Pour l'inspecteur Karlsson, Ruth Lennox avait pourtant tout de la femme sans histoire - jusqu'à ce que les langues se délient. Frieda Klein mène l'enquête. Bientôt, de nouvelles pistes émergent : des jeunes filles disparues auxquelles personne ne s'intéressait jusque-là...

POCKET N° 16263

TOUS COMPLICES

Nicci French

Désaccords en mode majeur

Bonnie, professeur de solfège, monte un groupe pour le mariage d'une amie. Mais entre Amos, son ex, Neal, l'amoureux transi et Hayden, le virtuose ténébreux, le courant ne passe pas. Et la mort violente d'Hayden, secrètement en couple avec Bonnie, n'aide en rien...

POCKET N° 15045

Composition et mise en pages
Nord Compo à Villeneuve-d'Ascq

Imprimé en Espagne par
Liberdúplex
à Sant Llorenç d'Hortons (Barcelone)
en mars 2016

POCKET – 12, avenue d'Italie – 75627 Paris Cedex 13

Dépôt légal : avril 2016
S26794/01